Le meurtre
de la Saint-Valentin

Tom Savage

Le meurtre de la Saint-Valentin

ROMAN

Traduit de l'américain
par Sophie Kajdan

Albin Michel

« COLLECTION SPÉCIAL SUSPENSE »

Titre original :
VALENTINE
publié par Little, Brown & Company, Boston

ISBN 2-226-08933-0
ISSN 0290-3326

Pour Suzy et Marcia.

Prologue

Le Feu

Quand il fut certain qu'elle était morte, il se leva et s'approcha de la fenêtre. Tout nu dans l'obscurité, il regarda la cour devant la maison et, plus loin, les formes noires des grands conifères qui bordaient la propriété. L'ampoule de la véranda répandait une faible lumière jaune faisant scintiller la mince couche de givre qui recouvrait l'herbe. Il gelait dehors, mais la petite chambre à coucher était chaude et douillette. Encore plus chaude maintenant, pensa-t-il, après l'amour.

Il tendit la main pour frôler la fragile dentelle blanche des rideaux. Des souvenirs affluèrent. Des dentelles. Rideaux de dentelle, nappes de dentelle, napperons de dentelle sur la table dressée pour le café et sur le piano du salon, à la maison. Sa mère appréciait la dentelle.

Cela faisait si longtemps ! Il agrippa les rideaux de ses grandes mains, les arrachant à la tringle. Il les déchira, les chiffonna, détruisant le fin motif de fleurs, ravi par le délicieux craquement de l'étoffe qu'il réduisait en lambeaux. Lorsqu'il n'en resta rien, il les jeta sur le parquet ciré et les piétina pour sentir le tissu rêche sous ses pieds nus, le froisser de ses orteils. Il se mit à sauter dessus en ricanant, profanant toute cette jolie dentelle bien propre. D'un coup de pied, il repoussa le tas informe, mort, et ferma les yeux, s'abandonnant au frisson qui parcourait lentement son corps. Puis il les rouvrit et se retourna.

Une deuxième vague de plaisir, plus grande encore, le submergea, tandis qu'il scrutait dans le noir la silhouette nue sur le lit. Elle gisait sur la couverture de satin, jambes et bras étendus, son charmant visage et sa chevelure roux cuivre en partie recouverts par l'oreiller dont il s'était servi pour l'étouffer. De là où il se trouvait, on aurait pu croire qu'elle avait été décapitée. Et pourtant, non : ce n'était pas ce qu'il avait prévu pour elle. Il lui avait réservé un tout autre sort. Il avait préparé son coup longtemps à l'avance.

Son regard quitta la forme immobile sur le lit et se déplaça vers un petit réveil sur la table de chevet. Minuit six. Il avait eu du mal à attendre jusque-là.

A minuit juste, alors qu'elle haletait de plaisir, il s'était levé pour l'enfourcher, plantant fermement ses deux genoux des deux côtés de sa taille. Il s'était penché pour l'embrasser tendrement sur la bouche et, lentement, ses lèvres avaient glissé vers son oreille.

C'est alors qu'il lui avait dit qui il était.

Aussitôt, il s'était redressé, voyant, à sa grande satisfaction, qu'elle reconnaissait son nom, que son expression changeait. Le regard de ses yeux verts écarquillés de surprise lui avait glacé le sang. Mais, avant qu'elle n'eût esquissé un mouvement, il avait souri à son visage horrifié, prononçant les dernières paroles qu'elle devait entendre, celles que les autres femmes avaient entendues avant elle :

« Joyeuse Saint-Valentin ! »

Aussitôt, il avait appliqué l'oreiller contre son visage. Elle avait lutté un bref instant, comme les autres, et la terrible pression avait étouffé ses cris. Pendant une minute presque, contorsions et gémissements avaient continué, étrangement identiques à ceux qui avaient secoué son corps lorsqu'il était en elle. Un dernier soubresaut, et la voilà immobile. Dans le noir, il avait pensé à l'étrange ressemblance entre ces deux moments : l'acte d'amour et l'instant de la mort.

Debout devant le lit, il la regardait. Il se souvint d'une autre fois, de la première fois où il s'était tenu, comme ça, nu devant une femme. La musique. La boîte à bonbons rose en forme de cœur qu'il serrait contre sa poitrine. Ses jambes et ses bras longs, pâles, maigres, tremblant dans la pièce froide ; son esprit engourdi par le désir ; et la chose, grosse, rigide, dressée entre ses jambes au milieu d'une toison frisée. Il avait attendu ainsi dans le noir, le désir, la peur et l'avant-goût du plaisir se mélangeant dans son sang, le figeant sur place.

Puis, en un instant rapide, aveuglant, les lumières s'étaient rallumées.

Jamais il n'oublierait cet instant-là. A cause de ce qui s'était passé, il avait attendu plusieurs années pour vivre le moment présent et d'autres, semblables.

L'ironie de son geste le fit sourire, lorsqu'il fit un pas vers la lampe de chevet à l'abat-jour rose, près d'une boîte à bonbons, et l'alluma. Une douce lumière éclaira la pièce, le lit, la femme. Juste assez de lumière, pensa-t-il. Assez de lumière pour ce que j'ai à faire maintenant.

Il se dirigea vers la chaise sur laquelle il avait laissé ses habits, dans un coin. Il enfila sous-vêtements, chaussettes, jean, chemise, chandail, bottes, puis il mit son écharpe, ses gants, sa casquette et sa veste de cuir. Il quitta la chambre et descendit l'escalier couvert d'un tapis jusqu'au rez-de-chaussée. Il traversa le salon et la véranda, dévala les marches du perron. L'herbe gelée craquait sous ses bottes tandis qu'il marchait vers sa voiture. Il ouvrit le coffre, prit deux grands jerricanes rouges en plastique et retourna vers la maison.

Il laissa l'un des jerricanes par terre, derrière la porte d'entrée ; l'autre, il le monta dans la chambre.

Là, il dévissa le bouchon et s'arrêta devant le lit, le regard rivé sur elle, gravant cette image dans sa mémoire pour toujours. Puis il leva le bidon au-dessus du lit et versa le liquide, inondant les draps et les coussins, le couvre-lit en satin et la silhouette immobile au milieu. Il aspergea le reste de la pièce et redescendit en laissant une coulée régulière derrière lui. Le bidon vide, il le jeta par terre et s'en alla chercher l'autre. Il parcourut ainsi toute la maison en arrosant la cuisine, la salle à manger et la pièce principale, sifflotant en sourdine. Une fois dehors, en bas du perron, il s'arrêta net : il venait de reconnaître l'air qu'il sifflotait. Cette chanson, il l'avait entendue pour la première fois longtemps auparavant, en cette nuit glaciale et terrible, quand les lumières s'étaient rallumées.

« *My funny Valentine.* »

Cette nuit-là, c'était un disque, se rappela-t-il, mais cette fois, c'était lui qui l'avait mis pour elle. Sarah Vaughan...

Son rire sonore, exalté, remplit l'air froid de minuit pendant qu'il vidait le jerricane sur la dernière marche, où une flaque se forma. Par la porte d'entrée ouverte, il lança le bidon jusqu'au milieu du salon. Puis il monta dans sa voiture et mit le moteur en marche. En cette saison, il fallait quelques minutes pour le chauffer. Lorsque celui-ci se mit à tourner paresseusement, il descendit et retourna vers l'escalier.

Il sortit de sa poche une boîte d'allumettes et l'examina, savourant son pouvoir. Il avait du mal à respirer, l'excitation faisait battre son cœur, des bouffées de vapeur s'échappaient de sa bouche. Malgré le froid, il sentait la sueur ruisseler sous ses vêtements qui formaient plusieurs épaisseurs. Oui, pensa-t-il. Cela en valait la peine, toutes ces années d'attente, de rêverie, de fantasmes. Pour cet instant. Celui que je suis en train de vivre.

Il sortit une allumette, la gratta, puis la rangea dans la boîte. Fasciné, il observa la réaction en chaîne déclenchée aux extrémités des allumettes, culminant dans une grande flamme glorieuse. Il ferma les yeux, goûtant le dernier, le plus passionnant moment de l'attente. Puis, avec une grimace, il jeta la boîte enflammée dans la flaque en bas du perron.

La voiture était arrivée au premier bouquet d'arbres qui séparait la propriété de la route, lorsqu'il freina et se retourna. Le rez-de-chaussée était déjà envahi par les flammes. Devant ses yeux, une explosion de lumière se produisit dans la chambre à coucher. Le fracas lui parvint affaibli quand la chaleur à l'intérieur de la maison et le gel à l'extérieur firent éclater les vitres de la chambre et que des éclats de verre scintillants jaillirent sur la pelouse. Aussitôt, le toit s'embrasa et une magnifique colonne de feu s'éleva dans le ciel nocturne.

Et de trois, pensa-t-il. Trois d'abattues, il en reste encore une.

La voiture traversa la forêt et s'engagea sur un chemin de campagne pour rejoindre la route, roulant à vitesse modérée, paisible, pour éviter d'éveiller les soupçons. Au moment où elle se fondit dans la circulation, en direction de la ville, il chantonnait :

« *My funny Valentine.* »

Il pensa au dernier nom qui restait sur sa liste. Il cessa de chanter pour prononcer ce nom dans un souffle, à plusieurs reprises, puis ce souffle devint murmure, et le murmure un cri qui emplit la voiture, tinta dans ses oreilles, résonna à travers la nuit glaciale...

Jill

1

Jeudi 29 janvier

— Jillian Talbot !

Elle leva aussitôt les yeux, posant la tasse fumante sur la table, prenant son courage à deux mains. Voilà que cela recommence, se dit-elle tout en arborant un sourire de circonstance et en scrutant à travers la pénombre les formes volumineuses qui s'avançaient vers elle. Elle avait pourtant choisi exprès le coin le plus tranquille, le plus sombre du café, pour échapper à une telle éventualité. Mais elle se rendit à l'évidence : il n'y avait plus d'espoir. Cela recommençait.

Surgies de l'obscurité, les formes se matérialisèrent en deux femmes d'âge mûr, plutôt corpulentes, en manteau de fourrure. Aimables comme tout, ces deux femmes, Jill en était sûre, mais elle se rencogna involontairement en les voyant venir dans sa direction. La plus grosse des deux lui fit un signe de la main en traversant nonchalamment la salle. L'autre, d'un modèle légèrement en dessous, avec des reflets bleus dans sa chevelure blanche, trottait docilement derrière, un sourire d'excuse sur son visage amical.

— Maintenant, Phyllis, bêla cette dernière, lorsqu'elles furent devant sa table, je suis sûre que Mme Talbot est très...

— Tu dis des bêtises, Schatzi ! tonna la plus grosse.

Je voudrais juste lui demander un autographe. Bonjour, madame Talbot. Je suis Phyllis Beamish, et elle, c'est Charlene Miller. Nous vous avons vue hier matin dans l'émission *Aujourd'hui*, à notre hôtel. Nous sommes ici en voyage culturel avec un groupe de femmes. Enfin, ça s'appelle comme ça : on visite Broadway, les musées, tout ça...

— Oui, répondit Jill avec son sourire vide, froid, automatique. C'est formidable. Bienvenue à New York, madame... euh...

— Beamish. J'ai lu tous vos livres, et je brûle d'impatience de lire le dernier. Ils sont si passionnants ! J'ai pensé...

Elle fouilla dans son sac, dont elle sortit un livre relié cuir tout abîmé, et un stylo, qu'elle tendit à Jill.

— Auriez-vous l'obligeance...

— Mais bien sûr.

Les deux femmes la dévisageaient pendant qu'elle cherchait la page de garde dans le volume froissé et griffonnait rapidement son nom.

— Merci infiniment, dit Mme Beamish, reprenant son livre pour le ranger dans le sac. On s'était justement offert un petit cappuccino dans cet *authentique* café de Greenwich Village, avant de rejoindre les autres au World Trade Center, et qu'est-ce qu'on voit ? Une *authentique* célébrité new-yorkaise ! Alors, j'ai dit à Schatzi...

Le sourire s'était figé sur le visage de Jill Talbot ; son esprit était ailleurs, voguant loin de la table, des deux femmes et du café. Elle pensait à sa maison, qui se trouvait à trois blocs d'ici, et à tout ce dont elle aurait besoin pour le dîner : Nate viendrait dès qu'il aurait fini sa journée à l'atelier. Cela faisait plusieurs mois qu'ils se connaissaient, mais elle n'avait encore jamais préparé de repas pour lui. Pas un vrai repas, en tout cas : des toasts et du café, ou des plats chinois livrés tout prêts. Mais ce soir, elle allait lui montrer ses talents culinaires, résultat des nombreuses années où elle avait observé et aidé sa mère à la cuisine. Une soupe de poisson suivie de pâtes au basilic et d'une salade mesclun à la citronnelle...

—... Et j'ai vraiment *adoré* votre premier livre ! Je l'ai offert à tous mes amis, quand il est sorti en poche, bien entendu...

Et pour le vin ? se demandait Jill. Le pinot gris, le préféré de Nate, ira parfaitement avec les pâtes au basilic. Penser à tout cela, c'était un moyen comme un autre d'échapper aux bavardages de cette Beamish : impossible de savoir combien de temps encore cette femme allait pérorer.

— Donc, c'est presque comme si je vous connaissais, vous voyez ce que je veux dire, conclut Mme Beamish. Tous vos lecteurs vous connaissent aussi bien. Comme on dit, un écrivain appartient au monde. Un écrivain, ou un artiste ? Un artiste appartient au... enfin, bon, peu importe. Je suis ravie de vous avoir rencontrée, madame Talbot. Allons-nous-en, Schatzi, nous lui avons déjà pris assez de temps. Au revoir !

— Au revoir, dit Jill, chassant l'étrange sensation de revenir d'un voyage hors de son corps.

— Cela lui a fait très plaisir, j'en suis sûre, susurra Schatzi avec le sourire, avant de suivre son amie.

Jill s'enfonça dans son fauteuil, reprit sa tasse de café et son sourire figé s'effaça peu à peu de ses lèvres. Jamais elle n'aimerait signer des autographes, se faire encenser par de parfaits étrangers. Bon, après tout, se dit-elle, il y a pire. Par exemple, quand personne ne vous encense ni ne vous demande d'autographe. J'ai de la chance, moi.

Elle soupira en regardant le calepin à spirale et le stylo sur la table près du cappuccino. Écrire, toujours écrire : elle était arrivée à la moitié de son cinquième roman policier, alors que son quatrième venait juste de sortir et faisait déjà un tabac dans les librairies.

Quant au troisième, *Tue-moi*, paru en poche, il avait été sélectionné le mois dernier comme meilleur titre pour un cadeau de Noël et il figurait aussi sur la liste des best-sellers du *New York Times*. Dans six semaines, elle partirait présenter son livre dans plusieurs villes importantes du pays et, en attendant, sa vie semblait être une course sans fin entre signatures, cocktails et entretiens complaisants avec de jolies blondes à la télé, dans les émissions du matin.

« Eh bien, Joan, mon nouveau livre s'appelle *L'Esprit d'Alice Lanyon*. Il s'agit d'une jeune voyante qui reçoit des messages d'une étrangère, une femme dont on apprend qu'elle est morte. Cette femme a été tuée, et apparemment elle essaie de communiquer l'identité de son assassin.

— Mon Dieu, ça a l'air passionnant, Jillian ! J'ai adoré votre dernier roman, celui qui vient de paraître en poche, *Tue-moi*. Parlez-nous de ce livre.

— Eh bien, Joan, dans *Tue-moi*, il s'agit d'une femme policier de New York, que le FBI utilise comme appât pour arrêter un assassin, auteur de meurtres en série... »

À présent, ce souvenir la faisait sourire. « Eh bien, Joan..., oui, Joan... bien entendu, Joan... » Une conversation insipide, qui risquait de donner l'impression que ses livres étaient idiots. En réalité, cela ne s'était pas si mal passé, ou plutôt, ne se serait pas si mal passé, si seulement elle avait pu s'habituer à paraître en public. Or, c'était justement ça son problème, elle le savait. Jamais elle ne s'y ferait. Elle avait beau être un écrivain connu, elle ne désirait qu'une chose : l'anonymat. « Merci, Joan... »

Plusieurs couples et quelques groupes firent irruption dans la salle aménagée à la mode européenne, dans le genre cave. Un coup d'œil à sa montre lui apprit qu'il était cinq heures et quart. Variante moderne des bars pour célibataires d'autrefois, le café allait bientôt se remplir de gens qui faisaient une halte après le travail, avant de rentrer chez eux. Elle se leva rapidement, enfila son manteau de laine gris et un bonnet de la même couleur qu'elle enfonça sur ses cheveux châtain foncé, coupés court. Elle ramassa son calepin et ses gants sur la petite table au dessus de marbre, jeta un regard à l'addition et chercha son sac pour y prendre son portefeuille. Elle laissait toujours un gros pourboire, car George, le serveur, était un romancier pas encore publié. Le fait qu'il fût son aîné de dix ans au bas mot — il avait au moins quarante-cinq ans — l'embarrassait au point qu'elle payait souvent le double du prix. Ce jour-là, elle fit la même chose, se rappelant que George était probablement un écrivain plein de talent et qu'elle avait eu beaucoup plus de chance que lui.

Une légère neige se mit à tomber, s'ajoutant au tapis qui recouvrait déjà le sol, au moment où elle sortit du café et plongea dans l'atmosphère vivante, agitée de Sheridan Square ; pour rentrer chez elle, elle allait descendre la Septième Avenue. De nouveau, elle pensa au dîner. Au bout de quelques pas seulement, elle glissa sur une plaque de glace et faillit perdre l'équilibre. Elle fit tomber son carnet et serait tombée elle-même, si une main ne l'avait soutenue en lui serrant fermement le bras par derrière. Elle eut la vision fugitive d'un gant noir d'homme et d'une manche de cuir également noir. Elle se pencha pour ramasser son calepin et le nettoyer de la neige, mais, quand elle se retourna pour remercier son bon Samaritain, il s'était déjà enfui.

Ils sont tous pressés, pensa-t-elle en rangeant son calepin dans le sac qui pendait à son épaule gauche. Plusieurs personnes qui se ruaient vers la bouche du métro de Christopher Street ou qui en sortaient la bousculèrent. D'autres se précipitaient pour héler un taxi avant que la neige ne commence à tomber pour de bon et que tous les taxis ne disparaissent comme par enchantement. Elle sourit en regardant l'agitation qui régnait sur cette avenue. Je n'ai plus ce problème, se dit-elle. J'habite juste au coin de la rue, en plein cœur du Village, et je travaille chez moi. Pas besoin de m'angoisser pour le métro et le taxi.

Il n'en avait pas toujours été ainsi. Sa liberté relative était une conquête récente. New-yorkaise de naissance, lorsqu'elle se retournait vers son passé lointain, elle se voyait toujours tributaire des moyens de transport. Elle attendait souvent sur le trottoir devant l'immeuble de Central Park West où elle avait grandi, tenant sa mère par la main, tandis que son père — et plus tard son beau-père — hélait un taxi. Et elle devait prendre le bus en compagnie de deux amies pour aller au lycée ou pour en revenir.

En rentrant à New York après avoir fini ses études à l'université, il y avait douze ans de cela, elle avait travaillé dans une grande maison d'édition de Greenwich Village. Elle vivait alors chez sa mère, qui à cette époque avait déjà divorcé et commençait à montrer les premiers signes de sa maladie. Pendant presque quatre ans, Jill avait pris le métro, la ligne qui descend la Septième Avenue jusqu'à Houston Street, une demi-heure à l'aller et autant au retour, et elle avait gravi un à un les échelons : embauchée comme préparatrice de manuscrits, elle avait fini par devenir directrice littéraire. Elle avait beaucoup appris dans ce domaine, sans parler des hommes. Sa première histoire d'amour d'adulte, elle l'avait eue avec un des principaux éditeurs de la maison, divorcé depuis. Mais tous les soirs, pendant ces quatre années, après avoir terminé le travail qu'elle avait apporté chez elle et aidé sa mère à se coucher, elle s'asseyait devant son ordinateur dans sa chambre minuscule et écrivait presque toute la nuit. Ses trois premiers manuscrits avaient fini dans un tiroir ; d'instinct, elle avait senti qu'ils ne méritaient pas d'être montrés.

Au bout de quatre ans, une autre maison, située au centre de Manhattan, lui avait proposé un vrai poste d'éditeur. N'ayant guère de perspectives là où elle travaillait et l'idylle avec le responsable d'édition s'étant refroidie, elle avait accepté l'offre. Ce nouvel emploi avait duré trois ans, jusqu'au jour où elle avait compris qu'éditer les livres des autres était, certes, gratifiant et souvent instructif, mais l'empêchait de réaliser son vieux rêve : celui d'écrire et de publier ses propres livres. Elle avait alors remis sa lettre de démission et confié à un remplaçant les quelques auteurs de talent dont elle s'était occupée jusque-là, puis elle était rentrée chez elle.

Sa quatrième tentative d'écriture avait donné naissance à son premier roman policier, *Ténèbres.* Elle l'avait écrit pendant les rares moments libres que lui laissait sa courte et malheureuse histoire avec un conseiller fiscal. Maintenant, le souvenir de Ted, de sa demande en mariage, de son aspiration à une existence normale et sûre la faisait sourire. A cette époque, elle avait presque terminé son roman et elle avait compris, au plus profond d'elle-même, que cette chose — l'écriture — comptait bien plus que tout le reste, plus que Ted en tout cas.

Elle savait également, comme seul un artiste peut le savoir, que *Ténèbres* serait accepté par un éditeur ; aussi n'avait-elle pas été étonnée de voir le livre publié et remporter un grand succès. Grâce à ce roman, elle ne serait plus jamais dépendante des transports en commun.

Et grâce à maman, pensa-t-elle en traversant Bleecker Street et en tournant dans Barrow Street où elle habitait. Quelques mois après la publication de son premier roman — cela faisait trois ans —, elle avait subitement compris que les médecins avaient raison :

sa mère serait mieux dans une maison de santé où elle recevrait des soins permanents et serait entourée comme elle en avait manifestement besoin. La décision n'avait pas été facile à prendre, même si la maison, ou plutôt *l'hôpital*, situé à Port Jefferson, donnait sur une jolie pelouse verte et sur la baie de Long Island. Après y avoir conduit sa mère, Jill était revenue en ville s'occuper de la vente de l'appartement de Central Park West où elle avait vécu toute sa vie. Elle avait eu moins de mal à s'en défaire qu'elle ne l'aurait pensé : après tout, sa mère n'y habitait plus et elle gardait trop de souvenirs désagréables de son beau-père.

Puis elle avait emménagé ici, à l'angle de Barrow et de Commerce Street, tout près de Hudson Street, un endroit charmant. Un cadre nouveau pour une carrière nouvelle, dans un quartier différent. Un merveilleux appartement tout en haut d'un immeuble de sept étages auquel on accédait grâce à un minuscule ascenseur. Une baie vitrée orientée vers le nord, qui occupait tout le mur, offrait une vue sur les buildings situés dans la partie supérieure de la ville, tandis qu'à l'ouest on pouvait voir l'Hudson. A l'est, la fenêtre donnait sur une impasse en Y tranquille, formée par l'extrémité de Commerce Street à son croisement avec Barrow Street. Il y avait là le petit théâtre de Cherry Lane, un des plus anciens de Broadway à fonctionner encore, et juste en face, les « Sœurs Jumelles », deux maisons identiques de deux étages, côte à côte, avec un minuscule jardin mitoyen. Cela faisait des années qu'un capitaine de bateau les avait construites pour ses deux filles qui, pour une raison désormais oubliée, s'étaient fâchées à mort. Une histoire d'amour, selon les rumeurs : les deux sœurs auraient aimé le même homme qui, finalement, n'en avait épousé aucune. Les deux femmes ne se l'étaient jamais pardonné, et elles avaient vécu jusqu'à la fin de leurs jours en voisines isolées et silencieuses.

Jill avait regardé ces maisons avec curiosité quand on lui avait raconté pour la première fois cette histoire étrange, si étonnamment romantique. Le petit havre de paix qui était devenu son cadre familier avait été le théâtre d'une grande passion, si toutefois on peut appeler ainsi la haine de deux sœurs pendant toute une vie.

La neige tombait plus dru quand, après avoir traversé Bedford Street, Jill approcha de son immeuble. La rue était à présent déserte, la tempête avait assombri encore le crépuscule, et le froid mordant que le vent charriait à travers Manhattan lui piquait le visage. Elle était seule, seule dans la neige et l'obscurité naissante. Elle s'arrêta devant les Sœurs Jumelles en se frottant énergiquement les joues de ses mains gantées.

Soudain, une sensation étrange, inhabituelle la submergea, sans qu'elle comprît de quoi il s'agissait. Elle flairait quelque chose dans l'air autour d'elle. Elle se tenait à l'angle, le regard levé vers son propre immeuble, juste en face, de l'autre côté de la rue enneigée, tandis que ses mains quittaient son visage pour glisser le long de son corps. C'était derrière elle, sur sa nuque et entre les omoplates. Une intense sensation de chaleur qui, à travers le froid, lui brûlait la peau. Elle sentait chacun de ses cheveux, son manteau de laine, le poids de son sac sur son épaule, les légers flocons de neige, tout ce qui la touchait. Mais aussi quelque chose d'autre. Quelque chose qui ne la touchait pas, juste une présence. Elle ferma les yeux, luttant contre l'affolement qui la gagnait. Puis elle remplit ses poumons d'air, ouvrit les yeux et se retourna.

Là-bas, au coin le plus éloigné de Bedford Street, à une cinquantaine de mètres, se dressait la silhouette solitaire d'un homme. Jill remarqua qu'il était vêtu de noir de la tête aux pieds : jean et bonnet, veste de cuir et gants. Il ne bougeait pas, mais elle ne pouvait distinguer ses traits à cause de la neige. Il était grand, plus d'un mètre quatre-vingts, et mince. Le bonnet cachait ses cheveux et une bonne partie de son visage ; juste au moment où Jill se retourna, il regarda vers Bedford, comme s'il cherchait une adresse. Après un instant d'hésitation, il partit dans cette direction et disparut.

Jill fixa le coin de la rue, désormais vide, et jeta un coup d'œil autour d'elle. Elle examina même les portes et les fenêtres, regarda à travers les vitres de l'une des Sœurs Jumelles, la plus proche, juste derrière elle, puis à l'intérieur du petit restaurant situé au rez-de-chaussée de son propre immeuble. Il n'y avait personne.

Elle secoua la tête, hébétée, serra son sac contre elle. Qu'est-ce que c'est que cette diablerie ? J'aurais juré que... Eh bien, non, conclut-elle. C'est stupide.

Pourtant, pendant quelques instants, elle resta convaincue que quelqu'un l'avait suivie. Elle sentait encore le regard intense, persistant, sur sa nuque. Ridicule : il n'y avait personne en dehors de cet homme qui, visiblement, cherchait un immeuble...

Jill sourit à l'idée que son imagination lui jouait des tours, traversa la petite rue et se dirigea vers l'entrée de son immeuble, située tout près de celle du restaurant. Elle sortit une seule de ses deux clés, comme le faisaient Tara, Gwen, Mary et toutes les autres femmes de sa connaissance. C'est ce qu'on leur avait conseillé aux cours d'auto-défense. On y est malheureusement condamnée lorsqu'on est une femme et qu'on vit dans cette ville, pensa-t-elle avec tristesse en ouvrant la porte extérieure, tout en s'assurant qu'aucune sinistre silhouette mâle ne se tenait tapie dans l'ombre de l'autre côté. En fait, elle s'était jointe à ses amies pour suivre ces cours à l'époque où elle rassemblait des matériaux pour son troisième roman, car la femme flic de son histoire devait affronter plusieurs combats. A présent, Jill était contente de ce qu'elle y avait appris, aussi rudimentaire que fût cet entraînement.

Elle allait ouvrir la porte intérieure lorsqu'elle pensa à la boîte aux lettres. Elle jeta un regard à la rangée brillante de petits compartiments en laiton près de l'interphone et elle hésita. Comme le courrier signifiait essentiellement des factures, elle n'ouvrait la boîte qu'un jour sur deux. Mais, ce matin-là, Mary, son agent, lui avait téléphoné à propos d'un contrat pour une édition de poche de *L'Esprit d'Alice Lanyon.* Une avance conséquente, ce qui était bien agréable. Les sommes étonnantes que l'on était prêt à lui donner pour ses livres l'excitaient toujours. Ses finances se portaient bien ; son comptable, son banquier et Mary Daley ne cessaient de le lui répéter. Grâce à la liste des best-sellers du *Times*, pensa-t-elle en rangeant la clé de la porte pour en prendre une plus petite, celle de la boîte aux lettres. Grâce aussi aux lecteurs de douze — ou treize — pays.

Le contrat était là, dans une grande enveloppe matelassée portant le sigle de l'agence. Et il y avait quelque chose d'autre. Une carte de vœux. Sans doute des vœux de Noël ou de Nouvel An, qui arrivaient en retard. Son anniversaire était en juin, ce ne pouvait donc pas être cela. Son nom et son adresse figuraient au complet sur l'enveloppe, en revanche, l'expéditeur n'avait pas écrit ses coordonnées. Elle haussa les épaules, puis traversa un long couloir et entra dans le minuscule ascenseur tout au fond du hall. Elle sortit au septième, sur un petit palier, juste devant sa porte.

Ce qui restait de soleil en cette fin d'après-midi brillait faiblement à travers la grande baie vitrée quand elle pénétra dans l'appartement. Elle laissa tomber son sac ainsi que le courrier sur une table basse en acajou, grande et lourde, et alla directement au fond de l'appartement. Là où autrefois se trouvait l'une des deux chambres, la plus petite, trônait à présent son bureau, sur lequel elle avait installé son ordinateur. A côté, sur une petite table, était posée une imprimante laser et, dans l'angle, il y avait un meuble de rangement métallique avec trois tiroirs. Les murs et les bibliothèques étaient les seuls endroits où elle avait cédé à la vanité : on y voyait les maquettes encadrées des couvertures de ses quatre romans et les éditions originales de ses livres en plusieurs langues. Par ailleurs, le prix Edgar que l'association des Auteurs de romans policiers d'Amérique lui avait décerné trois ans auparavant pour son roman *Ténèbres*, élu à présent « Meilleur roman policier d'un auteur américain », occupait une place d'honneur sur l'étagère à côté de la petite fenêtre derrière son bureau. Sur le meuble de rangement, le téléphone avec le répondeur incorporé clignotait. Deux messages, se dit-elle, et elle appuya sur la touche « retour ».

« Salut. » La belle voix de baryton de Nate remplit la pièce. « J'aurai du travail cet après-midi, ne m'appelle donc pas entre trois et cinq. Téléphone-moi plutôt après cinq heures, à moins que tu ne veuilles laisser un message. Je viens de manger un sandwich avec Doug, il m'a dit que neuf heures et demie, c'était parfait. J'espère que notre entreprise matrimoniale va marcher. Toi et tes brillantes idées ! Dis à Tara de venir à neuf heures et demie pour le dessert, le café ou ce que tu veux. Notre célibataire de service se joindra à nous à cette heure-là. Il a même promis de mettre une chemise propre. Rendez-vous à sept heures, j'aurai une faim de loup, il faudra me donner à manger, sinon je fiche le camp avec Tara. Si je t'aime ? C'est ouais. Ciao. »

Lorsque le deuxième message commença, elle fit une grimace au répondeur. Préoccupée par l'organisation de sa soirée, elle n'entendit pas le début. Et, comme la voix inconnue poursuivait, elle regarda son répondeur avec étonnement. Qu'est-ce que c'est ? se demanda-t-elle. Qui est-ce ?

Elle tendit doucement la main pour appuyer de nouveau sur la touche « retour ». La bande revint en arrière avec un sifflement et on entendit Nate une deuxième fois : « Salut. J'aurai du travail... » Elle pressa le bouton d'avance rapide, et la voix de poitrine de Nate s'affola en un long hurlement strident. Son message fini, elle retira le doigt et écouta.

C'était un chuchotement éraillé, aigu, si aigu et aussi... si monotone, qu'elle ne put identifier le sexe de la personne. Mais un bref gloussement à la fin du message la fit tressaillir.

« Bonjour, Jillian. T'as trouvé ma carte ? C'est beau, n'est-ce pas ? Bientôt, je te contacterai personnellement. Au revoir. »

Suivaient un ricanement et le claquement du récepteur que l'on reposait.

Sans réfléchir, elle appuya aussitôt sur la touche d'effacement. Une réaction automatique qu'elle se reprocherait plus tard. Un autre petit sifflement signala que la bande était de nouveau vierge. Jill s'agrippa en frissonnant au bord de son bureau.

Brian Marshall, pensa-t-elle. Mais ce n'est pas possible, il est...

La carte. Elle n'avait même pas encore ouvert l'enveloppe.

Elle alluma la lampe à côté de l'ordinateur et le plafonnier, retourna dans le salon sur la pointe des pieds et jeta un coup d'œil à son sac et au courrier sur la table. La nuit était tombée, il faisait sombre dans l'appartement. Elle parcourut la pièce, pour appuyer sur tous les interrupteurs. Tara n'est pas encore rentrée, se dit-elle, sinon, je l'aurais appelée pour lui demander de venir tout de suite. Elle ne s'arrêta pas devant la table basse, elle alla directement dans la cuisine en passant par la salle à manger. Clic ! Le carrelage et les appareils ménagers jaunes et blancs revinrent à la vie, rutilants. En face de la cuisine, la salle de bains. Clic ! Le carrelage et les accessoires blancs, les portes de la douche en verre dépoli se mirent à briller. Ensuite, la chambre à coucher. Clic, clac ! La pièce s'emplit d'une lumière gaie et rassurante.

Lorsque toutes les lumières de l'appartement furent allumées, elle retourna dans le salon. Comme elle passait près de la table, ses talons se mirent à claquer sur le parquet ciré : un bruit lourd, sonore, rassérénant. Plus loin, le tapis oriental assourdissait tous les sons. Elle regarda l'enveloppe brillante rose fluo.

Le dîner, pensa-t-elle, distraite. Je dois préparer le dîner.

Elle s'assit doucement sur le canapé en face de la baie vitrée, tendit la main, prit l'enveloppe et l'ouvrit.

C'était une grande carte rose en forme de cœur et aux bords dentelés. Au centre du cœur, des lettres rouge sang en relief composaient les mots « Saint-Valentin ». Les points de suspension signalaient une suite à l'intérieur. Elle ouvrit la carte. Écrit avec les mêmes caractères rouges : « Sois mienne ! »

Quelques mots étaient tapés en lettres capitales au-dessus du texte imprimé sur la carte. Elle lut et relut ces cinq mots, et lentement ses yeux s'ouvrirent en grand, elle n'y comprenait rien. Peu à peu, l'incompréhension laissa place à l'incrédulité et à un léger frisson d'horreur.

JE TE SURVEILLE
AMOUR,
VALENTIN

Les fenêtres. Son regard se porta sur la baie vitrée qui occupait tout un pan de mur. Les stores étaient levés, les rideaux ouverts sur les ténèbres ; et on pouvait voir les fenêtres éclairées de l'immeuble d'en face, situé Barrow Street, et, plus loin, celles de la partie nord de la ville. Des milliers de fenêtres. Elle se sentit vulnérable, nue. On l'espionnait. Elle allait bondir quand une idée lui traversa l'esprit. Elle s'arrêta pour réfléchir et, une fois de plus, son regard tomba sur la carte qu'elle tenait à la main. Elle plissa les yeux.

Soudain, toute seule dans son appartement illuminé, Jillian Talbot éclata de rire. « Oh, mon Dieu ! murmura-t-elle, soulagée enfin d'un immense poids. Oh, Nate, mais c'est d'un mauvais goût ! » C'était Nate, bien sûr, la seule personne au monde à qui elle avait donné à lire ce qu'elle était en train d'écrire. Le premier chapitre de son nouveau roman qui n'avait pas encore de titre se terminait à peu près de cette façon : non pas par une carte de la Saint-Valentin, mais par une feuille de papier blanc, tout ce qu'il y a de plus banal, mise sous enveloppe et glissée sous la porte de l'héroïne. Le texte disait : « JE VAIS TE TUER. » Le message laissé sur le répondeur, ce chuchotement aigu semblable à celui d'une fillette, était une invention de Nate. Très réussi, pensa-t-elle. Jamais je n'aurais reconnu sa voix, jamais de la vie.

Je vais le tuer, décida-t-elle en écho à sa propre prose.

Elle riait encore lorsqu'elle laissa retomber la carte sur la table basse et se dirigea vers la cuisine afin de mettre de l'eau à chauffer pour les pâtes.

Les fenêtres ne l'inquiétaient plus.

Sur le petit carton accroché à la porte de l'atelier d'East Village, on pouvait lire :

NATHANIEL LEVIN
ARTISTE

Ce n'était qu'une petite plaisanterie. Le premier geste qu'il avait fait un an et demi auparavant, après être entré dans un grand magasin vide de la Première Avenue, entre la 5e et la 6e Rue, pour dire à la propriétaire, une hippie sur le retour, qu'il voulait louer l'atelier. Evening Blanchard (« Appelle-moi Eve »), dont le vrai prénom était Selma, comme il l'avait appris plus tard, avait été tellement ravie qu'elle lui avait loué au rabais le petit appartement au-dessus. En réalité — elle l'avait avoué par la suite —, si elle l'avait accueilli chaleureusement en lui proposant de partager haschish et vin rouge bon marché (auxquels il n'avait pas touché), c'était parce qu'elle désespérait de pouvoir louer un jour ce local. Ce n'est d'ailleurs pas très étonnant, pensa Nate en regardant la grande pièce avec des baies vitrées protégées par des stores métalliques, toujours baissés et fermés à clé. Le lieu n'était pas accueillant et les deux chambres avec kitchenette à l'étage n'étaient pas plus grandes qu'un placard... Sans parler de l'appartement du deuxième, habité par un jeune couple chevelu : il les avait croisés dans l'escalier, cela lui suffisait. Mais je suis ici, à New York, se dit-il en posant le grattoir et en choisissant un pinceau ni trop fin, ni trop gros. Je suis exactement là où je voulais être. East Village, c'est le centre, le cœur du monde de l'art. Le top du top, plus central tu meurs.

Il épongea son front couvert de sueur, but une gorgée dans une grande bouteille d'Évian posée près de sa palette en verre et tendit la main pour diriger le petit ventilateur électrique vers lui pendant qu'il peignait. Il ne portait qu'un jean taché de peinture et des sandales. Sa chemise en coton, il l'avait retirée trois heures auparavant, lorsqu'il avait commencé à peindre. Pourquoi faisait-il toujours si chaud là-dedans ? Même en janvier. Dehors, il y avait pourtant une tempête à décorner les bœufs. Il regarda les vitres protégées par le store et les longs tubes au plafond qui répandaient une lumière artificielle, et il haussa les épaules. Il chassa une mèche noire ondulée qui lui tombait sur les yeux, étira son corps long et mince et retourna à son travail : il ne se laisserait pas abattre. Celle-ci est presque terminée, se dit-il. Il regarda les toiles appuyées contre le mur en les comptant dans sa tête. A son exposition — la deuxième qu'il ferait à New York —, il y en aurait douze, dont dix étaient déjà finies. Celle-ci était la quatrième de la série « Les Quatre Saisons », il l'avait appelée *Été*. Des taches de couleurs vives, rouge, orange, jaune et blanc, donnaient l'impression d'un vrai brasier. D'où peut-être, entre autres, la chaleur qu'il faisait dans l'atelier. Lorsqu'il serait satisfait du résultat — enfin, il ne l'était jamais complètement —, il s'attaquerait à la plus grande toile, *Vie*, celle qu'il avait gardée pour la fin. « Les Quatre Saisons » iraient rejoindre « Les Sept Ages de l'Homme », le dernier ensemble. L'exposition, elle, s'appellerait « Destinées ». Henry Jason s'attendait à ce que, située dans une galerie de Soho, elle ait une presse importante, bien plus que la première, en mars dernier. Jason lui faisait confiance : une vraie locomotive, voilà ce qu'il voyait en lui. Il l'avait lancé.

Diable, pensa Nate avec un sourire ironique en ajoutant un peu de blanc en haut à gauche de la toile. Maintenant, j'arrive même à vendre ! Gagner de l'argent n'avait jamais été son objectif numéro un, mais c'était plus agréable que de ne pas en avoir. Il vivait à New York. Il était en train de réussir dans le monde de l'art. Il s'était fait de nouveaux amis intéressants. Et le plus important, c'était Jill.

Jill. Sans cesser de travailler, il se rappela la nuit de leur rencontre, il y avait de cela presque un an maintenant, dans un club de la Septième Avenue bruyant et bondé, la boîte la plus « branchée » à ce moment-là. Jill, en robe rouge courte et moulante, était assise à une petite table près de la piste éclairée...

Elle souriait à la ronde tandis que son amie Tara Summers dansait avec son flirt.

Jill était seule : il l'avait compris tout de suite. Elle hochait la tête au rythme de la musique assourdissante crachée par les haut-parleurs tout en sirotant une boisson. Plus tard, il apprit que Tara, une actrice de télévision, l'avait traînée de force dans cet endroit. Elle avait décidé de leur trouver des petits amis à toutes les deux. Mais cela, il ne l'avait pas deviné ce soir-là. Il avait juste vu que pour le moment elle était seule à sa table et qu'elle était très belle. Il s'était frayé un chemin à travers la foule et s'apprêtait à l'inviter lorsque le destin s'en était mêlé. Un garçon très agité l'avait heurté, renversant une boisson sur le devant de sa chemise. Tandis qu'il lui criait des excuses, Nate avait entendu un petit rire doux, puis une serviette avait surgi devant son visage. En baissant le regard, il avait vu que c'était elle qui la lui tendait.

« Tenez, avait-elle dit avec un sourire charmant. Je pense que cela vous sera utile. »

Ils avaient ri tous les deux, et il avait essuyé sa chemise.

« Merci. On est serrés ici, c'est sûr.

— Oui. Et ils ont tous un verre à la main.

— Dangereux.

— La preuve ! »

De nouveau, ils avaient ri en chœur. Il s'était penché vers elle, lui tendant la main.

« Nathaniel Levin. Nate pour les intimes. Merci beaucoup. »

Elle avait gardé sa main dans la sienne un instant.

« Jillian Talbot. Jill pour les intimes. »

Il l'avait regardée.

« Pas l'écrivain Jillian Talbot, tout de même ! »

Ses yeux s'étaient élargis, elle était devenue toute rouge. De nouveau, elle avait eu un petit rire mélodieux.

« Désolée, mais je n'y peux rien ! »

Le visage de Nate avait trahi la surprise.

« Je viens de lire votre dernier livre ! Il est extraordinaire ! Non, sans blague, je le pense vraiment ! » Il avait rougi à son tour. « Mon Dieu, je ne suis pas très inspiré... »

Et ils avaient éclaté de rire ensemble.

« Je suis contente qu'il vous ait plu. Et vous, qu'est-ce que vous faites ?

— Je suis artiste. Peintre. Voulez-vous qu'on danse un peu ? C'est que... ça ferait sécher ma chemise...

— Oh oui, d'accord. Je ne voudrais pas que vous preniez froid ! »

Ils avaient ri encore : pendant qu'il la conduisait vers la piste de danse pleine de monde, pendant qu'ils dansaient et même plus tard, lorsqu'elle l'avait présenté à Tara Summers et à son flirt. Ils s'étaient assis ensemble autour de la petite table et, finalement, il avait trouvé le courage d'inviter Jill à sa première vraie exposition dans la galerie Henry Jason dans Spring Street. Mais il avait pris la précaution d'inviter également ses amis.

Elle était venue au vernissage. Cela avait été leur premier rendez-vous officiel...

Oh, mon Dieu, Jill ! Il jeta un coup d'œil à sa montre : sept heures moins vingt. Il devait être chez elle dans vingt minutes. Il regarda une dernière fois sa toile, et s'obligea à poser son pinceau.

Il avait eu le temps de monter l'escalier et de se mettre sous la douche quand le téléphone sonna. Tout ruisselant, il sortit de la salle de bains étriquée pour se précipiter dans une pièce étroite faisant office de salon et de chambre à coucher en même temps. Il trouva son téléphone là où il l'avait caché, sous les coussins d'un canapé convertible Castro, qu'il avait laissé déplié.

— Atelier Nathaniel Levin, dit-il dans un souffle en prenant le récepteur.

La réponse vint, ironique :

— Salut, atelier Nathaniel Levin. Ici le bureau de Jillian Talbot, écrivain. Nous avions rendez-vous pour le dîner, tu te souviens ? Ta muse t'aurait-elle capturé pour la soirée ?

— Non, mon petit sucre d'orge, j'ai simplement oublié l'heure, mais je suis déjà parti.

— Si tu as envie de travailler, il n'y a pas de problème, Nate. Mais j'ai réussi à convaincre Tara.

— Parfait. Doug sera là à l'heure prévue. Je suis déjà parti.

— Tu l'as déjà dit ! Achète du pinot gris sur le chemin, mais pas plus d'une bouteille. Je n'ai pas très envie de boire ces temps-ci.

— D'accord. Je suis déjà parti.

— Arrête de répéter ça ! D'ailleurs, inutile de te presser. Tu es en disgrâce, mon ami.

— Pardon ?

— Il y a un petit problème. Une certaine carte de vœux et un certain message téléphonique *sinistre.* Oh, et puis laisse tomber. Je n'apprécie pas ton sens de l'humour morbide et tordu, encore moins s'il vise mon dernier roman.

— Quoi ? Qu'est-ce que tu racontes ?

— On n'en parle plus. Je te tirerai les oreilles plus tard. Tu es déjà parti, n'est-ce pas ?

— Ouais... Je suis déjà parti.

Il raccrocha, regarda le récepteur un moment et d'un bond retourna sous la douche.

Sept minutes plus tard, il était dehors. Il portait un pull marin et un jean noir sous sa veste de cuir d'aviateur, sa préférée, une écharpe, des gants et son casque de moto d'un noir brillant. Le grondement de sa puissante Honda fit sursauter les autres habitants de l'immeuble dont aucun — il en était persuadé — ne connaissait l'anglais. La plupart devaient parler ukrainien, à supposer que ce fût une langue. Il jeta un coup d'œil aux restaurants et boutiques russes — pardon, ukrainiens — qui occupaient les maisons voisines et prit la Première Avenue en direction de la 9e Rue.

Quatre minutes plus tard, après bien des zigzags et des louvoiements au milieu des taxis et des autobus dans les rues gelées de la ville, il descendit de moto devant l'immeuble de Jill, arrêta le moteur, enchaîna les deux roues et se précipita au coin de Hudson Street. Il acheta le vin chez un marchand de spiritueux, plus du brandy à prix réduit pour le dessert.

Il retourna en courant vers l'immeuble de Jill de façon à se trouver devant sa porte à sept heures précises. Il tendit la main vers le bouton de l'interphone sans savoir qu'il était surveillé depuis l'instant où le moteur de sa moto avait retenti dans la rue, ni qu'un regard le suivait au moment même où la porte d'entrée se refermait derrière lui.

— Je trouve ça monstrueux, dit Nate.

— Oui, murmura Jill.

Assis dans le salon, ils fixaient tous les deux l'enveloppe rose fluo. Après un moment de silence, Nate tendit la main et la prit. Il la tenait avec précaution, l'examinant de tous les côtés.

— Elle a été postée hier de New York, dit-il. La Compagnie américaine de vœux. Mon Dieu, Jill, nous sommes à quinze jours de la Saint-Valentin ! Dans chaque papeterie américaine, il doit y avoir une quantité industrielle de cartes de ce genre.

Elle s'appuya au dossier du canapé et poussa un profond soupir, elle voulait y voir plus clair. Ce n'est qu'une blague, se disait-elle. Allez, garde le moral, Jill Talbot. Mais si ce n'était pas Nate, alors qui...

Il ouvrit la carte.

— « Je te surveille », lut-il, et ses sourcils noirs se rapprochèrent. Tu ne penses pas que Tara...

— Mais bien sûr que non ! cria-t-elle. Nous sommes à New York, Nate. Toutes les vingt minutes à peu près, une femme est assassinée. Un homme très bête pourrait penser que c'est une bonne blague, mais une femme, ça ne lui aurait jamais traversé l'esprit.

Il leva les mains, comme pour se défendre.

— Bon, d'accord ! C'est uniquement parce que tu m'as dit que la voix sur le répondeur aurait pu être celle d'une femme.

— Ou celle de n'importe qui.

Tandis que le sens de ces paroles faisait son chemin dans leur esprit, ils se regardèrent, les yeux écarquillés. Il y eut un long silence.

— Mon Dieu, murmura-t-elle. John Hinckley.

— Attention, Jill, il ne faut pas tirer de conclusions hâtives. C'est seulement une sorte de... Je ne sais pas, mais ce n'est qu'une carte.

— Et le message sur le répondeur ? répliqua-t-elle en se rapprochant de lui et en lui prenant la main.

— As-tu reconnu la voix ?

— Non. En tout cas, il s'est donné beaucoup de mal pour la changer. Oh, Nate, je n'aurais jamais dû l'effacer !

Nate se pencha vers elle et elle remarqua que, tout en parlant, il étudiait son visage.

— Je crois avoir lu quelque part que neuf fois sur dix on connaît la personne. Tu n'as aucune idée ?

— Non. Pas vraiment. Au début... Oh, mais non.

— Allez, Jill, insista-t-il. Au début, quoi ?

Elle soupira.

— Au début, j'ai pensé que ce pouvait être mon beau-père.

De nouveau, elle le vit écarquiller les yeux. A cet instant, on sonna.

D'un geste rapide, Jill cacha la carte dans un des

tiroirs d'une table qui se trouvait au bout du canapé et se dirigea vers la salle à manger.

— C'est Tara. Peux-tu ouvrir ? Et pas un mot à propos de tout ça.

Nate acquiesça d'un signe de tête et alla vers la porte, tandis que Jill débarrassait la table du dîner et s'enfuyait vers la cuisine. Les assiettes étaient déjà dans le lave-vaisselle et les verres dans l'évier lorsqu'elle entendit le rire léger qui annonçait toujours l'arrivée plutôt théâtrale de sa voisine du dessous.

— Nate, mon chéri. Je suis là, fidèle à mes engagements. Comme c'est gentil de ta part d'arranger pour moi un premier vrai rendez-vous surprise. Il est déjà arrivé ? Comment tu me trouves ? Et où est-elle, ta *femme de lettres* ? Ne me regarde pas comme ça, mon chou. C'est des questions rhétoriques, c'est tout.

Jill éclata de rire, lorsque, en sortant de la cuisine pour accueillir Tara Summers, elle vit le spectacle : une robe blanche provocante et une très longue crinière sauvage qui suscitait la jalousie de toutes les femmes au foyer du lundi au vendredi entre une heure et demie et deux heures.

Jill avait rencontré l'actrice peu de temps avant qu'elles n'aient emménagé ici toutes les deux, et le courant était passé tout de suite. A présent, Jill considérait sa voisine comme l'une de ses meilleures amies.

— Salut, Tara, lui dit-elle. Dis donc, pour quelqu'un de gravement malade et que son mari vient de quitter pour une autre femme, tu as une mine superbe !

— Oh, je t'en prie ! cria l'actrice. Je t'ai demandé mille fois de ne pas regarder ces bêtises. En plus, cette maladie n'a rien de grave. Pas dans les épisodes actuels, en tout cas.

Jill se laissa tomber sur le canapé en riant. Quelques minutes plus tard, lorsque Doug Baron les rejoignit, elle riait toujours.

Grand, brun et beau, Doug avait le sourire facile. D'un naturel tranquille, il sut aussitôt retenir l'attention de Tara. Nate l'avait rencontré quelques semaines auparavant dans la galerie où il allait exposer, et ils étaient devenus copains. Mais Jill le voyait ce soir-là pour la première fois, et elle ne savait pas quoi penser de lui au juste. Elle remarqua sa cravate lacet et ses bottes en peau de serpent, sa queue de cheval, sa barbe de deux jours, ses boucles d'oreilles et autres accessoires qui ne l'avaient jamais vraiment emballée. Qu'est-ce donc ? s'étonna-t-elle. Il a une manière si *intense* de vous regarder...

— Ainsi, vous êtes photographe, dit-elle en lui servant du café et du brandy. Quel genre de photos faites-vous ?

— Oh, des photos de toutes sortes, dit-il d'une voix traînante, en étirant les syllabes — l'accent du Sud probablement. Paysages, scènes de ville. Là, je viens de terminer une série de portraits.

— Des nus, ou quelque chose de ce genre, il me l'a dit, précisa Nate en s'adressant aux femmes avec une grimace.

— Oh, tu n'es tout de même pas un de *ces photographes-là* ?

Tout le monde rit. Jill observa ce bel homme aux yeux marron foncé, curieux de ce qu'il allait répondre.

— Non, dit-il. La plupart de mes modèles sont des hommes, et je n'ai pas besoin de dire aux femmes que je suis photographe pour qu'elles se déshabillent.

Il se tourna vers l'actrice, assise près de lui sur le canapé.

— En réalité, ça fait un moment que je n'ai pas eu de flirt. Je... je suis veuf, et je n'avais pas la tête à ça...

Il se troubla, haussa les épaules, esquissa un petit sourire.

Aussitôt, Jill se sentit plus détendue. Il était veuf :

voilà qui expliquait cette sensation de distance qui l'avait perturbée au début. Elle jeta un regard à Nate et lut dans ses yeux qu'il était aussi surpris que les deux femmes. Puis, amusée, elle observa Tara abandonner son rôle d'actrice chic pour celui de Maria von Trapp, une jeune nonne qui s'éprend d'un veuf, rôle qu'elle avait joué deux années auparavant dans un feuilleton d'été.

Tout marcha comme sur des roulettes. Jill servit une tarte aux noix et de la glace, et tout le monde reprit du café et du brandy. Nate raconta une de ses affreuses blagues favorites, et Tara fut tellement parfaite dans son rôle de voisine et d'assistante maternelle que Jill n'aurait pas été étonnée de l'entendre chanter une berceuse. A la fin de la soirée, Doug et Tara, ravis, s'étaient fixé rendez-vous pour dîner ensemble. Nate avait fait savoir à Jill, grâce à un système de signes, qu'il restait pour la nuit ; quant à cette dernière, elle avait complètement oublié la carte rangée dans le tiroir.

Enfin, les amis se retirèrent : Tara regagna son appartement juste en dessous de celui de Jill, Doug rentra chez lui. Dehors, il neigeait de nouveau, Jill et Nate restèrent encore un moment sur le canapé en se tenant la main, à regarder les rafales légères et à envisager divers scénarios romantiques entre Doug et Tara. Puis ils se levèrent et passèrent dans la chambre à coucher. Comme d'habitude, Jill laissa une lumière allumée dans le salon.

Elle n'avait pas descendu le store de la baie vitrée.

Il observa Jill Talbot se lever, prendre la main de Nate et le conduire dans la chambre à coucher au fond de l'appartement. Alors, il baissa les jumelles, alluma la lampe près du fauteuil qu'il approcha de la fenêtre et ouvrit un nouveau paquet de Marlboro.

Il venait de rentrer, il avait fait un saut au bistrot du

coin pour aller chercher des cigarettes, sous la neige. Il avait bien calculé son coup : il ne l'avait perdue de vue que quelques minutes. Il se rassit sur sa chaise, tira une bouffée de sa cigarette et pensa qu'il avait eu de la chance de trouver cette chambre juste en face de l'appartement de Jill.

Il avait vu l'annonce sur la porte d'entrée, le jour de son arrivée, quinze jours plus tôt, lorsqu'il avait repéré son immeuble et visité le quartier précisément à la recherche d'une telle occasion.

Et sa chance ne s'était pas arrêtée là. Jill était incroyablement facile à suivre. Dès les trois premiers jours, il avait compris qu'elle se déplaçait presque toujours à pied et que la plupart du temps elle ne quittait pas le quartier. Quant aux taxis, en dépit de ses appréhensions, il n'était pas difficile de les filer. Il l'avait suivie dans deux librairies où elle avait une séance de signature, chez son éditeur, au bureau de son agent, chez Nate dans East Village et, pas plus tard que la veille, à un studio de télévision dans le centre-ville. Et pendant tout ce temps, elle ne s'était doutée de rien.

Ce jour-là pourtant, la chance avait failli le quitter. A deux reprises. Juste avant de traverser la rue pour rentrer dans son immeuble, elle s'était retournée et l'avait repéré. Mais ce n'était pas le plus grave. Quelques minutes auparavant, lorsqu'elle avait glissé en sortant de son café habituel, il avait tendu le bras pour la soutenir.

Et il l'avait touchée.

Imbécile, se dit-il, en tirant sur sa Marlboro. Si elle était tombée, si les choses avaient tourné autrement, cela aurait pu être une grave erreur.

Il ne s'était rien passé, se rassura-t-il. Mais ensuite, il l'avait vue entrer dans son appartement une petite enveloppe rose à la main. Plus tard, elle et Nate s'étaient assis sur le canapé en étudiant la carte et en parlant, jusqu'à l'arrivée de Tara Summers. Il aurait donné cher pour pouvoir entendre cette conversation. Il savait ce qu'il fallait faire. La serrure de la porte d'entrée serait facile à démonter. Et il était certain que celle de l'appartement ne lui résisterait pas davantage. Sinon, il restait toujours l'échelle d'incendie à l'arrière de l'immeuble, qui menait à la fenêtre du fond. A New York, il est incroyablement facile de se procurer des appareils d'écoute. Demain ou après-demain...

De nouveau, à travers la neige qui continuait à tomber, il regarda la fenêtre de l'autre côté de la rue. Jill et Nate s'étaient définitivement retirés pour la nuit. Il écrasa sa cigarette, se leva et enleva son blouson, sa chemise, ses bottes et son jean. Il éteignit la lampe et se laissa tomber sur un petit lit dans un coin de la pièce.

Il ne dormirait pas beaucoup. Il resterait éveillé, comme chaque nuit, lorsqu'il pensait aux trois femmes mortes. Et à Jillian Talbot.

On était vendredi, 30 janvier. Encore quinze jours, pensa-t-il. Quinze jours à attendre jusqu'au samedi 14 février. Le jour de la Saint-Valentin.

2

Samedi, 31 janvier

— Qu'est-ce qu'il y a, Jill ? demanda Tara. Qu'est-ce qui ne va pas ?

Jill leva les yeux de la carte du restaurant.

— Que veux-tu dire ?

— Ah, ne me raconte pas d'histoires ! cria l'actrice en mettant ses coudes sur la table. Tu as été très nerveuse toute l'après-midi. Je sais que tu n'aimes pas paraître en public, mais il y a autre chose. Quel est le problème ?

Jill secoua la tête et sourit faiblement. Elle ne savait pas comment aborder le sujet, elle avait peur d'avoir l'air d'une folle ou du moins d'une grande angoissée. Mais son amie avait raison : elle était nerveuse.

La journée précédente s'était bien passée, enfin presque. Si l'on oubliait ce qui lui était arrivé au magasin. Elle avait écrit presque toute la journée, ne s'arrêtant que pour aller faire une course rapide au supermarché du coin, mais elle s'était surprise en train de regarder autour d'elle pendant tout le trajet, à l'aller comme au retour. Au moment où elle hésitait entre des cuisses de dinde et un petit poulet rôti, un jeune homme brun vêtu d'une veste en cuir avait surgi quelques mètres plus loin ; manifestement, il était confronté au même dilemme. Elle avait gardé son calme, absorbée par le choix qu'elle devait faire, tout en l'observant subrepticement. Il regardait vers le bas, penché sur les produits congelés, mais elle fut soudain consciente de sa présence toute proche. Elle jeta un coup d'œil autour d'elle : ils étaient seuls, au fond du magasin. Il s'était approché de plus en plus. Elle avait senti la chaleur de son corps et elle s'était rendu compte avec effroi qu'elle était incapable de bouger. Lorsque le bras du jeune homme avait frôlé le sien, comme elle aurait pu s'y attendre, elle avait sursauté avec un hoquet. Il l'avait regardé, avait souri, puis s'était éloigné : son attention avait de nouveau été captée par les surgelés. Soulagée, Jill avait laissé tomber les deux paquets dans son caddy. Elle avait immédiatement reconnu ce sourire : c'était le sien, celui qu'elle arborait tous les jours. Un sourire poli, mais complètement vide, détaché. A cet instant, une jolie femme enceinte jusqu'aux dents avait rejoint le jeune homme et lui avait pris des mains les cuisses de dinde en lui montrant une grosse volaille à rôtir. Il avait grogné, mécontent ; quant à Jill, elle n'avait pu retenir un gloussement. La femme lui avait souri avec une mimique expressive. Les hommes, ils sont comme ça, disaient ses yeux, si on les laissait faire, on ne mangerait que des saloperies. Jill avait hoché la tête et avait poussé son chariot en essayant de contrôler un petit rire nerveux. Plusieurs personnes l'avaient suivie des yeux tandis qu'elle se dirigeait vers l'allée centrale qui menait aux caisses.

C'est là seulement qu'elle avait aperçu les deux paquets dans son chariot. Trop troublée pour pouvoir expliquer son erreur à la caissière, elle avait préféré les garder. Après tout, s'était-elle dit, pressée de rentrer, je peux les mettre au congélateur.

Elle avait dîné et parlé brièvement au téléphone avec Nate, puis elle avait regagné son bureau. Pendant un long moment, elle avait rêvé devant l'écran de son ordinateur. Et, soudain, elle s'était mise à taper à toute allure, ses doigts courant sur le clavier. Quand elle avait relu ce qu'elle venait d'écrire, elle avait découvert qu'il s'agissait d'une scène très tendue où l'héroïne — la victime traquée, à moitié paranoïaque — délirait tranquillement dans le supermarché du quartier, au rayon des surgelés, persuadée que l'inconnu innocent à côté d'elle n'était autre que son persécuteur anonyme.

Cette après-midi-là, Tara avait accompagné Jill à Murder Ink, une librairie de Broadway spécialisée dans le roman policier. L'éditeur leur avait envoyé une voiture et, en chemin, elles étaient passées prendre Mary Daley. Pendant presque tout le trajet, immobile sur la banquette arrière entre son agent et son amie, Jill avait fixé la nuque du chauffeur en se demandant s'il était bien celui pour qui il se faisait passer. Elle imagina un bref scénario : le vrai chauffeur gisait quelque part dans un entrepôt obscur, ligoté et bâillonné, en maillot de corps et slip, pendant que l'homme en livrée volée se réjouissait de la proximité de sa proie.

La foule qui l'attendait était composée en majorité de femmes, mais elle avait remarqué également quelques hommes. Le nombre de lecteurs masculins augmentait à chaque nouveau titre. C'était encourageant, et bien des écrivains auraient aimé franchir cette ligne de démarcation entre les sexes. Or, assise à une petite table au fond de la librairie, elle s'était surprise à lever les yeux pour scruter le visage de chaque homme qui venait lui demander un autographe. Mary et Tara étaient assises respectivement à sa gauche et à sa droite, l'actrice provoquant d'ailleurs autant d'intérêt que l'auteur. Le propriétaire du magasin était ravi : il avait deux célébrités pour le prix d'une. Les gens étaient restés là bien au-delà de l'heure prévue, après quoi Jill s'était attardée encore pour signer plusieurs cartons de *L'Esprit d'Alice Lanyon* que l'on devait expédier à des admirateurs et des collectionneurs dans toute l'Amérique. Une après-midi réellement agréable. Mais pendant tout ce temps où elle avait souri à tout le monde — ses admirateurs, le personnel de la librairie, ses deux amies —, elle s'était demandé comment ils auraient réagi en apprenant ce qu'elle ressentait.

A présent, elle et Tara se trouvaient chez Carmine's, un immense et célèbre restaurant italien à l'angle de Broadway et de la 91e Rue, deux blocs au sud de la librairie. Après la signature, Mary était pressée d'aller à un rendez-vous ; Jill avait congédié le chauffeur et demandé au libraire de lui indiquer un endroit agréable pas trop loin, pour dîner. Tous les samedis, de cinq à sept, la femme de ménage de Jill, Mme Price, nettoyait son appartement, et elle n'aimait pas avoir quelqu'un dans les jambes. Jill dînait donc dehors ce jour-là. Elle regarda la salle, qui ressemblait à une cave, et se sentit plus à l'aise que tout à l'heure, quand il y avait foule.

Elle remarqua que Tara continuait à l'observer.

— Tu vas me dire ce qui ne va pas, sinon, privée de dessert ! menaça l'actrice.

Lorsque le serveur apporta leurs plats, elles étaient en train de rire toutes les deux. En voyant l'immense assiette de raviolis qu'il posa devant elle, Jill se demanda si être privée de dessert serait vraiment une punition. Son sourire disparut lorsque, levant la tête, elle rencontra le regard de son amie. Elle respira longuement, profondément, avant de se jeter à l'eau. Puis elle parla à Tara de la carte qu'elle avait reçue pour la Saint-Valentin.

Il avait encore eu de la chance : son appartement n'était pas fermé à clé. Le loquet avait cédé plus facilement que celui de la porte de l'entrée principale.

Certes, prendre l'ascenseur avait représenté un risque, mais cette fois, il avait pénétré dans l'appartement qu'il avait observé pendant deux semaines depuis l'autre côté de la rue.

Il se trouvait au milieu du grand salon merveilleusement meublé ; il regarda autour de lui, enregistrant chaque détail. Il cherchait un espace à la fois creux et fermé donnant sur la chambre. Il avait déjà glissé une minuscule puce dans le récepteur du téléphone du salon. Il ne lui restait plus qu'à dissimuler un micro quelque part dans la chambre. Il contempla ce matériel qui tenait dans la paume de sa main droite, émerveillé une fois de plus par les progrès de la technique. Il n'avait eu aucun mal à se procurer les deux micros et les appareils d'écoute, deux magnétophones que la voix suffisait à déclencher et des écouteurs qui l'attendaient maintenant dans sa chambre, sur le trottoir d'en face. Un adolescent de quinze ans, pour peu qu'il soit suffisamment motivé, aurait pu les acheter dans un des magasins spécialisés dont Manhattan comptait plus d'une centaine.

Un espace creux... Pas la bibliothèque vitrée... Les meubles de rangement en verre tout en haut et les étagères en bois tout en bas ne laisseraient pas passer le son. Les tiroirs présentaient le même inconvénient. Le canapé... Entre le fond du siège et le sol, il restait un peu de place, quelques centimètres à peine. Oui. Il le renversa avec précaution, de façon à ce que les quatre pieds fussent tournés vers lui. Il constata alors qu'entre les coussins rembourrés et la structure métallique, il y avait un jeu d'une bonne dizaine de centimètres. Les côtés et les panneaux de devant étaient en bois. Parfait. Il glissa sa main dans la poche intérieure de sa veste en cuir et en sortit un rouleau de ruban adhésif épais.

Trois minutes plus tard, tout était installé. Il remit le canapé en place, attentif à ce que les pieds se glissent dans les enfoncements qu'ils avaient laissés sur le tapis. Pendant les cinq minutes qui suivirent, il parcourut rapidement tout l'appartement, ses pas étaient parfaitement silencieux grâce à ses espadrilles. Ce n'était pas si important, d'ailleurs : il savait qu'elle faisait une signature dans une librairie au nord de la ville et que Tara Summers l'accompagnait. Posté à sa fenêtre, il avait vu les deux femmes monter dans une limousine noire environ une heure auparavant. Son intrusion était un luxe qu'il était sûr de pouvoir se permettre : elle ne serait pas de retour avant la tombée de la nuit. Et il voulait vérifier quelque chose.

A la fin, il en fut convaincu : non, elle n'avait pas d'arme. Pas de revolver, pas de bombe, pas de système d'alarme valable. A moins qu'elle ne garde la bombe ou même le revolver dans son sac à main, mais il en doutait. Et à quoi lui servait la porte blindée, puisqu'elle ne l'utilisait pas ? Elle était une proie facile.

Arriver jusqu'à elle serait un jeu d'enfant.

Il jeta un dernier coup d'œil autour de lui pour s'assurer que l'appartement dans son ensemble et chaque objet en particulier étaient restés tels qu'il les avait trouvés. Tels qu'elle les avait laissés. Il allait partir comme il était arrivé — mais cette fois-ci, il emprunterait l'escalier —, lorsqu'une curiosité de dernière minute le retarda. Tout en regardant sa montre, il se dirigea sans bruit vers la table près du canapé. Il l'avait déjà remarquée au moment où il cherchait une cachette pour le micro.

Il fouilla dans le tiroir et prit la brillante enveloppe rose. Il sortit la carte et l'ouvrit. Oui, pensa-t-il en hochant lentement la tête. Oui...

Il venait juste de ranger l'enveloppe à sa place et de refermer le tiroir lorsqu'il entendit la porte de l'ascenseur s'ouvrir avec un grincement. Aussitôt, de sa main gauche, il descendit une cagoule noire sur son visage, tandis que sa main droite plongeait automatiquement dans la poche de sa veste, où il avait glissé un couteau.

Un autre bruit retentit : des talons plats et durs claquaient sur le sol du palier qui n'était pas recouvert de moquette. Et soudain, un cliquetis de clés dans la serrure.

— Mon Dieu, Jill, mais c'est vraiment la ville de l'Horreur !

— C'est à moi que tu le dis ?

Jill repoussa son assiette — elle avait à peine touché à ses raviolis — et prit son verre d'eau. C'est avec un certain amusement qu'elle observait Tara continuer à avaler bouchée après bouchée tout en parlant. Tara pouvait manger en toutes circonstances, et ce jour-là ne faisait pas exception. Excitation, colère, peur, tout la mettait en appétit. Ils sont comme ça, les acteurs, pensa Jill.

— Il faut deux choses, marmonna Tara tout en pêchant un ravioli. Premièrement, une arme. Deuxièmement, la police. Absolument. Attends un instant, s'il te plaît. Je sais ce que tu vas dire. Tu as une bombe dans ton sac à main et tu ne veux pas ennuyer les flics avec une histoire aussi banale, et patati, et patata. Je vois.

Elle posa enfin sa fourchette, qui jusque-là n'avait pas chômé, et se pencha vers Jill en la regardant droit dans les yeux.

— Tu m'as vue dans *Les Enfants de demain*, n'est-ce pas ? Tu connais la meuf qui joue Clarissa, Betty Hanes, celle avec des gros nichons et une crinière rousse comme ça ? Eh bien, il lui est arrivé la même chose.

Elle hocha la tête comme si cela expliquait tout, et tendit la main vers sa fourchette. Jill repoussa la sienne.

— Qu'est-ce qui lui est arrivé ? demanda Jill avant

que Tara n'ait le temps de se remplir la bouche. Vas-y, raconte.

— La même chose. Messages anonymes. Coups de fil en pleine nuit. Quelqu'un lui envoyait sans cesse des lettres du genre : « Je te désire, si tu ne te donnes pas à moi, je te tuerai. » Un jour, elle est retournée dans sa loge après le tournage et elle a trouvé ses vêtements en lambeaux. Et ses sous-vêtements avaient disparu ! ajouta-t-elle plus bas.

La main de Jill s'envola vers sa bouche.

— Oh, mon Dieu !

— Ouais, dit Tara. Joli, hein ? Alors, pendant quelques jours, nous avons eu les flics dans le studio. Ils l'accompagnaient à son travail et, après le travail, chez elle, ils surveillaient son appartement et tout ça. Dommage, il ne s'est rien passé. Finalement, ils ont laissé tomber. Ce n'était pas vraiment de leur faute. Je veux dire ici, c'est New York, les flics, ils ont du boulot. Alors Betty a engagé un type, un détective privé. Personne n'était au courant. On nous a dit que c'était le nouveau producteur associé. Deux jours plus tard, il a surpris quelqu'un dans la loge en train de voler d'autres sous-vêtements.

— Formidable. Et qu'est-ce qu'on lui a fait ?

Tara sembla embarrassée.

— A qui ?

— Au type qui volait les sous-vêtements.

— Ma chérie, ce n'était pas un type. C'était une fille, l'accessoiriste !

Jill hocha la tête, incrédule.

— Je n'ai jamais entendu une histoire pareille. Je connais quelques lesbiennes, mais aucune d'elles n'aurait jamais...

— Oh, ce n'était pas une lesbienne ! Tu vois, Betty sortait avec l'un des photographes du spectacle. Avant, il était avec l'accessoiriste, et elle était tombée enceinte. Il l'avait abandonnée pour cette pauvre

Betty qui n'était au courant de rien. Elle croyait au prince charmant. Alors, cette fille essayait de lui faire peur pour la décourager et pour pouvoir récupérer le type. Là, on a compris qu'elle était folle. Et pourtant, elle bosse vraiment bien.

— Tu veux dire qu'elle est toujours là ? demanda Jill en écarquillant les yeux.

— Bien sûr. Betty n'a pas porté plainte. Elle a préféré casser la figure au photographe. Devant toute la troupe. Il était soûl, et la fille a été augmentée. Elle vient d'avoir son enfant, une petite fille, et elle et Betty sont devenues copines. Maintenant, elle sort avec l'un des scénaristes, l'accessoiriste, pas Betty.

Tara sourit et prit une bonne fourchetée de pâtes.

Aussi étrange qu'elle fût, cette histoire frôlait le ridicule. Cependant, Jill ne rit pas.

— Où veux-tu en venir ?

La fourchette tomba bruyamment dans l'assiette de Tara. Son sourire avait disparu.

— Un conseil : ne tourne pas autour du pot. D'accord, ce n'est qu'une carte bizarre, et peut-être qu'il n'y aura aucune suite. Mais tu ne peux pas le savoir. Tu dis que ça te rend nerveuse. Tu as le droit d'être nerveuse. Betty a eu de la chance, elle. Son dingue n'en était pas un, c'était seulement une excitée, une pauvre fille enceinte et désespérée. Mais ça ne l'a pas empêchée de remplacer la bombe qu'elle avait dans son sac à main par autre chose.

Tara jeta un coup d'œil aux tables voisines et se rapprocha de Jill, baissant la voix :

— A présent, elle emmène partout avec elle un petit compagnon qui répond au nom de Lady Wesson.

Jill ferma les yeux et secoua la tête.

— Moi, je ne peux pas faire ça. La question ne se pose même pas. Ce n'est pas mon truc.

— C'est ce que Betty disait aussi. Au début.

— Et toi, tu pourrais faire ça ?

Lentement, un sourire apparut sur les lèvres de Tara. Elle prit son sac accroché au dossier de sa chaise et le tendit à Jill.

— Veux-tu l'ouvrir ? demanda-t-elle.

Jill regarda à l'intérieur.

— Voilà, dit son amie en replaçant le sac sur sa chaise. J'espère que tu n'en auras pas besoin. Mais au moins, préviens la police. Ils ouvriront un dossier.

— Alors comme ça, tu as un revolver ? Il t'est donc déjà arrivé quelque chose de ce genre ?

Avant que Tara ait pu répondre, le serveur vint leur proposer la carte des desserts. Il sortit un petit bloc-notes et un stylo.

— Mademoiselle Summers, je ne voudrais pas vous déranger, mais je fais partie de vos admirateurs. Pourrais-je vous demander un autographe ?

L'actrice arbora un sourire radieux, signa et rendit le bloc. Dès qu'il fut parti, elle fit une grimace.

— Attention, dit-elle, c'est peut-être lui.

Gloria Price entra dans l'appartement de Jillian Talbot et retira son manteau de laine écossaise que Lou lui avait offert pour Noël et pour leurs trente ans de mariage. Elle l'adorait, parce qu'il tenait chaud et aussi pour ce qu'il symbolisait. Elle sourit en songeant qu'à présent leurs enfants avaient eux-mêmes des enfants, et que Lou saisissait toutes les occasions de la gâter, elle. Je suis son enfant de substitution. Et lui le mien.

Ils travaillaient tous les deux à plein temps, et le samedi après-midi elle faisait des ménages dans des appartements près de chez eux, pour se faire un peu d'argent en plus. L'année prochaine, Lou prendrait sa retraite et ils iraient vivre en Floride. Elle faisait des économies pour son nouveau club de golf.

Elle jeta un regard au placard près de la porte d'entrée, où l'on rangeait les manteaux. Puis, haussant les épaules, elle laissa tomber le sien sur le canapé et se dirigea vers la cuisine. La Floride, pensa-t-elle. Bientôt, je n'aurai plus besoin de ce merveilleux manteau. A Noël prochain, il faudra qu'il m'achète un maillot de bain !

L'appartement de Jill était celui qu'elle préférait. C'était de loin le plus beau, et Jillian Talbot lui était sympathique. Les deux autres femmes chez qui elle faisait le ménage, « professions libérales » également, lui cherchaient sans cesse des poux dans la tête. Jill, elle, était toujours de bonne humeur, amicale et suffisamment sage pour laisser toutes les décisions à une femme qui faisait déjà des ménages alors qu'elle n'était pas encore née. Elle était aussi la plus généreuse. Gloria avait un exemplaire dédicacé de chacun de ses romans. Et ils lui plaisaient, ses livres. Un peu effrayants à son goût, mais amusants.

Elle sortit l'aspirateur du placard près du réfrigérateur, fouilla sous l'évier, trouva la cire pour les meubles et le produit pour laver les vitres. Elle se dirigeait déjà vers la chambre à coucher quand soudain elle regarda le micro-ondes installé au-dessus de la cuisinière, puis sa montre. Cela lui donna une idée. Elle prit un bol sur l'étagère près de l'évier, le remplit d'eau, ouvrit le placard au-dessus de sa tête, et en sortit du café soluble.

Au moment où elle claquait la porte du four à micro-ondes et appuyait sur le bouton, elle entendit un faible bruit provenant du salon auquel elle tournait le dos. De nouveau, elle consulta sa montre. Peut-être Jill avait-elle dîné plus tôt que prévu et rentrait-elle déjà ?

Elle fit demi-tour et alla jeter un coup d'œil dans le salon envahi par la pénombre. Le soleil était presque couché et une faible lumière grise d'après-midi filtrait à travers les fenêtres. Instinctivement, elle tendit la main pour appuyer sur l'interrupteur de la cuisine. Le plafonnier s'alluma, et l'éclairage fluorescent sous le placard clignota comme pour attirer son attention. Oh oui, pensa-t-elle, il faut que je me mette au travail. Le micro-ondes fit entendre son bip, elle se retourna et prit son bol fumant.

Lorsque Gloria Price entendit pour la deuxième fois un bruit venant du salon, elle comprit qu'elle ne délirait pas. Il s'agissait d'un petit claquement bien distinct.

— Jill, c'est vous ? demanda-t-elle.

Personne ne répondit.

Elle redressa la tête et fronça les sourcils, prenant un air que Lou qualifiait de « directorial ». Elle posa le bol sur l'étagère et entra dans le salon.

La nuit était déjà tombée lorsque les deux femmes descendirent du taxi et se précipitèrent dans le hall illuminé. Jill avait déjà sorti sa clé, mais Tara se tourna vers sa boîte aux lettres.

— Tiens ! Une carte de mon petit frère ! annonça-t-elle, radieuse.

Jill aussi tendit la main vers sa boîte aux lettres, mais elle la retira aussitôt, hésitante.

Les deux femmes restèrent un instant à regarder en silence le petit carré de laiton juste à côté de celui de Tara. Jill prit son courage à deux mains, malgré le frisson qui parcourait son corps, ouvrit la boîte et glissa sa main à l'intérieur.

Cette fois-ci, l'enveloppe n'était pas rose, mais blanche. Elles la fixèrent un moment, examinant le timbre, le cachet de la poste, le nom et l'adresse tapés à la machine ; l'expéditeur n'avait pas mis la sienne. Tara l'arracha des mains de Jill et l'ouvrit.

C'était une carte artisanale ; du papier blanc plié. Au recto du premier volet, on voyait le contour d'un cœur sommairement dessiné avec un crayon rose. A l'intérieur du cœur, parfaitement centré, un message tapé à la machine :

LES ROSES SONT ROUGES
LES VIOLETTES SONT BLEUES
LE SUCRE EST SUCRÉ...

Tara ouvrit la carte et la leva bien haut pour qu'elles puissent toutes deux lire la suite :

ET JE TE SURVEILLE TOUJOURS
AMOUR,
VALENTIN

Dans l'ascenseur, aucune des deux ne prononça un mot. Tara avait gardé la carte et l'enveloppe : il n'était pas question qu'elle descende au sixième pour rentrer chez elle. Jill ferma les yeux, essayant de prendre conscience de son propre état.

Elle n'avait plus peur : le choc de la première fois était passé. Elle ne tremblait pas. Elle n'était même pas en colère. Elle ressentait uniquement... qu'était-ce donc ? Elle cherchait encore le mot quand l'ascenseur s'arrêta devant son appartement. Au moment où elle mit la clé dans la serrure, elle le trouva enfin : *du dégoût.* La porte s'ouvrit brusquement.

Jill laissa tomber ses clés et recula avec un petit cri en heurtant Tara qui avait déjà glissé sa main dans son sac.

Devant elles se tenait Gloria Price vêtue de son lourd manteau écossais, manifestement tout aussi surprise qu'elles.

— Oh ! cria-t-elle en portant sa main gantée à son cou. Ce que vous m'avez fait peur, mon petit ! Je n'avais pas entendu l'ascenseur.

Gloria se hâta de rentrer chez elle en plongeant dans l'obscurité glacée, car elle savait que ses frissons ne venaient pas du froid. La sensation désagréable qui l'avait envahie dans la cuisine avait mis ses nerfs à vif et elle avait travaillé à toute vitesse, nettoyant seulement en surface, allumant les lampes sans arrêt et regardant sans cesse par-dessus son épaule, incapable de retrouver sa bonne humeur. Elle était sur le point de s'esquiver discrètement lorsque, ouvrant la porte en grand, elle s'était trouvée nez à nez avec les deux femmes et avait failli tomber à la renverse. Elle frissonnait toujours en marchant vers sa maison de Bedford Street, contente de n'avoir rien raconté à Jill à propos de la porte de l'appartement. Le samedi après-midi, Jill ne verrouillait jamais. Gloria n'avait pas la clé du verrou, et elle n'en voulait pas. Mais ce n'était pas une excuse. Une fois à l'intérieur, elle aurait dû fermer, précisément pour empêcher ce qui venait de se passer. Sans doute avait-elle laissé la porte entrebâillée. De la cuisine, elle avait nettement entendu le claquement sec de la serrure, au moment où la porte s'était refermée.

Longtemps, elles restèrent assises en silence. Puis Tara alla dans la cuisine et revint au bout de quelques minutes, apportant du thé à la camomille. Jill sourit faiblement à son amie, qui lui tendait un bol.

— La police, dit Tara. Demain.

Jill acquiesça. Elle but une petite gorgée de thé chaud, sucré. Puis elle se leva et alla dans son bureau téléphoner à Nate.

« La police. Demain. »

Il observa Jillian Talbot hocher la tête et prendre son thé. Son amie s'assit. Au bout d'un moment, Jillian Talbot se leva et disparut au fond de l'appartement. Aussitôt après, le deuxième magnétophone sur la table à côté de lui se déclencha. Il retira les écouteurs qu'il portait et prit l'autre paire.

Il entendit le bip des touches électroniques suivi de deux sonneries, puis :

— Atelier Nathaniel Levin.

— Salut, c'est moi.

— Ravi de t'entendre. J'allais justement t'appeler. Je vais à la galerie. Henry a des choses à installer. Après, lui et son nouveau petit ami vont inviter le futur célèbre artiste à dîner.

— Oh, super. Euh... Nate...

— Tu ne te souviens pas de son nom ?

— Du nom de qui ?

— De son nouveau petit ami.

— Euh... John, je crois. Écoute, Nate...

Il y eut un silence. Le magnétophone siffla.

— Qu'est-ce qu'il y a, Jill ? Qu'est-ce qui se passe ?

— J'en ai reçu une autre. Encore une carte pour la Saint-Valentin. Elle est arrivée par la poste.

Un long silence. Un bruit de respiration, puis Nate marmonna : « Seigneur. » Il avait baissé la voix, on y décelait des accents de colère.

— Tara est avec toi ?

— Ouais, elle est ici.

— Bon. Je vais appeler Henry pour annuler notre rendez-vous. J'en ai pour cinq minutes.

Clac ! Sans doute Nate venait-il de faire tomber son téléphone. Un autre clac quand Jillian Talbot raccrocha, et le magnétophone s'arrêta. Il reprit l'autre paire d'écouteurs.

Jillian Talbot retourna dans la pièce principale. Les deux femmes y restèrent assises jusqu'à ce que l'on entendît gronder la Honda, arrêtée à un feu rouge, et que Nate les rejoignît. Pendant un moment, il les observa tous les trois à travers les jumelles. Ils marchaient et parlaient, prenaient les deux enveloppes, les examinaient, les reposaient. A la fin, Tara Summers partit. Ce n'est qu'après son départ que

Jillian Talbot se blottit enfin dans les bras de son amant, se serra contre lui et se mit à pleurer.

Il retira ses écouteurs, s'enfonça dans son fauteuil et ferma les yeux. Au moins, son système d'écoute fonctionnait. Après tout ce par quoi il était passé pour l'installer...

Il fronça les sourcils, se rappelant les moments d'angoisse qu'il avait vécus dans le placard de l'entrée pendant que cette femme étrange pénétrait dans l'appartement et allait dans la cuisine. Avec quelle terrible lenteur il s'était ensuite déplacé jusqu'à la porte d'entrée ! Il lui avait fallu plusieurs secondes pour l'ouvrir sans bruit. Le claquement de la serrure, au moment où il s'était précipité dans l'escalier, lui avait paru assourdissant. Bon, il avait tout de même réussi à revenir chez lui sans être découvert, et d'ici, il avait entendu la femme de ménage passer l'aspirateur dans tout l'appartement. Le bruit était net, et il pouvait écouter ce qui se passait partout, sauf dans les deux chambres du fond. Mission accomplie.

Deux cartes donc, et à présent Jillian Talbot allait prévenir la police...

Il regarda, de l'autre côté de la rue, deux silhouettes minuscules s'embrasser sur le canapé. Perdu dans ses pensées, il prit lentement une cigarette.

3

Dimanche, 1er février

Le commissariat du sixième district est un immeuble bas tout en longueur en brique beige, situé dans la 10e Rue, entre Bleecker et Hudson Street, à trois blocs au nord de la maison de Jillian. Il a été construit à une époque où les architectes semblaient penser qu'il n'y avait pas de meilleur style que l'absence de style, surtout pour les bâtiments publics. Il a donc des murs épais, solides, de hautes fenêtres qui ne laissent pas passer la lumière, un toit et c'est tout. D'un côté, dans une petite rue, sont garées plusieurs berlines bleu et blanc. Le commissariat de police se détache comme un minibus parmi des Rolls-Royce dans cette rue pittoresque du Village, où derrière les arbres on peut voir des maisons élégantes et de charmants immeubles en brique rouge.

Devant cet édifice terne, Jill fronça les sourcils. Elle s'y était déjà rendue à plusieurs reprises, notamment lorsqu'elle avait eu besoin de se documenter pour son dernier roman. Mais le policier qui s'était montré amical et patient envers elle et qui lui avait donné plusieurs conseils était maintenant parti à la retraite ; elle ne connaissait plus personne. En plus, se dit-elle, toute cette affaire est vraiment trop stupide. Si Nate ne l'avait pas accompagnée, elle aurait rebroussé chemin, alors même qu'elle était sur le point de franchir le seuil. Mais Nate *était* là, il la regardait, confiant, et lui tenait la porte ; elle prit donc son courage à deux mains et entra.

Ce fut Nate qui parla à l'accueil, s'adressant à une jeune femme jolie et blasée dont le regard allait et venait de son visage à celui de Jill, plein de ce que cette dernière interpréta comme du scepticisme poli. Quand il eut fini, la jeune femme hocha la tête et leur indiqua une rangée de chaises beiges alignées le long d'un mur de la même couleur : c'était la salle d'attente. En effet, ils durent attendre presque quarante minutes, pendant lesquelles Jill observa les allées et venues régulières des policiers : le train-train d'un commissariat new-yorkais, tel qu'elle l'avait toujours vu au cinéma ou dans des séries télévisées sans vraiment y croire. On amena un ivrogne, on inscrivit son nom sur un registre et on le conduisit dans une cellule quelque part au fond. Ensuite arrivèrent deux jeunes prostituées en minijupe et bas résille, on inscrivit aussi leurs noms et elles disparurent à leur tour. Puis, ce fut le tour d'un très grand jeune homme noir, également en minijupe et bas résille, avec une énorme perruque blonde. Il ressemblait étonnamment à Tina Turner ; d'une voix stridente et zézayante, il insista pour que les officiers qui l'avaient arrêté l'appellent Veronica. Nate alla chercher un café pour Jill au distributeur de boissons, un vrai jus de chaussette ; et ils attendirent encore.

Enfin, un petit homme trapu de type latino-américain en uniforme de couleur sombre s'approcha d'eux. Ses cheveux noirs bouclés et son impressionnante moustache noire soulignaient la rondeur de son visage amical. Il se présenta comme le sergent Escalera et les conduisit jusqu'à un petit réduit en forme de cube qu'une cloison séparait du reste de la salle. Là, il n'y avait de place que pour une chaise, en face du bureau du sergent, petit et encombré. Jill s'y affala, son sac sur les genoux, se demandant par où commencer. Nate resta debout près d'elle, immobile, une main sur son épaule, un pied à l'intérieur, l'autre à l'extérieur du cube. Le sergent glissa son corps massif derrière le bureau et prit un formulaire pour enregistrer la déposition de Jill.

Elle déclina son identité, adresse, numéro de téléphone, sexe, âge, numéro de Sécurité sociale et profession. En apprenant ce qu'elle faisait, le sergent Escalera leva les yeux et esquissa un bref sourire, avant de se concentrer à nouveau sur sa feuille, couverte d'innombrables instructions en caractères minuscules. Lorsqu'il lui demanda quelle était la nature de sa plainte, elle hésita, ne sachant comment qualifier ce qui lui était arrivé, quel terme utiliser. Nate se pencha vers elle et proposa « harcèlement ». Jill lui sourit, se tourna de nouveau vers l'officier, haussa les épaules et approuva de la tête. Harcèlement.

Ils lui montrèrent les deux cartes qu'elle avait reçues pour la Saint-Valentin, et Jill lui parla du message téléphonique. Le sergent se redressa sur sa chaise, la tête contre la mince cloison, et écouta poliment. A deux reprises, il se pencha pour griffonner quelque chose sur le formulaire, puis il leva la main, leur faisant signe de s'interrompre, et cria à quelqu'un dans la salle principale de rappeler à un certain McCoy qu'il était censé contacter un certain Peewee à quatre heures, s'il voulait qu'on l'aide à coffrer son type. Derrière Jill, une voix rauque répondit en riant que Peewee était plus dingue que tous les autres, McCoy pareil, et qu'en plus l'arrestation était déjà tombée à l'eau. Assise, les yeux baissés vers le sac sur ses genoux, Jill attendait que le sergent Escalera daigne s'intéresser de nouveau à elle.

Quand il le fit, un sourire apparut en signe d'excuse sur son visage hâlé, et il expliqua de sa voix basse, posée, qu'à ce stade il ne pouvait rien faire. Après un coup d'œil furtif à sa montre, il ajouta qu'aucune menace ouverte n'ayant été proférée, ces cartes de vœux, aussi déplaisantes qu'elles fussent, n'étaient rien d'autre que des cartes de vœux. Il lui demanda si elle soupçonnait quelqu'un, peu importe qui, et suggéra même que l'un des policiers se rende chez cette personne pour lui faire passer l'envie de continuer. Puis il regarda le beau jeune homme musclé qui se tenait près de Jill. Celui-ci saisit immédiatement l'allusion et dit que ce n'était pas la peine, il s'en chargerait *lui-même.* Le stylo suspendu en l'air, le sergent l'approuva de la tête et attendit les noms des suspects.

Jill n'en trouva aucun. En fait, il n'y en avait qu'un, mais elle ne voulait pas le nommer. Pas encore.

Jill se leva en serrant son sac contre elle et, juste au moment où elle s'apprêtait à remercier le gentil sergent pour son aide, on entendit un cri dans la pièce derrière elle, des pas précipités, des voix fortes, énervées. Le sergent bondit de sa chaise, leur lança un bref au revoir et partit en courant.

Nate la prit par la main et ils sortirent du petit bureau, se retrouvant dans le tumulte du commissariat. Des policiers en uniforme et en civil couraient dans tous les sens en s'interpellant. Le sergent alla rejoindre à l'accueil la jeune femme qui, un écouteur sur l'oreille, l'autre en l'air, criait des ordres aux gens qui se pressaient autour. Devant l'entrée principale, ils s'écartèrent pour laisser passer plusieurs policiers qui sortaient du commissariat. Quand Jill et Nate se retrouvèrent enfin dehors, les sirènes retentirent. Trois voitures de police qui stationnaient devant l'immeuble démarrèrent avec un bruit strident et descendirent la 10e Rue, le gyrophare allumé.

Jill et Nate restèrent un instant devant le commissariat, puis échangèrent un regard en silence. Il y avait eu un incendie, ou un meurtre, ou une attaque à main armée, ou quelque autre désastre, un tremblement de terre, par exemple. Une de ces infinies épreuves et tribulations qui ébranlent la vie de cette ville. Ils regardèrent sans mot dire les enveloppes que Jill tenait à la main. Elle les rangea dans son sac avec un soupir et ils rentrèrent à pied par Hudson Street.

Après avoir étudié sa photo sur la quatrième de couverture de l'édition de poche, il ouvrit un petit frigo qui se trouvait dans un coin de sa chambre, prit une bière et s'assit dans le fauteuil devant la fenêtre avec ses nouvelles acquisitions.

Il les avait suivis jusqu'au commissariat du sixième district dans la 10e Rue, il y avait de cela environ une heure. Comme il pensait qu'ils en avaient pour un moment, il les avait abandonnés et s'était rendu à la librairie Partners & Crime. Là, il avait acheté trois livres de poche et un volume relié superbe : les œuvres complètes de Jillian Talbot. Après quoi, il était rentré attendre son retour.

Il n'avait jamais été un grand lecteur, et ces derniers temps, la vie ne lui avait guère laissé de loisirs pour lire. Il était grand temps qu'il découvre Jillian Talbot. Il regarda ses quatre romans policiers.

La couverture du premier, *Ténèbres*, montrait une jolie femme effrayée qui guettait sur le seuil de la porte d'une coquette maison de banlieue. Devant la maison, sur la pelouse complètement vide, gisait une poupée. Au dos, on pouvait lire que le roman avait reçu le prix Edgar, ainsi qu'une citation extraite d'un article : « La terreur d'une mère... un chef-d'œuvre de suspense moderne. »

Il ouvrit le livre et commença à lire. Pendant deux heures, il ne leva les yeux qu'une fois, lorsqu'il entendit le vrombissement de la moto qui descendait la rue. Peu après, il vit les lumières s'allumer dans l'appartement d'en face. Jillian Talbot était rentrée, mais Nate n'était plus avec elle. Il la regarda quelques instants, puis retourna à son roman.

La fillette de la jolie femme au foyer avait sept ans, et elle disparaissait dès le premier paragraphe. Dès la première phrase, même : « *Quand sa fille disparut, Lauri O'Connel se trouvait dans la buanderie en train de mettre de l'adoucissant dans la machine à laver. Une tâche des plus banales, des plus ordinaires. Mais même à ces moments-là, on n'est pas à l'abri...* » Suivaient trois cent vingt-sept pages de pur suspense. Il n'avait jamais lu de livre de ce genre, mais il dut reconnaître qu'il risquait de devenir accro. Il ne lâcha le roman et ne reprit ses jumelles qu'après l'avoir terminé. A la fin, Lauri réussissait à maîtriser un vétéran du Vietnam traumatisé par les bombardements et devenu gardien d'école, et la police parvenait à la sauver, avec sa fille droguée-mais-sinon-OK. Quelques instants plus tard, le magnétophone sur la table près de lui se mit à tourner :

« *Ici le cabinet du Dr Dorothy Philbin. Je ne peux pas vous répondre pour le moment, mais laissez-moi un message et je vous rappellerai dès que possible. Parlez après le bip sonore, s'il vous plaît.* »

On entendit le bip.

« Allô, docteur Philbin, Jillian Talbot à l'appareil. Désolée de vous appeler un dimanche, mais je... je voudrais un rendez-vous. Euh... cette semaine, si possible. Je... je vous expliquerai quand je vous verrai. Mon numéro, c'est... »

Et elle raccrocha. Elle allait prendre de nouveau le récepteur, mais elle se ravisa. Non, pensa-t-elle, n'appelle pas Nate. Il est occupé.

Nate. Elle se détendit sur sa chaise. Ce n'était pas son histoire d'amour la plus longue ; pas encore, en tout cas. Mais c'était la plus complète, la plus satisfaisante. Dès l'instant où ils s'étaient rencontrés, elle avait été profondément sensible à l'étonnant mélange de séduction, d'éclat artistique, d'humour et de tendresse qui semblait définir cet homme. Les amies de Jill insistaient toujours sur les différences qui séparent les sexes, et se plaignaient de la grossièreté de leurs hommes, de leur manque de prévenances, de leur humeur changeante, de l'intérêt qu'ils portaient en cachette à d'autres femmes, enfin, de leur obstination à se consacrer à des activités « masculines ». Jill secoua la tête, passant en revue tous les stéréotypes du comportement mâle, et s'émerveilla une fois de plus de ce que Nate ne semblait correspondre à aucun d'entre eux. Leur visite au commissariat en offrait un parfait exemple : elle avait apprécié de sentir sa forte présence virile à ses côtés pendant cette dure épreuve.

La police. Ce souvenir chassa Nate de son esprit pour la ramener à la dure réalité. Assise dans son petit bureau au fond de l'appartement, elle regardait les ombres s'allonger et le crépuscule tomber derrière la fenêtre au-dessus de sa table de travail. Longtemps, elle pensa aux cartes de vœux et à sa déposition au commissariat du sixième district. Soudain, elle jeta un coup d'œil à sa montre, décrocha le téléphone et composa un numéro.

— Allô.

— Salut, Tara, Jill au téléphone.

— Salut, mon petit cœur. Qu'est-ce qui se passe ?

— Eh bien, j'ai réfléchi. Beaucoup réfléchi. Tu sais... ton amie actrice, celle dont tu m'as parlé hier au restaurant ?

— Ouais. Betty.

— Betty. C'est ça. Je veux que tu fasses quelque chose pour moi...

Il écouta leur conversation. Après qu'elles eurent raccroché et que le magnétophone se fut arrêté, il retira les écouteurs, se leva pour prendre une autre bière, alluma une Marlboro et s'attaqua au deuxième roman. Celui-ci s'appelait *Le Veuf* et l'illustration sur la couverture montrait en gros plan le visage d'une jolie blonde, les yeux écarquillés, la bouche ouverte dans un cri. Le texte de la quatrième commençait ainsi : « La pire journée dans la vie de Heather Morgan fut celle où elle lui dit Oui. Maintenant encore... »

Un instant, il pensa aux coups de fil qu'il venait d'entendre. Puis il ouvrit le livre. Il lut tard dans la nuit.

Bientôt, pensait-il tout en lisant. Bientôt...

4

Mardi, le 3 février

— Je ne comprends pas, dit Barney Fleck. Je ne comprends pas ce que vous attendez de moi.

Jill regarda cet homme incroyablement grand, grisonnant, la cinquantaine, assis en face d'elle à un énorme bureau. Il s'était montré si gentil, si naturellement jovial dix minutes auparavant, au moment où elle était entrée dans le bureau étonnamment moderne du grand immeuble gris de la 25e Rue. Il avait passé sa grosse tête par la porte de la salle d'attente où, assise depuis environ cinq minutes, elle observait la secrétaire, une femme entre deux âges apparemment très efficace, travailler sur son ordinateur. Au premier abord, Jill s'était demandé si elle n'avait pas commis une erreur en venant ici. Barney Fleck (« Ça rime avec "bec" », lui avait-il dit en riant) l'avait fait entrer dans son bureau, lui avait indiqué un fauteuil en cuir devant sa table de travail encombrée, puis il était entré dans le vif du sujet :

— Que puis-je pour vous, mademoiselle Talbot ?

Elle lui avait dit ce qu'il pouvait pour elle, mais apparemment il ne l'avait pas comprise.

— Je veux que vous le trouviez, répéta-t-elle en articulant chaque mot avec soin comme si la netteté de sa diction pouvait compenser l'apparente incohérence de ses propos. Je veux que vous trouviez Brian Marshall. Ma mère a divorcé de lui il y a seize ans, à l'époque il avait déménagé à Cleveland. Du moins, je crois me rappeler que c'était Cleveland. Mais il se peut que ce soit Cincinnati. J'ai toujours confondu ces deux villes. C'est sans doute mon orgueil de New-Yorkaise.

Il rit et répondit de sa voix de basse sonore et profonde, son souffle agitant les papiers sur son bureau :

— Oui, je vois ce que vous voulez dire. J'ai toujours présente à l'esprit cette carte des États-Unis parue dans le *New Yorker*. Vous savez, celle avec New York sur la côte Est, Los Angeles sur la côte Ouest, et entre les deux, tout le reste du pays appelé « Kansas ». Eh bien, s'il s'agit de l'une de ces deux villes, je crois que je pourrai le trouver. Mais je ne comprends toujours pas pourquoi vous pensez que votre beau-père a quelque chose à voir avec tout ça.

Elle réfléchit un instant avant de répondre, puis se dit que tant qu'à faire il fallait jouer cartes sur table.

— D'une certaine manière, j'ai été la cause de leur divorce. Mon père est mort quand j'avais sept ans. Cancer du poumon. Cinq ans plus tard, ma mère a rencontré Brian Marshall. C'était un Irlandais grand et beau, très gentil... au début. Ils se sont connus par une amie de ma mère, à une fête. Il était divorcé et il avait un enfant quelque part, un garçon. Il payait une pension alimentaire ou je ne sais comment cela s'appelle. En tout cas, six mois plus tard, ils étaient mariés. Elle était très heureuse, je m'en souviens. Et puis, les problèmes ont commencé.

— Quel genre de problèmes ? interrogea le détective.

Elle soupira.

— Eh bien, il buvait. *Beaucoup*. En fait, c'est à cause de cela que son premier mariage avait échoué... Je ne l'ai appris que plus tard, quand j'ai décidé de trouver sa première femme pour lui parler. Il... il avait été violent avec elle, et elle avait fini par avoir peur pour leur fils. Elle m'a révélé aussi quelque chose d'autre : une fois, peu de temps après qu'il s'était remarié, elle avait appelé ma mère et elle lui avait tout raconté. Ma mère lui avait raccroché au nez. Je pense qu'elle a fini par le regretter. C'est que, quand j'ai eu dix-sept ans, Brian Marshall a essayé... a essayé de me violer.

— Je vois, fit le détective en l'observant attentivement.

Après un moment de silence, elle continua :

— Je ne peux pas dire que cela avait été une grande surprise pour moi. Très vite, j'avais remarqué qu'il... qu'il me regardait bizarrement. Je ne sais pas comment dire, mais, dès l'âge de quatorze ans, j'ai su que ce n'était pas de cette manière-là que les hommes adultes étaient censés regarder les enfants. Je m'arrangeais toujours pour ne pas me retrouver seule avec lui. Jusqu'au jour... eh bien, le jour où c'est arrivé.

Elle se mordit la lèvre en se rappelant la lutte sur le sol de la cuisine de l'appartement de Central Park West : son chemisier déchiré, la casserole métallique... et le sang qui coulait sur le visage de Brian Marshall. Elle chassa cette image et reprit :

— C'est le seul homme qui ait été violent... avec moi. Je veux que vous le trouviez et que vous vous renseigniez sur ce qu'il fait, et si oui ou non il a pu faire ça.

Elle fit un signe en direction des deux enveloppes posées au-dessus d'une pile de papiers sur le bureau.

Barney Fleck les prit pour les examiner à nouveau.

— Quand l'avez-vous vu la dernière fois ?

— Peu de temps après... cet incident. Maman l'a jeté dehors et elle a divorcé aussi vite qu'elle a pu. J'ai voulu porter plainte, mais elle a réussi à m'en dissuader. Je l'ai toujours regretté, oui, c'est mon plus grand regret. Ensuite, je suis allée à l'université, et lui, il a quitté New York. Je crois avoir déjà parlé de Cleveland.

— Ne pourriez-vous pas demander à votre mère où il se trouve ?

Elle se mordit la lèvre une nouvelle fois avant de répondre :

— Non, ce ne serait pas pratique.

Il leva ses grands sourcils gris.

— Vous avez une drôle de manière de vous exprimer.

Elle soupira, se rappelant qu'elle s'était promis d'être franche avec cet homme.

— Ma mère a la maladie d'Alzheimer. Elle vit dans une maison de santé à Long Island. Elle ne se rappelle pas où il est parti. Probablement qu'elle ne se rappelle même pas qui il est.

Elle essuya furtivement ses larmes.

— Je vous demande pardon.

Il se leva et contourna la table, les yeux brillants.

— Ne vous en faites pas. Dans mon métier, je rencontre beaucoup de cas de ce genre. Rentrez chez vous et consacrez-vous seulement à vos livres. Il faut que vous me laissiez quelques jours, je vais voir ce que je peux faire pour vous.

— Merci.

Elle lui sourit et se leva pour partir. La voix de Barney l'arrêta :

— Mademoiselle Talbot...

— Oui...

— Vous n'avez pas commis une erreur en venant me voir.

Elle le regarda fixement.

— Pardon ?

— C'est ce que vous avez pensé, au début. Je suppose que je ne suis pas comme vous l'avez imaginé.

Ce fut la première fois, mais non pas la dernière, où sa perspicacité la surprit. Elle sourit en boutonnant son manteau.

— Betty Hanes m'assure que vous êtes l'homme qu'il faut... pour ce genre de problèmes.

— Je crois que je peux me considérer comme un spécialiste. J'ai été flic pendant vingt ans. Maintenant, je me suis installé comme privé. Je m'y connais.

Pendant un moment, elle le dévisagea avec curiosité.

— Pourquoi avez-vous quitté la police ?

Il rit, pour la deuxième fois depuis le début de leur entretien.

— Essayez d'être flic à New York pendant vingt ans ! En plus, ma femme avait son mot à dire à ce sujet.

Jill acquiesça d'un signe de tête et se dirigea vers la porte. La voix de Barney l'arrêta de nouveau :

— Autre chose, mademoiselle Talbot...

— Oui...

— Soyez prudente. Qu'il s'agisse de Brian Marshall ou de quelqu'un d'autre, c'est un sale type, si vous voyez ce que je veux dire. Sauf votre respect, il mijote probablement une autre saloperie. Soyez donc sur vos gardes, d'accord ?

— Oui, dit-elle. Je le serai.

Il la regarda quitter l'immeuble de la 25e Rue Ouest et prendre la direction de l'est. Au coin de la Septième Avenue, elle héla un taxi. Il n'eut plus besoin de la suivre, car, grâce au téléphone, il savait déjà où elle se rendait. D'après ses calculs, elle mettrait à peu près une heure pour arriver à destination ; ensuite, elle rentrerait préparer le dîner pour Nate. D'ailleurs, lui aussi avait quelque chose à faire.

Il arrêta un taxi au même coin de rue et donna au chauffeur une adresse dans Soho, Spring Street.

Elle descendit de voiture et s'arrêta devant une jolie

résidence à trois étages dans la 10e Rue Est. Tiens, j'arrive pile à l'heure. Il ne me reste qu'à entrer.

Cela faisait quatre ans qu'elle n'était pas revenue dans cette maison, dans ce charmant petit cabinet au sous-sol, couleur crème et chocolat. Après la publication de *Ténèbres* et le départ de sa mère à Port Jefferson, elle s'était installée dans le Village, se jetant à corps perdu dans l'écriture, et elle s'était fait un nouveau cercle d'amis. Tara Summers, Mary Daley, Gwen et Mike Feldman, un couple d'écrivains, tous les deux auteurs de romans policiers, qui avaient le même agent qu'elle. Au moment où elle avait rencontré Nate, dix mois auparavant, elle avait déjà oublié ses trois années de visites hebdomadaires ici. Son angoisse de ne pas trouver d'éditeur, la culpabilité que faisaient naître chez elle la maladie de sa mère et l'inévitable décision qu'elle devait prendre, les souvenirs de son beau-père, tout cela avait peu à peu reculé dans un recoin éloigné de son esprit.

A présent, elle était de retour. Elle regarda à droite et à gauche cette rue du Village où régnaient agitation et aisance. Des couples déambulaient main dans la main, des passants promenaient leur chien, de beaux enfants sortaient de l'école avec leur cartable rempli de livres et leur boîte-repas, pressés de rentrer. La vie de tous les jours, se dit-elle. La routine. Et me revoilà, après toutes ces années, avec mes deux cartes de vœux au fond de mon sac et l'impression épouvantable d'être maudite.

Avec un profond soupir, elle poussa la petite porte en fer forgé et descendit les cinq marches qui menaient à une porte en chêne, si familière.

— Et ici, sur ce mur, je veux accrocher la plus grande toile. Comme ça, on la verra tout à la fin, après avoir fait le tour de la salle.

Henry Jason le rejoignit.

— Oui, la *Vie.* O.K., on la met en dernier... Je suppose que c'est sa place. Mais je ne l'ai pas encore vue, Nate.

L'artiste eut un sourire satisfait.

— Tu la verras, et bientôt. Je l'ai terminée ce matin, aux alentours de trois heures.

Le propriétaire de la galerie, petit et fringant dans son impeccable complet bleu de chez Brooks Brothers, sourit à son tour.

— Merveilleux ! Félicitations, Nate. Voyons, il nous reste deux semaines, Dieu merci, tout ça — il désigna les nus criards qui faisaient taches sur les murs blancs de la petite galerie de Spring Street — partira jeudi en huit. J'ai cru que cette femme avait un talent fou, et à présent nous ne savons pas comment nous débarrasser de ces maudites toiles. En tout cas, tu pourras accrocher les tiennes dès vendredi, hmm, on sera le 13. J'espère que tu n'es pas superstitieux ! J'enverrai le camion à ton atelier. Quand tu auras fini ton texte, je pourrai établir la liste des prix et envoyer le catalogue chez l'imprimeur.

— Oui, oui.

— On n'a pas beaucoup de temps, Nate. Les invitations partent demain. Si on veut des papiers dans le *Times,* le *New Yorker* et *Art News,* il faut faire vite. J'ai besoin de ton texte pour le catalogue.

— D'accord, d'accord. Je vais le finir tout de suite.

— Formidable ! Tiens, si on sortait ? Je te paye un pot ?

C'était une de ses blagues favorites. Tout en sachant qu'Henry plaisantait, Nate réprima un frisson.

— Bah... C'est que...

— Salut, les gars.

Les deux hommes se retournèrent et virent Doug Baron : il se tenait sur le pas de la porte.

Le Dr Dorothy Philbin fit entrer Jill dans le petit

hall qui menait au sous-sol et la conduisit dans son cabinet.

— Excusez-moi, dit-elle en passant devant Jill. Ma secrétaire vient de se marier et elle est partie en voyage de noces à Hawaï pour deux semaines. La fille qui devait la remplacer a attrapé la grippe, et me voilà toute seule jusqu'à nouvel ordre. Je deviens folle... enfin, une analyste ne devrait pas s'exprimer ainsi.

Elles rirent toutes les deux, puis Dorothy Philbin montra le divan à sa patiente et s'assit à son bureau. Jill la mit au courant des dernières nouvelles : son déménagement, ses romans, Nate, son amie Tara. Ensuite, elle sortit les cartes de vœux de son sac et lui parla des événements de ces derniers jours. Quand elle eut fini, le Dr Philbin demanda.

— Comment vous sentez-vous, maintenant ?

Jill regarda la belle femme sexagénaire habillée d'un merveilleux tailleur de chez Chanel. La lumière de l'après-midi filtrait à travers les stores vénitiens des fenêtres du fond, brillait sur ses cheveux argentés et sur son collier de perles. La dernière fois que Jill était venue dans son cabinet, les cheveux du docteur étaient plus noirs.

— Comment je me sens ? murmura Jill. Je ne sais pas au juste. Je croyais le savoir, pourtant. Je pensais qu'il me serait facile d'en parler. Mais j'ai l'impression de ne pas être capable de décrire mon état.

Le docteur lui sourit.

— C'est pourtant votre métier.

— Oui, c'est vrai. Et ce n'est pas tout.

Elle montra les cartes de vœux sur la table qui les séparait.

— Eh bien, parlez-moi de cela. Qu'est-ce que vous en pensez ?

Jill jeta un coup d'œil aux cartes et s'étendit sur le divan.

— Voilà, l'autre soir, Nate m'a dit que neuf fois sur dix on connaissait l'auteur de ce genre de choses...

— Oui, confirma Dorothy Philbin. C'est exact.

— Je pense que ce pourrait être Brian Marshall.

— Votre beau-père ? Pourquoi ferait-il cela ?

Jill secoua la tête, l'air absent.

— Je ne sais pas. Il doit m'en vouloir pour ce divorce, et il... il a déjà commis des actes de violence envers des femmes. Je ne connais personne d'autre dans ce cas.

Le docteur relut les notes qu'elle venait de prendre.

— Donc, vous avez fait appel à un détective ?

— Oui. Nous nous sommes adressés à la police, mais...

— Je sais, dit l'analyste. J'en ai une certaine expérience. Une de mes patientes a été persécutée par son ex-mari. C'est le prix de la liberté en Amérique, Jill. Les lois sont telles que la police ne peut pas intervenir tant qu'un crime n'a pas été commis. Bien sûr, chaque livre de droit et chaque victime vous donneront leur propre définition du mot *crime*. *Ça*, c'est un crime, ajouta-t-elle en regardant les cartes. On se sent violé. On craint pour sa sécurité. On est furieux, et c'est normal. On ne sait plus en qui on peut avoir confiance. La police, ce détective, vos amis — et même Nate — risquent de vous traiter avec condescendance. Ne vous laissez pas faire. Vous n'êtes pas hystérique, votre *imagination* n'y est pour rien : la menace qui pèse sur vous est bien réelle. J'ai vu trop de gens se sentir gênés dans une situation semblable. Ils ont l'impression d'avoir attiré l'attention sur eux sans l'avoir voulu. Enfin, comme dirait mon adorable petit-fils de quinze ans, tout ça, c'est de la merde. Vous n'avez rien fait de mal. Cet individu, « Valentin », est le seul responsable. N'oubliez jamais cela.

Il y eut un bref silence dans le cabinet. Puis Jill esquissa un faible sourire.

— Merci, dit-elle.

— De rien. Mais vous disiez que plusieurs choses vous avaient troublée. Que s'est-il passé d'autre ?

Jill énuméra ses problèmes dans sa tête et commença par le plus facile à exposer :

— Eh bien, je travaille à un nouveau roman... une histoire de traque, justement. J'ai dû faire des recherches. Sauf que dans le roman, mon héroïne, une actrice, ne connaît pas du tout l'homme qui la persécute.

Dorothy Philbin leva les sourcils.

— Cela arrive aussi, surtout aux gens célèbres. Et vous, vous êtes célèbre, Jill. Il se peut que ce ne soit pas votre beau-père. Avez-vous pensé à cela ?

— Oui. J'y ai pensé. Mais ce n'est pas de cela que je veux parler. Il s'agit du livre lui-même. C'est que... étant donné ce qui m'arrive à moi, je ne sais plus si j'ai envie de continuer à l'écrire.

Le docteur haussa les épaules.

— Alors, passez à autre chose.

Jill la regarda fixement, puis éclata de rire.

— A vous entendre, ça semble si facile.

— C'est facile. Je vous connais assez bien, Jill. Vous êtes parfaitement capable de prendre des décisions... une fois que vous avez décidé de décider.

— Décider de décider, répéta Jill. Ça me plaît. C'est en effet une décision facile, à côté des autres choses...

— Quelles autres choses ?

Jill respira longuement, profondément.

— Il y a Nate aussi. Il... il veut qu'on se marie.

— Oh ! Quand vous l'a-t-il dit ?

— Il y a quelques semaines. Au milieu de tout ce tohu-bohu, mon nouveau livre, et la nouvelle édition de poche, toutes ces signatures et émissions de télé, tout d'un coup il m'a fait cette *proposition.*

— Et qu'avez-vous répondu ?

Jill sourit à ce souvenir. A Noël, il lui avait fait une

surprise : deux places pour un spectacle à succès de Broadway, qu'elle désirait voir ; il les avait probablement achetées des mois à l'avance. Il l'avait invitée à dîner chez Sardi's et, après le spectacle, ils étaient allés danser. Mais c'est au théâtre, où ils étaient merveilleusement placés, au milieu de la dixième rangée, juste au moment où les lumières s'étaient éteintes, qu'il avait sorti de la poche de sa veste une petite boîte noire. « Je veux que tu m'épouses », lui avait-il dit dans un souffle. Elle s'était tournée pour le dévisager alors que les cymbales scandaient les premières mesures de l'ouverture. C'était la deuxième fois qu'un homme la demandait en mariage, mais elle avait prudemment éconduit Ted, le conseiller fiscal. Cette fois-ci, c'était différent. Ce qu'elle *ressentait* était différent.

— Je lui ai dit que pour le moment je ne pouvais même pas y *penser*, mais que dans un futur proche j'y réfléchirais sérieusement. Il s'est montré satisfait : c'est une des nombreuses raisons pour lesquelles je l'aime. Il a gardé la bague. Je pense qu'il l'a toujours sur lui.

— Eh bien, pour ce qui est de ses sentiments à lui, c'est clair. Et vous, Jill ? Vous dites que vous l'aimez. En êtes-vous sûre ?

Jill se mit à rire.

— Je suis tombée amoureuse de lui la deuxième fois où je l'ai vu. Nous nous sommes rencontrés dans une boîte de nuit où mon amie Tara m'avait entraînée, et il m'a plu. Il m'a dit qu'il était peintre et il nous a invitées à son vernissage, c'était sa première exposition. Nous y sommes allées. Tara avait envie de rencontrer des artistes, et moi, il m'intriguait. En fait, je pense que je suis d'abord tombée amoureuse de son talent. Il y avait beaucoup de portraits dans la galerie, aucun n'était réaliste. Visiblement, ce qui l'intéresse, ce n'est pas les détails des visages, mais ce que chacun d'eux a d'essentiel et qu'il traduit avec des couleurs. L'un était heureux, l'autre en colère, le troisième mélancolique : tout tenait aux couleurs et aux coups de pinceau. C'était surprenant, et je le lui ai dit. C'était la deuxième fois que je le voyais rougir. Tous ces gens qui se pressaient autour de lui, mécènes, critiques et autres, l'avaient fait reculer dans un coin de la galerie. Il se tenait là, plaqué contre le mur, complètement angoissé. Quand il m'a aperçue, il m'a regardée droit dans les yeux, par-dessus toutes ces têtes, il m'a souri et m'a fait un clin d'œil. C'est à ce moment-là que j'ai compris combien nous étions proches. Je hais tout ce qui est publicité, et lui aussi. Ce qui importe, c'est le travail — le *faire* —, et non pas ce qui vient après. Tout à coup, dans la foule, quelqu'un a saisi ma main et m'a entraînée vers la porte. Il s'est enfui de son propre vernissage, et il m'a emmenée avec lui. Nous sommes allés dans un bar au coin de la rue et nous avons parlé des heures. Il était presque quatre heures du matin quand je suis rentrée. Le lendemain, j'ai lu un grand papier élogieux sur son exposition dans le *Times*. Quelques jours plus tard, il m'a téléphoné pour m'inviter au Lincoln Center. Apparemment, il avait cuisiné Tara, et elle lui avait dit que j'aimais les ballets, donc, il m'a emmenée au Met. Visiblement, il s'ennuyait à mourir, mais il a tenu le coup jusqu'au bout et il a souri pendant tout le spectacle. Ensuite, c'est moi qui l'ai invité à dîner au restaurant, puis chez moi, pour prendre le café. Après, nous... enfin, nous sommes ensemble depuis ce jour-là. Il a cru que je le dédommageais pour le ballet quelques mois plus tard, quand je l'ai invité à un match des Mets au stade Shea. Les Mets en échange du Met. Mais je l'ai épaté en lui avouant que j'adorais les Mets. J'aime le base-ball, moi. Maintenant, il menace de m'emmener à un match de catch : j'aurais mieux fait de me taire.

Dorothy Philbin sourit.

— Alors, vous voulez l'épouser ?

Jill haussa les épaules avec un petit rire.

— Honnêtement, je n'en sais rien. Tara pense que je suis folle, bien sûr. Elle n'a pas eu beaucoup de chance côté amour, c'est incroyable quand on voit combien elle est jolie, pour ne pas dire splendide. Elle a adopté cette théorie bien connue : Tous-les-hommes-valables-sont-soit-mariés-soit-homosexuels, et elle a peut-être raison. Mais Nate vient de lui présenter un ami à lui, apparemment veuf, et qui n'a pas l'air homosexuel, ils doivent dîner ensemble demain soir, c'est peut-être une chance pour elle. En tout cas, elle pense que je devrais rester avec Nate.

Le docteur sourit.

— Et vous, qu'en pensez-vous ?

Un instant, Jill garda le silence, pensive.

— Je crois que je devrais y réfléchir, répondit-elle enfin. « Décider de décider. » Il se peut que je n'aie pas beaucoup de temps.

Dorothy Philbin remarqua un brusque changement de ton. Elle se pencha pour observer le visage de sa patiente. Jill rencontra son regard et hocha la tête.

— Je ne lui ai encore rien dit. Je ne l'ai dit à personne, d'ailleurs, même pas à Tara.

Pour la première fois depuis qu'elle le savait — cela faisait trois semaines —, elle dit à voix haute :

— Je suis enceinte.

Les deux hommes sortirent de la galerie et remontèrent Spring Street en direction du petit pub à l'angle du pâté de maisons. Henry Jason était sur le point d'aller les rejoindre lorsqu'un coup de fil — celui d'un agent hystérique — le fit revenir à son bureau, l'air renfrogné.

— Ça peut durer des heures, marmonna-t-il. A bientôt, les gars.

Un vent glacial balayait la petite ruelle du Village, les obligeant à se pelotonner dans leurs manteaux et à parcourir en toute hâte les derniers mètres qui les séparaient de la chaleur hospitalière du pub. Ils grimpèrent sur des tabourets, saluèrent le barman et le poivrot de service assis au bout du comptoir — seul client à part eux, vu l'heure — et commandèrent deux bières pression. Deux chopes couronnées de mousse surgirent bientôt devant eux. Ils se détendirent sur leurs tabourets et Doug alluma une Marlboro en exhalant un filet de fumée.

— Alors, dit Doug, quand est-ce que tu m'invites à l'avant-première de « Destinées » ?

— Oh, tu peux passer quand tu veux. Mais Jill vient jeudi voir les peintures. Elle va écrire quelque chose pour le catalogue. Il ne faut pas le dire à Henry, il pense que c'est moi. Tu n'as qu'à venir en même temps.

Doug réfléchit un instant.

— Pourrais-je amener quelqu'un ?

— Évidemment ! On ira dîner ensemble, et ensuite je vous offrirai un vernissage privé. J'espère que tu aimes la cuisine ukrainienne.

— Je ne suis pas sûr de la connaître, mais je suis prêt à toutes les expériences. Attendons de voir comment ça se passe entre Tara et moi, demain soir. Si tout marche comme prévu, je viendrai avec elle jeudi.

Nate examina le visage de Doug, amusé par son calme apparent qui cachait mal sa peur d'un premier rendez-vous. La cigarette tremblait légèrement dans sa main.

— Tara est quelqu'un de vraiment sympa. Je vous vois très bien ensemble.

Doug sourit et approuva de la tête.

— Je sais. Il faut juste que je m'y habitue. Ça... ça fait un moment.

— Excuse-moi, Doug. A propos, je n'étais pas au courant, je l'ai appris l'autre soir.

— Oui, murmura le photographe. Ça fait trois ans déjà. En tout cas, toi, *tu* n'as pas eu beaucoup de mal à trouver une femme parfaite.

— Tu as raison : Jill est merveilleuse.

Doug Baron inclina lentement la tête, fuyant le regard de son interlocuteur.

— Sûrement, Nate, murmura-t-il. J'aimerais beaucoup la revoir.

Il prit sa chope, la vida entièrement et alluma une autre Marlboro.

Le téléphone se mit à sonner au moment où Jill pénétrait dans son appartement. Elle laissa tomber sur le bar de sa cuisine son sac à main et les courses qu'elle venait de faire chez l'épicier et se précipita dans son bureau pour décrocher avant que le répondeur ne se déclenche. Elle hésita un moment, comme elle l'avait déjà fait plusieurs fois ces derniers jours, puis, retrouvant son courage, elle dit dans un souffle :

— Allô.

— Allô, Jill, c'est le Dr Philbin. J'ai regardé votre dossier après votre départ et je pense... je pense avoir peut-être trouvé quelque chose. J'aimerais vous en parler.

Jill se sentit déroutée.

— Que voulez-vous dire ?

Il s'ensuivit un bref silence. Le docteur se racla la gorge et reprit enfin :

— Eh bien, je préférerais ne pas vous en parler au téléphone, mais... ça concerne quelque chose que vous m'avez raconté au cours d'une séance, il y a quelques années. Voyons...

Elle se tut de nouveau, et Jill put entendre un bruissement de pages.

— Êtes-vous libre vendredi après-midi ? A une heure ? Je pourrais vous recevoir.

— Oui, cela me convient. Mais dites-moi de quoi il s'agit, je vous en prie !

Elle pouvait presque entendre le docteur penser, choisir ses mots avec soin :

— C'est au sujet... je veux dire, *il se peut* que ce soit au sujet de ces cartes, de ce qui vous arrive.

— Vous avez une idée ?

— Je... il se pourrait que oui. A vendredi, donc. A une heure.

— Docteur Philbin, cria Jill avant que l'analyste ne raccroche. S'il vous plaît, qu'est-ce que c'est ? Qu'avez-vous trouvé ?

Un nouveau silence. Son cœur battait la chamade : elle allait hurler. Enfin, elle entendit la voix de Dorothy Philbin :

— Écoutez, si ça m'a sauté aux yeux, c'est uniquement parce que vous avez mentionné la Saint-Valentin. Il s'agit de quelque chose que vous m'avez raconté, un souvenir de l'université. Vous rappelez-vous ce jeune homme de Hartley College qui s'appelait, je crois, Victor Dimorta ?

Jill dirigea un regard vide vers son ordinateur, il lui fallut quelques instants pour se souvenir de ce nom. Soudain, ses yeux s'élargirent.

— Oh ! dit-elle. Oh ! mon Dieu !

Après que les deux femmes eurent raccroché, il enleva lentement les écouteurs. Il était rentré de Spring Street juste à temps pour capter ce coup de fil. Il écrasa sa Marlboro et se frotta les yeux. Sans se lever de son fauteuil, il regarda par la fenêtre et vit Jillian Talbot retourner dans son salon et s'asseoir sur le canapé. Elle était juste en face de lui : il pouvait voir nettement l'expression de son visage.

Oui, pensa-t-il. Elle réfléchit. Elle se souvient.

L'affaire se corse...

La Terre, le Vent, le Feu

Seize ans auparavant

Elles se présentaient elles-mêmes comme la Terre, le Vent et le Feu, noms inspirés par leur groupe de rock favori, mais les autres étudiants les désignaient par un surnom collectif : les Éléments. De leur vrai nom, elles s'appelaient Sharon Williams, Belinda Rosenberg et Cass MacFarland : c'étaient les trois filles les plus jolies et les plus riches du petit campus situé à la périphérie de Burlington, dans le Vermont. Quand elles admirent dans leur club une timide étudiante de la faculté d'anglais, une introvertie, elles lui donnèrent le nom du quatrième élément. Ce qui devint un sujet de plaisanterie entre elles, car la nouvelle venue n'avait jamais appris à nager, et l'eau lui inspirait une peur bleue.

Il n'y avait rien qu'elles aimaient autant que les bonnes blagues, de préférence aux dépens des autres. Mais elles étaient les plus jolies, et par conséquent les plus sollicitées. Les autres filles se montraient respectueuses à leur égard, les garçons attentionnés et les professeurs indulgents. Elles faisaient la loi sur le campus, trois petites gendarmes, rendues toutes-puissantes par leur formidable intelligence, leur esprit mordant et leur habileté à manier rouge à lèvres et sèche-cheveux. La nouvelle recrue apprit que les Éléments n'étaient pas très gentils. Mais, après une enfance new-yorkaise plutôt solitaire, une vie de lycéenne studieuse et isolée, et son tout récent affrontement avec son beau-père ivre sur le sol de la cuisine, elle éprouvait un besoin impérieux de se joindre à un groupe, n'importe lequel. Elle n'avait encore jamais vécu en dehors de chez elle, et l'attention que ces trois filles lui portaient, aussi sarcastique soit-elle, était réconfortante. Elle comprit rapidement que la vraie raison de cet intérêt était son excellent niveau en maths, et son consentement à les « aider » dans cette matière qui leur empoisonnait l'existence. Ce qui voulait dire, bien sûr, qu'elle dut faire leurs devoirs à leur place, mais elle ne trouva pas ce prix excessif. Elles l'avaient acceptée. Elle faisait partie d'une bande. Elle était devenue Quelqu'un.

Cela ne dura pas très longtemps.

Elle gardait le souvenir de leur première rencontre : elle était alors en première année, le deuxième semestre venait juste de commencer. C'était une journée glaciale de février. Les trois filles en dernière année — une blonde, une brune et une rousse —, assises à la meilleure table devant la grande baie vitrée, admiraient le décor du campus tapissé de neige, dans leurs jeans serrés, leurs chandails moulants, et leurs manteaux de fourrure, elles fumaient, elles riaient. C'est Sharon, la blonde platine, qui l'avait appelée dès qu'elle l'avait vue entrer dans la cafétéria, hésitante, agrippée à son plateau.

— Oh, Jill ! Jill Talbot ! Viens t'asseoir avec nous ! On a quelque chose à te dire.

— Ouais, ajouta Belinda, la brune. Il s'agit d'une proposition.

Coups d'œil sournois à la ronde.

D'abord surprise, elle se sentit bientôt envahie par une bouffée de chaleur et de bonheur, tandis que tous les clients de la cafétéria se retournaient pour la voir avancer vers la table la plus importante. Cass la rousse, la seule qui était gentille quand elle n'imitait pas les autres, se contenta de sourire pendant que Jill approchait, laissant la parole aux deux impératrices. Elles se poussèrent pour lui faire de la place et lui offrirent sa première — et dernière — cigarette.

Quand son accès de toux eut pris fin, entre gros rires et tapes dans le dos, Sharon arracha la cigarette d'entre ses doigts tremblants, l'écrasa dans une assiette et lui demanda :

— Tu veux faire partie de notre petit club ?

— Oh, oui ! Bien sûr, bégaya-t-elle en faisant tout son possible pour ne pas paraître trop enthousiaste.

— Youpi ! cria Belinda.

— Tu vas nous adorer, ajouta Sharon. Et tu seras des nôtres. Vous savez ce que ça veut dire, hein, les filles ?

— *Trop ! Trop ! Super ! Super !* crièrent-elles toutes les trois en chœur.

— C'est notre cri de guerre, expliqua la blonde. Si tu marches avec nous, tu seras comme nous ! Donc, on prend note, tu poses ta candidature pour devenir membre des Éléments ?

— Euh, bien sûr, murmura-t-elle, à peine remise de son émotion et de sa surprise.

— Youpi ! répéta Belinda, puis elle se pencha en avant et baissa la voix : Tu sais, il y a juste une chose. Pour devenir membre, tu dois passer un petit test.

— Une initiation, précisa Sharon.

— Ouais, dit Belinda, « une initiation ».

C'est ainsi que tout avait commencé...

A dix-huit ans, Jill avait l'impression qu'elle n'était pas assez développée pour son âge. Elle était trop grande, trop maigre, et sa poitrine était trop plate. Ses cheveux, quoique assez longs — ils retombaient sur ses épaules —, lui semblaient ternes et sans vie. Rien en elle ne lui plaisait : un mélange d'angles aigus et de traits banals, le tout sans aucune grâce. Il lui arrivait de se regarder dans la glace, de détailler son visage et ses expressions en essayant de leur donner, à force de concentration, un aspect plus agréable, plus séduisant. L'idée qu'elle pût être la seule à avoir cette opinion d'elle-même ne l'effleurait même pas. Son premier semestre à Hartley lui avait paru durer un siècle. Une éternité de peurs et d'incertitudes. Qu'elle soit assise dans une salle de cours ou qu'elle erre sur le campus, elle n'avait pas conscience des regards admiratifs des hommes et de ceux, envieux, des femmes ; elle ne se doutait pas que son manque d'éclat n'existait que dans son imagination. Elle ignorait qu'elle était belle.

New York lui manquait. Elle écrivait de longues lettres à sa mère, qui était encore sous le choc de son récent divorce d'avec Brian Marshall, et à ses amies du lycée parties dans d'autres universités. Les cours de danse qu'elle avait suivis pendant quatre ans à raison d'une fois par semaine lui manquaient également, et elle regrettait de ne pas avoir choisi une faculté où elle eût pu continuer à en prendre. Mais Mlle Worth sa prof de lettres au lycée, son professeur préféré, lui avait assuré que Hartley était l'endroit idéal pour quelqu'un d'aussi doué pour l'écriture. Elle n'avait jamais sérieusement pensé devenir danseuse professionnelle : elle n'était pas assez bonne pour ça. Elle savait depuis longtemps que son destin était d'être écrivain.

La voilà donc à Hartley. Le premier semestre, bien ennuyeux, n'avait été égayé que par le cours de littérature comparée et l'atelier d'écriture. Elle ne fréquentait presque personne, ne faisait partie d'aucune bande, ignorait les associations et clubs qui animaient la vie sociale du campus. Le seul groupe auquel elle s'était jointe était le Club littéraire, qui rassemblait de façon informelle les étudiants les plus brillants. Ils lisaient chaque semaine un nouveau livre et le vendredi soir, cinq ou six inadaptés se rencontraient pour parler de Robert Stone, Toni Morrison, John Updike ou Nadine Gordimer, parfaitement conscients que pendant ce temps-là les autres faisaient la fête ou du sport, ou se baladaient en troupeaux dans le centre commercial voisin.

Le premier semestre terminé, elle avait pris le train pour rentrer à la maison. Cette année-là, Noël s'était passé dans la grisaille et la tristesse : sa mère était souffrante et ses amis new-yorkais n'étaient pas disponibles. Elle était restée dans sa chambre pendant ces deux premières semaines de janvier à écrire des nouvelles et des poèmes sinistres. Vers la fin des vacances, elle s'était rendu compte à sa grande surprise qu'elle était impatiente de retourner dans le Vermont. Sa solitude d'étudiante lui paraissait soudain plus supportable, moins désagréable, que celle de l'appartement de Central Park West.

Le deuxième semestre commença d'une manière plus prometteuse que le premier. Dès son retour à l'université, Jill comprit qu'elle n'en pouvait plus d'être toujours seule et elle s'intéressa davantage à ce qui se passait autour d'elle. Elle s'obligea à plus d'échanges avec ses camarades, s'efforça de rester en leur compagnie à la bibliothèque ou à la cafétéria au lieu de chercher toujours une table vide. Plusieurs étudiants lui témoignèrent de l'amitié et elle ne s'en sortit pas trop mal. C'est à cette époque qu'elle remarqua pour la première fois les Éléments, ces trois femmes merveilleuses, les reines du campus.

Elle les observait de loin : leurs vêtements, leur maquillage, leurs manières, en essayant de comprendre pourquoi elles étaient si populaires. Elle aimait beaucoup la coupe à la mode, très courte, de la brune. Un jour à la cafétéria, elle s'approcha de leur table près de la baie vitrée, se présenta et demanda à Belinda l'adresse de son coiffeur. Celle-ci la lui donna en échange d'une petite « aide » pour son devoir de maths, que Jill termina pendant le déjeuner, quelques minutes avant le cours. Le samedi suivant, Jill se faisait couper les cheveux comme Belinda dans le salon de coiffure du centre commercial.

Ce jour de février où les Éléments l'invitèrent à leur table, elle n'était que trop impatiente de les rejoindre.

— Il est tellement dégoûtant ! s'écria Belinda.

— Horrible ! approuva la blonde Sharon, la meneuse du petit groupe. Toujours en train de nous reluquer. Je vous le jure, il regarde toutes les femmes du campus comme s'il les déshabillait. Il est vraiment écœurant.

Elle s'arrêta pour observer l'effet produit, puis ajouta avec une lueur dans les yeux :

— Et *nous* allons réagir.

Jill, qui était en train de résoudre un problème de maths, leva les yeux pour regarder ses nouvelles amies, ignorant ce qu'elles mijotaient. Cela faisait bientôt quinze jours que les Éléments l'avaient acceptée et elle se demandait déjà si elle n'avait pas commis une erreur. Elle n'aimait pas la lueur dans les yeux de Sharon, ni l'atmosphère de malice conspiratrice qui régnait dans la chambre de Belinda, à la résidence universitaire. Et faire leurs devoirs de maths depuis deux semaines commençait à l'ennuyer. Si elle avait été plus sûre d'elle, elle se serait levée et les aurait envoyées sur les roses toutes les trois. Mais, au lieu de cela, elle leur souriait mollement en attendant leurs directives.

Le garçon dont elles parlaient, Victor Dimorta, correspondait bien à leur description. Il était même pire que cela. D'ailleurs, quelques jours plus tôt, elle avait dû repousser ses avances maladroites et répugnantes : il l'avait accostée dans une salle de cours qui s'était vidée tout d'un coup. Ce grand brun, maigre et pâle, avec des marques d'acnée sur le visage et des cheveux gras, avait essayé d'engager la conversation. En la voyant se diriger vers la porte avec le sourire, il avait pris sa gentillesse naturelle pour un encouragement et il avait essayé de l'embrasser. La sensation brutale de sa main puissante serrant son bras la faisait encore frissonner. Elle l'avait repoussé et s'était mise à courir à travers le hall, le bruit de ses pas couvrant les cris désespérés du garçon.

— Attends un instant ! J'avais juste envie de te parler ! Je n'ai pas voulu te faire peur. Jill ? *Jill !*

Maintenant, dans la chambre de Belinda, elles mettaient au point leur vengeance pour ce délit-là et d'autres, similaires.

— Voici le plan, annonça Sharon aux autres Éléments, qui buvaient ses paroles. Belinda, ta chambre sera le cadre idéal. Je veux des bougies, de l'encens, des ampoules rouges... comme dans un bordel, un vrai, compris ?

— Youpi !

— Toi, Cass, tu t'occuperas de la vidéo. Il y aura plein de micros dans la chambre. Tu te cacheras dans ce placard pour filmer.

— Tu... tu parles sérieusement ? bredouilla la rousse au bon cœur.

La réplique ne se fit pas attendre :

— Ne m'interromps pas. Tu filmes. C'est tout ! Belinda, tu te chargeras du décor.

— Bien sûr, dit Belinda. Et quelle sera *ta* contribution, Sharon ?

La belle fille blonde esquissa un sourire.

— Ma chérie, *je* suis l'appât ! Et toutes ensemble, mesdames, nous allons nous occuper de Monsieur Victor Dimorta, Monsieur Vainqueur de la Mort ! — une bonne fois pour toutes ! C'est ce que son nom signifie en italien, vous savez... « Vainqueur de la mort. » C'est incroyable ! Il y a cinquante millions de beaux Italiens séduisants dans le monde, et il a fallu qu'on tombe sur cette horreur ! Mais ça ne va pas continuer, on s'en occupe !

Les trois autres Éléments écoutaient attentivement ses paroles. Soudain, Jill avala sa salive avec effort et murmura d'une voix à peine audible :

— Quel sera mon rôle, à moi ?

Sharon se tourna enfin vers la silhouette recroquevillée au pied du lit.

— Oh, ma chérie ! dit-elle, et un sourire malicieux illumina son visage adorable. *Tu* es l'élément le plus important — pardon pour le jeu de mots ! Tu peux être sûre que j'ai de grands projets pour toi. Tout à fait sûre.

C'était une carte de la Saint-Valentin, toute rose avec des bords blancs dentelés. Jill avait été chargée de la poser sur la table de Victor Dimorta pendant l'atelier d'écriture. Les trois autres filles, qui toutes terminaient déjà leurs études, n'avaient aucun cours en commun avec ce garçon en première année, comme Jill. Plus tard, elle comprit que c'était une des raisons pour lesquelles elles l'avaient acceptée si facilement dans leur petit groupe. Plus les devoirs de maths.

La veille du jour où elle lui avait donné la carte, Jill avait dû jouer une petite comédie en un acte à son intention. Pour cela, les Éléments lui avaient adjoint une autre étudiante de première année. Cette fille, Tammy, n'avait été que trop heureuse d'y participer, ça lui permettait de se défouler par procuration, et cela en compagnie des filles les plus délurées du campus. Jill et Tammy furent convoquées dans la chambre de Belinda, où leurs aînées leur expliquèrent leur rôle, leur faisant répéter les répliques jusqu'à ce qu'elles soient certaines que la scène serait jouée à la perfection.

La veille de la Saint-Valentin, Jill et Tammy choisirent leur place quelques rangées devant Victor tout en faisant semblant de l'ignorer. Le spectacle commença avant que le professeur n'arrive.

— Eh oui, s'écria Jill, tu ne vas pas me croire, mais je te jure que c'est Victor Dimorta ! Oui, Sharon Williams en pince pour lui ! Ça fait plusieurs jours qu'elle ne parle que de lui !

— Je pense qu'il est épatant ! s'exclama Tammy, étouffant un gloussement complice. Mais comme Sharon est la plus belle fille du campus, je parie qu'elle lui plaît. Elle plaît à tous les types.

— C'est sûr ! acquiesça Jill. Mais c'est lui qu'elle aime.

Puis, en se penchant vers Tammy, attentive, comme on le lui avait recommandé, à ce que ses chuchotements soient parfaitement audibles, elle ajouta :

— Elle a dit qu'elle lui réservait une surprise pour la Saint-Valentin !

Les yeux de sa camarade s'élargirent.

— Oh, quoi donc ? Vas-y, dis !

— Chut ! fit Jill. Je ne sais pas de quoi il s'agit, mais elle est sûre que ça va lui plaire !

Les deux filles continuèrent à rire jusqu'à l'arrivée du professeur. Quelques instants plus tard, Jill se retourna pour regarder Victor Dimorta. Il était en train de la fixer en riant à belles dents. Elle rougit et détourna le regard.

Le lendemain, le jour de la Saint-Valentin, elle alla tout droit vers lui et lui tendit l'enveloppe. Elle rougit encore en le voyant l'ouvrir. A l'intérieur de la carte, en dessous d'un poème sirupeux, il y avait un message concis que Sharon avait tracé de son écriture élégante : « *Simmonds Hall, chambre 407, 11 heures ce soir. Nous deux seulement. Viens. Sharon.* » Jill, qui n'avait pas vu la carte, l'aperçut un instant avant qu'il ne l'ait rapidement refermée et remise dans l'enveloppe. En remarquant une lueur de triomphe dans ses yeux, elle s'enfuit.

Jill ignorait que c'était d'elle que Victor rêvait, que c'était pour elle qu'il soupirait, que son image le hantait. L'aurait-elle su, elle n'aurait jamais transmis le message. Elle ne se serait jamais approchée de lui.

Il règne sur les campus une hiérarchie très stricte. Elle comprend, de haut en bas, les étudiants de dernière année, ceux de licence, ceux de deuxième année et les débutants. Si Jill ne s'était pas vraiment demandé pourquoi les trois étudiantes de dernière année les plus influentes l'avaient accueillie dans leur bande, c'est parce qu'elle désirait follement faire partie d'un groupe. Mais plus tard, avec le recul, lorsqu'elle avait mieux analysé la situation, la dure réalité lui était apparue.

Jill était toute prête à jouer les esclaves. Quand les trois filles avaient cherché une candidate à ce rôle, elles avaient arrêté leur choix sur elle, une étudiante de première année tranquille, plutôt terne, qui les enviait au point de les suivre du regard à la cafétéria et d'imiter leur coupe de cheveux, en pensant qu'elles allaient bien s'amuser, que ce serait une franche rigolade d'avoir une étudiante de première année comme commissionnaire, à leur service exclusif. Elle ferait leurs devoirs à leur place. Elle porterait leurs messages. Elle serait à leurs ordres...

En fait, leurs ordres visaient à piéger leurs victimes potentielles, ces êtres inférieurs dont le supplice, provoqué par leurs farces, devait leur procurer un amusement momentané. Manifestement, elles avaient déjà fait de telles frasques dans le passé, mais le plan échafaudé pour Victor Dimorta était sans doute le plus complexe. Par la suite, Jill devait se demander si elles avaient réellement voulu aller si loin. Elle en doutait : aussi dures et orgueilleuses que soient ces trois filles, elles n'auraient pas cherché à se mettre en danger.

Plus tard, quand il lui arrivait de repenser aux Éléments — de moins en moins à mesure que les années passaient —, elle essayait de les comprendre. L'incident avec son beau-père lui avait appris que certaines personnes étaient tout simplement méchantes et que tenter de les justifier était peine perdue. Mais ce raisonnement ne semblait pas s'appliquer à Sharon, Belinda et Cass. Elle finit par penser qu'elles étaient un exemple vivant des effets nocifs de l'ennui. En tant que groupe, en tout cas. Prises individuellement, elles paraissaient très différentes l'une de l'autre.

La plus méchante des trois, c'était bien Sharon Williams, décida Jill. Vingt et une années de richesse, de privilèges et de beauté laissent inévitablement des séquelles. Sharon était une riche blonde de la Californie du Sud, cette région où tout le monde semble être riche et blond. Ses années de lycée avaient sans doute été une fête ininterrompue avec sorties en boîte, planche à voile, patins à roulettes, tout cela en compagnie d'enfants de vedettes de cinéma. Ses parents avaient probablement été affectueux et complaisants au dernier degré : sans doute des gens puissants et sympathiques, qui avaient dépensé trop de temps, d'effort et d'argent pour leur fille chérie. Il n'était pas difficile d'imaginer qui était le centre du monde chez les Williams.

Belinda Rosenberg était du genre suiveur. Troisième des quatre enfants Rosenberg, elle avait été frustrée de l'attention de son père, chirurgien spécialisé dans les affections cardiaques, et de celle de sa mère, occupée par sa synagogue à Buffalo et les deux organisations charitables dont elle était présidente. Belinda avait grandi dans l'ombre de ses deux sœurs aînées. Elle était de celles qui trouvent toujours sur leur chemin une Sharon Williams pour s'attacher à elle et lui abandonner de bon cœur le rôle de meneuse.

Cass MacFarland était la plus mystérieuse des trois. Jill savait que la charmante rousse d'origine écossaise avait grandi dans une jolie petite ville du New Jersey, et c'était à peu près tout. Cass ne parlait jamais de ses parents, et pourtant, ils ne vivaient pas très loin de là. Jill avait aperçu brièvement la famille de ces trois filles lors de la cérémonie de remise des diplômes. Cass avait un frère aîné, qu'elle avait l'air d'adorer, car elle passait son temps à lui téléphoner ou à lui écrire de longues lettres. Elle était très silencieuse aussi, presque trop. La seule fois où Jill et Cass avaient été seules à la même table dans la cafétéria, c'est à peine si Cass lui avait adressé quelques mots. Quand Jill lui avait demandé des nouvelles de son frère, elle avait simplement murmuré qu'il avait rompu avec sa famille. Jill s'était souvent demandé comment Cass tolérait ses amies alors qu'elle semblait plus gentille, plus délicate qu'elles. Mais peut-être avait-elle seulement imaginé cela à cause de leur passion commune : toutes deux voulaient devenir écrivain. Cass travaillait déjà à un roman. C'est pourquoi Jill la considérait comme la plus brillante des trois.

Il y avait donc eu plusieurs raisons pour que Jill veuille se joindre au groupe des Éléments. Elle suivait les trois autres filles partout sur le campus, profitant de leur éclat. Elle allait à des fêtes, où sans cela on ne l'aurait jamais invitée. Elle s'asseyait à la Table du Pouvoir. Elle faisait leurs devoirs, qui bientôt ne se limitèrent plus aux maths. Et quand elles la chargèrent de transmettre le message fatidique à Victor Dimorta, elle courut, soumise, sans penser un seul instant aux conséquences de ce qu'elle était en train de faire.

Après, alors qu'il était déjà trop tard, elle avait essayé de justifier son acte en se persuadant qu'elle n'y avait pas été véritablement impliquée. Car elle n'était même pas entrée dans la chambre de Belinda cette nuit-là...

Elle se trouvait chez Tammy, dans la chambre n° 408, en face de celle de Belinda. Les deux filles tendaient l'oreille pour entendre ce qui se passait, en s'esclaffant, jusqu'à ce que des bruits terribles provenant de la chambre de Belinda interrompent leurs rires. Alors, Tammy éclata en larmes et se blottit dans un coin, paralysée. Ce fut Jill qui avertit la police du campus.

Elle attendit quelques instants avant de trouver le courage d'ouvrir la porte et de sortir dans le couloir. Sharon, nue jusqu'à la taille, couverte d'égratignures et de sang, se tenait là, entourée de plusieurs filles sorties des chambres voisines. Par la porte ouverte, Jill regarda dans la chambre de Belinda. Cass et une autre étudiante étaient penchées au-dessus de Belinda qui, étendue sur le sol, gémissait en se tenant le nez. Mais ce qui frappa le plus Jill, à cet instant terrible, c'étaient les taches de sang sur le mur blanc derrière Belinda. Et la musique. Les yeux rivés sur le singulier spectacle qui s'offrait à ses yeux, elle reconnut la voix basse, provocante, de Sarah Vaughan qui chantait *My funny Valentine.* La voix provenait de la chaîne derrière la petite télé de l'autre côté de la pièce.

Quoi qu'elle ait pu en penser par la suite, l'incident, pour elle, resta associé à cette chanson. Et chaque fois qu'elle l'entendait, elle ne pouvait réprimer un frisson, alors même qu'elle avait déjà oublié cet épisode.

C'est après coup, lors de l'enquête dans le bureau du doyen, qu'elle prit connaissance de la version prétendument complète des événements. Elle n'avait été que témoin, ou complice, aussi ne reçut-elle pas de blâme. D'ailleurs, le doyen, un beau quadragénaire mince, qu'elle surprit plus tard en train d'entrer dans la chambre de Sharon après l'extinction des feux, ne punit personne.

A l'exception de Victor Dimorta.

Sharon raconta sa version « officielle ». Victor les avait importunées pendant des semaines, déclara-t-elle au doyen et aux deux autres manitous de la faculté qui avaient pris part à l'enquête. Ce soir-là, il s'était introduit par ruse dans la chambre de Belinda avec une boîte de bonbons. Quand les trois femmes lui avaient demandé de s'en aller, il était devenu violent, il avait déchiré leurs vêtements et retiré les siens, puis il s'était jeté sur elles. Belinda était absente lors de cette audition. Elle se trouvait à l'infirmerie, le nez cassé et la cheville foulée, après que Victor l'eut traînée à travers la pièce et cognée contre le mur. Cass, elle, avait été projetée contre le sol du placard (personne ne révéla qu'elle y était restée tout ce temps pour filmer la scène), quant à Sharon, elle avait couru dans le couloir, à moitié dévêtue, et s'en était tirée avec quelques égratignures superficielles au visage et aux bras. Victor, lui, s'était enfui. Il avait sauté dans l'ascenseur, tout nu, mais dans le vestibule trois gardiens l'avaient rattrapé et plaqué à terre. Les preuves matérielles (chaises et lampes brisées), ainsi que le récit de Sharon, clair et convaincant, selon lequel Victor avait pénétré de force dans la chambre et les avait attaquées, firent que le doyen considéra l'affaire comme classée et décida de s'arrêter là.

Presque.

Jill ne se rappelait plus ce qui l'avait poussée à faire ce qu'elle avait fait alors. Elle ne devait rien à Victor, elle ne savait même pas ce qui s'était passé au juste dans la chambre de Belinda. Mais il y avait une chose dont elle était sûre : elle s'était fait avoir par les Éléments. Oui, et complètement, car elle avait assisté sans réagir à leurs cruelles manigances, elle avait fait leurs devoirs à leur place, elle était devenue leur paillasson en échange d'un semblant d'intégration. À présent, elle venait de comprendre qu'elle n'avait plus besoin de ces filles. C'était elle la meilleure, et il n'y avait qu'un seul moyen de se retirer de leur sinistre compagnie. Ça lui était monté des tripes, et elle en fut la première surprise. Assise sur le canapé au fond du bureau du doyen, elle écoutait Sharon raconter des mensonges sophistiqués, quand soudain elle se leva d'un bond.

— Non ! cria-t-elle, et tout le monde se retourna pour la regarder.

Doucement, comme si elle était entrée en transe, elle leva le bras et pointa le doigt vers la belle blonde assise devant le bureau du doyen.

— Elle ment ! continua-t-elle. Les choses ne se sont pas passées comme ça. C'est elles qui l'ont attiré dans le piège, toutes les trois. C'était une de leurs farces stupides. Elles l'ont fait venir ce soir-là pour l'humilier comme elles humilient tout le monde ! C'est *elle* qui a invité Victor dans cette chambre ! Je le sais : c'est moi qui lui ai transmis l'invitation. Cass et Belinda étaient dans l'armoire, aux aguets. Tout avait été planifié.

Le silence causé par le choc ne dura que quelques secondes. Comme un ouragan, Sharon Williams bondit à son tour de sa chaise.

— Espèce de putain ! hurla-t-elle. Menteuse ! Elle ment comme elle respire, cette sale petite lesbienne ! Tout le monde sait pourquoi elle nous tournait autour ! *Lesbienne !*

Le doyen, d'un geste autoritaire, fit taire Sharon, qui s'effondra sur sa chaise. S'accrochant à son bureau, il s'adressa à l'étudiante de première année, cette brune qui se tenait debout au fond de la salle, les poings sur les hanches :

— Ça suffit, mademoiselle... (il regarda les feuilles sur son bureau, puis de nouveau leva les yeux sur elle), mademoiselle Talbot. Je ne sais pas où vous voulez en venir, mais si vous vous emportez encore, vous serez renvoyée ! Ai-je été clair, jeune fille ?

Lentement, plus lentement que jamais, Jill déplaça

son regard glacial et méprisant de Sharon Williams vers le doyen. Pendant un long moment, elle le regarda droit dans les yeux. Quand elle parla enfin, sa voix n'était plus qu'un chuchotement, mais il l'entendit nettement :

— Vous devriez avoir honte, dit-elle, puis elle lui tourna le dos et sortit du bureau.

Victor Dimorta n'était pas là pour entendre sa confession courageuse. La veille, il avait été renvoyé.

C'en était fini de son amitié avec les Éléments. Deux jours plus tard, en arrivant la première à la cafétéria, elle s'assit exprès à leur table devant la baie vitrée pour déjeuner. Quelques minutes plus tard, Sharon Williams était là. Elle posa son plateau sur la table d'à côté avec fracas, se pencha vers Jill et se mit à crier :

— Qu'est-ce que tu fais là, bordel de merde ? Va-t'en de notre table, *traîtresse* !

Jill leva calmement les yeux de son assiette. Alors que tous les regards étaient fixés sur elle, elle déclara :

— C'est ma table à présent. *Vous, vous* allez ailleurs. Et si toi ou tes monstres d'amies m'approchez encore, j'appellerai vos parents et je leur dirai *la vérité* sur ce qui s'est passé. Cela pourrait les intéresser de savoir ce que font leurs filles. Et maintenant, débarrasse le plancher !

D'abord, ils furent deux seulement, deux garçons, puis peu à peu toute l'assistance se joignit à eux et se mit à applaudir. Tous battaient des mains, huaient, sifflaient, et à la fin, on entendit un bruit de poings frappant les tables en rythme. Bientôt, le cri, de plus en plus fort jusqu'à ce qu'il résonne à travers toute la cafétéria : « *Jill ! Jill ! Jill ! ...* »

Sharon les contempla, incrédule. Puis, jetant un dernier regard méprisant en direction de son ancienne acolyte, elle sortit en trombe.

A la fin du semestre, toutes les trois obtinrent leur

diplôme, et Jill n'entendit plus jamais parler d'elles. A une exception près : plusieurs semaines après l'incident, Cass MacFarland l'arrêta à la sortie d'une salle de cours pour lui dire qu'elle regrettait d'avoir pris part à la farce et qu'elle l'admirait d'avoir tenu tête à Sharon : ce qu'elle avait fait était juste.

A partir de ce jour-là et jusqu'à la fin de ses études trois ans plus tard, Jill fut l'une des personnes les plus populaires du campus. Elle rejoignit une association d'étudiantes et fut élue présidente du club littéraire. Le vendredi soir, elle allait à des fêtes et à des compétitions sportives, quand elle ne se retrouvait pas à la tête d'une bande dans le centre commercial. Elle eut sa première histoire d'amour avec un étudiant. Une relation agréable, mais que ni l'un ni l'autre ne prenaient au sérieux ; aussi connut-elle plusieurs autres aventures. Cependant, elle resta à l'écoute des autres : elle gardait un regard attentif pour les gens seuls et timides, et elle les invitait toujours à les rejoindre, elle et ses amis, à la table près de la baie vitrée.

Avec le temps, elle oublia cet incident. Fort heureusement, elle effaça de sa mémoire la fameuse plaisanterie, les cris terrifiants, le spectacle des meubles brisés et du sang sur le mur de la chambre de Belinda. Elle effaça également tout souvenir de sa participation aux événements qui avaient abouti au renvoi d'un garçon dont le seul crime, pour autant qu'elle pouvait en juger, était son manque de séduction.

Jill

5

Mercredi, 4 février

Il mit du temps à se réveiller, et sa première sensation fut celle de froid. Il s'assit sur son matelas défoncé en se frottant les yeux, incapable de reconnaître les lieux pendant un bon moment. Enfin, après un coup d'œil sur la petite chambre dépouillée, il se souvint.

Il se leva, prit la grosse couverture posée sur le lit, s'enveloppa dedans, se dirigea vers la fenêtre, la vue trouble. La neige : une brume tourbillonnante qui masquait la pièce de l'autre côté de la rue. Il dégagea son bras droit des plis de la couverture et mit le micro en marche. Quelques instants plus tard, il entendit un faible bruit d'eau — la salle de bains, pensa-t-il — et le sifflement aigu d'une bouilloire. Ensuite, un autre bruit, lointain mais distinct, celui de pieds nus sur le plancher, qui diminua, puis s'arrêta.

— Bonjour, dit-il à haute voix. Bonjour, Jillian Talbot.

Inspiré par ses gestes à elle, qu'il devinait, il alluma la gazinière. Le pot en fer-blanc était plein d'eau : il le remplissait maintenant chaque soir, avant d'aller se coucher. Il prit un petit bocal de café soluble et versa quelques cuillerées dans un bol blanc sur lequel on lisait « I love NY » ; il l'avait acheté dans une boutique de souvenirs sur la Septième Avenue. En attendant que l'eau bouille, il s'installa dans le fauteuil devant la fenêtre, alluma une Marlboro, prit ses jumelles et scruta l'immeuble d'en face à travers la neige.

Il neigeait de nouveau. Elle prit son bol de décaféiné, s'assit devant la baie vitrée et regarda la rue, contente de ne pas avoir de nausées ce matin-là. Dix heures : c'était le moment d'appeler Barney Fleck pour lui parler de la nouvelle piste. La veille au soir, pendant le dîner, elle avait raconté à Nate l'histoire de Victor Dimorta, mais il s'était montré sceptique : il s'était écoulé tant de temps depuis. Quand elle avait ajouté qu'elle en parlerait au détective et qu'elle verrait le Dr Philbin vendredi, il s'était contenté de hausser les épaules. Ses souvenirs ne semblaient pas l'impressionner.

Elle sortit de sa méditation pour aller dans son bureau appeler Barney Fleck. Celui-ci était en communication sur une autre ligne, mais Verna Poole, sa fidèle secrétaire, s'empressa de l'informer qu'il avait déjà passé deux coups de fil au sujet de son affaire. Il attendait des réponses d'un moment à l'autre, et il la contacterait dès qu'il aurait du nouveau. Jill la remercia et raccrocha. Elle se dirigea vers l'une des étagères, prit un gros volumé relié en simili-cuir marron portant le titre de *Passages*, avec l'année gravée sur la couverture en lettres d'or. Elle retourna dans le salon, s'assit sur le canapé et ouvrit le premier des quatre annuaires de l'université, examinant chaque page. Elles étaient là, un sourire innocent sur leurs lèvres glacées, cheveux longs et épaules nues. La Terre, le Vent et le Feu...

Le téléphone sonna. Jill regarda sa montre et s'étonna : il était déjà presque onze heures. Elle se précipita dans le bureau.

— Allô.

— Mademoiselle Talbot, Barney Fleck à l'appareil...

— Oui, j'attendais votre coup de fil. Écoutez, j'ai du nouveau...

— Un moment ! s'écria le détective. J'ai obtenu quelques informations pour vous. Vous ne voulez pas écouter...

— Bien sûr que si, monsieur Fleck, mais...

— Barney.

— Barney. D'accord. Mais je crois que j'ai été un peu vite en vous parlant de...

— Holà ! Je vous demande un instant, mademoiselle Talbot.

— Jill.

Son rire cordial fit vibrer le récepteur dans sa main.

— D'accord, *Jill*. Écoutez-moi. J'ai des nouvelles de votre ex-beau-père, Brian Marshall. Je l'ai retrouvé par sa première femme, celle dont vous m'avez dit qu'elle vivait dans le New Jersey. Je l'ai contactée, et elle m'a mise en relation avec lui... enfin, façon de parler.

Il y eut un silence, et elle ne put s'empêcher de demander :

— Qu'entendez-vous par « façon de parler » ? Il... il n'est pas mort ?

— Non, répondit Barney. Pas vraiment... mais pour vous, c'est tout comme. Il est dans une sorte d'hôtel, pas loin de Cleveland. Un grand hôtel gris, en béton, avec des barreaux aux fenêtres.

— Oh !

— Oui, vous n'allez pas me croire, il paraît qu'il s'est remarié une troisième fois. Sa première épouse m'a donné le numéro de la nouvelle. C'est une femme riche de Cleveland. Elle a une fille adolescente. Il y a un an environ, il... eh bien, disons qu'il aime les jeunes, mais je crois que vous en savez quelque chose.

Elle sentit sa gorge se serrer en pensant qu'elle avait renoncé à porter plainte à la demande de sa mère.

— Jill ?

— Oui, Barney, je vous écoute.

— Un personnage charmant, ce Brian Marshall. C'est arrivé quand la fille avait quinze ans. Un soir, Marshall est entré dans sa chambre, complètement bourré. Elle a résisté, et il l'a frappée. Il lui a cassé le nez et deux côtes. Elle va bien maintenant, d'après sa mère. En tout cas, celle-ci a demandé le divorce, et il purge une peine de quelques années dans la prison de l'État de l'Ohio. J'ai donc appelé là-bas. Il a fallu que je leur envoie une copie de ma licence par fax pour qu'ils acceptent de me parler. J'ai expliqué votre situation et la secrétaire du directeur m'a dit tout ce que je voulais savoir. Il y a quelques semaines, Marshall a provoqué une bagarre et on l'a mis dans une cellule individuelle jusqu'à nouvel ordre. Il a perdu tous ses droits, y compris celui d'envoyer du courrier. Il n'y a donc aucune chance pour que ces cartes viennent de lui.

Jill réfléchit un instant.

— Aurait-il pu soudoyer quelqu'un pour qu'il les lui poste ? Un gardien, ou un autre détenu... ?

Le rire bruyant de Barney Fleck retentit dans le récepteur.

— Mon petit, je parie que vous n'avez jamais vu une prison de près ! Il est *dans une cellule individuelle* : une petite chambre sombre, où on passe la nourriture par un guichet trois fois par jour. Toutes les quarante-huit heures, ils le lavent au jet. C'est tout. C'est un minable, un agresseur de fillettes. Les gardiens le haïssent, les autres détenus aussi. Par ailleurs, les deux cartes ont été postées à New York, et non pas dans l'Ohio. Ce n'est donc pas lui, Valentin.

Elle respira longuement, profondément ; tout cela paraissait irréfutable.

— D'accord. Merci de l'avoir trouvé si vite.

— Tout le plaisir est pour moi... Par contre, la note de téléphone est pour vous. Maintenant, dites-moi quel est ce nouveau renseignement que vous vouliez me communiquer, vous avez encore besoin de mes services ?

Elle resta silencieuse un moment, se rappelant cette nuit froide dans le Vermont, seize ans auparavant, les cris, la belle mélodie qui semblait grotesque, et le sang sur le mur de la chambre de Belinda.

— Oui, dit-elle enfin. Oui, j'ai encore besoin de vos services.

— Attendez un instant, dit Barney. Je vais chercher un stylo...

Son bol de café à la main, il descendit au rez-de-chaussée et entra dans l'atelier sombre. Il tâta le mur près de la porte, trouva l'interrupteur, et les rangées de longs tubes halogènes au plafond se mirent à bourdonner, illuminant la pièce semblable à une grotte. Les douze toiles aux couleurs vives surgirent devant ses yeux. Il s'arrêta quelques instants sur le seuil de la porte pour les regarder et un léger soupir s'échappa de ses lèvres.

Il était onze heures. Il avait dormi tard, et il avait un tas de choses à faire. Mais il passa la fin de la matinée à marcher lentement, tranquillement, d'un bout à l'autre de l'atelier, plongé dans la méditation, s'arrêtant longuement devant chaque toile. A l'exception de Jill, ces peintures étaient actuellement la chose la plus importante dans sa vie. L'exposition dans la galerie d'Henry allait bientôt commencer : que l'accueil de la critique soit enthousiaste ou négatif — ou, plus probablement, quelque chose entre les deux —, ce vernissage représentait une étape dans sa vie de peintre, dans ce voyage qu'il avait commencé des années auparavant, et au bout duquel il y aurait peut-être la reconnaissance. La richesse, la gloire ou les deux seraient les bienvenues, mais ce n'était pas son principal souci. Un succès d'estime, tel était son objectif numéro un.

Il arriva enfin devant la dernière peinture de la série, une grande toile qu'il avait terminée l'avant-veille pendant la nuit. *Vie.* Et c'était bien la vie, se dit-il en regardant les taches de couleurs vives, provocantes, puissantes, qui parsemaient la surface de la toile. Elle donnait l'impression de bouger, de vibrer. Il était presque parvenu à exprimer ce mouvement sauvage, palpitant, qu'il voyait chaque jour dans les rues de sa ville. L'énergie qu'il y avait partout, dans chaque être vivant. Pourtant, il savait qu'avec ses peintures à l'acrylique, ses pinceaux et ses toiles tendues sur des cadres, il n'arriverait jamais à rendre complètement l'image qui l'habitait.

Bon, se dit-il en examinant sa dernière toile, j'ai fait ce que j'ai pu. Je ne peux pas aller plus loin. Michel-Ange, Monet, Picasso y sont arrivés, eux. Mais pas moi ; pas encore. Peut-être qu'un jour...

Son propre orgueil le fit sourire. Pareille réussite méritait d'être arrosée, et il pensa tout de suite à Jill. Oui, décida-t-il. Oui. Nous dînerons ensemble ce soir, et je sais ce que je vais lui offrir..

Il remonta dans l'appartement pour prendre son manteau. Et il sortit dans la lumière neigeuse du jour. Comme il pensait à Jill, il ne sentit même pas le froid.

C'était une carte de la Saint-Valentin, se rappela Jill. Les trois filles l'avaient chargée, elle, de la donner à Victor Dimorta. Elle était tout étonnée maintenant de ne pas y avoir pensé plus tôt. Comment était-ce possible ? Mais les souvenirs affluaient, et elle comprit.

Elle avait beau faire des efforts, elle ne parvenait pas à se rappeler nettement le visage de Victor Dimorta. Dans son souvenir, il était grand, pâle et efflanqué. Et plutôt sale : des cheveux bruns gras, des traces d'acnée sur la figure, des mains moites. A part cela, rien. Un blanc. Elle n'arrivait pas à se rappeler ses yeux, ni sa voix, ni rien d'autre. Elle avait tout refoulé. Comme le traumatisme provoqué par l'incident avec son beau-père. Elle retourna téléphoner dans son bureau.

Il était une heure passée maintenant, remarqua Jill, et le Dr Philbin était probablement avec un patient. Elle n'avait toujours pas de secrétaire, aussi Jill ne fut-elle pas surprise de tomber sur le répondeur. Elle attendit le bip et laissa un message.

De retour dans le salon, elle ouvrit l'annuaire resté sur la table basse. Elle se rappela avec satisfaction sa victoire sur les trois filles plus âgées et la confiance qu'elle en avait tirée. Elle chercha une photo de Victor Dimorta, mais il n'y en avait pas. Elle referma l'annuaire, le remit sur l'étagère et téléphona à Nate. Il n'était pas chez lui, elle lui laissa un message pour lui rappeler qu'ils dînaient ensemble ce soir-là. C'était sa deuxième tentative de cuisiner pour lui. Je vais faire rôtir ce poulet que j'ai acheté par erreur l'autre jour... Comme il était assez gros pour trois personnes, cela lui donna une idée. Elle appela son agent. Après deux sonneries, on décrocha.

— Mary Daley à l'appareil.

— Bonjour, Mary, c'est Jill.

— Jill ! Comme c'est bizarre, j'allais *justement* t'appeler ! C'est de la télépathie. Comment va ma cliente favorite ?

— Bien, je crois. Écoute...

— Tu crois ? Qu'est-ce que cela veut dire, mon Dieu ?

— Eh bien, je...

— Tu n'es pas malade, au moins ?

— Non, je me porte très bien. Écoute, je sais que je m'y prends un peu tard, mais j'aimerais t'inviter à dîner ce soir chez moi, avec Nate.

Il y eut un silence ; puis Mary reprit, suspicieuse :

— Ce sera un dîner de chez McDonald's ou des plats chinois tout préparés ?

Malgré son trouble, Jill ne put s'empêcher de rire.

— Ni l'un ni l'autre. Je vais faire rôtir un poulet.

— Ai-je bien entendu ?

— Tu ignorais que je savais cuisiner, hein ? Demande à Nate. Je l'ai invité à dîner l'autre soir et, vu le succès que j'ai eu, j'ai décidé de remettre ça. Tu pourras venir ?

— Je peux venir, mais est-ce que j'en ai envie ? Eh bien, oui, pourquoi pas ? Je veux voir ça de mes propres yeux. Mon plus grand succès de librairie reconverti en femme au foyer. Nous pourrons d'ailleurs tuer deux lièvres — ou deux poulets ? — d'un seul coup. J'allais t'appeler parce que je viens de recevoir les épreuves de l'article du *New York*. Il sortira dans quinze jours, et si tout va bien il y aura ta photo en couverture. Tu te vois en cover-girl ?

Jill plissa les yeux. Il lui fallut quelques instants pour se souvenir de l'interview et de la séance de photos qui s'étaient pourtant déroulées chez elle, environ trois semaines auparavant, peu après le jour de l'An. Mais cela lui semblait déjà loin. Elle avait souri au photographe et répondu avec humour et légèreté aux questions provocatrices du journaliste. Elle se rappelait à peine ce qu'elle avait bien pu raconter.

— Oh, super ! dit-elle. Formidable ! Apporte-le et viens dès que tu auras fini de travailler. On boira des Bloody Mary en attendant Nate. Il y a... il y a quelque chose dont j'aimerais parler avec toi.

— Quelque chose qui ne va pas, c'est cela ? demanda Mary.

Jill cherchait une réponse, quand soudain la sonnerie de l'interphone retentit dans le salon.

— Je dois te laisser. Je te raconterai cela de vive voix.

— Ça marche...

Le ton de Mary trahissait une certaine inquiétude.

Jill raccrocha rapidement pour éviter que son amie

puisse ajouter quelque chose. Elle était pressée de savoir qui l'appelait à l'interphone.

— Oui ?

Une voix de jeune homme répondit, avec un fort accent latino-américain.

— Une livraison pour Jillian Talbot.

La peur la submergea, et il lui fallut quelques instants pour reprendre son souffle.

— De quoi s'agit-il ?

Elle entendit un bruissement de papiers. Et le jeune homme reprit :

— Le bon de livraison dit : « Pour Mlle Jillian Talbot, de la part de Nate. »

Soulagée, elle souffla et sentit son pouls revenir à la normale. Malgré cela, elle se souvint de ce qu'elle avait appris au cours d'auto-défense : ne jamais faire entrer un étranger dans son immeuble. Aller à sa rencontre.

— Attendez, j'arrive.

Deux minutes plus tard, à travers la porte vitrée de l'entrée, elle vit un grand garçon maigre de type latino-américain, âgé d'environ dix-sept ans. Sous sa veste ouverte en cuir couverte de neige, il portait un T-shirt vert avec, sur le côté gauche de la poitrine, une inscription décolorée : « *Bouquets* ». Il tenait dans ses bras une boîte blanche, longue et large. Les yeux fermés, il se balançait doucement au rythme de la musique provenant du walkman attaché à sa ceinture. Un garçon parfaitement normal qui faisait une chose parfaitement normale. Rassurée, elle ouvrit la porte.

— Bonjour, dit-il en retirant ses écouteurs.

On entendait Gloria Price passer l'aspirateur dans le hall de l'immeuble. Le coursier remit la boîte à Jill et lui tendit une petite écritoire à pince et un stylo.

— Signez ici, s'il vous plaît.

Elle signa, le remercia et referma la porte. De retour dans l'appartement, elle posa la boîte sur la table basse et se pencha pour défaire le ruban vert. En soulevant le couvercle, elle vit une douzaine de roses rouges, des « Beautés américaines » à longue tige, emballées dans du papier de soie vert, et une petite enveloppe posée dessus. Oh, Nate ! pensa-t-elle. Comme c'est adorable !

Au moment où elle baissait la tête pour sentir les fleurs, quelque chose de gros et lourd s'échappa de sa cachette entre les tiges. Cela effleura sa poitrine, tomba comme une pierre et atterrit à ses pieds avec un bruit sourd. Elle écarta le bouquet et regarda par terre.

Elle ne comprit pas tout de suite. Mais, dès que son cerveau eut enregistré ce que ses yeux avaient vu, elle leva les mains en l'air, bondit en arrière et s'affala sur le canapé, prise de nausées. Les roses, que plus rien ne retenait ensemble, tombèrent lentement sur le tapis, douze explosions silencieuses couleur rouge sang.

Dorothy Philbin dit au revoir à son dernier client, ferma à clé la porte d'entrée et monta du sous-sol à la cuisine pour se préparer une tasse de café plus que méritée. Pendant que l'eau chauffait, elle regarda sa montre deux fois. Elle avait encore le temps de se détendre avant de dîner avec sa fille et son petit-fils.

Sa tasse à la main, elle redescendit dans son bureau pour écouter son répondeur. Il y avait trois messages. Sa fille confirmait le dîner à six heures. Mlle Schwartz annulait sa séance du lendemain après-midi, prétextant une visite à sa famille. Il ne restait qu'un message. Elle s'enfonça dans son fauteuil de cuir capitonné derrière le bureau en savourant son café chaud et fort.

« Docteur Philbin, c'est Jill. J'ai pensé à ce que vous m'aviez dit à propos de... vous savez, de Victor Dimorta. Vous êtes sans doute sur une piste, mais... cela me pose un problème. Nous devrions peut-être tenter la même chose qu'à propos de mon beau-père, quand j'étais incapable de me rappeler ce qui s'était passé. Vous devriez m'hypnotiser... »

L'enseigne au-dessus de la boutique de fleurs délabrée, dans la 14e Rue, était ornée de marguerites grossièrement peintes au milieu desquelles se détachaient les lettres vertes qui en composaient le nom : « Bouquets ». Situé dans un pâté de maisons grouillant de monde, le magasin était entouré de boutiques bon marché où l'on vendait des vêtements ou du matériel électronique. Devant la vitrine, des plantes poussiéreuses se cachaient dans des serres crasseuses. Barney Fleck ouvrit la porte en verre devant Jill, et ils entrèrent. Le joyeux tintement d'une petite cloche au-dessus de la porte annonça leur arrivée.

A l'intérieur, il ne faisait guère plus chaud que dehors et il leur fallut quelques secondes pour que leurs yeux s'habituent à la pénombre. Ils étaient seuls dans cette pièce grise, mal éclairée, où l'on voyait partout des fleurs languissantes et d'autres, un brin plus fraîches, derrière la vitre réfrigérante qui couvrait le mur du fond. Une pile de boîtes blanches semblables à celle que Jill avait reçue s'entassait sur une étagère près de la porte à côté de plusieurs corbeilles enveloppées de cellophane. Des plantes exubérantes fleurissaient dans un vieux bac. Au bout d'un moment, on tira le rideau et une petite femme dodue de type latino-américain fit son apparition. Elle portait une blouse vert foncé pas très propre, ses cheveux noirs étaient serrés en chignon et ses boucles d'oreilles en or scintillaient. Elle s'arrêta net devant la charmante jeune femme et le grand homme d'âge mûr au milieu de la pièce. Un sourire éclaira son visage fardé à outrance et elle vint à leur rencontre.

— Bonjour, dit-elle. Puis-je vous aider ?

Jill faillit faire un bond en arrière à cause de l'odeur de gin. Elle laissa Barney parler, comme ils l'avaient prévu. Lorsqu'elle se retourna pour le regarder, elle le vit plonger sa main droite dans la poche de son pardessus.

— Je l'espère, dit le détective, aimable, et sa silhouette massive s'interposa entre les deux femmes. Cette dame est Jillian Talbot. Il y a environ deux heures, elle a reçu des fleurs venant de chez vous.

— Oh, *si*, oui. Talbot. Exact. Douze Beautés rouges. C'est ce que j'ai de mieux.

La femme se tut, son sourire disparut : elle venait de percevoir une menace dans l'expression des deux personnes qu'elle avait en face d'elle.

— Il y a quelque chose qui ne va pas ? reprit-elle. Vous les avez reçues, ces roses ? Mon Niño vous les a bien livrées ? Je...

— Oui, oui, l'interrompit Barney en levant la main pour mettre fin à son bavardage. Les fleurs ont bien été livrées. Nous voulons juste savoir qui les a commandées.

Il sourit pour la rassurer. La femme semblait vraiment intriguée. Elle regardait tantôt l'un tantôt l'autre en fronçant les sourcils. Puis, ne voyant aucune raison de ne pas répondre, elle retourna à sa table et prit un cahier de commandes, gros et bosselé. Elle tourna rapidement quelques pages, revenant en arrière

— Voilà. J'ai trouvé.

Elle tendit le carnet à Barney, qui sortit sa main droite de sa poche pour le prendre.

Debout à côté de lui, Jill lut. Le carbone jaune — copie du reçu délivré au client — portait la date et le libellé de la commande : « 1 DOUZ. ROSES BE. AM. ROUGES », en lettres capitales. En dessous, de la même écriture, il y avait son nom et son adresse, plus le message à écrire sur l'enveloppe : « POUR MLLE JILLIAN TALBOT, DE LA PART DE NATE ». Figuraient encore le prix et la mention : « A livrer ». Le mot « Payé » était entouré. Barney rendit le carnet à la femme en disant :

— Avez-vous pris la commande par téléphone, ou le client est-il venu au magasin ?

La fleuriste plissa les yeux.

— Il était là. Il a payé en liquide. Qu'est-ce qui...

— Donc, c'était un homme, dit Barney à l'intention de Jill. (Puis il demanda :) Pourriez-vous nous décrire cet homme ?

— Le décrire ? répéta-t-elle en les regardant plus attentivement. De quoi s'agit-il ? Pourquoi dois-je le *décrire* ? Il a dit : « De la part de Nate. » Nate !

Pour la première fois, elle se tourna vers Jill et lui adressa la parole directement :

— Vous ne savez pas à quoi il ressemble, ce Nate ?

Barney glissa de nouveau sa main droite dans sa poche. Jill sortit rapidement son portefeuille de son sac et fouilla dans la partie où elle gardait des photos. Sortant un cliché récent d'une pochette en plastique, elle le montra à la fleuriste, qui se pencha pour l'examiner.

— Qui est-ce ?

— C'est Nate, répondit Jill.

— Non, dit la femme, et elle secoua la tête si fort que ses anneaux en or frappèrent son visage. C'est pas lui qui est venu.

— Cela ne m'étonne pas vraiment, marmonna Jill en rangeant son portefeuille.

Barney, toujours la main dans la poche, reprit :

— Décrivez-nous l'homme qui a acheté les roses.

— *Aïe*, s'écria la femme, plus effrayée qu'offensée. J'ai un beau magasin, les plus belles fleurs du Village. Vous allez m'expliquer ce qui se passe !

Elle jeta un regard affolé autour d'elle, comme si elle cherchait de l'aide, mais il n'y avait qu'eux trois dans le magasin. Son fils, Niño, était probablement en train de livrer des fleurs.

— C'est à propos de ça ! dit Barney en sortant d'un coup la main de sa poche.

Il tenait un sac en plastique transparent qu'il approcha du visage de la femme. Elle poussa un cri perçant et tomba en arrière contre le comptoir, renversant un vase rempli de lys. L'eau inonda le sol, tandis qu'elle se cramponnait à la table pour garder l'équilibre.

— *Madre de Dios !*

Elle vit, serrés dans le plastique, le museau et les pattes d'un énorme rat mort : ses yeux voilés étaient gonflés, sa gueule grande ouverte comme dans un hurlement, du sang séché avait adhéré à la fourrure grise, et sa longue queue argentée était enroulée presque deux fois. C'était la seule manière que Barney avait trouvée pour le faire rentrer dans le sac après l'avoir ramassé dans le salon de Jill.

La fleuriste avait cessé de crier. Certaine d'avoir deux fous en face d'elle, elle s'effondra sur le comptoir et fondit en larmes.

— Arrêtez ! cria Jill au détective en le repoussant pour éloigner l'horrible chose. Il est évident qu'elle n'y est pour rien.

— J'ai voulu m'en assurer, répondit-il.

Il se retira dans le coin opposé de la pièce et rangea le sac dans sa poche.

Jill s'approcha de la fleuriste en larmes, la prit gentiment par le bras, et l'aida à s'asseoir sur la chaise pliante métallique à côté du comptoir. Elle s'agenouilla devant la femme et prit ses mains dans les siennes.

— Écoutez-moi, lui dit-elle aussi doucement qu'elle le put. Je suis désolée de vous avoir fait peur. Cette... cette chose se trouvait dans les fleurs que votre fils m'a livrées. Elle en est tombée quand j'ai ouvert la boîte.

La femme ouvrit la bouche pour protester, mais Jill continua :

— Ne vous inquiétez pas. Je ne pense pas que vous ou votre fils ayez quelque chose à voir avec cela. Je ne vous tiens pas pour responsable. Mais, vous voyez, madame... — elle jeta un coup d'œil sur son insigne —, madame Sanchez, quelqu'un m'a fait une horrible blague. Un homme. Vous êtes une femme, madame Sanchez. Vous savez combien certains hommes peuvent être détraqués. Cet homme-là me harcèle parce qu'il... me désire, vous comprenez ? Il est fou. *Loco en* — hmm — *cabeza,* fit-elle en se tapant le front. J'ai très peur. (Puis, montrant Barney, elle ajouta :) Cet homme est un détective privé. Je vous en prie, soyez gentille, aidez-nous.

Mme Sanchez regarda Jill quelques instants et jeta un coup d'œil à Barney. Elle se redressa avec une dignité étonnante et aida Jill à se relever.

— Il était grand. Presque aussi grand que vous, dit-elle au détective, mais pas gros. Maigre. Blond, les cheveux longs jusqu'aux épaules. Sales, les cheveux. Il sentait mauvais. Jean sale, chemise écossaise sale. Un vieux manteau gris troué et taché. Il avait... Elle porta les mains à son menton en cherchant le mot.

— Une barbe ? demanda Jill.

— *Si*... oui, une barbe de trois, quatre jours. Les yeux bleus, très pâles, et l'air bizarre, comme drogué. Quand il est entré, j'ai eu peur. Je me suis dit : C'est un clochard, ou un voleur, peut-être. Il va me braquer. Mais il voulait une douzaine de Beautés rouges à longue tige, et il a sorti un billet de cent dollars. Alors, j'ai noté la commande. Il m'a montré un papier avec un nom et une adresse. Les vôtres, dit-elle à Jill. Il a demandé une carte pour écrire un mot, et je la lui ai donnée. Il a pris un stylo, il a écrit quelque chose et il a mis la carte dans l'enveloppe. J'ai pas vu ce qu'il avait écrit. Il m'a demandé de marquer sur l'enveloppe : « Pour Mlle Jillian Talbot, de la part de Nate », et c'est ce que j'ai fait. Je lui ai rendu sa monnaie. Il est parti. C'est tout.

— Que s'est-il passé ensuite ? demanda Barney

— J'ai rempli le bon de livraison et j'ai préparé la boîte.

— Et vous l'avez posée où ?

Elle montra l'étagère près de la porte.

— Là-bas.

— Combien de temps s'est-il passé avant que Niño livre les fleurs ?

— Je ne sais pas, une heure peut-être.

— Pendant ce temps-là, vous est-il arrivé de vous absenter ?

— Non... oui ! Oui, je suis allée derrière le rideau pour me préparer... une tasse de thé.

Jill réfléchissait, l'air renfrogné. Barney grogna :

— Combien de fois ?

— *Cómo... ?*

— Combien de fois pendant cette heure êtes-vous allée derrière le rideau vous préparer une tasse de thé ?

— Une fois. Non, deux. Deux fois.

— Et pendant ce temps-là, personne n'est entré dans le magasin ?

Mme Sanchez se laissa lentement choir sur sa chaise.

— *Dios mío !* J'avais complètement oublié !

Jill s'agenouilla de nouveau devant la femme.

— Qu'avez-vous donc oublié ? demanda-t-elle dans un souffle.

La femme montra le haut de la porte par-dessus l'épaule de Jill.

— La cloche. La dernière fois, quand j'étais derrière, j'ai entendu la cloche. Mais quand je suis retournée dans la pièce, y avait personne. Je me suis dit, vous savez, parfois les gens veulent entrer, et puis ils changent d'avis.

Après un moment de silence, Barney reprit :

— Par pure curiosité, Niño est-il parti livrer les

boîtes juste avant que l'homme entre dans le magasin ?

La fleuriste le regarda, les yeux écarquillés. Ensuite, elle acquiesça. Elle avait l'air sidérée.

Le détective grogna de nouveau.

— Alors, il a eu tout son temps.

Barney sortit dans la rue, fit un tour et poussa doucement la porte pour l'entrebâiller. La cloche resta silencieuse. Il passa son bras par l'ouverture avec précaution et attrapa sur l'étagère la boîte la plus proche, qui attendait d'être livrée. Il l'ouvrit autant que le ruban vert le permettait et glissa la main à l'intérieur. Puis, il la referma, la remit sur l'étagère et se retira. La cloche sonna après que la porte se fut refermée avec un bruit sec. Barney resta sur le trottoir et fit une petite révérence aux deux femmes.

La fleuriste cacha son visage entre ses mains. Puis elle leva la tête et regarda Jill.

— Je pense que j'ai besoin d'une tasse de thé. D'une tasse de *vrai* thé.

Jill lui sourit, murmura un remerciement et quitta rapidement le magasin.

Du trottoir d'en face, il vit Jillian Talbot sortir de chez la fleuriste et rejoindre Barney Fleck. Il se demandait de quoi ils avaient bien pu parler tous les trois à l'intérieur du magasin. Il n'avait pas l'air idiot, ce détective.

Un vent glacial balayait l'avenue. Il pressa le pas, car il n'avait qu'une veste de cuir sur le dos. Il vit l'homme et la femme s'éloigner rapidement vers l'ouest, le détective parlait et gesticulait, la femme écoutait, elle avait du mal à marcher aussi vite que lui.

Il les suivit à distance, attentif à ce qu'il y ait des passants entre eux.

— Il l'avait épiée, dit Barney.

— Comment ?

— La fleuriste, il l'avait épiée. Il savait qu'elle faisait de fréquentes incursions derrière le rideau et où elle mettait les boîtes en attente de livraison. Rien ne lui a échappé.

— De quoi parlez-vous ?

Jill, essoufflée, effleura le bras de Barney pour l'arrêter dans sa course. Ils étaient au coin de la Huitième Avenue et de la 14e Rue, deux silhouettes immobiles au milieu de la foule.

Barney lui prit le bras.

— Votre ami. Valentin. Il n'a pas choisi cette fleuriste au hasard.

Jill sortit la petite enveloppe de son sac et la relut. Une main tremblante avait écrit en lettres capitales, avec le stylo bleu de Mme Sanchez :

JE ME RAPPROCHE DE TOI.
AMOUR,
VALENTIN

— Elle a dit qu'il était blond, et qu'il avait une barbe et les yeux bleus. Je ne me souviens pas très bien de Victor Dimorta, mais je sais que ses cheveux étaient foncés et ses yeux noirs.

— Mon Dieu, Jill, donnez-moi cinquante dollars et une heure environ, et je pourrais me faire passer pour un Afro-Américain. Vous aussi, d'ailleurs. En plus, nous ne sommes pas sûrs que ce soit Dimorta.

Elle le regarda tout en suivant des yeux les gens qui passaient dans la rue et reprit d'une voix à peine audible :

— Vous avez raison. Mais j'aimerais que vous vérifiiez quand même cette piste.

— Bien sûr. Soyez prudente.

— Je le serai, lui promit-elle. Maintenant, je dois rentrer préparer le dîner. J'ai des invités.

— O.K. Mais je vous ramène. Pas de discussion.

Barney descendit sur la chaussée et héla un taxi. Avant de monter dans la voiture, Jill se retourna vers lui.

— Pourquoi un rat ? demanda-t-elle.

Il fit une grimace.

— Je ne sais pas. Il s'agit probablement d'un message. Valentin pense peut-être que vous êtes un rat.

Elle frissonna et se glissa sur la banquette arrière, tandis qu'il lui tenait la portière.

Il les regarda partir. Puis il sortit de sa poche un papier froissé, celui où il avait griffonné le nom d'un bar dans Chelsea, quelque quatre rues plus loin, et celui de l'homme à qui il devait s'adresser. Il fouilla dans ses poches : oui, il avait assez d'argent.

Ces deux dernières semaines, lorsqu'il savait Jillian Talbot couchée, hors de danger, il avait à plusieurs reprises quitté sa petite chambre de Barrow Street et flâné dans les environs, dans le Village et Chelsea, s'arrêtant dans tous les bars mal famés sur son chemin. Partout, il s'asseyait au comptoir pour s'envoyer une bière et écouter les conversations. La chance lui avait souri lors de sa quatrième expédition.

Il en était à sa deuxième Budweiser, assis dans un bouge sombre de West Street, à côté du quartier des bouchers grossistes et il avait presque décidé de partir à la recherche d'un autre endroit du même genre, quand une bagarre avait éclaté. Deux grands types, un Blanc et un Latino-Américain, avaient eu des mots. A propos d'une certaine Rosa. Le ton avait monté, et aussitôt, tous les gangsters, dockers et petits délinquants présents sur les lieux s'étaient approchés pour les regarder.

Le Latino frappa le premier, il précipita le Blanc contre le juke-box. Celui-ci riposta par un uppercut, et son adversaire s'étala. Les autres clients criaient et applaudissaient, mais le patron du bar sortit sa batte de base-ball de dessous le comptoir. Le Latino-Américain se releva du sol couvert de sciure, le nez en sang. Aussitôt, toute l'assistance put entendre le bruit sec d'un cran d'arrêt.

Le soudain silence fut troublé par un autre déclic. Le grand Blanc avait sorti une énorme arme semi-automatique, qu'il pointait vers le cœur de l'autre. Tout le monde se tut et resta figé quelques secondes qui parurent durer une éternité : un vrai cauchemar. Puis le Latino arbora un large sourire, rengaina son couteau, le rangea dans sa poche, marmonna une excuse au sujet de la fameuse Rosa et quitta le bar.

Il était alors sorti de l'ombre. Mais, le temps qu'il rejoigne le Blanc au comptoir, l'arme avait déjà disparu dans la veste de cuir. Le juke-box reprit son répertoire de musique pop, les conversations repartirent de plus belle, le jeu de fléchettes recommença, et la batte disparut derrière le comptoir. Il alla tout droit vers le vainqueur, lui tapa dans le dos et commanda deux autres bières.

Dans l'heure qui suivit, il but encore deux Budweiser et offrit sept Heineken à son nouvel ami, Hatch, un gangster qui faisait partie d'une bande appelée Les Morts. Hatch et Pedro — qui appartenait à la même bande — couchaient tous les deux avec Rosa, une serveuse d'un petit restaurant du quartier. Hatch, cela ne le gênait pas plus que ça, mais il était furieux que Pedro l'ait traitée de putain. Après que chacun eut ingurgité encore quatre tequila, Hatch lui fournit l'information dont il avait besoin.

Dans la 14e Rue, il tourna pour prendre la direction de Chelsea. Il devait trouver un barman nommé Mick, qui lui ferait rencontrer un policier du nom de Flash.

Il était temps qu'il se procure une arme.

6

Mercredi, 4 février (suite)

Le poulet était au four, et Jill venait de verser le riz complet dans l'eau bouillante. La salade attendait d'être assaisonnée dans un récipient près de l'évier. Les deux femmes, l'une en face de l'autre, se tenaient accoudées au bar de la coquette cuisine jaune et blanc en sirotant leur Bloody Mary. Enfin, celui de Mary était un vrai ; Jill, elle, buvait du jus de tomates nature.

Mary avait apporté les épreuves de l'interview du *New York*, que sa cliente avait déposées sur la table d'un air absent sans même ouvrir l'enveloppe. Tout en parlant, Jill observait son interlocutrice. Celle-ci était grande, ses cheveux bruns ondulés lui tombaient sur les épaules, son large et joli visage exprimait l'amitié. Mais ce qu'il y avait de plus remarquable dans son visage, c'étaient ses yeux profonds, vert foncé, pétillants d'intelligence et d'humour. Ils donnaient à ceux qui la regardaient l'impression qu'elle pouvait, à n'importe quel moment, éclater d'un rire éblouissant.

Maintenant, elle ne souriait pas. Bien au contraire, elle semblait avoir perdu son humeur joyeuse. A mesure qu'elle écoutait, son visage devenait plus pâle, elle fronçait légèrement les sourcils et secouait la tête, incrédule.

Quand Mary eut enfin compris tout ce qu'elle venait

de lui raconter sur les cartes et les roses, l'analyste et le détective privé, Jill conclut par ce qu'elle imaginait être la plus mauvaise nouvelle pour son agent :

— J'ai bien réfléchi : j'ai décidé d'arrêter d'écrire ce livre.

Loin d'être accablée, Mary parut soulagée.

— Bien sûr, Jill. J'étais sur le point de te le conseiller moi-même. Tu ne peux pas continuer comme ça. En tout cas, pas maintenant. Ce serait trop... je ne sais pas comment dire, ce serait *morbide.*

— Oui, approuva Jill.

Elle regarda son amie et secoua la tête : rien que d'en parler, on avait l'impression de sombrer dans la folie. Elle vivait cela depuis plusieurs jours déjà, et l'étrangeté — la *réalité* froide, macabre de tout ça — la frappait toujours autant.

— Tu devrais peut-être t'arrêter un moment, reprit Mary. Essaie de ne rien écrire pendant quelque temps. Tu peux certainement te le permettre, tu n'es pas en retard pour ton prochain roman. J'en parlerais à Bill si...

— Non ! protesta Jill. S'il te plaît. Je... je ne veux pas que tout le monde soit au courant de cette... cette histoire.

Elle frémit à l'idée que son agent et son éditeur aient une conversation à son sujet.

— Et puis, ajouta-t-elle, je veux continuer à travailler. Au moins, il me restera ça. Qui que soit cet homme, il ne réussira pas à m'enlever *ça* ! J'ai plein d'autres idées, je n'ai que l'embarras du choix. S'il te plaît, ne dis rien à Bill.

Sa voix lui paraissait étrangement aiguë. Sans doute avait-elle l'air désespéré. Elle fit un immense effort pour retrouver le sourire.

— Bon, on va manger ce que j'ai préparé de mes blanches mains et on ne va pas se laisser abattre par cette folie.

Mary l'observa un instant, et sourit elle aussi.

— D'accord. Mais — et c'est la dernière chose que je te dirai à ce sujet — tu devrais peut-être partir te reposer. Prendre des vacances. Ne serait-ce que peu de temps.

— Où veux-tu que j'aille en plein mois de février ?

— J'ai peut-être une idée...

Jill écouta Mary, étonnée de ne pas y avoir pensé elle-même. Plongées dans leur conversation, elles entendirent soudain la sonnerie de l'interphone. Jill mit un doigt sur les lèvres, pour indiquer à son amie que cela devait rester un secret, même pour Nate. Elle se leva pour aller ouvrir tout en enregistrant cette suggestion, au cas où la fuite deviendrait nécessaire.

Nate avait une main derrière le dos et ce sourire de travers qu'elle aimait tant. Il se pencha pour l'embrasser tendrement sur les lèvres, puis, brusquement, dégagea sa main et la lui tendit.

Elle étouffa le cri involontaire qui montait en elle, soupira profondément, sourit et réussit à se maîtriser ; toute tremblante, elle accepta le cadeau.

Douze Beautés américaines rouges, à longue tige.

Il vit Tara entrer dans le petit restaurant bondé de Bleecher Street. Elle regarda autour d'elle avant de l'apercevoir. Il se leva — il était assis dans un angle — et lui fit un signe de la main. Puis, sans quitter des yeux cette grande blonde splendide en manteau de laine blanc et au sourire éblouissant, il traversa la salle pour l'accueillir. Le temps de la rejoindre, il arrangea rapidement son col roulé et ajusta sa veste en tweed toute neuve.

— Bonsoir, dit-il en lui tirant sa chaise.

Elle laissa tomber le manteau blanc sur le dossier, et il faillit s'évanouir. Elle portait un fourreau à paillettes qui lui arrivait aux genoux, bleu foncé, à manches longues et au décolleté impressionnant. Elle s'installa lentement sur son siège et Doug regagna aussitôt le sien.

— Tu es superbe, dit-il.

Le sourire de Tara se transforma en rire.

— Tu veux parler de ce vieux truc ? dit-elle en portant la main à sa gorge nue.

Une petite étiquette blanche avec le prix, attachée à la manche de sa robe, voleta devant ses yeux. Hop ! Elle lui fit un clin d'œil et l'enleva. Ce n'était pas une gaffe, il le comprit, mais un moyen délibéré, brillant, de briser la glace. Il se pencha vers elle.

— J'ai un aveu à te faire.

Le doux rougeoiement de la bougie au milieu de la table dansait dans ses profonds yeux bleus.

— Je t'écoute.

— J'ai acheté cette veste il y a — il jeta un coup d'œil à sa montre — à peu près deux heures. C'est Nate qui m'a aidé à la choisir. Il a insisté pour que je prenne aussi cette lotion après-rasage. Jusqu'à présent, je n'en avais jamais acheté à plus de deux dollars le litre.

Elle approcha la tête et renifla.

— Ah, oui. Celle-ci doit coûter plus que la veste. J'approuve.

Détendu, il s'appuya sur le dossier de sa chaise et se demanda pourquoi il s'était senti si nerveux au début. Le serveur était là, il attendait pour prendre la commande.

— Tu aimes le champagne ? lança Doug.

— Je pourrais m'y baigner, mon cher.

Il commanda une bouteille et remarqua qu'elle avait levé les sourcils, étonnée de l'entendre articuler *Moët* correctement, avec ce *t* dur que la plupart des Américains ne savent pas prononcer.

— Donc, reprit-il, dès que le serveur se fut éloigné, vous autres New-Yorkaises, vous aimez les lotions après-rasage de luxe ?

Tara éclata de rire.

— Ça, je n'en sais rien. Moi, je ne suis pas new-yorkaise. Je viens d'une petite ville de l'Iowa, dont tu n'as jamais entendu parler, et j'ai grandi dans une famille sans problèmes, plus *normale* tu meurs. Mon père est propriétaire d'un magasin de meubles et maman est infirmière à la retraite. J'ai vingt-sept ans et un frère, Gilbert, étudiant en droit, âgé de vingt-quatre ans. J'ai étudié l'art dramatique à Northwestern. Je vis à New York depuis cinq ans, et je passe à la télé dans un feuilleton à l'eau de rose diffusé pendant la journée, que tu n'as jamais vu et que je n'ai pas envie que tu voies. J'aime les glaces au chocolat, les pantoufles duveteuses et les longues promenades sur la plage. Je hais les champignons, les feuilletons télé diffusés pendant la journée et les gens qui ne sont pas sincères. Le dernier livre que j'ai lu, c'était...

— Holà ! cria-t-il. On dirait *Play-boy*, les pages du cahier central.

— Tu as déjà pris des photos pour eux ?

— Non, dit-il, souriant de sa naïveté. Les photographes ne débutent pas dans *Play-boy*. Ils y finissent... s'ils ont eu de la chance.

— Oui. J'ai joué dans des comédies musicales pendant l'été, mais mon rêve serait d'être la vedette d'un nouveau spectacle de Broadway, que Stephen Sondheim aurait écrit pour moi. Et toi, quel est ton rêve ?

— De dîner avec une superbe actrice.

Elle rit et se tourna vers l'entrée du restaurant.

— Eh bien, on ne sait jamais... Tiens, voici Stephen Sondheim... et il se dirige vers nous ! Regarde toutes les partitions qu'il a sous le bras !

Ils riaient toujours quand le serveur apporta la bouteille et le seau à glace. Pendant qu'il servait le champagne, Tara approcha à nouveau son visage de Doug.

— Alors, monsieur Douglas Baron, photographe, racontez-moi tout.

Longtemps, on avait loué les talents culinaires de Jill ; à présent, ils étaient assis tous les trois dans le salon autour des restes du dessert et d'une cafetière pleine. Nate et Mary buvaient du brandy.

— Tu nous tiens compagnie ? demanda Mary à Jill en montrant la bouteille.

Avant qu'elle n'ouvre la bouche, Nate répondit à sa place :

— Jill ne boit plus du tout, ça fait plusieurs semaines... non pas qu'elle buvait beaucoup avant, mais...

Jill était persuadée que Nate ne se doutait de rien, mais elle devina, sans même la regarder, que Mary avait haussé les sourcils. Toutes les femmes de la terre connaissaient les trois raisons pour lesquelles une femme peut s'arrêter brusquement de boire. Mary savait que Jill n'était pas alcoolique et qu'elle ne faisait pas de régime amincissant, il ne restait qu'une seule explication. Mais elle ne broncha pas.

Non, décida Jill. Je ne vais pas leur dire. Pas encore. Elle changea donc de sujet :

— Comment va Phil ?

— Il va très bien. Il a téléphoné de San Francisco aujourd'hui.

Elle se tourna vers Nate pour lui raconter ce que Jill savait déjà :

— Mon mari est parti là-bas pour superviser la construction d'un immeuble de bureaux qu'il a dessiné pour son entreprise, il va y rester plusieurs semaines. C'est la plus grande responsabilité qu'il ait jamais eue... en plus, depuis trois ans que nous sommes mariés, nous n'avons encore jamais été séparés si longtemps. Il ne rentre qu'à la fin du mois prochain. Puis, se retournant vers Jill : Pourquoi diable me parles-tu de Phil ? Tu viens de recevoir ces fleurs avec cette chose affreuse dedans, il y a moins de six heures de ça, et tu me demandes comment va Phil ? Tes nerfs seraient-ils en acier ?

Jill regarda rapidement Nate, avant de baisser les yeux vers la table.

— Je croyais que nous n'allions pas parler de ça.

— Des fleurs ? dit Nate. Quelles fleurs ? Quelle chose affreuse ?

Jill lui jeta un regard abattu, puis elle poussa un long soupir et lui raconta tout. Les fleurs, le rat mort, sa visite chez la fleuriste de la 14e Rue en compagnie de Barney Fleck. Tout en parlant, elle sentait la tension monter, elle savait ce qui allait se passer. C'était pour cette raison qu'elle avait d'abord choisi de se taire.

— Bon sang ! s'écria Nate en sautant du canapé avant qu'elle n'ait fini sa dernière phrase. Merde ! Qui est ce type ? Que cherche-t-il, nom de Dieu ?

Jill le regarda marcher de long en large.

— Moi, répondit-elle enfin. Il me cherche moi.

Nate s'immobilisa.

— Qu'est-ce que tu veux dire ?

— Il veut me faire peur. J'ai d'abord pensé que c'était Brian Marshall, mais maintenant je crois que ça pourrait être ce mec fou de l'université. Celui qui s'appelle Victor Dimorta. « Vainqueur de la mort », ajouta-t-elle après une pause, les yeux rivés sur la table basse.

— Répète-moi ça, dit Mary.

Elle expliqua, et conclut :

— Je sais que c'est idiot, mais je ne sais pas quoi faire. Je n'ai jamais vécu une chose pareille. J'ai donc décidé de me faire hypnotiser par mon analyste vendredi prochain. J'ai un blanc dans ma mémoire à la place du visage de Victor. C'était pareil pour mon beau-père. Je savais qu'il avait essayé de me violer, mais je ne me souvenais plus de tous les détails... de l'avoir frappé avec un poêlon, par exemple... il a fallu que mon analyste m'hypnotise. Alors, je me suis rappelé toute la scène et, à mon réveil, je n'avais rien oublié. Ce sera peut-être la même chose pour Victor. J'arriverai peut-être à le décrire à Barney et à la police, et avec un peu de chance je me rappellerai les raisons qu'il pourrait avoir de me faire tout ça. *Si* c'est lui, bien sûr.

Le silence régnait dans la pièce, mais Jill remarqua, soulagée, que Nate avait cessé ses allées et venues. Il avait regagné son siège à côté d'elle.

— Eh bien, qui que ce soit, dit-il, il a intérêt à se tenir à carreau !

Dans sa voix, elle perçut du désespoir, l'impuissance de la virilité offensée. Soudain, il devint tout pâle.

— Mon Dieu, quand je pense que je t'ai apporté les mêmes roses. Je suis désolé, Jill !

Elle mit ses doigts sur ses lèvres.

— Ce n'est rien, Nate. Tu ne savais pas.

Main dans la main, Jill et Nate regardèrent les fleurs dans le vase posé sur la grande table. Jill sentit l'autre main de Nate, chaude, apaisante, lui caresser les cheveux.

— Avec moi, il ne t'arrivera rien, déclara-t-il.

A cet instant, le rire chaleureux de Mary vint briser la tension.

— Et on dit que la chevalerie est morte !

Ils éclatèrent de rire tous ensemble. Histoire de changer de sujet une fois pour toutes, Jill lança :

— Je me demande ce qu'ils font, Tara et Doug.

— J'ai trente-deux ans, racontait-il à la belle actrice assise en face de lui. Je viens d'Atlanta. Papa était podologue, maman femme au foyer. Ils sont morts tous les deux. Je n'ai ni frères, ni sœurs. Lycée privé, puis l'université de New York. Les Beaux-Arts, option photo. Pendant deux ans, des petits boulots dans des labo Kodak. Pendant trois ans, j'ai été l'assistant de

Juan Vega. Je chargeais les appareils, je développais, je voyageais avec lui dans le monde entier pour qu'il fasse ses photos de mode. Lieux préférés : l'Australie, la côte du Nord, près du récif de la Grande Barrière. Top model favori : Stacy Green.

Il marqua une pause, attendant la réaction de Tara.

— Stacy Green, répéta-t-elle en ouvrant de grands yeux. Stacy ? La fille qui... ?

— Oui, dit-il aussitôt pour l'empêcher de continuer.

Et, comme elle devait s'attendre à une suite, comme il ne pouvait s'arrêter là, il ajouta :

— C'était ma femme.

— Oh, mon Dieu, je suis désolée !

— Voilà, conclut-il avec un sourire amer, je crois que je t'ai raconté l'histoire de ma vie. Ou presque. Le dernier livre que j'ai lu était une biographie de Richard Avedon.

On voit bien que c'est une actrice professionnelle, pensa-t-il. Sentant qu'elle devait vite changer de sujet de conversation, Tara enchaîna, immédiatement :

— Il reste encore du champagne ?

— Non.

— Alors, commandons une autre bouteille. C'est ma tournée.

Jill, qui cherchait désespérément à parler d'autre chose que de ses propres mésaventures, décida de s'intéresser à Mary :

— Quand vas-tu commencer ce livre que tu as toujours envisagé d'écrire ?

Mary rougit et haussa les épaules.

— Mon Dieu, je n'en sais rien. Je me sens si bien de l'autre côté du bureau...

— Ah, je t'en prie ! s'écria Jill en riant. Ce n'est pas une excuse. Oui, comme agent, tu es géniale, et j'espère que tu seras toujours *mon* agent. Mais ce n'est pas vraiment ce que tu avais l'intention de faire de ta vie. Tu te souviens de ce que tu m'as dit la première fois où nous avons déjeuné ensemble, juste après m'avoir trouvé un éditeur en un temps record ? Quelque chose à propos de ta jalousie à mon égard et d'Emily Brontë...

— Quoi donc ? demanda Nate, allongé entre elles sur des coussins posés à même le sol. Qu'est-ce que tu as dit d'Emily Brontë ?

Jill prit sa tasse de café.

— Oh, c'était un de ses monologues...

— Ça y est, tu as vendu la mèche ! cria Mary. Bon, Nate, je vais te le dire, mais c'est uniquement parce que c'est toi. Quand j'avais... mettons, quinze ans, mes parents avaient loué une maison pour l'été, à Fire Island. Je passais le plus clair de mon temps à prendre des bains de soleil avec des filles que j'avais rencontrées là-bas, on essayait de draguer, ou bien j'allais à la pêche avec mon père et mes deux frères. J'ai horreur de ça, la pêche, mais eux, ils y vont dès qu'ils en ont l'occasion. Toujours est-il qu'il y a eu une semaine de pluie ininterrompue en août et qu'on ne pouvait plus ni regarder les garçons ni pêcher. En fouinant un peu partout dans cette maison, j'avais trouvé plein de vieux bouquins sur une étagère, dans le salon. Reliés cuir, poussiéreux. Maman, qui m'avait surprise en train de fouiller dans ces livres, les a feuilletés, en a choisi un et me l'a donné en me conseillant de le lire : c'était son roman préféré. J'étais tellement curieuse de tout ce qui concernait ma mère que j'ai suivi son conseil. Je ne l'avais jamais *vue* avec un livre, mais une fois, elle m'avait dit : « Si tu avais trois enfants, tu n'aurais pas beaucoup de temps pour lire », ou quelque chose de ce genre. Je m'étais donc roulée en boule sur la banquette près de la fenêtre et je me suis plongée dans ce roman.

« C'était *Les Hauts de Hurlevent.* Pendant trois après-midi pluvieux, je n'ai plus bougé, perdue dans ces landes avec ces personnages incroyablement vivants. Je crois que j'ai épousé Phil parce qu'il ressemble un peu à Laurence Olivier dans le film qui en a été tiré. Bon, passons. Depuis ce jour-là, j'ai envie d'écrire, de créer quelque chose de réel sur du papier, avec rien d'autre que des mots et mon imaginaire. Faire en sorte que d'autres gens ressentent un peu de ce que j'ai ressenti en lisant sur cette banquette dans la maison de Fire Island pendant ces quelques jours de pluie.

Mary sourit et prit son brandy. Après un instant de silence, Jill applaudit.

— Bravo, cria-t-elle. J'*adore* cette histoire sur Emily Brontë !

— Tu te moques de moi !

— Oh, non, fit Jill. Je suis parfaitement sérieuse. J'ai vécu la même chose, mais avec *Rebecca*, j'étais chez moi, à Central Park West, dans ma chambre, et il ne pleuvait pas, pour autant que je me souvienne. J'avais quatorze ans. Nate aussi ressemble un peu à Laurence Olivier dans le film, Olivier a toujours été le meilleur, n'est-ce pas ? Mais tu racontes tout ça mieux que je ne pourrais le faire, Mary. Je pense que tu es un écrivain-né. Et il est temps que tu te mettes à écrire.

Elle éprouva un vif plaisir en remarquant que Mary Daley, qui ne rougissait pas facilement, venait de piquer un fard. Elle vit aussi que Nate, couché à ses pieds, la regardait. L'expression de son visage montrait qu'il pensait toujours aux cartes de la Saint-Valentin et aux roses. Avec un sourire, elle repoussa une mèche de cheveux noirs qui lui tombait sur les yeux.

— Et pour toi, Nate, ça s'est passé comment ? Quand as-tu compris que tu deviendrais peintre ?

Il se leva, et l'inquiétude disparut aussitôt de son regard.

— Je te l'ai déjà raconté, Jill. Lors de notre premier dîner en tête à tête. Tu t'en souviens ?

— Bien sûr que je m'en souviens, mais Mary n'était pas là. Elle t'a parlé d'elle, maintenant c'est ton tour.

Se retournant, en riant vers son amie, elle ajouta :

— Ce qu'il peut être secret, cet homme !

Nate haussa les épaules. La tête sur les genoux de Jill, il raconta :

— Moi, c'était Monet. Ce doit être lui, mon préféré. En fait, j'étais bon en lettres aussi, jusqu'au jour où j'ai assisté à ce cours d'histoire de l'art. Dans l'ensemble, c'était plutôt ennuyeux, on nous montrait des diapos et puis un jour nous avons fait connaissance avec les impressionnistes. L'une des diapos, c'était les *Nymphéas* de Monet. Oh, j'aimerais savoir raconter aussi bien que Mary. Dès que j'ai vu ces peintures, j'ai été mordu. J'ai lu tous les livres que j'ai pu trouver sur l'impressionnisme. J'aurais regardé des toiles pendant des heures : Monet, Manet, Degas — mon Dieu, *tous.* Ils n'ont pas peint ce qu'ils voyaient ; ils ont peint ce qu'ils *ressentaient* devant ce qu'ils avaient sous les yeux. Et j'ai compris que je devais faire la même chose. Cela m'obsédait : comment exprimer mes sentiments avec mon pinceau et sur ma toile. (Il rit, et son corps se relaxa à nouveau.) Depuis, je ne fais plus que ça. Non pas re-créer, mais *décrire.* Avec ça..., conclut-il en regardant sa main droite.

Mary hocha la tête.

— Tu aimes ça, n'est-ce pas ?

Tout en dévisageant Mary, il leva distraitement le bras et caressa le mollet de Jill.

— C'est mon deuxième plus grand amour au monde.

Jill senti le sang lui affluer au visage. Elle se pencha pour embrasser Nate sur les cheveux.

— Eh bien, dit Mary en reprenant les mots que son amie avait prononcés une demi-heure auparavant, je me demande ce que Tara et — comment s'appelle-t-il déjà, Doug ? — font en ce moment...

Doug attendit que Tara entre dans l'immeuble. Elle se retourna pour lui faire signe juste avant que la porte intérieure ne se referme, et disparut.

Il neigeait de nouveau ce soir-là, et le vent rendait l'air plus glacial encore. Il releva le col de son manteau avant de sortir dans la rue. Il la traversa, s'arrêta sur le trottoir d'en face et regarda tout en haut.

Elle avait été charmante ; il avait passé une soirée merveilleuse. C'est avec un tact parfait qu'elle avait détourné la conversation du passé en général et de son passé *à lui* en particulier ; ses commentaires sur son travail à la télé, ses questions intelligentes sur la photo étaient venus égayer le dîner et le dessert. Ils avaient beaucoup ri, et Doug avait parlé de l'invitation de Nate pour le lendemain soir, à son atelier. Elle avait accepté de bon cœur. Mais elle avait gardé le meilleur pour la fin : au moment où il se demandait s'il devait s'attendre à des avances de sa part, elle avait joliment bâillé en faisant une vague allusion à une répétition prévue le lendemain matin tôt. Ainsi, *de ce côté-là*, il n'avait rien à craindre non plus.

Oui, pensa-t-il, une soirée parfaite.

Au bout de quelques instants, il vit de la lumière au sixième. Il regarda entre les branches nues de l'arbre juste devant l'immeuble : les fenêtres illuminées de chez Tara et celles du septième, juste au-dessus.

Jillian Talbot est chez elle, pensa-t-il, et Nate est probablement avec elle.

Jillian Talbot...

Il resta là longtemps, à contempler les lumières, à se souvenir, à se donner du courage pour le lendemain soir.

— Stacy Green ? ! s'écria Mary.

— Oh, mon Dieu ! ajouta Jill.

Elle regarda Tara, qui s'était installée par terre près de Nate, avec un verre de brandy. Elle avait fait un détour par son appartement, juste le temps de troquer son adorable et inconfortable fourreau bleu à paillettes, que Jill l'avait aidée à choisir, contre un jean déchiré et une veste de sport qui avait appartenu à son frère, et elle arrivait encore à être sensationnelle.

— Incroyable, non ? reprit l'actrice. Moi, j'étais là avec mon déguisement, ma coiffure m'as-tu-vu, je m'étais lancée dans une imitation de Michelle Pfeiffer plutôt réussie, et vlan ! il me balance ça. J'ai eu envie de rentrer chez moi sur-le-champ. Stacy Green !

— C'est qui, Stacy Green ? demanda Nate.

— Tu plaisantes, n'est-ce pas ? s'étonna Mary.

— Je suis désolé, dit-il. Je n'ai jamais entendu ce nom.

Les trois femmes commencèrent à parler toutes en même temps, et Nate dut leur faire signe d'arrêter.

— Holà, c'était la soirée de Tara, laissez-la raconter.

— D'accord, dit Tara. Stacy Green, c'était une top model incroyablement belle. On la voyait partout. Cheveux noirs coupés court, grands yeux marron — elle ressemblait un peu à Jill, tiens, je viens d'y penser. En tout cas, elle incarnait la jeune fille américaine impeccable sous tout rapport qui vend du dentifrice, des corn flakes et du shampoing parfumé au citron, à ses moments perdus, quand elle ne fait pas la une de *Sports Illustrated*. Il y a trois ans environ, on l'a trouvée poignardée dans sa maison de East Hampton. Personne n'arrivait à le croire. Et puis, toute l'histoire est remontée à la surface : des affaires de drogue, des orgies, des amants mafiosi. La jeune fille cent pour cent américaine, c'est fou, non ? Et, comme si tout ça n'était pas assez sordide, on a découvert qu'elle était *mariée*. Je n'en ai pas su grand-chose à l'époque, si ce n'est que le mariage avait duré à peu près un an, que son époux était l'assistant d'un célèbre photographe et qu'au moment du crime ils étaient déjà séparés. Je ne me rappelle même pas si le nom du mari a été cité, mais je peux te le dire maintenant, Nate : c'était ton ami, Doug Baron !

— Seigneur ! marmonna-t-il. Je suis désolé, Tara. Je n'étais pas au courant. Et il a été... je veux dire... on l'a...

— Oh, non, poursuivit Tara. On ne l'a pas suspecté. Il se trouvait à des kilomètres le jour du crime. Il y a eu cette enquête, qui a fait beaucoup de bruit, et finalement ils ont arrêté un tueur de la Mafia, du genre séducteur. Un de ses amants, apparemment. Un parmi beaucoup d'autres, si on en croit les journaux à scandale. On avait découvert que Stacy avait en même temps une liaison avec un industriel, ou quelque chose dans ce genre-là. Il y a eu une enquête, enfin, une audience préliminaire, je ne sais pas comment ça s'appelle, et finalement, le meurtrier a été libéré. Faute de preuves, si je ne m'abuse, et grâce à un alibi : quelques copains ont juré qu'il était avec eux au moment du crime, et patati, et patata...

Elle s'arrêta, poussa un profond soupir et termina sur une note dramatique :

— Finalement, ce meurtre n'a jamais été puni !

— Mon Dieu, mais ça a dû être terrible pour lui ! s'exclama Nate.

— Est-ce possible que tu n'aies vraiment jamais entendu parler de cette histoire, Nate ? s'étonna Jill.

Il haussa les épaules.

— Il y a trois ans, j'étais étudiant aux Beaux-Arts à Chicago, j'étudiais la peinture. Et *j'essayais* de peindre. Je me souviens vaguement d'une histoire de cover-girl assassinée, c'est tout. J'étais en train de devenir un artiste : la Troisième Guerre mondiale aurait pu éclater, personne à l'école ne s'en serait aperçu.

Il n'y avait plus grand-chose à dire sur le sujet. Ce fut Nate qui rompit le silence qui suivit :

— Je me demande ce que Doug ressent maintenant par rapport à tout ça.

Tara sourit.

— Tu pourras le lui demander toi-même. Nous viendrons dans ton atelier demain soir !

— Vous *venez* ? ! s'écria Jill.

L'actrice sourit avec bonhomie.

— Bien sûr. Tu sais, s'il avait été inculpé pour meurtre, ç'aurait été différent. Mais on ne l'a même pas considéré comme suspect. Et puis, un bel homme comme lui, ça ne se trouve pas sous le sabot d'un cheval. Tous les hommes bien sont soit...

— Arrête ! fit Jill, et tout le monde de rire.

— C'est bien, dit Nate. Je suis content qu'il te plaise, Tara. J'ai senti que vous étiez peut-être faits l'un pour l'autre.

En disant cela, il prit la main de Jill et la serra. Oublie qu'il est séduisant, se disait-elle. Oublie qu'il a du talent, qu'il est passionné et drôle. C'est simplement un homme bien. Un homme que tu ne devrais pas lâcher, qui sera toujours bon, prévenant et sur qui tu pourras compter. Un homme qui te protégera dans les moments difficiles, comme...

Elle frissonna et serra encore plus fort la main de Nate. Il la regarda et lui fit un clin d'œil. Elle s'efforça de sourire, se leva du canapé et s'approcha de la grande baie vitrée. Elle regarda, à travers les vitres sombres, les flocons de neige tomber dans la rue en dessous d'elle, puis son regard se porta plus loin, vers les myriades de fenêtres illuminées de l'immense ville.

Valentin, pensa-t-elle.

La Terre

Trois ans auparavant

Elle avait toujours été jolie, et elle le savait. Cela motivait et guidait ses actes mieux que toute autre chose. A cela s'ajoutait la certitude, acquise depuis longtemps, qu'elle était un être hors du commun. A présent, à l'âge de trente-quatre ans, elle était prête à montrer au monde à quel point elle était exceptionnelle.

Il lui avait fallu plusieurs années et plusieurs faux départs, mais maintenant les choses étaient mûres. Son nouveau scénario était le plus réussi qu'elle eût jamais écrit, et elle était certaine que pour peu qu'il tombe entre de bonnes mains, les meilleures actrices d'Hollywood se battraient pour obtenir le rôle principal. C'est pourquoi ce jour-là était si important. Elle avait eu un bon pressentiment à son sujet. Au sujet de *cet homme.*

Elle fredonnait tout en enfilant son jean le plus seyant et un tee-shirt rose. Puis, debout devant le miroir, elle prit une brosse et commença à s'acharner sur ses longs cheveux blonds. Un pique-nique, quelle idée charmante, pensa-t-elle. Neil avait laissé la carte d'invitation sur son oreiller et il venait juste de téléphoner pour confirmer, la tirant d'un profond et heureux sommeil. « Un pique-nique dans les montagnes qui surplombent la ville. Sois prête pour midi, avait-il dit, et apporte ton scénario. »

Il était parti le matin tôt, sans faire de bruit, pendant qu'elle dormait. Une réunion d'affaires à sa boîte de production.

Sa boîte de production ! Elle se dirigea vers le bureau qui se trouvait devant la fenêtre de sa chambre, prit le scénario relié à côté de l'ordinateur et l'ouvrit à la page de garde.

VIRAGES DANGEREUX
par
Sharon Williams

Elle le referma et le serra contre elle. En voyant le soleil inonder Los Angeles de sa lumière, elle se dit qu'elle avait de la chance. Ce scénario n'allait pas faire le tour des studios d'Hollywood comme les deux précédents. Son destin serait différent. Et cela, grâce à *lui.*

Sharon adorait le cinéma. Parmi ses plus heureux souvenirs figuraient ces moments où, enfant, et adolescente, elle avait eu les yeux rivés sur un écran, dans une salle obscure. Son père et sa mère avaient quelques connaissances dans le milieu du cinéma, et elle avait eu son lot d'avant-premières, de cérémonies de remises de prix et de fêtes dans les maisons de production. Elle avait toujours rêvé de faire carrière à Hollywood ; non pas comme actrice — elle n'avait aucun talent pour ça, malgré sa beauté —, mais en tant qu'écrivain. Elle était toujours en train d'inventer des histoires compliquées qu'elle imaginait tout de suite comme une série de scènes, avec leur montage et angle de prise de vue. Elle voulait réaliser des films.

D'abord, elle avait dû apprendre à écrire ; ce début de sagesse, comme tout le reste, elle le devait à ses parents. Elle s'était inscrite à Hartley College, l'alma mater de sa mère, où il y avait un des meilleurs département de littérature de toute l'Amérique. Elle avait passé quatre années dans le Vermont, ensuite trois à Berkeley, où elle avait suivi tous les cours possibles de mise en scène et d'écriture de scénarios.

Les cinq années suivantes, elle les avait passées à se distraire. Elle avait voyagé en Europe, aux Caraïbes et à Hawaï. De retour de Berkeley, elle était partie pour Amsterdam sur un coup de tête avec un petit copain riche et oisif. La virée s'était transformée en un tour du monde : les paysages s'étaient succédé aussi vite que les noceurs de la haute société qu'elle avait fréquentés. Mais maintenant, l'Europe, les Antilles et toutes les autres aventures étaient déjà derrière elle, comme les amants qui l'avaient accompagnée dans ces voyages.

Et Shane, bien sûr. Elle grimaça en pensant à son ex-mari : deux autres années gâchées. A l'époque où elle l'avait rencontré, à un dîner, pendant l'un de ses rares retours chez ses parents, elle venait de décider qu'il était temps qu'elle se range. Cinq années d'errance de par le monde, cela commençait à bien faire. D'autant que son père se plaignait de la voir dépenser tant d'argent.

Il y avait une allée de grands palmiers dans sa rue. De sa fenêtre au troisième étage, elle en voyait un qui bruissait doucement sous la brise chaude ; il réveillait ses souvenirs.

Son histoire avec Shane Lennox avait été une erreur dès le départ. Beau et amusant, il était le fils de l'un des associés de son père. Pendant quelques mois, ils étaient sortis ensemble, et elle s'était toujours amusée en sa compagnie. Pourtant, elle n'aurait jamais dû l'épouser. Elle avait un caractère trop instable, des projets professionnels trop ambitieux ; elle avait beau être une fille à papa, elle s'était vite rendu compte de son erreur. Son instinct ne l'avait pas trompée.

Lorsqu'elle s'était imaginée mariée, elle s'était toujours vue dans une grande maison, dans un endroit agréable, comme Malibu ou Pacific Palisades, sur la côte, près de chez ses parents. Son mari serait riche, bien entendu, aussi riche qu'elle. Chaque jour, il se rendrait dans son cabinet d'avocats, ou son entreprise, ou son studio de cinéma — oui, un studio de cinéma. Et elle, elle resterait à la maison pour écrire des scénarios brillants. Ils dîneraient chez Spago avec d'autres gens du cinéma et le week-end ils seraient invités à des fêtes sur la plage.

Or, Shane avait gravi péniblement les échelons de l'agence immobilière de son père, ce qui signifiait une cage à lapins, un deux-pièces dans une résidence du centre-ville, près de son bureau. Ce qui signifiait également que le papa de Sharon mettait fin à ses subsides et qu'il fallait vivre du maigre salaire de Shane. Elle avait dû apprendre à faire la cuisine, le ménage, les courses au supermarché, ce qu'elle n'avait encore jamais fait, à tenir une maison, à acheter des chaussettes et des sous-vêtements dans les grands magasins. Il y avait eu des dîners ennuyeux dans des restaurants bon marché avec des clients potentiels. Et, pour couronner le tout, elle était tombée enceinte.

C'est alors que Sharon avait abandonné le foyer conjugal pour retourner chez ses parents. Elle ne voulait pas d'enfant. Elle ne voulait pas faire la cuisine et le ménage. Elle ne voulait pas être la femme de Shane Lennox. Elle avait sangloté dans les bras de sa mère, en lui avouant qu'elle avait commis une terrible erreur.

L'histoire s'était arrêtée là. Papa avait tout arrangé, comme toujours. Il s'était occupé du divorce, ainsi que de l'avortement. En tout et pour tout, elle avait été mariée quatorze mois. Elle avait alors trente et un ans, et elle voulait devenir scénariste.

Cela faisait trois ans qu'elle avait emménagé, dans

une jolie résidence en ville. Huit rues séparaient son nouveau logement de l'appartement où elle avait habité avec Shane et que ce dernier occupait toujours, maintenant avec sa deuxième femme. Quant à Sharon, à présent elle vivait seule. Elle n'était plus obligée de partager son espace avec un homme dont l'idéal féminin était plus proche de la bonne que de la compagne. Elle n'éprouvait aucun ressentiment envers Shane. Il était en réalité un homme charmant, mais il n'était pas fait pour elle. Quelques mois après le divorce, elle avait demandé à papa et maman de financer l'achat de son studio, d'une Mustang et d'un ordinateur — un investissement pour sa carrière. Ils avaient été si heureux de la voir s'enthousiasmer pour un travail qu'ils avaient accepté avec plaisir.

Elle avait renoué des liens avec ses amis du lycée. Elle avait passé des week-ends sur la plage, et elle était sortie tous les soirs. Pour aller dîner, danser, peu lui importait. Elle avait fait des rencontres, mais surtout, rien de sérieux, non, on ne l'y reprendrait pas ! Et chaque jour de la semaine, elle écrivait de dix à dix-sept heures. D'abord, des idées originales et des projets pour le cinéma, puis elle s'était lancée dans les scénarios. Elle-même avait été surprise et ravie de son acharnement au travail, qui allait grandissant. Elle avait compris non sans fierté qu'après tout elle n'était pas complètement nulle. Elle avait du talent, et elle l'avait toujours espéré.

L'année précédente, elle avait obtenu son premier contrat pour le cinéma. Elle avait vendu une histoire à un petit producteur indépendant, et on lui avait promis de lui confier le scénario au cas où le film serait tourné. Avec son premier chèque, elle avait acheté une montre Cartier à sa mère. Cela avait été une des rares fois dans sa vie où elle avait agi par pur altruisme, et l'unique fois où elle avait vu sa mère pleurer.

A présent, Sharon regardait la rue ensoleillée bordée de palmiers. Elle ne se retournait que rarement sur son passé. D'ailleurs, en ce qui concernait son mariage, il y avait bien des choses qu'elle eût aimé oublier. En revanche, elle aimait se rappeler ses voyages, et aussi, quoique moins souvent, ses années de lycée et d'université. Elle gardait vraiment un bon souvenir de ses années à Hartley : là-bas, elle avait été une vraie reine ! Elle pensa à ses deux copines, Cass et Belinda, à leurs aventures et aux moments agréables qui avaient permis à la jeune Californienne qu'elle était de surmonter l'ennui des longs hivers du Vermont. Elle se rappela aussi le beau doyen de la faculté, avec qui elle s'était tellement amusée au lit. La farce qui consistait à faire irruption dans le dortoir des hommes avec ses amies et à mettre leurs lits sens dessus dessous. Et cet étudiant dégoûtant de première année — Vincent, ou Victor, comment s'appelait-il déjà ? — qu'elles avaient attiré dans un piège qui avait si mal fini pour lui.

Cela faisait des années qu'elle avait perdu de vue Cass et Belinda. Sharon se demanda vaguement où elles étaient maintenant, ce qu'elles devenaient. Peut-être devrait-elle leur passer un coup de fil... Pourquoi pas ! se dit-elle en secouant la tête, amusée.

Elle se tourna vers son reflet dans le miroir et sourit, sa dernière œuvre toujours serrée contre la poitrine. A présent, elle avait écrit un scénario — un bon, un *formidable* — et elle avait Neil.

Neil. Elle laissa tomber le manuscrit sur la coiffeuse et s'étira voluptueusement en se rappelant la nuit dernière et en savourant à l'avance le pique-nique prévu pour le jour même. Un sacré coup de bol, pensa-t-elle. Si je n'étais pas allée au Patchouli l'autre soir, rien ne serait arrivé...

Sharon Williams n'avait pas été difficile à trouver. Tous les jours, elle travaillait chez elle, et cette dernière semaine elle avait fait deux fois le tour des studios et des boîtes de production à Burbank et à Hollywood pour proposer des idées et des scénarios. Et chaque nuit, elle allait danser, quelquefois accompagnée, mais souvent seule. Et toujours au même endroit, au Patchouli, la boîte branchée de Hollywood Boulevard.

Il l'avait guettée dès son arrivée à Los Angeles, deux semaines plus tôt. Il logeait dans un motel bon marché et calme, pas très loin de son appartement à elle ; il avait loué une Mercedes. Il avait utilisé un faux nom pour les deux locations et payé en liquide.

A force d'observer ses habitudes, il avait pu mettre au point son plan d'action. Le 10 février, il avait pris une douche et il avait vêtu son nouveau corps de son nouveau costume de chez Givenchy. Il avait mis ses nouvelles lentilles de contact teintées, il avait parfumé son visage tout neuf avec de l'eau de toilette Halston et s'était peigné avec soin. Ensuite, il était monté dans sa Mercedes et s'était rendu au Patchouli. Il s'était assis au comptoir, il avait commandé une boisson et il avait attendu.

Elle avait fait son apparition, pimpante, au bras d'un gars qu'il avait déjà vu avec elle sur la plage, le week-end précédent. Un grand et beau jeune homme blond bronzé qui faisait du surf. Par hasard, il avait entendu Sharon l'appeler Derek. Il les avait vus s'asseoir à une petite table près de la piste de danse et commander des boissons. Pendant l'heure qui suivit, ils s'étaient levés plusieurs fois pour aller danser. A un moment donné, ils dansèrent sur une chanson de Neil Diamond. Il avait toujours aimé Neil Diamond, et il prit cette coïncidence pour un bon signe. Il se sourit à lui-même en pensant : Neil.

Il surveillait leurs mouvements de près. A intervalles réguliers, les mains de Derek commençaient à se promener sur le corps de Sharon et elle le rembarrait.

Donc, ils ne se voyaient qu'occasionnellement, présuma-t-il. Le fait que Derek revînt à la charge toutes les trois minutes lui fit penser que celui-ci n'était pas très futé. Il remarqua ses allées et venues régulières aux toilettes, ses yeux brillants et ses gestes nerveux. Derek avait certainement découvert Comment Vivre Mieux Grâce à la Chimie. Satisfait, il décida de ne pas lâcher prise.

La troisième fois que Derek se leva pour aller aux toilettes, il le suivit au bout de quelques instants. Debout devant le lavabo, Derek sniffait de la cocaïne dans une minuscule cuillère accrochée à une chaîne autour de son cou. Alors, feignant d'être agréablement surpris, il commença son jeu :

— Salut, mon vieux... Derek, n'est-ce pas ?

Le blond le regarda et fit une grimace.

— Oui, et alors... ?

— Tu n'as pas l'air de te souvenir de moi. On s'est rencontrés il n'y a pas longtemps à une fête. Tu sais, sur la plage... Tu étais avec... comment il s'appelle déjà, ton copain, celui qui fait du surf...

Derek cligna en essayant de se rappeler.

— Ah, Ron, peut-être ?

— Ouais, Ron, c'est ça. Je suis Neil, tu te souviens ? Je travaille dans une boîte de production.

Derek souriait, pour ne pas montrer que, de toute évidence, il ne se souvenait de rien.

— Ouais, bien sûr, qu'est-ce que tu deviens ?

— Ça va plutôt bien. Tu sais, je travaille toujours comme une bête, et je suis à la recherche de nouveaux scénarios...

— Ah, des nouveaux scénarios ?

Il pigeait vraiment vite, ce Derek.

— Ouais, tu sais, des nouveaux scénarios pour réaliser des films.

Il fallait tout lui expliquer.

Les yeux brillants de Derek s'élargirent.

— C'est ça, ton job ?

— Je te l'avais déjà dit, l'autre jour...

— Mais c'est génial ! s'écria Derek en essuyant la poudre sur son nez, et il lui donna une tape dans le dos. Je n'arrive pas à le croire, mon pote ! Bien sûr que je me souviens de toi... la fête sur la plage, avec Ron ! Tu cherches des scénarios ! Super ! Hé, tu veux essayer un coup ? demanda-t-il en lui montrant la petite fiole qu'il avait dans la main.

Il sourit et secoua sa tête.

— Non, merci. J'essaie d'arrêter.

Derek éclata de rire et le prit par le bras.

— C'est incroyable, mon vieux ! Viens avec moi... Neil, il y a quelqu'un que tu *dois* absolument rencontrer !

Le grand blond le poussa dehors, mais il fit semblant de ne pas avoir bien saisi.

— Ah, oui ? Qui ça ?

— Ma *copine Sharon* ! Elle est — tu vas tomber, mon vieux — elle est *auteur de scénarios* !

— Sans blague ! Ça, c'est drôle ! C'est... c'est *incroyable !*

Assise à une petite table près de la piste de danse, Sharon suivait des yeux une vedette de cinéma. Cette actrice, qui avait remporté un Oscar, venait d'arriver. Accompagnée de son mari, elle alla rejoindre un groupe de gens du cinéma à l'autre bout de la salle. Mon Dieu, pensa Sharon, si seulement j'étais capable de me lever et d'aller vers eux, je me présenterais et je leur parlerais de mon scénario...

— Hé, Sharon, tu ne vas pas me croire ! Regarde qui je viens de rencontrer !

Elle leva la tête et vit, à côté de Derek, un homme inconnu, un grand brun. Elle le salua distraitement.

— Salut !

— C'est Neil, dit Derek en approchant une troisième chaise et en appelant la serveuse. Devine ce qu'il fait dans la vie ! Il cherche des scénarios !

Sharon regarda l'homme plus attentivement.

— Enchanté, Neil. Sharon Williams.

L'homme qui se prénommait Neil lui sourit, puis lorgna la chaise qu'on lui offrait.

— Je peux ?

— Asseyez-vous, répondit Sharon.

Neil et Derek prirent place des deux côtés de la table. Toute l'attention de Sharon se porta sur le nouveau venu.

— Vous travaillez dans le cinéma ?

La serveuse, arrivée entre-temps, attendait pour prendre la commande. Lorsqu'elle revint avec les boissons, Sharon avait presque oublié la présence de Derek.

— ...Je suis arrivé il y a quelques semaines seulement, racontait Neil. Notre boîte vient d'ouvrir un département de cinéma, avant, on ne s'occupait que de théâtre, vous savez, Broadway et tout ça, mais maintenant on s'agrandit. Je suis chargé de chercher des scénarios. Je commence à peine, je suis en train de prendre des contacts...

Sharon lui montra la star assise dans le coin opposé de la salle.

— Elle, vous la connaissez ?

Il regarda dans la direction indiquée par Sharon.

— Oh, non — mais si j'avais un rôle pour elle, je pourrais certainement lui faire parvenir le scénario...

— Eh bien, dit Sharon en riant, le monde est vraiment petit ! Je viens justement de terminer un nouveau scénario qui serait *parfait* pour elle, et j'en ai plusieurs autres. Bien sûr, certains ont déjà été retenus, mais j'aimerais vous montrer ce que j'écris.

— Ce serait formidable, dit Neil en sortant un petit bloc-notes et un stylo de la poche de sa veste. J'appellerai votre agent demain.

— Oh, en ce moment, je n'ai pas d'agent, lança-t-elle rapidement en haussant les épaules, l'air de dire : vous-savez-comment-c'est... Les agents ! Je vais vous avouer quelque chose, Neil...

Derek s'éclipsa de nouveau dans les toilettes. Quand il revint, ils s'étaient déjà donné rendez-vous trois jours plus tard, au même endroit, sans Derek. Apparemment, Neil n'était pas libre avant.

Neil se leva pour partir, tapota Derek dans le dos, serra la main de Sharon et les remercia pour le verre.

— Content de t'avoir revu, Derek, dit-il. Et vous, Sharon, il se pourrait que je sois en mesure de vous aider.

Elle sourit. Oui, pensa-t-elle en le voyant s'éloigner, ravie d'avoir fait *votre* connaissance.

Il passa les trois jours à la surveiller, puis il lui téléphona pour confirmer le rendez-vous. Il la vit aller à la plage avec Derek, se rendre à une fête à Laurel Canyon et dans un restaurant où elle dîna avec tout un groupe de gens. Le soir du 13 février, la veille de la Saint-Valentin, il mit son nouveau costume Ralph Lauren et arriva au Patchouli quelques minutes avant elle. Il s'arrangea pour s'installer à la même table que trois jours auparavant. Juste avant qu'elle n'arrive, il tapota la poche de sa veste où il avait mis la carte de la Saint-Valentin qu'il avait achetée pour elle...

C'était tellement simple...

Elle s'était habillée avec soin pour cette soirée. Sa robe rouge était provocante, mais pas trop, ses cheveux tombaient sur ses épaules. Elle savait qu'elle ferait grande impression, et l'expression de Neil lorsqu'il la vit entrer le confirma. Mon Dieu, pensa-t-elle. Ça marche.

— Bonjour, murmura-t-elle, et elle se laissa choir sur la chaise près de lui.

— Tu es superbe, lui dit Neil, souriant.

— Merci : Toi aussi. J'espère que tu aimes danser, Neil. J'ai envie de danser ce soir.

— Bien sûr, mais... où sont tes scénarios ?

Elle arbora son plus beau sourire.

— Chez moi. Tu pourras les voir plus tard. Mais d'abord, tu m'offres quelque chose à boire ?

Ils commandèrent des boissons et se mirent à danser. Il la serra sur la piste de danse, et elle put sentir la chaleur qui émanait de son corps. Elle avait déjà décidé comment les choses allaient se dérouler : il était séduisant, elle lui plaisait visiblement, sa société de production cherchait à acheter des scénarios. Cet homme était un ange tombé du ciel rien que pour elle !

Heureuse, elle se serra encore plus fort contre lui.

Trois heures et plusieurs verres plus tard, il était au lit avec elle. Il était monté dans la voiture de Sharon et, au moment où elle avait réussi à ouvrir la porte de son appartement, ils étaient déjà à moitié déshabillés.

Ils firent l'amour deux fois. Puis, quand il fut certain qu'elle s'était endormie, il sortit discrètement de son lit et s'esquiva en déposant avec soin la carte de la Saint-Valentin sur l'oreiller. Il y avait écrit le message suivant : « *M. Avnet doit assister à une réunion tôt ce matin, mais il souhaiterait que Mlle Williams l'accompagne à un pique-nique à l'occasion de la Saint-Valentin. Soyez prête à midi. Apportez cette invitation et votre meilleur scénario. N.* »

Son faux nom était celui d'un nabab de l'industrie du spectacle.

A neuf heures du matin, il lui téléphona. Tout ensommeillée, elle accepta son invitation. Il raccrocha et alla en voiture jusqu'à un endroit élevé sur les collines surplombant la ville derrière la forêt. Il gara sa Mercedes près d'une route isolée de campagne, prit une pelle dans le coffre et monta à pied jusqu'à une petite clairière qu'il avait découverte peu de temps après son arrivée à Los Angeles. Il commença son travail au milieu des arbres. Il creusa un trou d'un mètre sur deux, et d'un mètre vingt de profondeur, puis il appuya la pelle contre un tronc et descendit la colline jusqu'à la voiture.

Il retourna dans sa chambre, prit une douche et se changea. Il se rendit ensuite dans un centre commercial. Là, chez un excellent traiteur, il acheta un panier de pique-nique : du pâté de campagne, des sandwiches au poulet à la sauce créole, des fraises et du champagne. Dans un magasin hi-fi, il choisit un lecteur de cassettes portable et une cassette. Il fit aussi l'acquisition d'une grande couverture, avant de s'arrêter dans une confiserie pour une dernière course.

Elle se regarda une dernière fois dans la glace : oui, elle était prête. Elle aurait voulu appeler ses parents, mais elle décida que cela pouvait attendre. Après le pique-nique, elle aurait peut-être une bonne nouvelle à leur annoncer. Si son scénario plaisait à Neil autant qu'elle l'espérait...

La Mercedes s'arrêta devant chez elle au moment même où elle sortit de son immeuble. Une fois qu'elle fut assise à côté de lui, il se pencha vers elle et l'embrassa. Elle lui tendit la carte de la Saint-Valentin.

— Voici mon invitation, dit-elle en prenant un ton guindé.

— Merci, madame. Il rit, prit la carte, qu'il mit dans sa poche, et ils partirent. Elle tenait le scénario sur ses genoux en lui souriant tandis qu'ils se dirigeaient vers l'autoroute.

C'était une journée splendide, chaude et sans un nuage, qui sembla devenir plus belle encore lorsqu'ils s'engagèrent sur une route venteuse qui menait au sommet des collines. Sharon ne savait pas où ils allaient, mais elle se sentait détendue, elle lui laissait le soin des détails. Elle lui posa une question à propos de sa réunion du matin, mais il se contenta de sourire et de lui dire que tout s'était bien passé. Il mentionna un célèbre metteur en scène, avec qui sa société était en négociations.

Ils s'engagèrent sur une petite route en haut de la colline. Au-dessus d'eux, il y avait des arbres, en dessous s'étendait la ville. Quelques kilomètres plus loin, Neil ralentit, gara la voiture et alla chercher le panier et la couverture dans le coffre.

— Dis donc, tu as pensé à tout, dit-elle.

Il la prit par la main et l'entraîna parmi les arbres. Au bout de quelques minutes de marche, ils débouchèrent sur une petite clairière. Le soleil inondait l'herbe grasse et verte, un espace presque parfaitement rond.

— Eh bien, nous voilà arrivés, dit-il.

— Oh, Neil, c'est merveilleux ! Comment as-tu fait pour trouver cet endroit ?

Il lui fit un clin d'œil et étendit la couverture par terre.

D'abord, il servit le champagne. Puis, il sortit le pâté, les sandwiches et les fraises. Ils mangèrent, ils parlèrent et ils rirent, ils se sentaient à l'aise comme des amants de longue date et non pas comme des gens qui viennent de se rencontrer. Après le déjeuner, ils firent l'amour sur la couverture. Tout allait bien. Les choses se déroulaient exactement comme il l'avait imaginé pendant toutes ces années passées en prison.

Sharon se redressa en ajustant ses vêtements, tourna la tête et sourit au bel homme qui se trouvait à ses côtés. Il avait fermé les yeux, offrant son visage au soleil, un soupçon de sourire sur les lèvres. Elle crut qu'il s'était endormi. Mais il ouvrit les yeux et la regarda fixement.

— Coucou, dit-elle.

— Coucou.

Elle retrouva leurs verres qu'ils avaient jetés et versa le reste de champagne. Neil s'assit sur la couverture et prit le sien. Ils trinquèrent.

— Aux *Virages dangereux*, dit-elle.

— Tu parles de ta vie ?

— Non, mon chéri, c'est le titre du film que nous allons réaliser ensemble.

Elle tendit la main, prit le manuscrit et le lui donna. Il jeta un coup d'œil au titre et le posa près de lui.

— Ah... oui. Mais d'abord, je veux te donner quelque chose.

— Quoi donc ? demanda-t-elle avec une sorte de gaieté provocatrice dans la voix.

Sharon le vit s'allonger pour fouiller dans le panier en osier posé de l'autre côté. Il lui tourna le dos un instant et revint vers elle avec une boîte à bonbons rose en forme de cœur et un petit magnétophone. Elle lui sourit d'un air rêveur, prit la boîte et regarda le magnétophone.

— Qu'est-ce que c'est ? murmura-t-elle avec un petit rire.

— De la musique de fond, répondit Neil en se penchant pour l'embrasser.

Sans quitter ses lèvres, il pressa le bouton. De doux accords de piano parvinrent à leurs oreilles, suivis de la voix basse et pure de Sarah Vaughan.

« *My funny Valentine.* »

Sharon regarda le magnétophone qu'il tenait dans sa main et leva les yeux vers lui.

— C'est une de mes chansons préférées ! Comment as-tu deviné ?

Neil continuait à lui sourire, mais elle nota qu'un imperceptible changement s'était produit en lui. Une soudaine lueur de triomphe brillait dans ses yeux.

— Tu ne comprends pas, n'est-ce pas ? fit-il dans un souffle.

Il posa le magnétophone, brandit son poing et la frappa sur le nez.

La boîte de bonbons alla valser lorsque la tête de Sharon fut projetée sur le panier et, pendant un moment, elle ne vit plus rien. On l'avait frappée, quelque chose coulait de son nez, elle l'avait senti, mais sans rien comprendre. Quand elle y vit plus clair, elle regarda le beau visage qui riait au-dessus d'elle. Elle cligna des yeux, prenant conscience de la douleur poignante à la racine de son nez.

— Qu'est-ce..., bégaya-t-elle. Qu'est-ce qui se passe ?

Il se pencha vers elle pour prendre son visage entre ses mains, d'un geste tendre, plongea son regard dans ses yeux hébétés et dit :

— Je suis Victor Dimorta. Joyeuse Saint-Valentin !

Elle écarquilla les yeux, elle n'était pas certaine d'avoir bien entendu. Victor Dimorta. Vainqueur de la mort. Hartley College.

Alors une terreur folle s'empara d'elle. Victor Dimorta ! Elle bondit sur ses pieds, levant les bras dans un geste d'auto-défense, ouvrit la bouche et prit sa respiration pour crier.

Il la frappa sur la bouche et elle retomba en arrière sur la couverture.

Oh, Seigneur ! — les pensées se bousculaient dans sa tête. Oh, Seigneur ! Elle essaya de se relever, mais en vain : juste à cet instant, il lui assena un coup au ventre. Elle s'affola sur la couverture. Elle gisait sous le soleil brûlant de Californie, terrassée par une horrible douleur. Puis elle entendit la voix : un étrange et strident ricanement au-dessus d'elle. Et le monologue, lorsqu'il la frappa de nouveau :

— Alors, vous étiez toutes tellement mieux que moi, le moche, le dégoûtant Victor... pas si moche, finalement, hein ? Qu'en dis-tu, salope ? Connasse ! Tu vas mourir maintenant... mourir... mourir... mourir...

Elle tenta de se relever une fois de plus, mais il s'était assis sur sa poitrine, et elle ne pouvait plus bouger. A travers son affolement, elle sentit la pression de ses mains puissantes, lorsqu'il lui empoigna les bras. Elle entendit un craquement : il venait de lui casser le coude. La douleur la submergea, et elle s'évanouit. Une gifle la fit revenir lentement à elle, et bientôt elle retrouva complètement ses esprits. Elle ne pouvait plus remuer ses bras, elle comprit que son deuxième coude venait également d'être cassé. Elle entendait toujours le rire au-dessus d'elle et ces mots :

— Alors, Sharon ? La toute-puissante Sharon Williams ? Ça te fait mal, espèce de putain ? Comme tu m'as fait mal à moi ? Alors, tu as mal, mère ?

Ces mots flottaient au-dessus d'elle, et tout commença à pâlir. Mère ? Elle fut étonnée, puis, à la place de la peur et de la douleur, vinrent les hallucinations, la dernière phase de l'agonie. A-t-il bien dit mère ? Quelle mère ? Oh, ma mère ! Papa ! Au secours... Au secours... Seigncur, que quelqu'un vienne... à mon secours...

Sharon Williams mit longtemps à mourir, et il fit tout pour. Lorsque ce fut terminé, il s'agenouilla près d'elle et se laissa envahir par une impression exquise, inexprimable, de triomphe. Il leva les bras et cria sa victoire au soleil.

Et d'une, jubila-t-il. Il en reste trois à abattre.

Il traîna le corps entre les arbres et le descendit dans la tombe improvisée, où il jeta également le scénario, puis il l'enterra. Il recouvrit la terre à cet endroit avec des feuilles et une grosse branche morte. Il ramassa la pelle et les affaires du pique-nique ainsi que la boîte de bonbons. Une heure plus tard, il jetait le tout dans une décharge de l'autre côté de la ville.

A cinq heures, Victor Dimorta se trouvait déjà dans un avion qui partait pour Pittsburgh.

Jill

7

Jeudi, 5 février

Il fallait qu'elle se remette à écrire. Ce besoin s'était fait sentir dès qu'elle avait interrompu son roman. Elle en était davantage consciente maintenant, tôt le matin, habituée qu'elle était, depuis si longtemps, à se rendre dans son bureau à cette heure-là et à allumer son ordinateur. Pendant une heure, après le petit déjeuner, elle préparait son travail de la journée.

Ce matin-là, elle ne prit rien. En fait, elle avait été réveillée par la nausée, une demi-heure avant que son réveil ne sonne. Elle s'assit sur le canapé du salon en serrant un coussin contre elle, des vagues de nausée montaient dans son corps. Cela lui rappela le Dr Chang, son gynécologue, et les cachets qu'elle avait dissimulés dans le tiroir de sa table de chevet. Si elle les avait rangés dans sa pharmacie de la salle de bains, Nate aurait pu les voir...

Quelle idiote, pensa-t-elle. Il n'y a rien de pire que cet état d'indécision. Rien de pire que de ne pas écrire, de ne pas avoir de programme pour la journée, et cela, juste au moment où un travail t'aurait fait le plus grand bien. Pour plusieurs raisons.

Elle jeta le coussin et se leva. Ça suffit, se dit-elle. Prends ton médicament et va dans ton bureau. Écris quelque chose. N'importe quoi.

Barney donna son premier coup de téléphone à dix heures du matin. Il était assis à son bureau devant un sandwich au fromage danois et un café de chez Dunkin's Donuts dans un grand gobelet en plastique, grâce à la gentillesse de Verna qui, elle, dégustait un beignet à la canelle et un thé au citron. Comme tous les matins depuis huit ans. Il alluma une Viceroy, il en fumait de temps en temps quand il était seul, et composa le numéro que Verna avait trouvé, comme par magie, dans l'annuaire du Vermont.

— Hartley College, dit une voix de femme à l'autre bout du fil.

— Bonjour, fit-il. Je m'appelle Barney Fleck. Je suis détective privé, et je recherche un de vos anciens étudiants. A qui dois-je m'adresser ?

— Eh bien, voyons... Je vais vous passer le bureau des inscriptions au rez-de-chaussée. Ne quittez pas.

— Merci.

Au bout de deux sonneries, on décrocha.

— Bureau des inscriptions. Mme Cooper à l'appareil. Puis-je vous aider ?

Cela l'amusa. Tout le monde était si aimable dans le Vermont. Ce n'est pas à l'université de New-York qu'on l'aurait accueilli de cette façon...

Mais elle ne pouvait pas l'aider. Pas tout de suite, du moins. Hartley était une toute petite faculté, et cela faisait seulement huit ans qu'ils avaient introduit des ordinateurs. Les archives concernant les étudiants qui avaient séjourné là avant cette date étaient conservées dans un lieu à part. Barney lui donna le nom de la personne, la date de son inscription et, lorsqu'elle lui demanda la raison de sa recherche, il lui raconta une histoire à dormir debout sur un parent éloigné récemment décédé qui avait mentionné l'étudiant en question dans son testament. Elle promit de lui téléphoner dès qu'elle pourrait s'absenter de son bureau pour consulter les archives. Il lui laissa son numéro, raccrocha et avala la moitié de son sandwich en une seule bouchée.

Mme Cooper le rappela une heure plus tard. Ce temps-là, il l'avait passé à fabriquer des boules de papier avec des feuilles qu'il prenait dans le tiroir de son bureau et à les jeter dans la corbeille à l'autre bout de la pièce. C'était son passe-temps favori lorsqu'il attendait des informations importantes. Et il avait l'intention de résoudre le problème de Jillian Talbot aussi vite que possible.

— Monsieur Fleck ? J'ai trouvé le dossier en question, mais il n'y a pas grand-chose. Cet étudiant n'a passé chez nous que le premier semestre et un mois du second. Ensuite, il a été... eh bien, d'après son dossier, il a été renvoyé.

— Oh ? Pourquoi ? demanda Barney.

Parce qu'il a tenté de violer trois de ses condisciples, pensa-t-il.

— Je n'ai pas cette information-là. Juste un tampon sur le registre avec la mention : « cursus interrompu ». En général, cela signifie que l'étudiant a été exclu. J'ai aussi son adresse et son numéro de téléphone d'il y a seize ans...

Jill fixait l'écran de son ordinateur depuis une bonne heure déjà, elle se sentait mieux à présent. Le médicament avait fait son effet. Et pourtant, rien n'allait. L'écran était toujours vierge.

Reprenons cette affaire de viol, se dit-elle. Il s'agissait d'une vague histoire inspirée d'un fait divers récent dans laquelle était impliqué un jogger de Central Park. Et s'ils n'avaient pas arrêté la bande d'adolescents ? Et si ces derniers étaient toujours en liberté, sachant que leur victime avait réussi à rassembler des preuves contre eux... ? Et s'ils se mettaient à la persécuter... ?

Non. Cela ressemblait trop à sa propre situation.

Il valait peut-être mieux qu'elle reprenne le mystère de la maison hantée. Mais cette histoire qu'on lui avait racontée, sur une maison au nord de New York, lui rappelait aussi ce qu'elle était en train de vivre. Une maison que trois locataires avaient quittée précipitamment en l'espace de trois mois...

Non. Elle ne s'était jamais trouvée confrontée à quelque chose de surnaturel, et elle aurait sans doute inventé une fin bien prosaïque beaucoup trop terre à terre. Elle avait beau admirer Stephen King, Anne Rice et Dean Koontz, elle savait que sa voie n'était pas la leur.

Arrête ton char, Jill, se dit-elle, reconnaissante de ne plus avoir de nausées, mais désolée de son manque de concentration. Arrête...

Lorsque le téléphone sonna, Dorothy Philbin faillit ne pas répondre. Puis, se rappelant qu'elle n'avait pas branché son répondeur, elle regarda sa montre, vit qu'il lui restait encore cinq minutes avant la première séance de la journée et décrocha.

— Ici le Dr Dorothy Philbin.

— Euh... docteur ? Euh...

Voilà qui éveilla sa curiosité. Une voix d'homme, jeune, manifestement nerveuse, ou troublée, ou les deux. Elle entendit une respiration irrégulière.

— Je suis le Dr Philbin. Puis-je vous aider ?

Idiote que je suis, pensa-t-elle. C'est complètement stupide de la part d'une analyste de dire une chose pareille...

Il y eut un silence. Puis l'homme reprit :

— Euh... J'ai quelques petits problèmes et je me demandais...

Elle attendit.

— Oui ?

— Voilà, je... je voudrais vous parler si...

— Excusez-moi, quelqu'un vous a-t-il conseillé de vous adresser à moi, monsieur ?

— Non, non, pas du tout. Euh... Vous voyez, j'habite tout près de chez vous et je passe chaque jour devant votre maison, alors j'ai remarqué la plaque sur votre porte et... J'ai pensé que ce serait bien si je parlais à quelqu'un. Je ne l'ai jamais fait, mais...

Oh, se dit-elle. Un problème immédiat, pressant. Quelqu'un qui n'a aucune expérience de l'analyse.

— Je vois. D'après vous, s'agit-il d'une urgence, monsieur ?

Un nouveau silence. Puis :

— Oui, je le pense.

Il lui sembla entendre un sanglot étouffé. Elle regarda son emploi du temps de la journée, aperçut le trait rouge qui barrait le nom de Mme Schwartz, partie voir sa famille.

— Il se trouve que j'ai une possibilité aujourd'hui, à quatre heures. Pourriez-vous venir ?

Pas de silence cette fois-ci, mais un soulagement évident.

— Oh, oui ! Oui, c'est formidable, docteur Philbin.

Elle prit son stylo.

— C'est d'accord. Il me faut vos nom, adresse et numéro de téléphone.

— Bien sûr. C'est Miller. Franklin Miller. 147, 10e Rue Est, appartement 3B, et il ajouta un numéro de téléphone.

Il habite dans la même rue, se dit-elle, juste à deux blocs à l'Est.

— C'est parfait. Je vous vois à quatre heures, monsieur Miller.

L'écran de l'ordinateur était toujours vierge.

Avec un long soupir, Jill éteignit la machine, prit un bloc de papier jaune et un stylo, et alla dans le salon.

Elle s'assit sur le canapé et se mit à griffonner toutes les idées qu'elle avait dans la tête.

Jogger victime de viol. Non.

Maison hantée. Non.

Femme flic victime de chantage. Non.

Prostituée parrain de la Mafia/conspiration pour tuer le Président. Non ! ! !

Scigneur ! Qu'allait-elle donc pouvoir écrire ?

Soudain, elle aperçut une enveloppe sur la table basse. Ah oui, se rappela-t-elle, c'est l'interview que j'ai donnée à ce magazine. Elle jeta le bloc de papier et le stylo, prit l'enveloppe et l'ouvrit. En lisant le texte, elle hocha la tête, étonnée par l'ironie du sort. Le titre prévu était « Madame Suspens », et le sous-titre qui accompagnait la première photo pleine page disait : « Avec son quatrième roman, *L'Esprit d'Alice Lanyon*, Jillian Talbot peut de nouveau prétendre au trône de la reine du suspens d'Amérique. » Tout l'article était rédigé à peu près sur ce ton.

« Comment une jolie fille de New York peut-elle cacher tant de violence ?

— Eh bien, j'ai commencé par lire les journaux...

— Comment se sent-on quand on a reçu le prix Edgar ?

— Très bien, je vous remercie...

— Parlez-moi de Nathaniel Levin, cet artiste d'avant-garde qui partage votre vie actuellement ?

— Oh, il est extraordinaire... C'est un grand artiste... Nous aimons danser tous les deux... Nous aimons les Mets... Et nous détestons les interviews...

(Rires.)

— Oh, c'est merveilleux, Jill. Dites-moi, vous avez un appartement superbe. Qu'est-ce qui vous a fait choisir Greenwich Village... ? »

Elle relut ces lignes, se demandant de qui il s'agissait. Qui était cette femme charmante, décontractée et talentueuse que le journaliste admirait manifestement, avec une merveilleuse maison, un merveilleux amant et un merveilleux sens de l'humour ? A présent, tout semblait si macabre. Elle savait que sa vie serait désormais coupée en deux : avant Valentin et...

Après. Ah, mon Dieu, y aura-t-il un après Valentin ? Et s'il ne s'agissait pas d'un simple harcèlement ? Si c'était quelqu'un de...

Elle pensa au rat mort gisant sur le tapis, le regard rivé sur elle.

Quelqu'un de dangereux ?

« J'aime Greenwich Village. Je pense que si tant d'artistes vivent ici, c'est parce que... »

Avec un petit cri de dégoût, elle rangea l'article dans la table basse. Ça suffit comme ça, se dit-elle. Je vais m'en sortir ! Cet horrible Victor Dimorta ou qui que ce soit ne l'emportera pas. Je vais...

Subrepticement, la solution que Mary lui avait suggérée la veille lui revint à la mémoire.

— Oui, pensa-t-elle. C'est exactement ça qu'il me faut.

Soudain, soulagée et plus confiante, elle retourna dans son bureau et prit le téléphone.

Barney raccrocha violemment, terriblement déçu. Le bruit fit probablement sursauter Verna qui, dans le bureau d'à côté, était plongée dans le *New York Times* du jour.

Diable ! pensa-t-il. Que vais-je faire maintenant ?

Il prit le téléphone et pressa le bouton de communication interne. Faisant semblant d'ignorer que la porte entre les deux bureaux était restée grande ouverte et que la distance entre eux ne dépassait pas quatre mètres, il murmura :

— Madame Poole, pourriez-vous venir, s'il vous plaît ? Prenez votre bloc-notes.

Sa déception se dissipa, laissant place à un méchant plaisir, lorsqu'il entendit le froissement du journal qu'elle jeta, le craquement de la chaise quand elle se leva et le claquement de ses talons quand elle entra dans la pièce et s'arrêta en face de lui, de l'autre côté de son bureau. Elle n'avait pas son bloc : le téléphone intérieur était un jeu ancien entre eux ; il ne se rappelait même plus comment cela avait commencé.

— Oui, Barney ?

— Verna, j'ai besoin de vos lumières.

— Allez-y.

— Il semblerait que Victor Dimorta n'habite plus au 7, Franklin Street, à Mill City, en Pennsylvanie. C'est tout ce que j'ai pu tirer de ce numéro qu'on m'a donné à Hartley. « Le numéro que vous avez composé n'est pas en service actuellement... » J'ai donc appelé les renseignements : il n'y a aucun Dimorta parmi les abonnés. C'est tout. Que vais-je faire maintenant ?

Verna le regarda avec indulgence et tendit la main pour prendre le papier où figuraient les informations concernant Dimorta.

— Vous allez descendre déjeuner, lui répondit-elle de sa voix la plus maternelle. A l'Argonaute. Prenez votre temps. Rapportez-moi un sandwich à la dinde au pain de seigle, avec de la laitue, pas de tomates et pas trop de sauce, et un thé au citron. C'est vous qui me l'offrez. Et moi, je vais m'attaquer à ce problème.

Elle retourna dans son bureau. Lorsqu'il passa devant elle, quelques minutes plus tard, il l'entendit qui parlait déjà au téléphone :

— Allô, je voudrais le numéro de la mairie de Mill City...

Barney descendit chez le traiteur grec au coin de la rue, où il déjeunait la plupart du temps. Il s'assit au comptoir, commanda du rosbif et bavarda avec le propriétaire, M. Colorius. Ils parlèrent football et politique, deux domaines où M. Colorius était une autorité incontestable. Barney réussit à tuer une heure de cette manière, puis il acheta ce que Verna lui avait commandé et, d'un pas léger, sortit dans la rue froide, marcha jusqu'à son bureau et monta au quatrième.

Verna était en train de sténographier à cent à l'heure. Son bloc-notes devant elle, le combiné coincé sous l'oreille, elle écrivait tout ce qu'on lui disait. Elle ne daigna même pas jeter un regard à Barney lorsqu'il posa sur son bureau son déjeuner, mais elle plongea immédiatement la main dans le sac et en sortit le thé. Barney l'entendit boire bruyamment : sa participation à cette conversation téléphonique se limita à cela.

Il passa dans son bureau, retira son manteau et ses gants, et s'assit. Il avait eu le temps de jeter une cinquantaine de boules de papier, dont dix seulement avaient atterri dans la corbeille, lorsqu'il entendit Verna raccrocher. Elle entra dans son bureau, tambourinant des doigts sur son bloc, relisant ce qu'elle venait de noter. Elle finit par lever les yeux vers lui. Il remarqua qu'elle était livide.

— Vous n'allez pas le croire ! dit-elle dans un souffle.

Une demi-heure plus tard, Jill faisait entrer Barney Fleck chez elle. Elle suspendit son manteau dans le placard de l'entrée et l'invita à s'asseoir dans un fauteuil. Elle venait juste de préparer une infusion, aussi remplit-elle deux tasses qu'elle posa sur la table basse. Puis elle s'installa sur le canapé en face de lui, poussant le bloc de papier jaune inutile.

— Alors, dit-elle, pourquoi êtes-vous si émoustillé ?

Barney la regarda un instant, se lécha les lèvres et commença :

— Il me semble que nous avons trouvé une piste. J'entends par là Victor Dimorta. Vous êtes assise, n'est-ce pas ? Eh bien, il a tué ses parents. A peu près quinze jours après avoir été renvoyé de Hartley. Il a passé douze ans en prison. Après... Non, vous n'allez pas le croire. Moi, je n'y arrive pas ! Il a été mis en liberté conditionnelle. Comme « prisonnier modèle », ni plus ni moins. Et c'est là que les choses se gâtent : peu après sa libération, deux mois environ, pour être précis, M. Victor Dimorta a disparu de la surface de la terre ! Plus personne ne l'a plus jamais vu ni entendu ! Ça vous plaît, hein ?

— Non, bredouilla Jill, non. Ça ne me plaît pas du tout.

— Je vous comprends.

Il y eut un petit moment de silence pendant lequel chacun tendit sa main vers sa tasse et but plusieurs gorgées. Puis elle dit :

— Racontez-moi ces meurtres.

Barney sortit de sa poche une liasse de papiers froissés. Il les étudia un moment, fronçant les sourcils, cherchant manifestement à les déchiffrer. Jill y jeta un coup d'œil. Des pages sténographiées. La secrétaire, probablement...

— Bon, fit-il enfin. Voilà. Le 16 février de l'année où Victor a été renvoyé de Hartley, il est retourné chez lui, dans un patelin qui s'appelle Mill City, en Pennsylvanie. Une petite ville, malgré son nom, à une centaine de kilomètres au nord-est de Pittsburgh. Il y a là-bas une fabrique de papier qui a fermé depuis des lustres. Une sorte de ville-fantôme. En tout cas, le père — il consulta sa feuille —, Joseph Dimorta, a perdu son boulot de contremaître quand la fabrique a fermé. Il buvait, il sortait avec des femmes, il maltraitait Mme Dimorta et Victor...

Elle écoutait cette histoire étrange, déplaisante, mais à laquelle elle ne pouvait plus échapper. Malgré la vie terrible qu'il menait chez lui, Victor était apparemment un lycéen brillant, et il avait des aptitudes étonnantes pour la littérature.

Au lycée, son professeur de lettres lui avait parlé de Hartley, où il avait lui-même étudié et il l'avait recommandé à l'un de ses anciens professeurs. Résultat : une bourse pour Hartley, mais sans prise en charge complète. Ce dernier point lui avait d'ailleurs causé bien des ennuis. Selon toute vraisemblance, Victor avait caché à ses parents son intention de s'inscrire à l'université, mais il avait mis une petite somme de côté, de l'argent qu'il avait reçu de sa grand-mère maternelle. Il s'était enfui à Hartley. Pendant les vacances, il avait logé dans un motel bon marché près du campus, où on l'avait embauché comme serveur. Il avait été renvoyé un mois après le début du second semestre — Jill connaissait cette histoire. On avait fait venir ses parents, et ils l'avaient ramené à la maison. De retour chez eux (selon l'avocat de Victor), son père l'avait battu presque à mort et l'avait enfermé dans un placard pendant trois jours. D'ailleurs, d'après cet avocat de l'assistance judiciaire, ce n'était pas la première fois : Victor était habitué à ce genre de punitions.

Angela Dimorta était une femme faible. Elle s'était laissé martyriser par une brute et n'était jamais intervenue pour défendre son fils. Elle avait donc signé sa condamnation à mort.

Dans la nuit du 29 février, deux semaines après son expulsion de Hartley, Victor Dimorta avait fait irruption dans la chambre à coucher de ses parents et leur avait tranché la gorge avec un grand couteau à découper la viande. Sa mère était morte sur le coup, mais son père s'était manifestement débattu. Le voisin le plus proche avait entendu du bruit et il avait averti la police. Une demi-heure plus tard, Victor avait été arrêté : ils l'avaient trouvé dans le placard de sa chambre à coucher, en train de sangloter. Son acte avait été considéré, d'un avis unanime, comme le résultat de sévices physiques et psychologiques qui avaient duré des années. Son âge avait été pris en considération, tandis que l'incident de Hartley College n'avait même pas été mentionné. Le procès n'avait jamais eu lieu : le procureur avait proposé une négociation à l'avocat de la défense, et Victor avait écopé de quinze à trente ans pour chacun des deux meurtres prémédités. A la prison locale, on l'avait d'abord mis dans une section de haute sécurité, puis, après trois ans de bon comportement, on l'avait changé de section, le directeur et une commission d'enquête ayant estimé qu'il ne représentait plus une menace pour la société.

A la fin de sa douzième année de détention, il avait comparu devant un juge en vue d'une mise en liberté conditionnelle. Son dossier était excellent, car il avait consacré beaucoup de temps à divers programmes de réintégration et avait enseigné l'anglais aux autres détenus. Tout cela lui avait valu une réduction de peine. Les autorités et le psychiatre qui s'était occupé de son cas avaient donné un avis favorable, et puis, la prison étant surpeuplée, on avait opté pour une mise en liberté conditionnelle. En sortant de prison, il avait pris un meublé à Pittsburgh. Grâce à l'aide du contrôleur judiciaire, il avait trouvé un emploi de magasinier dans une grande surface. Il avait rencontré ce contrôleur judiciaire pendant sept semaines, à raison d'une fois par semaine.

Ensuite, il avait disparu.

— Non seulement il s'est volatilisé, ajouta Barney, mais c'est comme s'il n'avait jamais existé ! Il a tout simplement disparu dans la nature... Ils ont retourné ciel et terre pour le trouver, mais...

Il haussa les épaules et s'appuya au dossier de sa chaise.

Longtemps, Jill garda le silence, essayant d'assimiler tout ça. Elle eut de nouveau un haut-le-cœur, mais cette fois-ci, ce n'était pas à cause du bébé.

— Que faire maintenant ? demanda-t-elle enfin.

Le détective, amical, se pencha de nouveau vers elle.

— Eh bien... j'ai pensé...

Assis devant sa fenêtre en face de l'appartement de Jillian Talbot, il écoutait. Ses yeux étaient fermés, et il s'était laissé envahir par les souvenirs. Des larmes coulaient sur ses joues en feu.

Il écouta l'idée du détective et vit Jillian Talbot se lever pour aller dans son bureau ; il s'essuya les yeux et approuva cette décision dans son for intérieur.

Jill revint avec l'annuaire qu'elle donna à Barney.

— Vous trouverez tous les noms et toutes les adresses à la fin. Ceux de toute la promotion au moment de l'obtention du diplôme. Je ne sais pas si les adresses sont encore bonnes.

— Ça ira, dit-il, se voulant rassurant. Verna est un vrai prodige pour ce qui est de la mise à jour des informations, grâce à son ordinateur. Je vous appellerai.

Elle inclina la tête et le raccompagna jusqu'à la porte. Le détective parti, elle se rassit sur le canapé et prit le bloc de papier jaune. Elle le fixa un moment, puis, avec un soupir, le jeta et se leva pour téléphoner à Nate.

La 10e Rue est relativement tranquille à toute heure de la journée, mais surtout à quatre heures de l'après-midi. Il n'y a pas d'embouteillages et, comme c'est un quartier résidentiel, on n'y voit pas grand monde. Il peut se passer beaucoup de choses sans que personne s'en aperçoive.

Quand la sonnette retentit, Dorothy Philbin était seule dans son bureau. Le patient venu à trois heures était parti depuis près de dix minutes environ, elle relisait les notes prises pendant la séance et s'apprêtait à monter dans la cuisine chercher une tasse de café. Veuve depuis quatre ans, elle vivait seule. Il lui arrivait de penser qu'elle devrait vendre cette grande maison à deux étages et acheter un petit appartement au nord de Manhattan, pour se rapprocher de sa fille et de ses petits-enfants.

Tant pis pour le café, se dit-elle en entendant la sonnette. Elle se leva de la chaise en cuir, arrangea son tailleur gris et sortit pour ouvrir. Un jeune homme, grand, nerveux, se tenait sur le seuil : c'était la première fois qu'elle le voyait.

— Monsieur Miller ?

— Oui, docteur Philbin.

Il esquissa un sourire, mais, visiblement, il se trouvait dans un état de grande inquiétude. Il a l'air bouleversé, se dit-elle.

— Entrez.

Il passa devant elle dans la salle d'attente, elle referma la porte à clé et le fit entrer dans son bureau. L'homme s'arrêta au milieu de la pièce, la laissant accéder à son bureau.

— Maintenant, j'ai l'impression que...

Ce furent ses derniers mots. Elle n'eut même pas le temps de voir le couteau.

Doucement, il posa le corps par terre et sortit par la porte du sous-sol. Il lui fallut moins d'une minute pour arriver au coin de la rue. Il emprunta la Cinquième Avenue et disparut.

Onze des douze immenses toiles étaient appuyées contre le mur des deux côtés de la pièce. La plus grande, intitulée *Vie*, occupait tout le mur du fond. Les quatre personnes présentes dans l'atelier ce soir-là, à neuf heures, s'étaient arrêtées devant cette toile. Jill se demandait comment il fallait la comprendre. « Les Sept Ages de l'Homme », c'était facile. Shakespeare en avait généreusement fourni les explications quelque quatre cents ans auparavant. Nate avait donné son accord pour que le célèbre texte de *Comme il vous plaira* soit divisé en sept parties pour les besoins du catalogue. « Les Quatre Saisons » devaient également être accompagnées de fragments poétiques empruntés à Shakespeare. L'accord entre le peintre et l'écrivain faisait que ce choix paraissait cohérent. La dernière toile aurait eu également besoin d'une citation de Shakespeare sur la condition humaine, mais laquelle... ? Jill fixait les taches de couleurs vives, éclatantes, tourbillonnantes, et le minuscule noyau blanc immaculé au centre. Était-ce Dieu ? se demandait-elle. Ou l'esprit humain ? Ou l'âme ? Elle ne voulait pas lui poser la question ; d'ailleurs, il n'était peut-être pas capable de lui donner une explication satisfaisante. Ce tableau impressionnant montrait ce qu'il *ressentait* à l'égard de la vie. Très probablement ne pouvait-il pas l'exprimer avec des mots.

— C'est drôle, finit-elle par dire. Je travaille avec des mots, toi avec des images, et nous faisons tous les deux la même chose...

Pour toute réponse, il prit sa main et se pencha pour lui embrasser les cheveux.

— Vous voulez qu'on vous laisse seuls ? entendit-on derrière eux.

C'était la voix de Tara.

— Je veux dire, ajouta-t-elle, que si cet art tourmenté n'a d'autre effet sur vous que de vous pousser à vous déshabiller l'un l'autre, je suis sûre que Doug et moi, on pourra aller s'amuser ailleurs.

Tout le monde rit. Enfin, tous à l'exception de Doug Baron, remarqua Jill en se retournant. Pendant tout le dîner au restaurant ukrainien, elle avait sans cesse surpris son regard, senti ses yeux posés sur elle. C'est Tara qu'il devrait regarder, avait-elle pensé. Elle se souvint de ce que son amie lui avait raconté la veille : ce mannequin assassinée lui ressemblait vaguement. Elle se demanda si cela pouvait expliquer ses coups d'œil furtifs...

Soudain, cela jaillit dans son esprit. Jamais elle ne saurait pourquoi elle y avait pensé. Elle se retourna une nouvelle fois pour voir la plus grande toile, la dernière de la série. Elle fixa le pathétique mélange de couleurs, puis ses yeux se dirigèrent vers la petite tache de blanc presque trop discrète qui palpitait au milieu. Était-ce l'illumination ? l'espoir ? l'immortalité ?

Plus tard, comme elle réfléchissait à sa relation avec l'artiste qui avait créé cela, elle comprit ce que c'était. Et, avant même d'en prendre complètement conscience, elle récita les mots de Miranda dans *La Tempête* :

Ô merveille !
Combien de gracieuses créatures il y a ici !
Comme l'humanité est merveilleuse ! Ô le brave nouveau monde,
Où l'on trouve de tels gens !

Le silence régnait dans l'atelier pendant que tous regardaient la toile. Ce fut un chuchotement respectueux de Doug Baron qui le rompit :

— Oui, dit-il. *Oui.*

Et il se retourna pour dévisager Jill presque ouvertement.

Le Vent

Deux ans auparavant

Quand il arriva à Buffalo le 25 janvier, Victor Dimorta apprit que Belinda Rosenberg avait quitté son ancien domicile. Il appela tous les Rosenberg qui figuraient dans l'annuaire de la ville jusqu'à ce qu'il tombe sur la mère de Belinda. Il se présenta comme un ancien ami de sa fille, de passage à Buffalo pour des raisons professionnelles. La mère lui parla du Colorado.

Quarante-huit heures plus tard, le 27 janvier, il se trouvait dans la forêt près de la maison de Belinda Rosenberg Kessler, sur une colline dominant Boulder, en train de l'observer avec ses jumelles.

Le 27 janvier, après avoir fait du ski, Belinda fit une halte au supermarché du centre-ville et acheta tous les ingrédients nécessaires pour préparer le plat favori de son mari : un morceau d'aloyau, des pommes de terre, de la crème, de la salade verte et du gâteau au fromage new-yorkais qu'elle trouva au rayon d'épicerie fine. Elle pensa même aux chips et à la salsa, ainsi qu'au fromage pour l'assaisonnement de la salade.

Tout en remplissant son caddie, elle sourit en se demandant ce que sa mère aurait fait si elle avait eu à préparer le plat favori de Jake. Leah Rosenberg, bien que non-pratiquante, respectait vaguement les règles concernant la nourriture. Jacob Kessler, un juif assimilé depuis trois générations, n'y pensait qu'à l'occasion des mariages et des enterrements. Tout comme ses parents, il affirmait être athée, et sa blague favorite était la définition que sa grand-mère paternelle, une orthodoxe, donnait des juifs libéraux : c'étaient des catholiques ! Belinda riait toujours en l'entendant raconter cette histoire. Près de chez elle, elle acheta dans un magasin de spiritueux deux bouteilles de bourgogne, le vin préféré de son mari, que le patron avait mises de côté pour elle. Plus une bouteille de Perrier-Jouët, une idée de dernière minute. Oui, pensa-t-elle en remplissant le coffre du break. Un verre de champagne à la place des cocktails. Avec des chips et de la salsa, c'est comme ça qu'il l'aime...

Elle monta la colline et déboucha sur une voie de garage. La maison, construite sur un rocher, ce qui permettait d'avoir une charmante vue de la ville, était séparée des villas voisines par d'épais bosquets de conifères. La structure était en pierre et en bois, sinon c'était le verre qui prédominait avec de grandes baies vitrées et des portes coulissantes qui ouvraient sur une véranda faisant tout le tour de la maison. Elle sortit les provisions du coffre et entra. Elle aimait cette maison. Elle l'avait aimée dès qu'elle l'avait vue, il y avait dix ans de cela.

Romeo était vautré sur le canapé du salon, et Juliet s'était endormie à côté, sur la moquette duveteuse. Quand Belinda se dirigea vers la cuisine, le siamois mâle sauta du canapé et la suivit. Elle déposa les sacs sur le bar et se tourna vers le four juste au moment où le téléphone mural à côté du frigidaire se mit à sonner. Tout en parlant, elle enleva son manteau.

C'était sa sœur Jessica, qui lui téléphonait de Buffalo. Ses parents avaient déjà appelé pour la prévenir qu'elle recevrait un colis. Elle remercia Jessica pour ses bons vœux et écouta pendant quinze minutes des nouvelles de la famille. Puis elle raccrocha et, alors qu'elle se préparait à sortir les provisions, elle crut apercevoir quelque chose, un mouvement furtif dans les arbres que l'on voyait par la fenêtre de la cuisine. Non, il n'y a rien, trancha-t-elle, c'est le vent. D'ailleurs, il faisait déjà trop sombre pour distinguer quoi que ce soit dehors.

L'horloge de la cuisine indiquait six heures moins le quart. Il faut que je me dépêche, pensa Belinda.

En voyant le steak, Romeo bondit sur le bar et se frotta contre son bras. Elle mit la viande dans le réfrigérateur et se tourna vers le chat en riant :

— Désolé, chéri, ce n'est pas pour toi.

Avec un petit grognement d'indignation, il sauta à terre et se dirigea vers un coin de la pièce. Bientôt, Belinda l'entendit qui se rattrapait en mangeant des croquettes. Romeo et Jake, pensa-t-elle. Mes hommes sont des fanatiques de viande. Juliet, comme Belinda, préférait le poisson.

Le téléphone sonna de nouveau. C'était Toni, sa meilleure amie, qu'elle avait quittée depuis à peine une heure sur la piste de ski. Oui, elle avait tout trouvé pour le dîner. Non, Jake n'était pas encore rentré. Oui, elles se verraient le lendemain. Toni lui souhaita encore une fois une agréable soirée. Belinda la remercia et raccrocha.

Elle prépara en grande hâte la salade et l'assaisonnement. Ensuite, elle enveloppa deux pommes de terre dans du papier d'aluminium et les mit au four. Elle réussit, non sans mal, à ouvrir la bouteille de bourgogne, car, à vrai dire, elle n'avait jamais su se servir d'un tire-bouchon. Elle posa la bouteille ouverte sur le bar pour laisser le vin respirer, caressa la tête de Romeo qui continuait à manger et se retira dans sa chambre.

Après une rapide douche chaude, elle commença à

se maquiller, nue devant le miroir de la salle de bains. Elle se regarda d'un œil critique, avant de conclure qu'elle n'était pas si mal pour ses trente-cinq ans. Sa chevelure brune était restée épaisse et soyeuse, comme du temps où elle était étudiante, sans un seul cheveu blanc. Son visage n'avait pas changé non plus, ses seins et ses cuisses étaient aussi fermes qu'autrefois, et son ventre aussi plat, grâce au ski. Elle s'adressa un clin d'œil dans le miroir. Ses grands yeux marron avaient toujours été son meilleur atout.

Oui, se dit-elle en se parfumant avec l'eau de toilette préférée de Jake. Ça ira.

Le chauffage était allumé. Comme il régnait une température agréable dans la maison, elle choisit une robe courte que son mari adorait, en soie bleu foncé et avec un décolleté profond. Où étaient passées ses chaussures bleues à talon ? Elle les trouva, attacha une chaînette en or à son cou et alla mettre la table dans la salle à manger. Ils dîneraient à l'intérieur et non pas dans la véranda, comme elle l'eût préféré. Pour cela, il faisait déjà trop froid, mais la neige ne tomberait peut-être pas tout de suite. Le ciel nocturne au-dessus de Boulder restait dégagé.

En retournant dans la cuisine, elle vit que Juliet, qui s'était réveillée, avait rejoint son frère sur le bar. Un regard sévère suffit à les faire descendre. Ils comprenaient pas mal de choses. Elle sourit en se rappelant que dès le début, elle et Jake avaient décidé de ne pas avoir d'enfants. Romeo et Juliet étaient manifestement là pour combler le vide.

Elle versait la salsa et les chips dans des bols en céramique mexicains, pratiques mais plutôt hideux, le cadeau de mariage d'un cousin éloigné, quand le téléphone sonna de nouveau.

— Allô.

— Bonsoir, mon cœur.

— Jake ! Mon chéri, où tu es ? J'étais justement en train de...

— Écoute, je suis débordé, je ne sais pas à quelle heure je vais pouvoir rentrer. On attend un coup de fil de New York à propos de ces contrats pour Fremont, tu te souviens, le nouveau client dont je t'ai parlé. Après, je dois rédiger...

— Holà ! dis-moi l'essentiel : tu viens dîner à la maison ce soir ?

— Eh bien, j'ai pris des sandwiches. Ellie est allé chercher du café pour tout le monde. Je t'avais prévenue que ce soir je rentrerais peut-être tard. Tu ne m'as rien préparé à dîner, j'espère ?

Belinda regarda le bol rempli de sauce pour les chips.

— Non. J'allais... juste grignoter quelque chose. Occupe-toi de tes contrats et de tout le reste. A tout à l'heure.

— Bien, ma chérie. Ne m'attends pas pour te coucher. Je t'aime.

Il raccrocha.

Elle fixa longtemps le bar d'un œil vague sans se rendre compte du temps qui passait, jusqu'à ce que l'un des chats vienne se frotter contre sa jambe. Elle hocha distraitement la tête, sortit les pommes de terre du four, les rangea dans le frigo avec la salsa, reboucha le bourgogne et retourna dans la chambre pour se changer.

Déjà en robe de chambre, elle réchauffa une pomme de terre cuite au four et la mangea avec un peu de salade. Elle reprit une douche, se lava les cheveux et se démaquilla. Elle prépara un thé, se mit au lit et lut un certain temps. A dix heures, elle regarda les informations. Puis elle éteignit la télé et la lampe de chevet et resta les yeux ouverts, à contempler le plafond.

Jake rentra peu après onze heures. A la manière de

se déshabiller sur le chemin de la salle de bains, elle comprit qu'il était épuisé. Il s'allongea à côté d'elle, l'embrassa sur le front et s'endormit immédiatement. Elle le regarda dormir, puis se concentra de nouveau sur le plafond. La respiration régulière de son mari était le seul bruit qu'elle entendait, tandis qu'elle pleurait en silence.

Le 27 janvier, c'était le dixième anniversaire de leur mariage.

Il était déçu : avec Belinda Rosenberg Kessler, il ne pouvait pas suivre le plan qu'il avait élaboré. Il eût préféré une mise en scène romantique, comme avec Sharon Williams. Il y avait aussi l'idée, qu'il avait eue en prison, d'envoyer à sa future victime des cartes et des cadeaux peu avant la Saint-Valentin en les signant de ce prénom. Lorsqu'il eut enfin décidé d'un plan d'action avec Belinda, il dut également renoncer à la boîte de bonbons. Il n'avait plus le temps. Mais il pourrait au moins utiliser la musique...

Le mari de Belinda travaillait dans un important cabinet d'avocats du centre-ville, accumulant un nombre impressionnant d'heures supplémentaires six jours sur sept. Condamnée à un veuvage précoce, Belinda s'était tournée vers ce que le Colorado pouvait offrir de mieux comme consolation : le ski. Elle était devenue une vraie fanatique. Presque chaque jour, elle attachait ses skis sur le toit de son break pour se payer le bonheur d'alterner schuss et slalom plusieurs heures d'affilée. Une autre mordue, Toni Stanton, célibataire dynamique, l'accompagnait d'habitude.

En voyant Toni, Victor comprit qu'il tenait sa chance. Grande et mince, d'allure sportive, elle était très jolie avec ses yeux bleu-vert et ses boucles châtain clair. Puisqu'il ne pouvait pas faire la cour à Belinda, Toni allait lui offrir une voie détournée pour parvenir à son but. Chaque fois que les deux femmes étaient à la station, Toni passait autant de temps à draguer qu'à skier.

Victor n'avait jamais skié de sa vie, mais il fit ses premières armes en un temps record. Moyennant une somme rondelette, il engagea le meilleur professeur du coin. Pendant une semaine, un ancien médaillé de bronze aux jeux Olympiques lui consacra trois heures par jour, et le résultat fut fulgurant.

Cette fois-ci, il choisit le prénom de Leonard et un nom italien, Vaneti, qui lui semblait idéal pour les circonstances : beaucoup de skieurs célèbres et de pilotes de course sont italiens. Cela lui permettait aussi de retrouver ses propres origines. Quand son professeur lui demanda pourquoi il voulait devenir un as si vite, il fit une grimace et montra son entrejambe : les deux hommes éclatèrent de rire.

Rien de plus facile que de rencontrer Toni par l'intermédiaire de son professeur. Une fois qu'il lui fut présenté, la rencontre avec Belinda devint inéluctable.

La première chose qu'il remarqua en voyant de près le deuxième Élément, c'est son joli nez légèrement tordu. Il se rappela pourquoi, sourit et lui serra la main.

— Belin, je te présente Leonard Vaneti. Len, je te présente ma meilleure amie, Belinda Kessler.

— Enchanté, dit le grand et beau jeune homme.

Il sourit et lui serra la main. Belinda venait d'entrer dans le hall de l'hôtel qui se trouvait en bas des pistes, avec quelques minutes de retard. Elle s'attendait à trouver Toni seule et inquiète, en train de regarder sa montre d'un air de reproche, comme elle le faisait toujours dans ces cas-là. Mais cette fois-ci, c'était différent. Son amie était assise près de la cheminée avec un bel inconnu, et ils riaient ensemble. Quand Belinda fit son apparition, Toni bondit et prit la main de l'étranger, le tirant à travers la pièce. Belinda remarqua qu'elle portait son chandail le plus moulant et qu'elle s'était maquillée plus que d'habitude. Donc, c'était lui l'homme mystérieux auquel Toni faisait allusion depuis trois jours.

— Bonjour, monsieur Vaneti, dit Belinda en lui serrant la main.

— Len.

Elle sourit.

— Belinda.

Toni montra le restaurant.

— On pourrait déjeuner ici avant de se lancer sur les pistes. Cela vous tente ?

— Parfait, murmura Belinda.

Les deux femmes déjeunaient toujours ici avant de skier. La proposition de Toni était une manière d'admettre Len dans leur compagnie. « Eh bien, pourquoi pas ? pensa Belinda, tandis qu'ils se dirigeaient tous les trois vers le restaurant. Il a l'air sympathique, alors que parmi les derniers petits copains de Toni, il y a eu des types franchement insupportables. Cette bonne vieille Toni, elle est toujours en chasse. » Belinda, elle, rendait grâce au ciel de lui avoir envoyé Jake, malgré sa passion pour son cabinet d'avocats et sa tendance à oublier les anniversaires. Au moins, il l'aimait, et il rentrait à la maison tous les soirs. Elle ne pouvait pas s'imaginer seule, en train de chercher l'homme de sa vie ou, comme disait Toni, l'homme de sa journée.

Ils prirent place à une table près de la fenêtre. Belinda sourit : cette pièce, avec sa grande baie vitrée et sa vue panoramique sur les Rocheuses qui s'élevaient majestueusement au loin, lui avait toujours rappelé la cafétéria de Hartley. Quant à Toni, elle lui faisait penser à Sharon Williams. J'ai toujours besoin d'un meneur, de quelqu'un à suivre, pensa Belinda en commandant une salade niçoise et un café.

— Alors, Len, dit-elle, une fois la commande prise, vous habitez ici, à Boulder ?

— Non, je suis de Los Angeles. Je travaille comme photographe indépendant, pour plusieurs magazines. En ce moment, je fais un reportage photo pour un article sur les sports d'hiver. Enfin, c'est ce que je suis censé faire...

Il sourit en jetant un coup d'œil à Toni, qui rayonnait.

— Ce n'est pas de ma faute si je suis *une femme fatale*. Tu aurais dû le voir l'autre jour, Belin. Franz lui donnait des conseils pour skier, et lui, il titubait avec son appareil photo autour du cou. Franz a fini par lui suggérer d'abandonner son appareil pendant la leçon. Comme je suis gentille, je me suis approchée et je lui ai proposé de le garder. Tu *ne me croiras pas* si je te raconte ce qu'il a dit en me voyant !

Belinda avait déjà entendu beaucoup d'histoires semblables.

— Il t'a dit : Prenez-moi à l'essai.

— Non. Il a dit : « Franz, qui est cette créature de rêve ? » Et Franz a répondu : « C'est Toni Stanton, la femme que tu lorgnes depuis une semaine ! Qu'est-ce que tu penses de cette coïncidence ? »

— Coïncidence ? s'étonna Len.

— Bien sûr, expliqua Toni. Dans les films, ça s'appelle comme ça. Par exemple, dans *Charade*, quand Cary Grant et Audrey Hepburn se rencontrent par hasard dans une station de ski. C'est là qu'il y a cet affreux gamin qui les arrose constamment avec son pistolet à eau. Ils s'avouent qu'il leur donne des envies de meurtre, et cela les réunit. Coïncidence.

Tout le monde riait au moment où l'on apporta le déjeuner. Belinda décida que Len lui plaisait. Il était manifestement intelligent, et il semblait très attiré par Toni. Quelque chose, une certaine timidité entre eux, lui fit penser qu'ils n'étaient pas encore devenus amants. Mais, connaissant Toni, elle savait que cela n'allait pas tarder.

Aussi, lorsqu'ils lui dirent qu'ils avaient décidé de faire du ski ensemble le jeudi suivant et l'invitèrent à se joindre à eux, elle refusa. C'était la Saint-Valentin, et elle pensa qu'ils préféreraient sans doute se retrouver en tête à tête. En plus, elle tenait à organiser quelque chose avec Jake ce jour-là.

Plus tard dans l'après-midi, Toni lui en reparla :

— Je t'en prie, Belin, viens avec nous. Il est très gentil et tout..., mais un peu trop taciturne quand nous sommes seuls. Il n'y a qu'aujourd'hui qu'il s'est détendu, pendant le déjeuner. Je crois que la présence d'un tiers, c'est exactement ce dont il a besoin, du moins jusqu'à... enfin, tu comprends...

Belinda comprit. Elle savait aussi que son mari travaillerait tard le jour de la Saint-Valentin. Elle servirait donc de boute-en-train pour Toni et son nouvel homme, et le soir, elle tenterait le coup du steak une nouvelle fois.

— D'accord, dit-elle.

Ce soir-là, après le dîner, elle parla à son mari du nouveau petit ami de Toni et de leurs plans pour le jeudi. Jake, vautré dans son fauteuil préféré, était en train de lire, vraisemblablement un nouveau contrat. Il émit un grognement pour signifier que le message avait été reçu, mais elle n'était pas certaine d'avoir été vraiment entendue.

Cette piste-là, les habitués de la station l'appelaient « Folie mortelle ». C'était la plus élevée et la plus longue, et elle comportait plusieurs passages difficiles, notamment à mi-pente. A la fin de sa semaine d'apprentissage, Franz déclara que Len était mûr pour l'essayer. Les deux hommes la descendirent ensemble deux fois, et Franz félicita Len pour sa performance. Il n'avait jamais eu de meilleur élève, prétendait-il, ni rencontré de débutant plus rapide.

Victor réserva une chambre à l'hôtel et une table au

restaurant pour le soir de la Saint-Valentin. Il savait parfaitement qu'il n'y dînerait pas avec Toni et qu'il ne dormirait pas à la station cette nuit-là, mais il était important de faire les réservations. Belinda devait les rejoindre pour le déjeuner, skier avec eux, puis se retirer discrètement pour laisser Len et Toni savourer leur relation toute nouvelle. C'est ce que les femmes avaient manigancé, en tout cas...

Quand Len leur proposa d'essayer « Folie mortelle », Toni et Belinda acceptèrent volontiers. Len attendit de voir redescendre un groupe que le funiculaire avait monté en haut des pistes avant de sortir du restaurant avec les femmes. Il regarda attentivement les gens qui attendaient avec eux : personne n'allait dans la même direction. Pas de témoins. C'était parfait.

Pendant que le funiculaire les menait en haut de la colline, il remarqua avec plaisir que le temps était splendide. L'air était froid et vif, le soleil inondait la neige, le chalet et les pistes se détachaient nettement sur fond de montagnes. Un beau jour pour mourir.

Les deux femmes avaient déjà descendu cette piste bien des fois, « Len » suggéra donc de se mettre au milieu. Toni se lancerait la première et, au bout de deux minutes, Len la suivrait. Belinda, la plus expérimentée des trois, partirait au bout de deux autres minutes. C'est Franz qui leur avait conseillé d'espacer ainsi les départs, afin de protéger les skieurs plus lents de ceux qui dévaleraient cette piste étroite, souvent traîtresse.

Parfait.

Toni partit, et il attendit deux minutes. Puis il s'envola doucement vers l'endroit qu'il avait repéré lors de ses deux premières descentes, à mi-pente et à cent mètres environ d'un précipice. Là, la piste suivait le bord d'un ravin d'une centaine de mètres de profondeur, une gorge étroite du côté de la montagne où se trouvait l'hôtel. Arrivé à cet endroit, il freina, sortit de la piste en prenant la direction de ce précipice, retira ses skis et, s'allongea sur la neige.

Debout au sommet de la colline, les yeux rivés sur sa montre, elle attendait que s'écoulent les deux minutes requises. Elle pensait à Jake.

Après tout, il n'avait pas oublié leur anniversaire. Le lendemain matin, au petit déjeuner, il lui avait promis que, dès qu'il pourrait prendre des vacances, ils partiraient quinze jours, peut-être même en mars. Il avait envie de passer une semaine dans la famille de Belinda à Buffalo, puis une semaine dans sa propre famille à New York. Belinda avait proposé autre chose : trois jours à Buffalo, trois jours à New York, et une semaine à Porto Rico, en tête à tête. Ils n'y étaient jamais allés ni l'un ni l'autre et Jake rêvait de voir les Antilles.

Elle regardait l'infinie étendue neigeuse en bas en pensant à Porto Rico. Oui. Nager, faire de la plongée sous-marine, bronzer. Danser la salsa tous les soirs dans des vérandas sous les tropiques. Nourriture et fruits exotiques, pleins de saveur. Ils pourraient même essayer de faire de la planche à voile. Mais le plus important, c'est qu'ils seraient ensemble, seuls et heureux. Pas de famille, pas d'amis, et pas de cabinet d'avocats. Le paradis, quoi !

Les deux minutes sont passées, constata-t-elle. Chassant l'image des palmiers, elle descendit ses lunettes sur son visage, donna un coup de bâtons et se lança. Un frisson familier la parcourut tandis qu'elle glissait sur la piste. C'était précisément pour cela qu'elle aimait le ski, cette sensation de vitesse quand elle prenait son élan à la descente. Elle rit et offrit son visage au vent en pensant qu'à Porto Rico c'est du ski nautique qu'elle ferait...

Arrivée presque à mi-pente, dans un virage en

épingle à cheveux elle vit quelque chose de sombre au loin, à la limite de son champ de vision.

Quelqu'un — Len ! — était étendu dans la neige à plusieurs mètres de la piste.

Dès qu'il aperçut Belinda, il cria de douleur pour attirer son attention. Elle freina immédiatement et se dirigea vers lui. Il ne bougea pas. Il écouta tranquillement le craquement de ses pas maladroits semblables à ceux d'un crabe. Il respirait profondément, régulièrement, il jouissait du frisson de l'attente. Arrivée près de lui, elle se pencha et lui demanda s'il était blessé.

Il leva son regard vers elle ; elle paraissait très angoissée. A la grande surprise de Belinda, il lui sourit. Puis, lentement, il sortit de la poche de son blouson un petit magnétophone qu'il mit en marche.

C'était Sarah Vaughan.

My funny Valentine.

Belinda le dévisagea, troublée : elle n'y comprenait rien. D'un bond, il fut debout près d'elle. Il regrettait d'avoir à se dépêcher. Il eût préféré prendre son temps, savourer sa vengeance, mais il fallait faire vite.

— Je suis Victor Dimorta, lui dit-il. Joyeuse Saint-Valentin !

Si, l'espace d'un instant, il avait voulu — ce qui n'était pas le cas — épargner la vie de Belinda Rosenberg, épouse Kessler, ce qu'elle fit alors l'aurait immédiatement fait changer d'avis. Elle leva lentement la tête pour mieux le regarder et demanda, sincèrement perplexe :

— Qui ?

Il la regarda avec la même insistance ; il sentit sa joie se muer en une rage dangereuse, qui le submergea et monta dans sa poitrine brûlante, tandis que son visage, lui, restait froid. Il rougit d'indignation.

Elle ne se souvenait pas de lui.

Il savait qu'il n'avait pas de temps à perdre, et pourtant, sa rapidité et sa brutalité l'étonnèrent lui-même :

levant le poing, il l'envoya s'écraser sur le nez de Belinda, le cassant pour la deuxième fois. Elle tomba sur le dos avec un petit bruit qui ressemblait davantage à un soupir qu'à un cri. Sa chevelure brune s'était échappée de la capuche de sa parka, du sang coulait de ses narines. Elle continuait à le regarder, et lentement son trouble se métamorphosait en douleur.

Victor Dimorta se mit à rire.

— Alors, tu t'en souviens maintenant, n'est-ce pas, putain !

Il se pencha sur elle et cria, tandis qu'elle le dévisageait, ahurie :

— *Victor Dimorta*, misérable petite conne ! Hartley College ! La Saint-Valentin ! Toi et les autres, les Eléments. J'ai été *renvoyé* à cause de vous, raclure !

Maîtrisant sa rage de peur de perdre le contrôle de lui-même, il s'arrêta pour respirer profondément, se pencha et l'embrassa sur les lèvres.

— Tu vas mourir, Belinda, lui chuchota-t-il doucement en la caressant comme un amoureux. Joyeuse Saint-Valentin !

Tout se déroula si vite que l'esprit affolé de Belinda eut à peine le temps de prendre conscience qu'elle vivait ses derniers instants sur terre. Il avait crié, il l'avait embrassée, et pour finir il avait murmuré quelque chose. Aussitôt, il la souleva et la porta dans ses bras étonnamment puissants. Pendant tout ce temps, une voix merveilleuse continuait à chanter *My funny Valentine.*

My funny Valentine...

Victor Dimorta.

Oh, mon Dieu ! Victor Dimorta !

Elle eut une dernière seconde de lucidité, de bon sens, lorsqu'elle examina ce visage souriant qui ressemblait si peu à celui de Victor Dimorta.

— Mon mari, murmura-t-elle, pendant qu'il la portait au bord du précipice.

Il continuait à sourire.

— Pas de veine, putain, dit-il en la jetant dans le ravin.

Elle ne vit plus son visage, ni ses bras, elle était entraînée dans un mouvement, du moins cela y ressemblait, elle pouvait entendre le puissant sifflement du vent autour d'elle, elle était en train de geler, de *geler*, et elle était en train de...

Tomber ! Oh, mon Dieu, je suis en train de *tomber* ! Mais ce n'est pas possible, ce n'est pas possible que je tombe ce n'est pas possible que je tombe oh mon Dieu s'il vous plaît faites que je ne tombe pas je dois être heureuse je dois vivre je dois vivre je dois aller à Porto Rico avec mon...

Il regarda son corps se fracasser contre une saillie à une quinzaine de mètres en dessous de lui et rebondir avant de plonger. Il tomba interminablement, en se retournant sur lui-même, pour atterrir dans une congère tout au fond. Il glissa encore un peu, puis les arbres la cachèrent.

Telle fut la fin de Belinda Rosenberg Kessler.

D'un air satisfait il murmura :

— Et de deux.

Aussitôt après, il passa à l'action. En quelques secondes, il effaça ses traces dans la neige, remit ses skis et retourna sur la piste. Il descendit un peu plus loin, vira vers le précipice et s'arrêta tout près du bord. Il faillit tomber lui-même, et le danger le fit frissonner de plaisir. Il enleva ses skis, retourna à la piste tout en effaçant ses traces, remit ses skis de nouveau et descendit la piste le plus vite possible. Il rejoignit Toni en bas et ils se mirent tous les deux à attendre Belinda.

Quinze minutes plus tard, comme elle n'était toujours pas descendue, Toni courut chercher Franz. Il monta en funiculaire et fit diffuser un message radio signalant un éventuel accident. Un groupe de sauveteurs dépêché sur les lieux se mit à arpenter la montagne.

Il leur fallut presque une heure pour la trouver.

Il passa le reste de l'après-midi à consoler Toni qui sanglotait et se tint en retrait pendant qu'arrivaient la police, les infirmiers et le mari bouleversé. Toni et lui firent de brèves déclarations aux journalistes. Il releva le défi et montra ce jour-là un visage honnête, convenablement horrifié et attristé, alors qu'il était en proie à une jubilation sans bornes. A la fin, Toni prit Jacob Kessler par le bras et l'emmena. En partant, elle dit à Len qu'elle ramenait Jake chez lui en voiture et qu'elle l'appellerait plus tard à son hôtel. Il inclina la tête et lui fit un signe de la main.

Il retourna à l'hôtel, boucla ses bagages et partit pour l'aéroport.

Jill

8

Vendredi, 6 février

Ce matin-là Jill se sentait mieux. La veille, après la soirée à l'atelier, Nate l'avait raccompagnée en taxi et il était resté chez elle. Il était parti de bonne heure, alors qu'elle dormait encore. Un mot sur la glace de la salle de bains disait que l'encadreur devait passer tôt dans son atelier et qu'il l'appellerait plus tard. Le léger vertige qu'elle avait ressenti en se levant était passé pendant qu'elle prenait sa douche, et maintenant elle se sentait d'attaque. En fait, elle comprit en allant dans la cuisine mettre de l'eau à chauffer pour le thé qu'elle avait attendu cette journée avec impatience.

Elaine Williams quitta son lit et se dirigea vers le bureau qui se trouvait à l'autre bout de la spacieuse chambre à coucher.

Elle entendait le bruit du ressac sous sa fenêtre et celui des battements de son propre cœur ; elle prit la photo de son mari, Walter, dans son cadre d'argent, et celle de sa fille Sharon, et les embrassa toutes les deux.

Elle laissa tomber par terre sa chemise de nuit en mousseline et entra dans sa salle de bains en marbre avec des robinets en or. Une fois sous la douche, elle ouvrit d'abord l'eau chaude. Chaque journée commençait par une douche. Elle se réveillait étourdie à cause des cachets qu'elle prenait pour dormir et dont elle ne pouvait plus se passer. Mais il y avait une autre raison. Elle croyait à l'hydrothérapie. L'eau lui apportait un soulagement provisoire.

Elle venait de se mettre sous la douche brûlante, quand Jenny, la nouvelle bonne, frappa discrètement à la porte. Elle pénétra avec circonspection dans la chambre.

— Bonjour, Madame, dit-elle à la femme âgée qui se tenait nue dans l'encadrement de la porte de la salle de bains. Puis-je servir le petit déjeuner ?

— Oui, merci, Jenny, répondit Elaine.

Un quart d'heure plus tard, habillée d'une robe bleue que feu son mari avait tant aimée, elle était assise à la table en verre et fer forgé, sur la véranda en bois de séquoia de sa vaste maison à Pacific Palisades. Elle agita la cloche d'argent et attendit patiemment que la petite bonne timide lui apporte le café et ses toasts habituels. Elle ne prenait plus de petits déjeuners copieux : manger était devenu pour elle une corvée.

Jenny était en train de disposer sur la table le service à café en argent et la grille pour les toasts, quand le téléphone se mit à sonner dans le salon. Elaine se versa une tasse de café et attendit que la bonne décroche. Quelques instants plus tard, celle-ci était de nouveau près de sa chaise.

— Un coup de fil pour vous, Madame, murmura Jenny. De New York.

Elaine jeta un coup d'œil à sa montre Cartier incrustée de diamants, un cadeau de sa fille dont elle ne se séparait jamais. Il était neuf heures du matin. Qui cela pouvait-il bien être... ?

— Très bien, Jenny, dit-elle enfin.

La petite bonne alla chercher le combiné et le tendit à sa maîtresse. Celle-ci lui fit signe de s'éloigner, et elle quitta la véranda.

Pendant plusieurs secondes, Elaine resta immobile. Puis elle se décida avec un soupir.

— Allô, dit-elle.

Une voix masculine chaleureuse lui répondit à l'autre bout du fil. Lorsque ses mots lui furent parvenus, sa main qui serrait l'appareil s'ouvrit involontairement et le combiné tomba par terre avec un grand bruit.

L'eau bleue et profonde de l'océan Pacifique fouettée par le vent apparut devant ses yeux. Elle regarda les vagues et les mouettes blanches qui dansaient au-dessus, à la recherche de leur petit déjeuner. Lorsqu'elle eut retrouvé ses esprits, elle entendit la voix assourdie de l'homme dans le téléphone :

— Allô ? Allô ?

Avec un long soupir où perçait la souffrance, Elaine se pencha et reprit le téléphone. Elle respira encore une fois longuement, douloureusement, puis elle commença à parler.

Jill sortit de son immeuble à midi et demi, suffoquant sous l'assaut soudain d'air glacé. Son premier geste, rapide, instinctif, fut d'inspecter la rue dans les deux sens. Des voisins allaient et venaient, des petits enfants emmitouflés jouaient au ballon, on voyait des commerçants : tout allait bien. Elle resserra son écharpe autour de son cou, boutonna le col de son lourd manteau de laine et prit la direction de la Cinquième Avenue.

Elle était déjà arrivée au croisement de la Sixième Avenue et de la 10e Rue, non sans avoir regardé furtivement autour d'elle à plusieurs reprises, lorsqu'elle pensa soudain à Gwen. La veille, elle avait composé son numéro, qui n'était pas dans l'annuaire, mais elle était tombée sur le répondeur. Elle avait laissé un court message :

« Salut, les copains, c'est Jill. Je réfléchis à votre proposition. Je vous rappellerai demain matin, j'espère que vous serez là. Au revoir. »

Gwen et Mike Feldman étaient des amis écrivains, qu'elle avait rencontrés trois ans auparavant par l'intermédiaire de Mary Daley, leur agent commun, à une réception donnée par l'association des Auteurs de romans policiers d'Amérique. Elle avait déjà lu d'astucieux polars signés G.M. Feldman, qu'ils écrivaient ensemble, et il était apparu que, de leur côté, ils admiraient les siens. Ils l'avaient immédiatement conquise par leur simplicité et leur manière, très proche de la sienne, de jouer avec la réalité. Gwen était une petite femme adorable qui ressemblait à la déesse de la Fertilité. Elle commençait à perdre l'espoir de rencontrer jamais l'homme de sa vie lorsqu'un jour, ses trois sœurs toutes plus jeunes, toutes mariées, lui avaient conseillé de partir en croisière pour célibataires dans les Antilles. C'est là qu'elle avait rencontré l'écrivain, grand et barbu, qui lui aussi était parti en croisière sous l'influence de copains. A présent, ils envisageaient d'avoir des enfants. Mais leurs droits d'auteur se révélaient insuffisants, car leurs romans policiers ne jouissaient que d'un succès moyen. Aussi avaient-ils acheté quelques mois auparavant un ancien centre de colonie de vacances à la pointe est de Long Island qu'ils avaient transformé en résidence pour écrivains. L'inauguration devait avoir lieu très bientôt, et ils avaient invité Jill à se joindre à eux. Elle s'était d'abord excusée, mais entre-temps elle avait changé d'idée.

En regardant sa montre, elle constata que la matinée était quasiment terminée. Elle devait les appeler tout de suite. Si elle attendait d'être chez elle, elle risquait de les louper une deuxième fois.

Elle traversa la rue pour aller vers les cabines téléphoniques. Elle posa son sac sur une petite étagère en dessous de l'appareil et chercha son portefeuille quelques instants. Il y a trop de choses là-dedans, se dit Jill, et elle sourit en voyant des liasses de relevés bancaires et autres papiers inutiles. Enfin, elle trouva le portefeuille et en sortit une carte de téléphone. Trouver son carnet d'adresses lui prit encore trente secondes.

Après deux sonneries, on décrocha, et aussitôt elle entendit une voix familière, amicale :

— Ah, j'espère que c'est Jill.

— Salut, Gwen.

— Dieu soit loué ! Je devais sortir faire des courses, mais je ne voulais pas rater ton coup de fil. Qu'est-ce qui se passe ?

— Je suis contente que tu aies attendu. Écoute, est-ce qu'il vous reste une place pour une personne supplémentaire ?

Le rire de Gwen Feldman résonna dans le téléphone.

— Pour l'instant, nous n'avons que deux réservations. Barbara Benson, qui commence un nouveau livre sur la chevalerie, et Jeff Monk, qui travaille à son roman d'épouvante. Un grand succès, hein ? On attend deux autres personnes dans les prochains jours, mais huit chambres sont encore libres. Tu as l'embarras du choix.

— C'est super. J'aimerais visiter les lieux.

— Oh, Mike et notre homme à tout faire — tu vas voir, il a à peu près cent ans ! — ont planté des clous, déplacé des meubles, etc., et moi, j'ai balayé et j'ai fait les lits. N'essaie jamais de te reconvertir dans les chambres d'hôte. Ça rend dingue. Alors, quand est-ce que tu penses venir ?

Jill réfléchit un instant.

— Demain ou après-demain, sans doute.

— Parfait. Tu peux même arriver aujourd'hui si tu

veux. Tout est prêt. Il y a une machine à écrire et des rames de papier dans chaque chambre, mais tu peux apporter ton propre matériel si tu le souhaites. Mike a installé partout ces trucs pour ordinateurs, tu sais, ces trucs électriques...

— Des adaptateurs ? J'ai un portable, moi, je crois que je vais le prendre.

— Super ! Comment va ton nouveau roman ? Tu n'es pas en panne, j'espère ? Je veux dire, ça remonte le moral d'être entouré d'autres gens qui écrivent...

— Non, ce n'est pas ça. Je veux seulement... m'échapper de la ville un petit moment.

— Bien sûr, Jill. Nate vient avec toi ?

— Oh, non, il ne peut pas. Il est en train de préparer une exposition. Le vernissage est dans quinze jours. Je viens seule. En fait...

Elle fit une pause, ne sachant comment formuler la demande suivante.

— Qu'est-ce qui se passe, Jill ? Quelque chose ne va pas ? Entre vous deux...

— Non, ce n'est pas ça. Tout simplement... j'ai besoin de m'enfuir un certain temps. Je ne veux dire à personne où je vais. A personne.

Il y eut une pause. Lorsque Gwen reprit la parole, ce fut sur un ton grave :

— Jill, il y a *quelque chose* qui ne va pas, n'est-ce pas ?

— Oui, répondit Jill en pensant qu'il valait mieux dire la vérité. Oui, quelque chose ne va pas. Je... je te raconterai tout dès que je serai là. Maintenant, explique-moi comment arriver chez vous.

— Ça, c'est facile. Prends le train jusqu'à Cutchogue. Je viendrai te chercher à la gare.

— Non, je vais louer une voiture, et je ne connais pas cette partie de Long Island.

— D'accord, dit Gwen. C'est très simple, vraiment.

Jill pêcha dans son sac un vieux relevé bancaire et un stylo. Au moment où elle retirait le capuchon, un terrible fracas lui parvint. Une voiture qui sortait du parking d'un immeuble avait accroché un taxi qui passait. Les deux conducteurs sortirent de leurs véhicules, et une bruyante dispute éclata, la moitié des injures était proférée dans une langue étrangère. Jill pressa le récepteur contre son oreille et répéta toutes les paroles de Gwen, pour s'assurer qu'elle les avait bien entendues.

— La voie express jusqu'à Riverhead... L'autoroute 25 jusqu'à Cutchogue, puis direction nord-est sur la route principale jusqu'à Peconic. La résidence d'écrivains Peconic. Ça y est, j'ai compris.

— Viens quand tu veux, Jill. Nous t'attendons.

— Formidable. Et souviens-toi, *personne* ne doit savoir où je vais, d'accord ?

— Pigé.

Elles se dirent au revoir, et Jill raccrocha. Elle rangea dans son sac le stylo et le papier où elle avait griffonné les indications, puis elle regarda sa montre. Une heure moins cinq. Elle attrapa son sac et sortit de la cabine en heurtant le dos d'un homme de haute taille qui attendait, apparemment, de pouvoir téléphoner.

— Désolée, murmura-t-elle, et elle se précipita dans la 10e Rue.

Elle ne voulait pas être en retard à son rendez-vous avec le Dr Philbin.

— Pas de quoi, entendit-elle derrière elle.

Jacob Kessler sortit de sa réunion de dix heures et emprunta le couloir morne, d'un gris industriel, qui menait à son bureau. Plus un box qu'un bureau, pensa-t-il en retirant sa veste bleu marine et en relâchant le nœud de sa cravate, qui l'étouffait. Il frotta l'endroit où il avait mal, juste en dessous de la pomme d'Adam, et s'effondra, épuisé, dans son fauteuil rembourré en cuir. Onze heures, se dit-il. Il n'est que onze heures du matin. Pourquoi je me sens toujours si fatigué ?

Puis, comme tous les jours depuis deux ans, les souvenirs affluèrent.

Oh, pensa-t-il. Oui...

Il appela la secrétaire — il n'y en avait qu'une pour les quatre avocats du cabinet — et lui demanda un café. Elle le lui apporta et le posa à côté de lui, il la remercia distraitement. Ensuite, il prit les quatre feuilles où étaient inscrits les messages téléphoniques qui s'étaient accumulés sur son sous-main pendant qu'il était sorti dans le hall rassurer un client mouillé dans une sombre affaire de rachat de sociétés. Ce n'est même pas mon client, se dit-il avec un léger dégoût : il l'avait fait à la place de son patron, Wiseman, qui était en retard. Je suis bien bête. Il est peut-être dans une chambre d'hôtel avec une pute, en train de soigner sa gueule de bois. Et puis tant pis. Je n'ai qu'à continuer comme ça. Des messages. Des rendez-vous. Ma vie, quoi.

C'est vendredi, pensa-t-il en tournant la tête pour regarder le magnifique panorama de l'autre côté de la baie vitrée près de son bureau. J'ai un rendez-vous ce soir.

Un autre rendez-vous. Une nouvelle tentative — il n'en faisait pas beaucoup — pour sortir, pour rencontrer des gens, c'est-à-dire des femmes. Arrangée par un ami bien intentionné. Elle s'appelait Janice quelque chose. Très jolie, avait-il assuré. Très gentille. Une divorcée qui enseignait l'aérobic au gymnase que fréquentait l'ami bien intentionné. Ils dîneraient ensemble ; après, ils iraient au cinéma. La dernière comédie de Woody Allen.

Il regardait par la fenêtre la ville baignée par le soleil et les sommets des montagnes majestueuses couronnées de neige. Woody Allen allait sûrement lui rappeler New York, ce qui lui plaisait. Boulder était une ville charmante, mais qu'il n'aimait guère. Surtout maintenant.

Elle avait adoré Boulder. Elle avait tout adoré dans le Colorado. Particulièrement le ski. Jacob Kessler tressaillit : ce souvenir venait de raviver sa plaie, et ses yeux se posèrent une fois de plus sur les messages téléphoniques. Client ennuyeux... client gentil... client stupide... New York. Qui pouvait bien l'appeler de New York ? Il regarda le nom : ça ne lui disait rien. En dessous, sa secrétaire avait précisé de son écriture bien lisible : « C'est au sujet de votre femme. »

Il regarda fixement ces mots en repoussant lentement les autres messages vers le bout de la table.

Puis il prit son téléphone.

Jill attendit quelques instants avant de sonner de nouveau. Personne. Elle frappa à la lourde porte en chêne du cabinet, d'abord doucement, puis plus fort. Pas de réponse. Les stores des deux fenêtres du sous-sol étaient baissés.

Elle attendit un bon moment et regarda sa montre. Une heure de l'après-midi. N'était-ce pas l'heure que le Dr Philbin lui avait fixée au téléphone ? Si, il ne pouvait pas y avoir d'erreur. Alors, pourquoi n'était-elle pas là ?

Jill gravit les marches jusqu'au niveau de la rue, monta le perron et s'arrêta devant la porte principale. Il y avait deux noms sur l'interphone, celui d'en bas était PHILBIN. Elle appuya sur le bouton, attendit, appuya de nouveau. Puis elle frappa. Rien. Au-dessus, il y avait un autre nom : CASTAING. C'était le locataire du deuxième. Elle sonna chez lui, attendit et sonna de nouveau. Personne, là non plus.

Une urgence, pensa-t-elle alors. Après tout, elle *est* médecin, il peut toujours y avoir une urgence. Même pour les psychologues cliniciens — *surtout* pour les psychologues cliniciens. Mais elle serait partie sans laisser un mot sur la porte, sans même appeler ses patients et annuler les rendez-vous ? Ce n'est pas son genre. Elle a peut-être téléphoné, se dit Jill. Je n'ai pas écouté mon répondeur ce matin. Il y a probablement un message qui m'attend à la maison.

Plus étonnée qu'agacée, Jill descendit les marches et décida de rentrer. Changement de programme...

Arrivée chez elle, elle écouta aussitôt son répondeur. Il y avait trois messages. Le premier était de Nate, qui voulait connaître ses projets pour la soirée. Le deuxième de Tara, elle téléphonait du studio où elle enregistrait *Les Enfants de demain.* Avec un petit rire étouffé, elle annonçait que Doug Baron désirait la revoir et qu'elle la rappellerait plus tard pour lui raconter tous les détails croustilleux.

Le coup de fil de son amie l'amusa, mais son sourire disparut lorsqu'elle entendit le troisième message :

« Jill, c'est Barney Fleck. Appelez-moi au bureau tout de suite. J'ai... j'ai de nouvelles informations pour vous. Au revoir. »

Il n'y avait aucune nouvelle de Dorothy Philbin, nota Jill tout en composant le numéro de Barney Fleck. Eh bien, se dit-elle, je la rappellerai à son cabinet plus tard dans l'après-midi. Il doit y avoir une explication logique à tout cela...

Or, au cours des vingt-quatre heures qui suivirent, les événements se précipitèrent tellement que Jillian Talbot oublia complètement le Dr Philbin et son rendez-vous manqué.

Elaine Williams et Jacob Kessler ne s'étaient jamais rencontrés, n'avaient jamais entendu parler l'un de l'autre, et pourtant ils étaient en train de faire la même chose au même moment-là. Elaine se tenait à la balustrade de sa véranda qui donnait sur le Pacifique, Jacob se trouvait devant la baie vitrée de son bureau à Boulder, dans le Colorado. Tous deux regardaient un paysage majestueux, sans le voir. Tous deux pensaient au coup de fil qu'ils venaient de recevoir et revivaient leur douleur encore si proche. Seuls, ils pleuraient en silence.

Barney avait apporté d'autres notes, écrites cette fois de sa propre main mais tout aussi illisibles. Il était assis dans le salon, en face d'elle, comme la veille. Appuyée contre les coussins du canapé, elle l'écoutait.

— Sharon Williams avait essayé de percer dans le cinéma. Vous savez, des scénarios. Elle avait, en fait, vendu une idée à un studio, mais le film n'a jamais été réalisé. Il y a trois ans, elle a disparu. Elle est sortie de son appartement à Los Angeles, et elle s'est évaporée. On ne l'a jamais revue. J'ai parlé avec sa mère. Sa famille est très riche et ils ont offert une grosse récompense. La police de Los Angeles a reçu des centaines d'informations : vous savez, des déclarations de personnes ayant vu la victime ou l'assassin, des aveux, tout le bazar, mais aucun de ces tuyaux n'a mené nulle part. Une de ses amies a raconté aux flics que Sharon avait beaucoup de succès auprès des hommes, qu'elle était sortie avec plusieurs personnes et que, probablement, elle s'était enfuie avec l'un d'entre eux. Apparemment, tous ses petits amis ont été retrouvés et interrogés, mais ils ne savaient rien. Le père, Walter Williams, s'était entièrement consacré à ces recherches. Chaque fois qu'on révélait le moindre indice nouveau, il menait l'enquête personnellement. Il avait voyagé à travers tout le pays, il était même allé deux fois en Europe. Rien. Il avait une santé fragile, même avant la disparition de sa fille, et cette histoire n'a pas arrangé les choses. Six mois plus tard, il est mort d'une crise cardiaque à bord d'un avion en direction de... — Barney consulta ses notes — Atlanta. Quelqu'un prétendait avoir vu Sharon là-bas. Elle n'a toujours pas été retrouvée.

Jill croisa les jambes, elles étaient soudain devenues toutes molles, et agrippa de ses deux mains son bol de café. Elle s'étonna d'avoir loupé cette nouvelle. Enfin elle se rappela que Nate n'avait jamais entendu parler de Stacy Green, alors qu'elle avait fait la une des journaux. Quand elle écrivait, il lui arrivait de rester coupée du monde pendant des journées entières, voire des semaines. Après un instant de silence, elle demanda dans un souffle :

— Et les autres ?

En observant Barney, elle pensa qu'elle commençait à bien le connaître. Elle lisait sur son grand visage amical comme dans un livre ouvert. Il était inquiet. Pour moi, se dit Jill. Inquiet pour moi.

Barney s'éclaircit la voix, but une gorgée de café et reprit :

— Eh bien, c'est assez étrange. Belinda Rosenberg — enfin, je devrais dire Belinda Kessler — est morte.

Jill leva brusquement la tête.

— Morte ?

— Oui. Il y a deux ans. Non, ce n'est pas ce qu'on pourrait penser, vous savez. C'était un accident. Un accident de ski, dans une de ces stations à la mode du Colorado. Elle est tombée dans un ravin en skiant avec des amis, sur une célèbre piste qu'on appelle quelque-chose-de-mortel... D'après le mari, ç'avait été stupide, de leur part, ils n'étaient pas si bons que ça et ils n'auraient pas dû commencer par là. Cette piste est dangereuse car, à mi-pente, elle passe à quelques mètres d'un précipice. Apparemment, Belinda a glissé sur une plaque de glace sous la neige et a perdu le contrôle. Elle est tombée de cent mètres. Ses amis ne s'en étaient pas rendu compte avant d'avoir descendu la piste jusqu'en bas. C'est ce que son mari m'a raconté, et j'ai eu du bol de l'avoir trouvé. Belinda l'avait épousé quatre ans après avoir fini ses études, et ils avaient déménagé à Boulder. Verna a dû appeler tous les Rosenberg de Buffalo avant de tomber sur les parents de Belinda. Le mari était bouleversé, bien sûr, et du coup je n'ai pas insisté pour obtenir les détails. Cette station de ski est très connue, on a donc tout fait pour étouffer l'affaire. Les médias n'en ont pas beaucoup parlé.

— C'est affreux, murmura Jill, qui sentit la culpabilité l'envahir.

Elle devint même toute rouge. Une personne de sa connaissance était morte dans un accident absurde, et elle, elle ne ressentait que du soulagement. Il ne faudrait pas que cette épreuve la rende égoïste à ce point. Pour cacher son embarras, elle s'empressa d'ajouter :

— Vous n'avez... vous n'avez pas dit à ces gens pourquoi vous leur demandiez...

— Bien sûr que non, répondit Barney, rassurant. J'ai raconté qu'un ancien camarade d'université pensait organiser une fête et m'avait chargé de retrouver tout le monde. Ils ont accepté cette explication.

Elle inclina la tête.

— Et Cass MacFarland ?

Barney posa ses notes, le dos contre le dossier de sa chaise.

— Ah. Là, je suis dans une impasse. Je n'ai aucune idée. Dans l'annuaire, il y avait une adresse à Montclair, New Jersey, mais elle n'y habite plus. Verna a appelé la mairie, mais tout ce qu'ils savent, c'est que Cassandra et ses parents ont déménagé. Elle a été mariée pendant un certain temps, mais elle a divorcé avant de quitter la ville. Partie sans laisser d'adresse. La même chose pour son ex-mari. Vous souvenez-vous de quelqu'un qui pourrait être resté en contact avec elle ? Des amis ou des parents ?

Jill réfléchit un instant, puis hocha la tête.

— Non. Elle avait mentionné plusieurs fois un frère aîné, mais je ne pense pas qu'elle m'ait dit son prénom, ni l'endroit où il habitait. Je crois qu'il n'avait plus aucune relation avec ses parents... Il s'était enfui de la maison, ou quelque chose dans le genre. Je ne me souviens de personne d'autre...

— Hum.

Pour ce qui est des grognements, il est imbattable, pensa Jill en se rappelant les petits bruits qu'il avait faits pendant qu'ils interrogeaient Mme Sanchez, la fleuriste. Elle avait presque l'impression d'entendre son esprit travailler.

— Alors, demanda-t-elle enfin, que dois-je en conclure ?

Il fit une grimace.

— Nous voilà revenus au point de départ, je le crains. Une de vos trois amies est morte, mais c'était un accident. Une autre a disparu, il peut y avoir un millier de raisons à cela. La troisième a simplement déménagé. Elle peut être n'importe où. Nous n'avons donc aucune raison de penser que cet idiot qui vous poursuit est Victor Dimorta, et nous *savons* que ce n'est pas votre beau-père.

Il la regarda attentivement.

— Pas d'autres idées ? Rien du tout ? Un ex-petit ami, un admirateur passionné, un écrivain jaloux de votre succès ? Même si ça peut paraître délirant.

— Je n'ai eu que deux relations durables avant Nate. Le premier était un éditeur qui s'est révélé être un homosexuel, il vient d'acheter une maison à Westchester avec son amant. L'autre est maintenant marié et sa femme attend son deuxième enfant. Nous nous sommes quittés en bons termes, aucun des deux ne présentent de symptôme de dérèglement mental. Quant à mes admirateurs, je ne les connais pas : je ne fais pas souvent de séances de signature. Et si c'est un écrivain jaloux, j'ignore totalement qui il est. Désolée.

Au bout d'un moment, Barney grogna de nouveau.

— Bon, on va donc tâtonner. Nous ne savons ni qui il est ni ce qu'il compte faire. Je vous suggère de quitter New York pour un certain temps. Réfléchissez-y. Si vous avez encore des nouvelles de lui, il faut que vous partiez, vous comprenez ?

— J'y ai déjà réfléchi. Et c'est justement ce que je vais faire.

— Où allez-vous partir ?

Elle sourit.

— N'y pensez pas pour l'instant. Si je le fais, vous le saurez en temps utile.

Elle garda le sourire, même en proférant ce mensonge. Elle n'allait révéler où elle allait ni à lui, ni à personne d'autre dans son petit cercle. Cela pourrait être dangereux, aussi bien pour eux que pour elle.

Barney se leva, sortit une carte de la poche de sa veste et la lui tendit.

— Très bien ! En attendant, au dos de cette carte, vous trouverez mon numéro à la maison. Vous pouvez m'appeler à n'importe quelle heure du jour et de la nuit. Compris ?

— Oui, merci.

Il vit Jill tendre son manteau à Barney Fleck. Le détective sortit de l'appartement, et elle se retrouva seule, une fois de plus.

Bon, pensa-t-il. Que faire maintenant ? Il fallait absolument qu'il trouve une idée. Il était impératif qu'elle sache...

Il pourrait l'appeler...

Non.

Nate ? Ou Tara ?

Le détective... ?

Non ! Beaucoup trop dangereux. Barney pourrait compromettre toute l'entreprise. Et ce serait trop bête. Pas maintenant. Il y travaillait depuis trop longtemps, et cela lui avait trop coûté.

Et puis, il n'avait pas beaucoup de temps...

Il passa le reste de l'après-midi à réfléchir, assis dans

son fauteuil. Lorsqu'il s'intéressa de nouveau à ce qui se passait autour de lui et qu'il regarda par la fenêtre, c'était déjà le soir, et Nate venait d'arriver à moto.

Au rez-de-chaussée de l'immeuble de Jill, il y avait un pub à l'ancienne mode, exactement comme ceux de Greenwich Village d'autrefois, avec des traverses aux fenêtres, un long bar en chêne et des vitres à petits carreaux. Longtemps, il avait été connu sous le nom de Blue Mill Tavern, mais maintenant il avait changé de propriétaire. Il était devenu plus clair et avait été un peu rénové, mais il restait un lieu charmant où l'on avait plaisir à manger, en compagnie d'artistes, d'écrivains et d'hommes d'affaires, clientèle typique dans cette partie de la ville.

En dépit de son calme apparent, Jill n'était pas dans son assiette. Elle et Nate sortirent de l'immeuble et franchirent les quelques mètres qui les séparaient de l'entrée du restaurant. Le barman les salua, et la serveuse, qui reconnut en eux des habitués, leur indiqua leur table favorite dans un coin. Jill commanda une bière sans alcool parfumée au gingembre et observa Nate remuer la rondelle de citron dans son whisky. Son regard allait de ses mains à son visage tandis qu'elle se demandait pour la énième fois si elle devait tout simplement répondre « oui » à sa proposition. Et lui parler du bébé. S'il l'apprenait, il insisterait encore sans doute davantage pour qu'ils se marient. Ou alors, il disparaîtrait. Les hommes sont imprévisibles quand il s'agit de ces choses-là, on l'avait prévenue. C'était la première fois qu'elle se trouvait dans une situation pareille.

Non, se dit-elle. Nate, lui, ne prendrait pas la fuite. Depuis dix mois qu'ils étaient ensemble, il s'était toujours bien comporté. Et il l'aimait : elle en était certaine. Il ne parlait jamais des femmes qu'il avait connues avant elle, mais il lui avait dit plusieurs fois qu'il n'avait jamais aimé personne comme il l'aimait elle. En réfléchissant à ses propres aventures passées, elle s'était rendu compte qu'ils avaient également cela en commun.

Puis elle pensa à un autre problème, encore plus imminent, dont elle ne lui avait rien dit. La dernière fois, c'est Mary qui avait vendu la mèche à propos des roses. Jill avait décidé de ne pas lui en parler pour une raison évidente. Elle ne voulait pas qu'il se mette en colère et qu'il s'inquiète — ce qu'il avait fait —, car ce n'était pas bon pour lui. Pas maintenant. Il était un artiste, et il préparait sa deuxième exposition. Elle avait vu ses peintures. Cette série pouvait vraiment le lancer. Ce n'était pas le moment de le troubler de quelque manière que ce soit. Elle le savait de sa propre expérience. C'était déjà assez prenant d'écrire et de publier pour ne pas avoir en plus...

Écrire. Un autre problème, comme si elle n'en avait pas eu assez. Elle n'écrivait plus. Elle devait repartir de zéro...

Qu'il aille au diable ! pensa-t-elle en reprenant son verre. Qu'il aille au diable, ce Valentin ! Qui que ce soit ! Qu'il aille au diable, avec ses farces stupides et méchantes.

Mais il ne s'agissait pas de farces. Elle le savait maintenant. Tous ses doutes à ce sujet s'étaient évanouis à l'instant où le rat mort avait atterri sur le sol de son salon. Elle se rappela que, pendant qu'elle essayait de lire, pleine de terreur, l'article insipide apporté par Mary, elle avait acquis la certitude que son persécuteur ne plaisantait pas.

Il lui fallait donc prendre une décision. Une seule, pensa-t-elle avec tristesse, en comptant toutes celles qu'il lui faudrait prendre prochainement. Bientôt, elle disparaîtrait pour un petit moment. Une semaine, dix jours peut-être. Mais elle voulait être de retour pour le vernissage de Nate : rien ne pourrait l'en empêcher.

En attendant, elle devait s'enfuir pour réfléchir à tout ça. Le bébé. La proposition de mariage. Un nouveau roman. Valentin. Tout.

Elle avait presque retrouvé le sourire. Qu'avait dit, déjà, le Dr Philbin ? Décider de décider...

Elle leva de nouveau le regard sur Nate. Il l'observait, un brin moqueur. Elle lui sourit tout en pensant : Je ne lui dirai pas où je vais, ni même *que* je vais partir. Je ne le dirai à personne.

— O-oh ! fit Nate. Où es-tu ?

— Avec toi, dit-elle, faisant semblant d'être gaie.

Pendant le reste de la soirée, elle ne s'intéressa qu'à lui. Elle chassa les pensées noires de son esprit. Elle ne fit guère attention à ce qu'elle annonçait et ne vit même pas l'homme assis deux tables plus loin, seul, qui leur tournait le dos.

Il finit son café, régla l'addition et sortit du restaurant. Comme Jillian et Nate l'avaient précédé de quelques minutes, il n'avait pas besoin d'être prudent. Il traversa la rue et monta dans sa chambre en face de l'appartement de Jill. Là, il enleva sa perruque blonde bouclée, sa moustache et ses fausses lunettes à verres épais qu'il posa sur la table près du magnétophone.

Ils étaient dans le salon, Tara les avait rejoint. Il entendit l'actrice leur raconter qu'elle allait de nouveau sortir avec Doug le mardi soir prochain. Ensuite, Tara descendit chez elle, tandis que Jillian et Nate continuèrent à parler. Il lui demanda comment elle allait, et elle le rassura. Elle mentionna son rendez-vous manqué avec son analyste, puis il lui dit qu'il devait se lever tôt le lendemain matin ; apparemment, ça avait quelque chose à voir avec l'encadrement de ses tableaux. Il lui proposa de rester pour la nuit si elle le souhaitait, mais elle fit non de la tête, puisqu'il devait être tôt à l'atelier pour accueillir l'encadreur. Ils s'embrassèrent et Nate partit. Quelques minutes plus tard, le vrombissement de sa moto remplit la rue, puis s'éloigna rapidement.

Jillian Talbot était seule.

Assis dans son fauteuil, il l'observait, et un nouveau projet germait dans son esprit.

Oui, pensa-t-il. C'est cela.

Il savait ce qu'il allait faire.

La musique venait de quelque part, de très loin, et au début elle n'avait pas réussi à la situer. Les accords endiablés d'un petit orchestre de jazz, la plainte solitaire d'un saxophone, et une voix féminine profonde, douloureusement merveilleuse. Cette chanson la rendait triste, la mettait mal à l'aise.

Les trois femmes dansaient, prises dans un lent tourbillon, dans une grande pièce faiblement éclairée, pendant que la musique coulait sur elles. Elles portaient de longues robes de mousseline flottantes, identiques, mais de couleurs différentes : bleu pâle pour la blonde, rose pâle pour la brune et jaune pâle pour la rousse. La lumière des spots tombait du plafond, découpant des ronds blancs brillant dans l'obscurité. Les formes gracieuses de teintes pastel se mouvaient, tournoyaient au rythme de la chanson, apparaissant et disparaissant, passant de la lumière à l'ombre, de l'ombre vers la lumière. Elle ne les avait pas rejointes, elle restait assise sur une chaise dure, métallique, à une grande table ronde devant une baie vitrée. Elle tourna son regard vers le paysage enneigé éclairé par la lune qui s'étendait à l'infini de l'autre côté de la fenêtre.

Où était-elle ? Que s'était-il passé ? Et pourquoi la voix plaintive de la chanteuse la remplissait-elle d'une telle terreur ? Elle aurait reconnu ce lieu, cette musique et ces jeunes femmes, si seulement elle avait pu réfléchir. Si seulement elle avait pu se concentrer. Mais quelque chose l'en empêchait. Elle ne pouvait pas bouger. Très lourde sur la chaise métallique, elle avait conscience de son gros ventre et d'un mouvement à l'intérieur. Le bébé : c'était ça ! Le bébé lui donnait des coups de pied, il se tortillait dans son ventre, un merveilleux noyau de vie au centre de son corps. Elle souriait, malgré son malaise, malgré l'affolement qui montait. Mon bébé, pensa-t-elle. Notre bébé. Celui de Nate et le mien...

Nate. Où était-il ? Ses yeux quittèrent le paysage et examinèrent la chambre, elle cherchait désespérément son amant. Son futur mari. Nate, pensa-t-elle en ouvrant la bouche et en essayant de prononcer son nom. Nate ! Où es-tu ?

Mais elle n'entendit aucun bruit. Les sons étaient restés bloqués dans sa gorge, glacés à cause de sa terreur qui augmentait. Et, même si elle avait pu crier, elle savait qu'on ne l'aurait pas entendue à cause de la musique. Il lui semblait que celle-ci devenait de plus en plus forte, qu'elle se rapprochait, remplissant ses oreilles, son esprit et son âme jusqu'à ce qu'elle soit totalement paralysée. Quelque chose allait se passer ; elle en était sûre. Quelque chose d'affreux.

Ce savoir soudain, terrifiant, l'envahit avec une telle force qu'elle crut avoir été giflée. Dans un éclair rapide, violent, elle comprit.

Hartley College.

Sharon Williams, Belinda Rosenberg, Cass MacFarland.

Les vagues de musique la submergèrent, les notes indistinctes se transformèrent en une mélodie précise.

Sarah Vaughan.

« My funny Valentine. »

Valentin...

VALENTIN !

Elle ouvrit les yeux et fixa l'obscurité profonde. La pièce noire tourbillonnait autour d'elle, comme l'avaient fait les danseuses. Elle avait chaud, très chaud, elle avait transpiré, ses cheveux et sa chemise de nuit étaient trempés. Sa bouche et sa gorge étaient toutes sèches. Mais elle était réveillée à présent, tout cela n'avait été qu'un rêve.

Peu à peu, le tourbillonnement cessa, ses yeux s'habituèrent à l'obscurité, et elle éprouva un immense soulagement. Elle était dans sa chambre, dans son appartement de Barrow Street, à Greenwich Village, à New York, aux États-Unis.

Puis elle entendit la musique.

Elle venait de derrière la porte fermée de la chambre. De la chaîne stéréo du salon. Cette voix magnifique, cette mélodie douce, troublante...

Sarah Vaughan.

« *My funny Valentine.* »

Cette réalité l'atteignit de plein fouet, bouleversant tous ses sens. Elle sentit une douleur aiguë, un spasme de terreur absolue juste en dessous de son sein gauche et, pendant un instant, elle ne vit plus rien. Elle retint son souffle, clouée sur place, tandis que la terreur poignante, écœurante, pénétrait toutes les fibres de son corps.

Sa première idée fut de crier. Mais quand elle ouvrit la bouche pour aspirer l'air dans ses poumons, un minimum de bon sens, un instinct primitif de survie, prit le dessus. Elle leva rapidement la main et la porta à ses lèvres pour qu'aucun son ne s'en échappe. Au même moment, cette voix de l'instinct profondément enfouie en elle se mit à aboyer des ordres.

Sors du lit.

Avant même de se rendre compte qu'elle avait bougé, elle était déjà étendue sur le tapis : maintenant, entre elle et la porte de la chambre, se dressait le lit. Elle s'appuya sur le sommier, à l'écoute.

La musique. Le bourdonnement du réfrigérateur de l'autre côté du mur. Le léger sifflement du radiateur. La circulation que l'on entendait au loin à travers la fenêtre fermée. Rien d'autre.

Il n'est pas dans la chambre. Il est quelque part ailleurs dans l'appartement.

Le téléphone.

Étendue sur le sol, elle se maudit en silence. L'unique téléphone de l'appartement se trouvait à côté, dans son bureau. Elle comprit que le bon sens exigeait d'avoir un téléphone dans la chambre : trop tard.

Une arme.

Elle débrancha précautionneusement la lampe sur sa table de chevet. Une grande et lourde lampe en laiton dont la réplique se trouvait sur la deuxième table de chevet, de l'autre côté du lit. Elle se leva, ôta, sans faire de bruit, l'abat-jour en parchemin bleu et enroula rapidement le fil autour du pied. Prenant la lampe par le socle, elle la souleva au-dessus de sa tête, s'approcha sur la pointe des pieds de la porte du placard, de l'autre côté de la pièce, et l'ouvrit en grand.

Personne.

Elle rampa lentement sur le tapis jusqu'à la porte de la chambre et y colla l'oreille. Sarah Vaughan continuait à chanter doucement.

Il n'y avait rien d'autre.

De sa main libre, elle saisit la poignée, la tourna, ouvrit d'un coup sec. Elle tenait la lourde lampe en l'air, prête à l'abattre sur celui qui se tenait caché derrière la porte.

Le couloir était vide.

En face, la porte du bureau était ouverte, ainsi que celle de la salle de bains. Elle tourna la tête en direction du salon, scruta le couloir. Elle aperçut une faible lumière, une lueur vacillante, de l'autre côté du canapé. Sur la table basse. Une bougie. Elle éclairait suffisamment la pièce pour que Jill vît qu'il n'y avait personne. Elle tendit la tête et jeta un coup d'œil dans la cuisine. Personne. Elle inspecta le bureau. Vide. Là, il y avait un placard, mais il était rempli de classeurs et de vêtements d'été du sol jusqu'au plafond. Trop encombré pour qu'un homme puisse s'y introduire.

La lampe au-dessus de la tête, elle sortit dans le couloir et s'approcha de la salle de bains sur la pointe des pieds. Elle avança sur le seuil et tendit la main pour allumer.

Personne.

De là où elle se trouvait à présent, elle pouvait voir tout l'appartement.

Il était vide.

La chanson se termina, et recommença aussitôt. On l'avait enregistrée plusieurs fois. Jill voyait de petites lumières vertes clignoter dans le salon faiblement éclairé.

Lentement, inévitablement, son regard se déplaça vers le dernier endroit suspect.

Le placard près de la porte d'entrée.

Remue-toi !

Elle entra rapidement dans le bureau, ferma la porte à clé. Elle était déjà à l'autre bout de la pièce, le téléphone à la main, quand elle prit soudain conscience qu'elle avait froid. Son regard se dirigea vers la fenêtre au-dessus du bureau.

Elle était grande ouverte. Dans la vitre, juste au-dessus de l'espagnolette, on avait découpé un petit rond parfaitement régulier.

Elle se pencha par la fenêtre pour regarder l'échelle d'incendie. Son regard descendit aussi loin qu'elle pouvait voir. Il n'y avait personne sur l'échelle.

A présent, le récepteur serré dans sa main gauche, elle effleurait les touches du clavier en essayant de se rappeler des numéros, pendant que son autre main tenait toujours la lampe en l'air. Rien à faire : elle était incapable du moindre effort mental. Elle laissa tomber le téléphone et s'agenouilla pour repousser le tapis au centre de la pièce. La chambre de Tara se trouvait juste au-dessous. Oh, Seigneur, je t'en prie ! Elle souleva la lampe de ses deux mains et la fracassa contre le sol. Trois petits coups rapides, puis trois lents, puis encore trois rapides. Elle tambourina encore et encore tout en fixant la porte du bureau fermée à clé, car elle s'attendait à tout moment à ce que, de l'autre côté, retentissent les lourds coups de poing de Valentin...

Elle compta jusqu'à dix.

Un, deux, trois, quatre...

Puis, Dieu merci, cela arriva. Le bruit résonna dans tout l'appartement. On frappa plusieurs coups contre la porte d'entrée et elle entendit un cri fort, menaçant, d'une femme flic en colère :

— *Ouvrez ! Police !*

Elle sortit du bureau et courut jusqu'à la porte d'entrée, sans quitter des yeux le placard qui se trouvait à moins de deux mètres. Les coups reprirent.

— *Police ! Ouvrez la porte !*

La lampe toujours au-dessus de sa tête, Jill tendit la main vers la poignée en criant :

— Tara, c'est moi ! Ne tire pas !

Elle ouvrit la porte en grand. Son amie se tenait devant elle, vêtue d'un brillant kimono chinois, campée sur ses jambes écartées, l'arme braquée vers le cœur de Jill : c'était un Lady Wesson calibre 22.

Elles se regardèrent un instant, Tara avec son arme, Jill avec sa lampe. Puis, d'un bond, l'actrice se retrouva à ses côtés, pointant son revolver vers l'intérieur du salon. Jill posa un doigt sur ses lèvres et montra la porte du placard. Tara lui fit un signe de la tête. Jill s'avança prudemment, tendit la main vers la poignée, se retourna vers son amie. Celle-ci se tenait bien droite, les bras immobiles, visant le milieu de la porte. Jill s'écarta de l'axe du tir, tourna la poignée, ouvrit la porte et se jeta à terre.

Rien.

Elle se releva, serrant toujours sa lampe, et scruta l'intérieur du placard.

Il était vide.

Elle se retourna vers son amie. Tara soufflait lentement et baissait son arme. Jill s'adossa à la porte du placard et laissa tomber la lampe à côté d'elle.

— Il est parti, dit-elle.

La chanson se termina, puis reprit, et la voix douce, calme, de Sarah Vaughan remplit à nouveau la pièce. Tara tourna sur ses talons et leva instinctivement son revolver.

— Que fais-tu... ? Non ! cria Jill, et Tara, une fois de plus, baissa son arme.

Au même instant, les deux femmes se tournèrent vers la source de lumière. Une grande bougie rouge brûlait dans une flaque de cire répandue sur la table basse. Jill avança, Tara la suivit. Elles regardèrent en silence la bougie et l'enveloppe posée à côté. Sur l'enveloppe était posée une petite boîte en velours noir de quinze centimètres sur dix. Un écrin à bijoux, pensa Jill en tendant le bras.

Elle prit l'enveloppe et l'ouvrit. C'était une nouvelle carte pour la Saint-Valentin, de chez Hallmark. Deux petits enfants aux yeux énormes s'enlaçaient tendrement. Le garçon offrait à la fille une carte en forme de cœur. Le texte disait : « POUR TOI... »

Tara regarda par-dessus son épaule. Jill ouvrit la carte. « DE TOUT CŒUR ! » pouvait-on lire.

En dessous, tapée à la machine avec des caractères qui lui étaient devenus familiers, la signature :

AVEC AMOUR,
VALENTIN

Elle laissa tomber la carte et l'enveloppe sur la table et prit l'écrin à bijoux. Sans aucune hésitation, sans réfléchir, elle l'ouvrit. Elle se figea sur place en découvrant une grande bague voyante, scintillante, avec un diamant. Elle était passée à un doigt humain tranché. Avec un bruit sec, la boîte tomba sur la table et son contenu obscène se répandit. Jill sentit un frisson d'horreur la parcourir, mais elle le réprima aussitôt. Tara fit un pas en arrière, le souffle coupé. Mais pas Jill. Elle se pencha pour examiner l'objet de plus près. Lentement, elle l'approcha de la bougie.

C'était un faux, bien sûr, une imitation grossière. Une de ces horreurs prétendument amusantes que l'on vend par milliers dans tous les magasins de souvenirs et parcs d'attractions d'Amérique. Il était un peu plus grand que nature, et la bague avec le morceau de verre censé imiter la pierre était d'une couleur terne, improbable, rappelant le cuivre. L'immense ongle rouge vif était bien trop épais, presque aussi gros que le doigt lui-même. Et la plaie sanglante, la chair déchirée à la racine du doigt, n'avait pas du tout la couleur du vrai sang.

Pleine de mépris et complètement écœurée, Jill jeta l'objet répugnant sur la table. Celui-ci rebondit et atterrit silencieusement sur le tapis oriental. Les deux femmes baissèrent le regard.

Jill resta longtemps ainsi. Elle se disait : Il est venu ici. Dans ma maison. Chez moi. Pendant que je dormais, il est entré ici pour faire cette chose insensée, indescriptible. Il aurait pu tout aussi bien me tuer.

Non, comprit-elle. Il ne veut pas me tuer.

Pas encore.

Il attend la Saint-Valentin.

Belinda est morte sur une piste de ski, mais ce n'était pas un accident. Sharon a disparu, Cass a déménagé on ne sait où. Mais, à cet instant, Jill comprit que les trois femmes étaient mortes. Elle en était sûre, plus sûre qu'elle ne l'avait jamais été de quoi que ce soit.

Maintenant, se dit-elle, c'est mon tour.

Elle jeta un coup d'œil à Tara, qui frissonnait dans son léger kimono en soie, les bras serrés contre son corps. Jill se força à sourire pour réconforter son amie, alla dans la chambre et revint avec sa couverture la plus chaude. Elle la lui donna et se dirigea vers la baie vitrée. Les premières lueurs de l'aube filtraient lentement dans le ciel noir, pendant que Jill regardait la rue, les immeubles d'en face et, au-delà, l'infini paysage de la ville. Les fenêtres. Des milliers et des milliers de fenêtres.

Le dégoût avait disparu, laissant place à quelque chose qu'elle n'avait connu qu'une seule fois, sur le sol de la cuisine de l'appartement de Central Park West, quand elle avait saisi le lourd poêlon en fer et l'avait abattu sur la tête de son beau-père. De la rage. Une furie primitive, aveugle.

En regardant la ville, elle remplit lentement ses poumons. Le cri qui en sortit s'écrasa contre la vitre et lui revint en pleine figure en écho à travers la pièce, comme s'il avait été proféré non par elle, mais à son intention :

— *Tu es un homme mort,* Victor ! Tu comprends ? *Tu es un homme mort !*

Tara s'approcha d'elle et posa doucement les mains sur ses épaules. Jillian Talbot prit le cordon et tira les rideaux, lentement, calmement.

— Qu'est-ce que tu vas faire ? demanda Tara.

Jill se tourna vers elle et son amie fut surprise par l'expression menaçante de son visage.

— Je vais mettre fin à ça, dit Jill. Et *tout de suite* !

9

Samedi, 7 février

Jane Fleck fut réveillée par la douce sonnerie du téléphone sur sa table de chevet. Elle se tourna sur le côté, le chercha à tâtons et le fit presque tomber par terre. Elle jeta un regard au cadran lumineux du réveil posé près de l'appareil : six heures et demie.

— Allô ?

— Allô, euh, madame Fleck ? Jill Talbot, à l'appareil. Je suis une cliente de votre mari, et je suis vraiment désolée de vous déranger à une heure pareille, mais il faut que je lui parle.

— Oh, oui. Un instant.

Elle tendit la main pour réveiller le géant allongé à côté d'elle.

— Hmm ?

— Un coup de fil pour toi. Jill Talbot. Réveille-toi.

Elle frotta le récepteur froid contre la nuque de son mari. Ce geste, ainsi que le nom de la personne, suffirent pour le réveiller. Il bondit du lit en un instant et tendit la main pour prendre le récepteur. Debout près de sa femme dans la chambre à coucher sombre de leur appartement de Cobble Hill, nu et frissonnant, il écouta la voix à l'autre bout du fil.

Jane ouvrit un œil pour le regarder : son visage s'était immédiatement tendu. Elle connaissait cet air :

mauvaises nouvelles. La série de petits grognements qu'il émit le confirma. A la fin, elle l'entendit dire :

— C'est bien. Restez chez votre amie. Ne retournez pas dans votre appartement jusqu'à ce que j'arrive. Laissez-moi vingt minutes.

Elle se laissa de nouveau emporter par le sommeil, tandis qu'il sortait ses vêtements du placard et s'habillait. Elle dormait presque quand elle entendit des bruits bizarres, une série de cliquetis métalliques venant de l'autre bout de la pièce. En jetant un coup d'œil, elle vit de quoi il s'agissait. Immédiatement, elle se redressa.

— Qu'est-ce qui se passe ? demanda-t-elle.

Elle l'observa, effrayée, vérifier que son arme était chargée, la ranger dans une gaine en bandoulière et enfiler rapidement son manteau.

— Rien. Reste au lit.

Il se pencha et l'embrassa sur la joue.

— Je reviens tout de suite.

Sur ce, il partit. Elle entendit la porte de l'appartement se refermer derrière lui.

Vingt minutes plus tard, renonçant au sommeil, elle alla à la cuisine, se préparer un café.

Assise dans le salon de Tara, Jill essayait de reconstituer le tout. Elle avait tant appris au cours de la dernière demi-heure que son cerveau engourdi menaçait d'éclater. Elle essayait désespérement de se concentrer.

Que faire maintenant ? se demandait-elle.

Eh bien, ça, au moins, c'était décidé. Elle l'avait dit au téléphone à Barney Fleck, et personne n'allait la faire changer d'avis.

Et après ?

Non. Elle ne penserait pas à ça. Elle ferait seulement ce qu'elle avait à faire dans l'immédiat ; à chaque jour suffit sa peine.

Ses peines.

Il y en avait tant.

Elle regarda de nouveau sa montre. Où était Barney ?

Tara observait son amie : assise en silence depuis un bon moment, elle regardait la table basse avec une expression indéchiffrable sur le visage. De temps en temps, elle jetait un regard à sa montre ou buvait une gorgée de thé à la camomille que Tara lui avait préparé quand elles étaient descendues chez elle appeler le détective. C'était juste après ce que Tara avait appelé sa « crise de folie ».

Elle avait hurlé des menaces contre ce Victor, ce Valentin, puis elle avait tiré les rideaux. Elle s'était mise à bredouiller de manière presque incohérente quelque chose à propos du fait que ce Valentin en savait plus qu'il n'aurait jamais pu en savoir s'il s'était contenté de l'espionner. Il savait toujours s'il y avait d'autres gens avec elle ou si elle était seule. Il savait quand Nate restait dormir chez elle et quand il n'était pas là. Il savait tout ce qu'elle faisait, avant même qu'elle ne le fasse.

Après cette dernière déclaration, elle avait commencé à jeter des regards sauvages tout autour d'elle. Ensuite, avant que Tara n'ait pu comprendre ce qui se passait, elle avait quitté le salon pour aller dans son bureau. Quand Tara s'était arrêtée dans l'embrasure de la porte, le récepteur du téléphone était déjà démonté en deux morceaux. Tara s'était approchée et Jill lui avait montré la petite pièce de métal qu'elle avait trouvée à l'intérieur. Elle ne l'avait pas enlevée, elle avait revissé le récepteur et l'avait reposé sur son socle.

C'est alors qu'elle était devenue folle pour de vrai. Un doigt sur les lèvres, elle avait fait signe à Tara de rester silencieuse ; et elle avait commencé, tout tranquillement, à saccager la pièce. Chaque meuble avait été retourné et examiné. Le placard, le fichier, les étagères, même les maquettes des couvertures de ses livres accrochées aux murs. Prenant un crayon et un bloc de papier, elle avait griffonné furieusement quelques mots, puis, arrachant la page, elle l'avait tendue à Tara. Elle avait marqué : « Attention, micros ! Occupe-toi de la chambre et de la salle de bains. REGARDE PARTOUT ! ! ! » La dernière phrase était écrite en majuscules et soulignée deux fois.

Tara était tout de suite allée dans la chambre. Rapidement, méthodiquement, elle avait inspecté les tables de chevet, la coiffeuse et le placard. Ensuite, elle s'était attaquée au bois de lit, au sommier et au matelas, remerciant en silence son jeune frère qui, adolescent, était fou d'électronique. Des années auparavant, il leur avait cassé les pieds, à elle et à ses parents, avec son monologue non stop sur ce sujet. Maintenant, grâce à lui, elle savait qu'elles cherchaient un objet assez gros. Les engins minuscules que l'on voit au cinéma et à la télévision ne marchent que quelques heures — sauf si on les utilise de la pièce voisine. Pour fonctionner pendant des semaines, pour émettre à une distance importante, un simple microphone ne suffit pas, il faut en plus un dispositif électronique et une batterie. Le tout devait être forcément plus grand qu'un dé à coudre. Les explications de son frère, qu'elle avait à peine écoutées à l'époque, lui revenaient maintenant, elle avait même pensé lui téléphoner.

Après en avoir fini avec le lit, elle avait examiné la salle de bains. Jill avait fait la même chose dans la cuisine, ouvrant chaque meuble et chaque appareil, y compris le four, puis elle était passée dans le salon. Tara était en train de scruter l'intérieur du réservoir d'eau des W.C, quand elle avait senti une main sur son bras. Elle avait remis le couvercle et avait suivi Jill.

Le canapé était renversé. Jill, agenouillée, montrait

quelque chose du doigt. A l'intérieur, collé avec du scotch au niveau des pieds, se trouvait l'objet qu'elles cherchaient. Tara avait senti la colère monter en elle, et elle savait que Jill ressentait la même chose. Sans un mot, les deux femmes avaient quitté l'appartement et étaient descendues chez Tara. Celle-ci avait tiré les rideaux de la fenêtre donnant sur la rue, pendant que Jill appelait M. Fleck, et maintenant elles l'attendaient.

On entendit la sonnerie de l'interphone. Tara ouvrit la porte de l'immeuble et, quelques instants plus tard, elle vit le détective pour la première fois depuis l'incident avec Betty Hanes au studio de télévision. Elle avait oublié combien il était grand. Amusée et réconfortée par la taille de cet homme, elle le fit entrer et il se dirigea immédiatement vers Jill.

— Je veux voir, dit-il.

Sans un mot, Jill se leva pour l'accompagner.

Dix minutes plus tard, ils étaient de retour dans le salon de Tara. Celle-ci remarqua que Jill était maintenant habillée pour sortir et qu'elle avait pris son manteau et son sac. Assise en face d'eux, Tara écoutait leur conversation.

— C'est entendu, dit le détective, nous allons les laisser là où ils sont, et en état de marche. Mais comment allez-vous entretenir la fiction ?

— C'est très simple, dit Jill d'une voix étonnamment blanche. Je n'y retourne plus. Pas tout de suite, en tout cas.

— Où irez-vous ?

Jill regarda le détective, puis jeta un coup d'œil à Tara.

— Ne vous en faites pas. J'irai chez des amis. Je serai en parfaite sécurité, mais je ne veux pas que vous sachiez où je suis. Pas maintenant. Je resterai en contact avec vous. Tout est arrangé, ajouta-t-elle en se tournant vers le détective. C'est mon agent qui m'a donné l'idée, et je me rappelle parfaitement notre conversation. Aucun de nous n'a mentionné le nom de famille de nos amis ni l'endroit où ils habitent. Même s'il avait écouté, il n'aurait pas pu comprendre. Je les ai appelés une seule fois de chez moi, mais ils n'étaient pas là. J'ai laissé un court message qui ne contenait aucune information spécifique. Hier, je les ai rappelés d'un téléphone public. A part ça, je n'ai pas dit un mot à leur sujet, pas chez moi, en tout cas.

— Et Nate ? demanda Tara.

— Non. Je... même à lui je n'ai rien dit. Je pense partir quelque temps, dix jours tout au plus. Jusqu'à la Saint-Valentin.

Tara et Barney la regardaient fixement. Elle se tourna de nouveau vers le détective assis à côté d'elle sur le canapé.

— Avez-vous les notes que vous m'avez lues hier ?

Il fit signe que oui et les sortit d'une poche de son manteau.

— Quand vous avez parlé aux parents, poursuivit Jill, est-ce qu'ils ont mentionné une date ou, au moins, une période de l'année ?

Tara vit les yeux de Barney Fleck s'ouvrir en grand à mesure qu'il relisait ses notes.

— Merde ! murmura-t-il. Sharon Williams a disparu il y a trois ans au début de février. Mme Williams a bien dit début de février. Le mari de Belinda a mentionné un jour férié. Il a dit que c'était arrivé il y a deux ans, et il a parlé d'une promenade à ski un jour de fête. Mais il n'a pas donné plus de précisions, bien que...

— Rappelez-le, dit Jill. Je suis prête à parier que c'était la Saint-Valentin. Et je pense... je pense qu'il a tué Cass l'année dernière à la Saint-Valentin. Bien sûr, nous n'avons aucun moyen de retrouver ses traces. Mais il suit toujours le même scénario. Il y a les cartes, les fleurs, la boîte à bonbons. Il se venge sur nous toutes, pour ce qu'on lui a fait le jour de la Saint-

Valentin, à la faculté. Mon Dieu, c'est si pervers ! Il a dû entendre tous les bruits dans ma chambre. Et dans ma salle de bains...

— Je ne pense pas, objecta le détective. Je ne suis pas un expert, mais je pense qu'avec ce micro il ne peut guère capter que les bruits du salon.

Jill ne parut pas réconfortée pour autant. Elle fouilla dans son sac et sortit un carnet de chèques et un stylo.

— Fort bien réfléchi, dit Jill en remplissant un chèque, ne rappelez pas le mari de Belinda. Ne demandez rien non plus à Mme Williams. Pas encore. J'aimerais que pour l'instant vous vous consacriez à Victor. Pourriez-vous aller dans cette ville en Pennsylvanie, comment s'appelle-t-elle déjà... Mill City ?

— Oui, dit Barney. Lundi ou mardi. Mais ça fait beaucoup d'heures de route.

— Prenez l'avion jusqu'à Pittsburgh et louez une voiture, lança Jill. Renseignez-vous sur place. Allez chez lui. Au journal local. Je veux une photo. Les journaux ont dû en publier quand il a tué ses parents. La prison doit en avoir aussi.

— Il a tué ses parents ?

Tara semblait sidérée par les bribes d'informations que son amie échangeait avec le détective. Elle n'avait jamais entendu rien de pareil. Un nœud commençait à se former au creux de son estomac.

— Je t'expliquerai plus tard, fit Jill en guise de réponse. D'abord, il faut que j'en finisse avec cette histoire.

Elle détacha un chèque du carnet et le donna à Barney.

— C'est pour vos dépenses, vous en aurez un autre après. Si vous trouvez quelque chose à Mill City, vous devrez en parler à un certain sergent Escalera au commissariat du sixième district.

Barney acquiesça.

— Je le connais.
— Bien, conclut Jill en se levant. Ce chèque devrait couvrir aussi la réparation de la vitre de mon bureau. Je voudrais également que vous trouviez quelqu'un pour mettre des barreaux aux fenêtres de derrière et pour installer un bon système d'alarme. Pouvez-vous vous occuper de tout ça ?
Le détective acquiesça de nouveau.
— Mais comment je pourrai vous joindre ?
— Je vous appellerai jeudi à votre bureau. Vous serez alors rentré de Pennsylvanie.
Elle passa les clés de son appartement à Tara.
— Je te contacterai, toi aussi. Et Nate. Gloria Price habite Bedford Street. Son mari, Louis, est dans l'annuaire. Appelle-la et dis-lui que je n'aurai pas besoin d'elle pendant quelques semaines. Et maintenant, je vais chercher un taxi.
— Je vous accompagne, proposa Barney. Il est peut-être en train de surveiller l'immeuble, et nous ne voulons pas qu'il vous suive jusqu'à... enfin, là où vous allez.
Jill sourit.
— Oh, il ne le fera pas. Pour lui, je ne pars pas. Maintenant, rentrez chez vous.
Le détective se leva. Tara l'accompagna. Sur le pas de la porte, il se retourna et regarda Jill.
— Soyez prudente, lui dit-il.
Jill inclina la tête.
— Vous aussi.
Dès que Tara eut refermé la porte, Jill se dirigea vers le portemanteau.
— Je vais sortir par derrière, si tu n'y vois pas d'inconvénient.
Tara haussa les épaules.
— Bien sûr. J'ai environ un million de questions, mais je les garde pour plus tard.
Elle avait l'air de quelqu'un qui vient de prendre

une décision. Jill sourit en voyant Tara lui tendre son manteau.

— Merci.

Elles s'étreignirent. Tara ouvrit la fenêtre de sa chambre, située au fond de l'appartement, aida son amie à l'escalader pour monter sur l'échelle d'incendie, et lui tendit son sac.

— Je t'en prie, sois prudente.

Jill eut un large sourire.

— Amuse-toi bien mardi soir.

Tara fit un effort pour répondre.

— Ah, ouais, Doug. Je suis sûre que je m'amuserai.

— J'en suis sûre aussi. Je t'appellerai. Salut.

— Au revoir.

En voyant Jillian Talbot, un écrivain célèbre auteur de quatre romans policiers, descendre l'échelle d'incendie à l'arrière de son immeuble et partir comme un voleur, Tara ne put s'empêcher de penser que toute cette histoire était bien étrange. Elle qui n'avait jamais été très pieuse ferma les yeux et murmura une prière pour son amie.

Jill descendit l'échelle jusqu'au premier étage, tira la rallonge et se retrouva par terre.

Fuir, pensait-elle sans cesse en suivant une petite rue étroite en direction de Hudson Street. Instinctivement, elle s'arrêta et regarda autour d'elle avant de quitter cette ruelle obscure malgré la matinée ensoleillée. Il n'y avait que trois personnes, deux femmes et un petit garçon. D'un coup, elle déboucha dans l'avenue et leva la main en direction du flux de voitures. Vingt secondes plus tard, elle était assise sur la banquette arrière d'un taxi qui se dirigeait rapidement vers le nord. Loin de son appartement. Loin de Greenwich Village. Loin de son amant et de ses amis.

Loin de Valentin.

Elle se laissa aller en arrière, s'appuyant contre le cuir frais du siège, et ferma les yeux.

Barney, lui, sortit par la porte, comme tout le monde, et s'arrêta quelques instants pour regarder les immeubles en face. Oui, calcula-t-il, tandis que son regard glissait rapidement le long des édifices. Deux immeubles. Les pièces tout en haut du bâtiment en brique rouge, et l'appartement d'angle, au dernier étage du grand building gris. Quatre fenêtres, huit avec celles qui sont juste en dessous. Non, ce serait trop bas.

Pendant qu'il était chez Jill, il avait remarqué que les immeubles situés derrière ces deux-là se trouvaient déjà à plusieurs blocs au nord, donc trop loin. Or, on ne pouvait surveiller son appartement que par la baie vitrée, les autres fenêtres étant trop petites. Il s'agissait donc forcément de l'un des deux bâtiments devant lui. Il n'y avait pas d'autre possibilité.

Prenant conscience qu'il risquait de se faire repérer, il se retourna et s'éloigna rapidement pour retrouver sa voiture au coin de la Bedford Street. Mais il avait décidé de revenir. Dans moins d'une heure...

Le taxi conduisit Jill à une agence de location de voitures dans la 39e Rue. Une demi-heure plus tard, elle roulait vers le nord-est au volant d'une Chevette rouge en direction de Queensboro Bridge. A mesure qu'elle s'éloignait de chez elle, elle se sentait plus détendue. En arrivant au péage pour prendre la voie express Long Island, elle chantonnait. Elle s'arrêta net lorsqu'elle reconnut l'air.

« *My funny Valentine.* »

Andrea Skinner était inquiète pour sa mère. Elle lui avait laissé deux messages la veille, un l'après-midi et un autre le soir, mais elle ne l'avait pas rappelée.

C'était étrange : d'habitude, elle lui retéléphonait toujours dans l'heure qui suivait. Vu ses activités, Dorothy Philbin aurait dû être chez elle.

Ce jour-là, un samedi, à neuf heures du matin, Andrea se tenait en haut des marches et sonnait à l'interphone du Dr Philbin sans obtenir de réponse. Elle hocha la tête, maudissant l'entêtement de sa mère, pour ne pas parler de son avarice. La lune de miel de Sally à Hawaï était prévue depuis des mois. Quand sa remplaçante avait téléphoné pour dire qu'elle était malade, sa mère aurait dû faire appel à une agence d'intérim. Mais comme le personnel intérimaire coûte deux fois plus cher, Dorothy Philbin, qui avait toujours été économe, avait préféré se passer de secrétaire.

Ce qui avait obligé Andrea à venir jusqu'à Greenwich Village, tout cela parce que sa mère n'avait pas voulu payer quelqu'un pour répondre au téléphone. C'est vraiment casse-pieds, se dit-elle en ouvrant la porte avec son double de clés.

Il n'y avait personne dans le salon ni dans la cuisine. Elle monta au premier. Elle inspecta la chambre, la salle de bains, la chambre d'amis : personne, nulle part. Avec un petit soupir d'impatience, elle redescendit au rez-de-chaussée. Bien sûr, c'était samedi, et sa mère ne recevait pas de patients le week-end. Peut-être était-elle sortie ou travaillait-elle dans son bureau. Oui, c'était sûrement cela. C'est dans la cuisine, juste avant qu'elle ouvre la porte menant au sous-sol, qu'elle eut cette première sensation instinctive, cette illumination presque : quelque chose ne tournait pas rond. Elle s'arrêta un instant pour écouter, s'efforçant de capter un bruit. La maison tout entière était trop immobile, trop silencieuse.

Puis elle ouvrit la porte qui donnait sur l'escalier du sous-sol, alluma et comprit immédiatement que son instinct ne l'avait pas trompée. Une odeur de décomposition, fétide et douceâtre, montait de l'obscurité. Pendant dix secondes encore, elle se sentit paralysée. Surprise, terrifiée, elle descendit lentement les marches ; contre tout espoir, elle continuait à espérer. En bas, dans le bureau, elle fit la grimace à cause de l'odeur abominable et attendit un instant avant d'allumer.

Lorsqu'elle reprit connaissance, quelques minutes plus tard, elle était par terre près de l'escalier, les mains et le manteau collés au tapis. Sa mère gisait à un mètre et demi de là, devant son bureau. Étendue sur le dos, vêtue de son tailleur gris, elle fixait le plafond de ses yeux ternes, vitreux. Dans sa gorge, il y avait un trou béant, une déchirure ; et son corps grouillait de petits insectes noirs. Chassés par la lumière, les cafards et des animaux à fourrure grise s'enfuirent vers les recoins sombres de la pièce.

Quand elle vit que ses mains et son manteau étaient collés à une flaque de sang séché infestée de cafards, Andrea Skinner se mit à gémir. Elle remonta à tâtons les marches de l'escalier, aussi vite qu'elle le put, entra dans la cuisine et se mit à hurler.

Des habits, pensait Jill en conduisant. Je vais en avoir besoin, ainsi que de produits de maquillage et d'affaires de toilette. J'ai oublié mon portable. Je serai obligée d'utiliser une machine à écrire, ou les blocs de papier de Gwen et un stylo, si je réussis à dépasser mon blocage. Il n'y a pas de quoi en faire un drame : cela m'est déjà arrivé. Les autres choses, je les achèterai en chemin. Et je vais m'arrêter pour déjeuner à Port Jefferson...

Elle fut frappée par un soudain accès de culpabilité : cela faisait plus d'un mois qu'elle n'était pas allée voir sa mère. Eh bien, décida-t-elle, je vais pouvoir me rattraper tout de suite, aujourd'hui même. Je vais déjeuner avec elle dans cette jolie salle à manger, j'apporterai des chocolats et des fleurs pour elle et ses nouvelles amies, Mme Davis et Mme... Mme...

Oh, mon Dieu, Jill, du calme ! Ne t'effondre pas. Pas maintenant.

Pas encore...

J'aurais pu me passer de la propriétaire, conclut Barney, alors qu'il suivait la vieille dame dans l'escalier étroit jusqu'au septième étage. Elle devait avoir environ quatre-vingt-dix ans, et elle n'y voyait plus très bien, à en juger par sa manière de regarder furtivement à travers ses verres épais. Elle n'avait rencontré ce jeune homme qu'une fois, il y avait de cela quinze jours, et elle ne se rappelait même pas son nom. Un étranger, avait-elle pensé. Il avait payé en liquide pour trois semaines. Non, il n'y avait eu aucun bail, ni rien de ce genre. Des revenus non déclarés, avait-elle murmuré fièrement, en supplément de sa maigre retraite. Et elle avait fait un clin d'œil à Barney.

Elle avait accepté de lui montrer la chambre seulement après qu'il lui avait présenté sa carte. Il avait inventé une histoire d'épouse inquiète, d'enfants abandonnés et de mari fugueur dont il avait retrouvé la trace dans cette rue. Il voulait seulement voir son locataire, l'avait-il rassurée. Ce n'était peut-être pas la personne qu'il cherchait, mais...

Les lèvres pincées, elle lui avait donné son accord en marmottant quelque chose à propos de l'inconstance des hommes, et du triste sort des femmes et des enfants. En la suivant en haut de l'escalier, il pensa qu'elle espérait même à moitié que son locataire soit le coupable.

Au sixième étage, il l'arrêta. Elle était déjà complètement essoufflée, aussi put-il déguiser en amabilité son désir de monter seul au septième.

— Attendez-moi là, lui dit-il en souriant. Je vais

frapper à sa porte. S'il ne répond pas, je jetterai un œil à l'intérieur. C'est tout.

Il tendit le bras et prit le porte-clés de sa main déchaînée.

— Je ne sais pas..., dit-elle d'une voix faible, mais Barney était déjà arrivé au dernier étage.

Il lui lança un bref coup d'œil en se mettant face à la porte. Elle marmonna quelque chose sans même regarder dans sa direction. Dieu merci, pensa-t-il en sortant son arme qu'il portait en bandoulière.

Bien sûr, il ne frappa pas. Il glissa prudemment la clé dans la serrure, et la tourna. Puis, d'un geste rapide, étonnamment gracieux, il ouvrit la porte, s'accroupit sur le seuil, et pointa son arme vers l'intérieur de la pièce.

Il examina les lieux.

Personne.

Il se releva et baissa lentement son arme.

La vieille dame l'appela de l'étage en dessous, mais il ne lui répondit pas. Son regard inspectait le minuscule espace gris. Il y avait un vieux fauteuil délabré près de la fenêtre, à côté d'un cendrier cassé et d'une table en bois bancale. Dans un coin, deux matelas sales, sans aucune literie. Il se dirigea rapidement vers le placard et l'ouvrit. Deux ou trois cintres rouillés. C'était tout.

Il ouvrit la fenêtre. La baie vitrée de Jill Talbot se trouvait juste en face. Quand les rideaux n'étaient pas tirés, on pouvait parfaitement voir la plus grande partie de son appartement.

Valentin était ici, pensa le détective.

Les cris agacés et agaçants de la propriétaire lui parvinrent ; il se tenait au milieu de la chambre, reniflant lentement.

Il hocha la tête.

Fumée de cigarettes.

On venait de quitter cette chambre. Cela faisait très peu de temps.

Il sortit, referma la porte derrière lui et rejoignit la femme qui l'attendait au milieu de l'escalier. Il décida d'appeler Escalera. Il devait y avoir des empreintes dans cette chambre...

Où es-tu ? Où es-tu, Valentin ? se demandait-il.

Aussitôt, une autre pensée lui vint, qui le fit s'arrêter. Immobile sur une marche, il regarda la propriétaire descendre.

Où êtes-vous, Jill Talbot ?

Jill Talbot était sur la route, elle roulait vers l'est.

Elle tendit la main pour tâter la poche de son manteau, et sentit à travers la laine un drôle d'objet, quelque chose d'irréel, mais de rassurant. On ne pouvait qu'être réconfortée par le poids du cadeau que Tara avait glissé dans sa poche en l'aidant à enfiler son manteau. Elle prit le lourd Lady Wesson chargé et le mit dans son sac.

Une arme, pensa-t-elle. Je n'ai jamais touché une arme de ma vie. Mais Mike s'y connaît : il me donnera un cours.

Un cours. Pour que j'apprenne à tirer. A mutiler. A estropier. A *tuer* un être humain.

Oh, Jill, qu'est-ce que tu es devenue ?

Seigneur, je t'en prie, aide-moi à traverser cette épreuve. Emmène-moi à Port Jefferson, chez ma mère. Puis, dans un centre commercial, où j'achèterai les choses dont j'ai besoin, et ensuite, directement à Peconic. Chez Gwen et Mike Feldman.

Vers la sécurité...

Valentin

10

Lundi, 9 février

Assis dans une petite salle au fond d'un morne restaurant grec, Victor Dimorta échafaudait des plans.

Son projet initial était tombé à l'eau, il était bien obligé de se l'avouer. Il avait toujours su que Jillian Talbot risquait de prendre la fuite, mais il ne s'était pas attendu à ce qu'elle le fît si précipitamment. Tant pis, c'était le prix à payer. Pour avoir rendu ce dernier crime si compliqué.

Ce dernier crime...

Il se rappela celui qu'il considérait maintenant comme son premier : un 29 février, seize ans auparavant. Son père et sa mère. Mais cela n'avait pas commencé à ce moment-là, il le savait. Il pensa à tous les événements qui l'avaient mené là, et à celui qui avait précipité les choses : la farce que les quatre filles lui avaient faite à Hartley. Oui, la nuit dans la maison de Mill City avait été préparée de longue date. Il avait fallu dix-huit ans.

Dix-huit ans pendant lesquels Joseph Dimorta, alias Big Joe, un Américain de la seconde génération, costaud et maussade, n'avait cessé de raconter à son fils, un maigrichon mou, comment il avait fait son chemin ; il avait commencé par malaxer de la pâte à papier et par poser des rails, et il était devenu patron.

C'était sa capacité de conduire des poids lourds et de soulever des balles de papier que, normalement, on déplaçait à deux, qui lui avait valu son surnom. Il n'avait jamais pu regarder Victor sans une expression de mépris absolu. Le grand Joe n'hésitait pas à se servir de sa voix tonitruante et de ses poings puissants pour faire de son fils un homme : un combat sans fin.

Victor se rappelait très bien la première fois où il avait été hospitalisé. Son nez, son bras gauche, et deux côtes. Sa mère avait raconté au bureau des admissions qu'il était tombé dans l'escalier. L'infirmière ne l'avait probablement pas crue, mais elle n'avait rien dit. Jamais personne n'avait rien dit, d'ailleurs : ni les médecins, ni les flics, ni les instituteurs. Et sa mère moins que quiconque.

Elle était si petite, se souvenait-il. Une petite femme italienne, au teint foncé, qui avait été élevée, comme son mari, par des immigrés travaillant dans la fabrique de papier. Lorsque la silencieuse et soumise secrétaire avait attiré l'attention du contremaître, l'homme le mieux payé et le plus respecté de Mill City, on avait considéré cela comme un événement important.

Victor regarda autour de lui : le restaurant était presque vide ; il laissa affluer les souvenirs. Peu après le mariage de Joe et d'Angela et la naissance de leur fils unique, les véritables raisons du respect que l'on témoignait à son père étaient apparues au grand jour. Toute la ville avait peur de lui. Sa mauvaise humeur, surtout quand il avait bu au bistrot du coin, inspirait les plus grandes craintes à tous ceux dont l'emploi, donc les moyens de subsistance, dépendait de lui. Même son prétendu égal, le contremaître Bob Wells, qui habitait deux maisons plus loin dans Franklin Street, tenait à rester dans ses bonnes grâces. La rumeur disait que le salaire de Joe était arrondi par des pots-de-vin que d'autres patrons lui offraient pour qu'il empêche les employés de se syndiquer, ce qui avait entraîné l'hospitalisation de trois personnes, qui avaient connu le même sort que Victor. Tous les trois avaient juré que leurs agresseurs étaient Big Joe Dimorta et Bob Wells, mais tout le monde, y compris le shérif du coin, avait fermé les yeux sur cet incident.

Si seulement, pensait Victor maintenant, si seulement sa mère ne s'était pas laissée faire. Si seulement elle avait écouté ses propres parents. Apparemment, ces derniers, les seules personnes sensées de la ville, avaient tenté de la dissuader de se marier avec Big Joe, aussi ne l'avaient-ils pas soutenue plus tard. Mais elle y tenait, à ce mariage. Quand elle avait compris que ses parents avaient raison, elle s'était tue comme les autres et elle s'était enfermée dans son rôle de parfaite-épouse-et-mère, pour se protéger de la réalité de la vie. Elle avait fréquenté assidûment la petite église catholique de sa ville. Elle avait même accroché des images du Christ dans presque toutes les pièces de sa maison impeccable, tout simplement pour montrer à tous qu'elle était une femme bonne et pieuse. Elle avait soigné en silence ses blessures physiques et morales, et avait appris que pour survivre, il fallait obéir à son mari en toute circonstance, même quand cela voulait dire souffrir et pardonner ses sévices. Quand Victor avait atteint l'âge de seize ans, deux ans après la fermeture de la fabrique, elle se permettait parfois de le frapper, elle aussi, surtout quand elle avait bu un coup de trop pendant le dîner.

Lors de sa dernière année de lycée, Victor avait subi, de la part de ses parents, une suprême humiliation. Il s'était toujours tenu à l'écart des autres enfants et n'avait jamais invité personne chez lui, pour des raisons évidentes. Il ne participait pas non plus aux activités des jeunes de sa ville, ce qui lui avait valu le surnom de « Victor Dibizarre ». A la suite de son unique tentative de parler avec une jolie fille de sa classe, qui s'était sauvée en se moquant de lui, un groupe de garçons l'avait suivi jusqu'à chez lui en lui jetant des pierres et en lui criant des insultes. Lorsque son père l'avait appris, il l'avait sauvagement battu, puis enfermé dans le placard de sa chambre pendant toute une nuit, après quoi il avait fallu de nouveau l'envoyer aux urgences. Tout cela, il l'aurait supporté, si Angela Dimorta ne s'y était pas mise, elle aussi.

C'était un dimanche après-midi. Il s'en souvenait, parce que sa mère avait mis sa plus belle jupe et son plus beau chapeau ; elle était rentrée à la maison après avoir assisté à la messe et déjeuné avec le prêtre. Le père de Victor, qui ne les accompagnait jamais à l'église, était sorti avec des copains de la fabrique. Ce matin-là, Victor s'était défilé, prétextant un rhume. En fait, depuis ses dix-sept ans, il ne croyait plus en Dieu et il était de plus en plus dégoûté par les longs sermons hypocrites qu'il devait subir dans la maison de Dieu. Il était donc resté seul à la maison ce jour-là, étendu tout nu sur son lit, à regarder des magazines qu'il avait volés à l'arrière du kiosque à journaux de M. Garvey. Il était tellement absorbé par la photo de Mlle Octobre et par les mouvements de plus en plus rapides de sa main droite, qu'il n'avait rien entendu jusqu'à ce que la porte de sa chambre s'ouvre.

Angela Dimorta, sur son trente et un, un verre de jus d'orange et un flacon d'aspirines dans ses mains gantées, s'était figée sur le seuil, pétrifiée. Le magazine était tombé du lit, quand le verre et le flacon s'étaient brisés par terre. Il y avait eu un long moment d'embarras, pendant lequel la mère et le fils s'étaient regardés dans un silence total. Puis, avec un cri perçant, sa mère avait tourné les talons et s'était précipitée dans le couloir. Alors que Victor cherchait encore son slip, elle était revenue avec la plus large ceinture de son mari.

Le premier coup l'avait atteint à la tête, juste derrière l'oreille, le jetant à terre. Il avait péniblement tenté de se relever, de protester, mais un second coup, plus fort encore, assené avec la lourde boucle en laiton, l'avait fait tomber de nouveau. Elle l'avait frappé sur les bras, les jambes, le dos : des coups encore et encore, des coups cruels dont il ne voyait pas la fin. Allongé sur le plancher, il avait continué à entendre la ceinture bien après avoir cessé de la sentir, perdant peu à peu conscience.

Un voisin avait entendu du bruit et averti la police. Quand il avait repris connaissance, Victor avait compris qu'il était de nouveau à l'hôpital. Sa mère devait le rejoindre peu après, mais non pas pour lui rendre visite. Lorsque son père était rentré cet après-midi-là, complètement bourré, Angela lui avait raconté ce qui s'était passé. Furieux que la police soit intervenue et que sa femme ait puni leur fils pour la seule chose à peu près normale, d'après lui, que ce garçon eût jamais faite jusque-là, Big Joe s'était retourné contre elle. Quand il avait eu fini, Angela avait la mâchoire fracturée et deux côtes cassées.

Cette fois-ci le shérif n'avait pu fermer les yeux et Big Joe avait passé trois jours dans l'unique cellule du commissariat de police de Mill City. De retour à la maison, il avait enfermé Victor trois jours dans le placard. Une sorte de dédommagement pour le temps qu'il avait passé en prison et dont Victor et sa mère étaient selon lui responsables.

Cet épisode avait représenté un tournant dans la vie de Victor Dimorta. Toujours rejeté par les autres enfants, à partir de ce jour-là il était devenu en plus la risée de la ville, le gosse dont les parents étaient fous. Il haïssait tout le monde et, plus que tout, Big Joe et Angela. Pendant les trois jours qu'il avait passé dans le placard, ne sortant que pour manger et aller aux toilettes, il avait décidé que cela ne pouvait plus durer. Il quitterait Mill City pour devenir quelqu'un. Débarrassé de ses parents, il serait accepté par la société. Il ne savait pas encore comment il allait se débrouiller pour partir, mais il savait qu'il y arriverait. Dans le noir, il se l'était juré.

La solution l'attendait dès sa libération. Elle s'était présentée sous la forme d'une lettre que lui adressait un cabinet d'avocats d'une localité voisine. Sa grand-mère maternelle, qui avait déshérité sa fille après son mariage avec la brute, venait de mourir dans une maison de retraite où elle avait vécu huit ans, et elle léguait sa fortune, environ quatre-vingt-quatre mille dollars, à son unique petit-fils, qui pourrait entrer en possession de cet argent dès sa majorité. Victor allait avoir dix-huit ans six mois plus tard. Son professeur de lettres, qui le trouvait doué, l'avait aidé à obtenir une bourse à l'université où lui-même avait fait ses études : Hartley College.

Le printemps suivant, à son dix-huitième anniversaire, il s'était rendu en personne au cabinet d'avocats. Peu avant la fin du mois de juin, il avait reçu son chèque. Il avait déposé la plus grande partie de cet argent sur un compte d'épargne, ne gardant que cinq mille dollars. La première semaine de septembre, il était sorti discrètement de chez lui au milieu de la nuit et avait gagné la gare routière. Onze heures et deux bus plus tard, il arrivait à Burlington, dans le Vermont.

Il appela la serveuse de ce restaurant de Greenwich Village. Il faut bien manger, se dit-il. Comme toujours lorsqu'il repensait à cette époque, il avait un nœud à l'estomac.

Les choses auraient pu tourner autrement. Il avait cru qu'en quittant ses parents et Mill City, il allait se transformer, comme par magie, en un être séduisant, bien dans sa peau. Mais il n'en avait pas été ainsi et il l'avait vite compris. Il était timide, au point de se sentir handicapé, et les choses les plus insignifiantes le mettaient en colère. Les autres étudiants l'évitaient, et même les professeurs l'ignoraient, la plupart du temps. Son unique rayon de lumière, c'était une fille très belle qui s'appelait Jillian Talbot. Il se rappelait le premier jour où il l'avait vue, assise deux tables plus loin pendant le cours de lettres, vêtue d'une robe jaune, avec ses longs cheveux noirs retenus par un ruban. Elle était silencieuse, presque aussi silencieuse que lui, et comme lui, elle semblait différente des autres. Chaque fois qu'il l'avait rencontrée au cours de ce premier semestre, elle était seule.

Il s'était mis à la suivre partout, à l'observer à la cafétéria ou à la bibliothèque, rêvant de trouver le courage de s'approcher d'elle, de lui parler. Mais, hanté par le souvenir de la fille de Mill City qui lui avait ri au nez, il n'osait pas. Il avait simplement continué à l'adorer de loin. La nuit, dans sa chambre, il restait éveillé et il imaginait qu'ils étaient mariés, ils couraient ensemble sur des plages, ils faisaient des courses ou, nus sur un lit, ils s'aimaient... Lorsqu'il s'endormait, il rêvait d'elle.

Après les vacances, à la rentrée du deuxième semestre, elle avait changé. Elle n'était plus seule, elle était toujours en compagnie de trois jolies filles, étudiantes de dernière année, que l'on appelait les Éléments. Il les avait déjà remarquées, et parfois la blonde Sharon avait pris la place de Jillian dans ces fantasmes. Il avait même essayé de l'aborder, ainsi que les deux autres Éléments, et de leur parler — pour attirer l'attention de Jillian —, mais toutes les trois lui avaient dit de laisser tomber. Cependant, il avait remarqué que souvent, en le croisant dans les couloirs, Sharon le regardait, l'œil brillant. Il en avait conclu qu'elle était attirée par lui.

Ensemble, elles lui avaient tendu un piège.

Un jour, à la fin d'un cours, il avait pris son courage à deux mains et avait essayé d'aborder Jill Talbot. Il avait décidé de lui fixer un rendez-vous. Elle avait d'abord souri, polie, puis, dès qu'il avait voulu la toucher, elle s'était dégagée et s'était enfuie en courant. Tandis qu'elle s'éloignait, il avait crié dans le couloir :

« *Attends un instant ! J'avais juste envie de te parler. Je ne voulais pas te faire peur. Jill ?* Jill ! »

Quelques jours plus tard, il avait entendu cette même fille, objet de ses désirs, raconter à une autre étudiante que la blonde Sharon Williams en pinçait pour lui ; cela confirmait ce qu'il pensait. Le lendemain — c'était la Saint-Valentin —, Jillian Talbot lui avait tendu en souriant une carte avec une invitation fort osée de la part Sharon :

« *Simmonds Hall, chambre 407, 11 heures ce soir. Nous deux seulement. Viens. Sharon.* »

Il n'oublierait jamais cette nuit-là au troisième étage de Simmonds Hall. Il avait séché tous les cours de la journée et il avait fait trois kilomètres dans la neige jusqu'à la confiserie la plus proche. Là, il avait acheté la boîte de chocolats la plus grande et la plus chère, une boîte en forme de cœur. Puis il était retourné dans sa chambre et avait pris deux douches. Il n'avait rien mangé ce soir-là, il était trop nerveux. Il avait mis son plus beau pantalon et sa plus belle chemise, s'était peigné pendant près d'une heure et avait emprunté de l'eau de toilette à son voisin. Puis il s'était rendu à Simmonds Hall. A onze heures précises, il se trouvait devant la chambre 407.

Dès qu'il avait frappé à la porte, une voix douce, sensuelle, lui avait dit d'entrer. Il avait obtempéré et s'était aussitôt retrouvé au paradis. La chambre, plongée dans la pénombre et délicatement parfumée, était éclairée de lumières rouges. Une douce, une merveilleuse voix de femme chantait quelque chose à propos de la Saint-Valentin. Sharon Williams étendue sur son lit, jambes repliées, n'avait sur elle que des sous-vêtements de dentelle noirs. Il s'était arrêté devant le lit en la regardant, elle lui avait souri et lui avait dit de se déshabiller.

Il ne s'était jamais déshabillé devant une femme, car il n'avait jamais été avec une femme ; aussi ses gestes avaient-ils été gauches, timides. Comme la boîte de chocolats le gênait, il la lui avait tendue. Elle l'avait posée près d'elle et ne l'avait pas quitté des yeux tandis qu'il enlevait sa chemise, ses chaussettes, ses chaussures et son pantalon. Lorsqu'il était resté en slip, elle s'était assise sur le lit, avait tendu la main et l'avait tâté à travers le tissu.

« *Oh, quel grand garçon ! Montre-moi !* »

Sa remarque l'avait détendu, il s'était senti plus sûr de lui. De toute façon, il était sur le point de faire éclater son slip en coton. Il l'avait donc descendu en glissant ses pouces sous l'élastique et son sexe en érection avait bondi en avant. Il avait repris la boîte de chocolats et l'avait serrée contre sa poitrine en murmurant dans le noir :

« *Joyeuse Saint-Valentin, Sharon !* »

Sharon le dévisageait, souriante. Doucement, doucement, elle avait levé le bras vers le mur derrière elle pour allumer le plafonnier.

Il avait été aveuglé par une lumière blanche, brutale. Lorsqu'il avait recouvré la vue, le ciel lui était tombé sur la tête. La porte du placard s'était ouverte violemment, et deux femmes en étaient sorties en faisant des culbutes et en ricanant. L'une d'elles tenait une caméra pointée vers sa virilité, l'autre un microphone. Sharon avait sauté de son lit et enfilé une robe de chambre, un rire railleur déformant son charmant visage. A son instigation, elles s'étaient mises à chanter toutes les trois, accompagnant le disque.

Victor n'avait jamais pu se rappeler au juste ce qui s'était passé ensuite. Un accès de rage soudaine, comme il n'en avait jamais connu auparavant, même pendant toutes les années passées à la maison, l'avait submergé. Il se rappelait avoir brisé le disque, il se rappelait que les cris de jubilation étaient devenus des cris de peur. Il savait qu'il avait poussé l'une d'entre elles, celle avec la caméra, dans le placard. Une autre, projetée contre le mur, s'était mise à saigner. Quant à Sharon, il lui avait arraché sa robe de chambre et son soutien-gorge. Puis il l'avait griffée avec ses ongles et elle s'était enfuie de la chambre en hurlant :

« *Au viol ! Au viol ! Au viol !* »

C'est alors que sa rage avait laissé place à la peur panique et qu'il s'était précipité dans le couloir en trébuchant, pour courir vers l'ascenseur ouvert. Arrivé au rez-de-chaussée, le soutien-gorge de Sharon toujours à la main, il s'était fait empoigner par trois hommes costauds en uniforme, qui l'avaient plaqué au sol. En levant les yeux, il avait vu qu'une vingtaine de personnes, en majorité des jeunes femmes, regardaient son corps nu. La plupart riaient. Et il entendait toujours la chanson, qui continuait à résonner dans sa tête...

Puis Big Joe et Angela, les deux êtres qu'il haïssait le plus au monde, étaient arrivés à Burlington pour ramener à la maison leur fils fugueur. Son père était resté crispé sur le volant tout le voyage, tandis que sa mère pestait sur le siège arrière :

« *Je ne peux pas croire que tu nous as fait ça, Victor ! Tu nous as vraiment fait de la peine, tu sais ? Ton père était si inquiet. Qu'est-ce qui t'a donc pris, mauvaise graine ? Qu'est-ce qu'ils vont penser, les voisins ? Avec nous, tu n'as jamais manqué de rien, tu as tout notre amour, et c'est comme ça que tu nous payes en retour !* »

Son père avait soudain poussé un cri et lui avait assené une gifle qui l'avait projetée contre la portière.

« *Ferme-la, espèce de pute folle !* »

Au moment où la voiture avait pénétré dans Mill City, Victor savait ce qu'il avait à faire.

Mais il n'allait plus penser à cela maintenant.

La serveuse lui apporta un cheeseburger spécial et un café. Il sourit et la remercia. Elle rougit et s'éloigna aussitôt.

Il gardait un souvenir très confus des semaines qui avaient suivi ce 29 février. Il était en prison, un avocat venait le voir sans cesse, lui posant des questions sur ses parents, sur le nombre de fois où il avait été hospitalisé et enfermé dans le placard de sa chambre. Quelqu'un lui proposait un marché, il plaidait le double homicide sans préméditation plutôt que le meurtre prémédité et il s'en tirait avec deux peines consécutives de quinze à trente ans et non avec la prison à vie.

Son avocat avait protesté : « *Non, pas consécutives !* » Il n'en était pas question ! « *Concomitantes !* » C'était à prendre ou à laisser. Il avait entendu des expressions comme « caractère impulsif », « mauvais traitements » et « traumatisme émotionnel ». Il n'y avait rien compris, il avait donc laissé à son avocat le soin de parler et avait accepté le marché proposé, car quinze ans — le minimum —, ça paraissait tout de même préférable à la prison à vie, sans parler de la peine de mort, sentence possible en Pennsylvanie.

Il était resté en prison douze longues, très longues années, qu'il avait passées à rêver. Un jour, il serait libre. Alors, il retrouverait les Éléments. A présent, il les haïssait plus qu'il n'avait jamais haï ses parents. Tout cela était *leur* faute, après tout. Si elles n'avaient pas existé, rien de tout cela ne serait arrivé. Il n'aurait pas été renvoyé. Il aurait continué à étudier la littérature, et à présent il serait un auteur mondialement reconnu.

Aussi reconnu que Jillian Talbot, maudite soit-elle ! Il la haïssait encore plus que les autres, cette Jillian Talbot.

Jour après jour, il avait maudit jusqu'à l'existence

même de ces quatre jeunes femmes qu'il considérait comme responsables de son sort : la Terre, le Vent, le Feu et l'Eau. Leurs surnoms stupides lui avaient insufflé une idée de vengeance.

Mais comment la réaliser ?

Il avait trouvé la réponse dès les premiers jours passés dans la cour de la prison et dans la grande salle d'eau commune. Il n'avait jamais vu d'hommes nus auparavant, pas même son propre père. Il avait regardé les détenus autour de lui, grands et musclés, puis il s'était tourné vers son propre corps. Il avait alors compris qu'il n'avait jamais accordé la moindre attention à son physique. En regardant ces hommes se laver et faire du sport dans la cour ou au gymnase, il s'était rendu compte, pour la première fois, de ce qui le différenciait d'eux. Il était très différent, en effet. Victor Dimorta était laid.

La solution était simple. Il cesserait d'être Victor Dimorta. Il se re-créerait lui-même, se ré-inventerait lui-même. Il se métamorphoserait en quelque chose d'autre. En quelqu'un d'autre. Il deviendrait...

A ce souvenir, il sourit.

Il deviendrait Valentin.

C'est ainsi qu'avait débuté sa nouvelle vie.

Pendant toute la durée de sa détention, Victor avait été un détenu modèle. Il ne s'était jamais plaint, n'était jamais tombé malade, avait gardé une distance respectueuse à l'égard des autorités, mais aussi envers les autres détenus. Il avait suivi tous les cours de réintégration qu'offrait la prison : peinture, poterie, sculpture et photo. Il s'était lui-même imposé, chaque semaine, un entretien d'une heure avec un psychiatre. Il avait donné des cours d'alphabétisation à des détenus illettrés. Il avait intégré l'équipe de base-ball et celle de basket. Et chaque jour, il avait consacré deux heures à des exercices physiques :

Haltères, course à pied, lutte, gymnastique suédoise...

Toutes les nuits, il rêvait de femmes. De quatre femmes précises. Il avait laissé la haine le submerger, le consumer, évincer tout le reste. Son obsession avait tout envahi : il avait même trouvé dans des magazines des photos de femmes qui leur ressemblaient. Il les avait découpées et collées au mur, près de son lit. Une en particulier, Stacy Green, un top-model qui était quasiment le sosie de Jillian Talbot. Jillian était l'Élément qui l'avait particulièrement attiré. Il regardait les photos de Stacy Green en pensant à Jillian et en se masturbant.

Sa vie avait connu un autre changement : il s'était fait des amis. La plupart des détenus l'aimaient bien, surtout ceux à qui il avait patiemment appris à lire. Deux d'entre eux, Eric, un garçon d'environ son âge, et Benny, qui était condamné à perpétuité, un homme déjà âgé, étaient devenus pour lui de vrais copains. Ils avaient eu de longues conversations, échangé des plaisanteries, joué ensemble dans les équipes de sport, et Victor avait beaucoup apprécié cette camaraderie toute nouvelle pour lui. Il avait appris à s'intégrer, à s'entendre avec les autres, à leur faire plaisir. Cela aussi avait été important pour lui.

Il n'avait plus jamais pensé à ses parents. Il s'était débarrassé de leur souvenir comme d'une chose inutile. Big Joe et Angela Dimorta ne pouvaient plus l'atteindre ni le blesser. Plus jamais. Ils les avait relégués dans le passé, dans l'oubli, comme ils le méritaient.

Peu à peu, pendant ces douze années, il avait évolué vers la nouvelle image qu'il s'était forgée de lui-même : celle d'un homme qui n'avait plus rien à voir avec le maigre et timide Victor Dimorta. Jour après jour, il s'était musclé, fortifié, il était devenu maître de son corps. C'était un bel homme à présent. Lorsqu'il avait comparu devant le tribunal afin d'être mis en liberté conditionnelle, il avait compris qu'il était près, tout près du but.

Sa libération avait été prononcée. En sortant de prison, il pesait vingt-cinq kilos de plus qu'en y entrant. Il s'était construit un nouveau corps, une nouvelle personnalité. Une nouvelle vitalité. Il lui restait une dernière chose à accomplir.

Il était allé à Pittsburgh, où il avait rencontré son contrôleur judiciaire. Cet homme — très gentil, vraiment — lui avait trouvé une chambre bon marché et un emploi de magasinier chez McCrory's sur la Quatrième Avenue. Chaque jour, il s'était consciencieusement rendu à son travail et, chaque soir, il était retourné dans sa chambre.

Pendant les semaines qui avaient suivi, il s'était réhabitué à la liberté, au monde extérieur. Le simple fait de se déplacer sans être surveillé ni même vu était complètement nouveau pour lui. Certes, il y avait son travail, sa chambre meublée, le contrôleur judiciaire qu'il devait rencontrer, mais tout cela n'altérait en rien sa sensation aiguë d'être libre. Aussi comprit-il qu'il n'avait jamais été libre auparavant. Non seulement ces douze dernières années, mais même pendant les dix-huit ans qui les avaient précédées. Il avait assimilé ce sentiment qui allait désormais faire partie de sa nouvelle identité.

Une nouvelle identité, avait-il alors pensé. Oui. Le moment est venu. C'est maintenant.

Un mois après sa mise en liberté conditionnelle, il s'était présenté à sa banque, qui avait une agence à Pittsburgh. Les quatre-vingt mille dollars déposés treize ans auparavant avaient presque doublé : à présent, il pouvait donc se permettre de faire ce qu'il avait à faire. Il était retourné à la prison pour rendre visite à ses amis, Eric et Benny. C'était une drôle d'expérience, plutôt embarrassante, que d'être assis en face d'eux, séparé par une vitre de protection, mais il avait besoin de renseignements que Benny était le seul à pouvoir lui fournir. Les quelque trente années passées en prison avaient fait de Benny une encyclopédie vivante en matière de crime. Il avait dit à Victor où il devait aller et comment il devait procéder. Victor l'avait remercié et lui avait promis de revenir le voir bientôt — c'était un mensonge —, puis il était retourné à Pittsburgh.

Au bout de sept semaines, le contrôleur judiciaire avait relâché sa surveillance. Un beau matin, Victor Dimorta avait quitté son meublé, avait franchi les deux rues qui le séparaient de Chatham Center, à l'ouest de la ville, et il était monté dans un taxi qui l'attendait. Celui-ci l'avait conduit à une clinique privée à la périphérie de la ville.

Douze semaines et trois opérations plus tard, il avait cessé d'être Victor Dimorta.

Il était devenu Valentin.

Il était sorti de clinique un 23 août, il y avait de cela trois ans et demi ; c'est alors qu'avait commencé ce qui lui avait semblé l'attente la plus longue de sa vie. Des mois durant, il avait vécu dans un motel, dans une petite ville près de Pittsburgh. C'est là qu'il avait fini par perdre sa virginité. Grâce à deux prostituées qui travaillaient au bar et au restaurant du motel et qu'il faisait venir dans sa chambre. Il leur avait demandé de lui apprendre tout ce qu'elles savaient, tout ce qui plaisait aux femmes. Toutes les manières de faire vibrer leur corps. Il avait passé des week-ends entiers au lit avec elles, parfois avec les deux, parfois avec une seule, et à la fin elles lui avaient assuré que ce qu'ils faisaient ensemble n'était plus de simples rapports sexuels. Il leur faisait l'amour maintenant, et même fort bien.

Il avait fait de fréquents pèlerinages à sa maison de Mill City, carcasse abandonnée parmi d'autres maisons délabrées sur une colline surplombant la ville moribonde. Il devait se montrer prudent, car il était recherché par la police de l'État. Pourtant, il y était retourné presque chaque mois : il couchait dans son lit d'enfant, mangeait à une table vermoulue dans une salle à manger poussiéreuse. Pendant toutes ces dernières années, il s'y était retiré de nombreuses fois, y restant parfois plusieurs semaines d'affilée, seul et invisible. C'était sa maison, celle de son enfance, la seule où il eût vécu. Et, comme ses parents n'étaient plus là, elle lui convenait parfaitement.

Il avait passé de longs moments à s'examiner dans la grande glace à l'intérieur de la porte de la salle de bains située à l'étage. Tout nu, il contemplait cette nouvelle personne qu'il était devenu, cet homme beau et puissamment bâti. Cet animal sympathique et séduisant qui pourrait conquérir les femmes avec son sourire et les satisfaire avec son corps.

Il était Valentin.

Et il allait tuer les quatre Éléments. Ces quatre putains.

Son attente s'était terminée trois ans auparavant, un 26 janvier. Il s'était envolé pour Los Angeles. Il avait loué une Mercedes et une chambre dans un quartier calme de la ville. Il s'était procuré une nouvelle garde-robe chez Rodeo Drive. Puis il s'était rendu à la résidence où habitait Sharon Williams et avait commencé à la guetter.

La serveuse revint en traînant les pieds pour lui servir un autre café, alors qu'il se rappelait le pique-nique de Los Angeles et la rencontre à Boulder un an plus tard.

Cass MacFarland, la troisième de la liste, avait été la plus difficile à trouver. Elle n'habitait plus à Montclair, dans le New Jersey. Comme Belinda avait déménagé elle aussi, cela lui avait donné l'idée de se mettre à chercher Cass dès le mois d'août, six mois avant la Saint-Valentin. Il avait eu raison.

Il avait commencé par Montclair. Pendant trois jours, il avait fait le tour des maisons voisines, où, pensait-il, on pouvait la connaître. Il s'était renseigné auprès de tous les voisins, mais sans résultat. Puis il s'était adressé aux barmans et aux serveurs de tous les restaurants et tavernes dans un rayon de deux kilomètres. Rien. Finalement, cédant à une intuition, liée à leur matière principale à Hartley, il était entré dans la librairie la plus proche de la maison où elle avait vécu enfant.

Gagné. Le couple entre deux âges derrière la caisse se souvenait très bien de Cassandra. Ils l'avaient connue petite fille, l'avaient vue grandir et devenir une femme. Elle avait toujours été une de leurs meilleures clientes. Elle lisait tout le temps, peut-être parce qu'elle voulait devenir écrivain. Avant de divorcer, elle venait toujours avec son mari. Puis elle avait quitté Montclair. Pour aller où ? avait-il demandé. Eh bien, ils ne le savaient pas, mais David, lui, le saurait sans doute. David, son frère aîné, était acteur et habitait New York. Cass et lui étaient très proches. Quel dommage que leurs parents l'aient déshérité, avait ajouté la femme. Il est homo, vous comprenez...

Il n'y avait que deux David MacFarland dans l'annuaire de Manhattan. Il était tombé sur le bon du premier coup. Il s'était présenté comme un vieil ami de faculté, de passage à New York pour affaires. Comment pouvait-il contacter Cass ?

La réponse du frère l'avait surpris. Eh bien, je ne peux pas vous donner ses coordonnées comme ça, par téléphone, avait-il dit. Mais si vous me laissez votre nom, je le lui transmettrai dès que je l'aurai au bout du fil...

Victor lui avait raccroché au nez : il ne s'était pas attendu à cela. Maudissant sa malchance, il avait quitté

Montclair pour se rendre directement à New York, dans la 44e Rue Ouest, où habitait David.

David MacFarland était l'un des deux hommes : soit le beau brun, grand et mince, soit le blond, un peu moins grand mais beau, lui aussi, avec une moustache. Le blond était malade, cela se voyait : il marchait lentement, péniblement, en s'aidant d'une canne. Victor s'était mis à surveiller leurs allées et venues. Ils partageaient le rez-de-chaussée d'un immeuble de quatre étages en pierre.

Cela avait été un jeu d'enfant. Benny lui avait appris à ouvrir les serrures. En prison, il avait suivi un cours d'électronique et s'était montré très doué. Une course rapide dans un magasin de Broadway lui avait permis de se procurer l'équipement nécessaire. Il avait loué une chambre dans un hôtel minable à deux pas de là, puis il était retourné à l'immeuble de David MacFarland et s'était mis à attendre. Ce soir-là, les deux hommes étaient sortis et avaient pris un taxi. Ils portaient tous les deux des paquets-cadeaux enveloppés dans du papier voyant. Où qu'ils aillent, s'était-il dit, ils y resteront probablement un moment. Il avait attendu que le taxi tourne au coin de la rue, puis il s'était précipité vers l'entrée de l'immeuble et avait descendu les quelques marches qui menaient à la porte du rez-de-chaussée.

C'était une porte blindée. Frustré, furieux, il avait regardé tout autour, cherchant un autre moyen de pénétrer dans l'appartement. Puis, avec un petit rire, il avait rangé le passe dans sa poche. La fenêtre près de la porte d'entrée était restée entrouverte : un oubli, sans doute.

Il avait commencé par chercher un carnet, ou quelque chose dans ce genre, pour retrouver l'adresse ou ne serait-ce que le numéro de téléphone de Cass. Un Filofax relié cuir, qu'il avait découvert dans la chambre à coucher, appartenait de toute évidence à l'ami de David, il n'y avait là aucun MacFarland. Il fallait donc opter pour le plan bis. Dix minutes plus tard, il y avait un micro dans le récepteur du téléphone, et Victor était rentré chez lui pour installer le magnétophone. Après, il était sorti s'offrir un steak.

Il avait ensuite passé trois jours à explorer New York, cette ville merveilleuse, excitante, sur laquelle il avait tant lu et qu'il avait vue si souvent dans des films. Il était allé aux musées et au Rockefeller Center, il était monté tout en haut de l'Empire State Building, il avait fait un tour chez Macy's. Pour la première fois de sa vie, il avait vu une comédie musicale sur Broadway. Il était facile de passer inaperçu ici, de vivre dans l'anonymat. Trois jours n'étaient pas passés qu'il le savait déjà : c'est ici qu'il allait vivre. Le lieu, il l'avait donc trouvé, mais d'abord...

Le troisième soir, de retour dans sa chambre, il avait écouté l'enregistrement. Les deux jours précédents, il avait entendu des conversations mondaines entre Rick — sans doute le blond qui marchait avec une canne — et sa mère, qui lui téléphonait tous les jours pour s'assurer qu'il prenait ses médicaments. Puis David, le grand brun, l'avait rappelée pour confirmer que son fils allait bien, qu'elle n'avait pas besoin de venir tout de suite à New York. Il avait également entendu David parler à une femme, apparemment son agent. Rien cette semaine, avait-elle dit. Il y avait aussi des appels d'amis, hommes ou femmes, qui les invitaient ici ou là, leurs incessants bavardages, leurs questions à propos de la santé de Rick.

Mais le troisième soir il avait eu de la chance. Il avait immédiatement reconnu la voix de Cass MacFarland. Elle voulait s'assurer que son frère n'avait pas changé d'avis. Le lendemain, David devait récupérer sa voiture au garage à une heure et aller avec son copain passer quelques jours avec elle dans le New Jersey. Comment est la maison ? avait demandé David.

Confortable, avait-elle répondu. Prends le Holland Tunnel, c'est plus rapide.

Le lendemain, il avait quitté l'hôtel, jeté le magnétophone et loué une voiture chez Hertz. Il avait trouvé une place de parking près de l'immeuble de David, et il avait attendu. A une heure, les deux hommes étaient allés dans le garage et en étaient ressortis au bout de quelques minutes dans une Volvo verte.

Il les avait suivis dans le tunnel et sur l'autoroute New Jersey Turnpike. Ils avaient roulé presque deux heures. Au moment où il commençait à se dire qu'ils allaient bientôt quitter le New Jersey, leur voiture s'était engagée sur une bretelle de sortie.

La route qu'ils avaient prise ensuite les avait menés à une petite ville au milieu des collines et de la forêt. A un carrefour au centre du village, David avait tourné à droite. Victor les avait laissés s'éloigner : à présent, il lui était difficile de les suivre d'aussi près.

Plus loin, la petite route coupait à travers la forêt, et il y avait beaucoup de virages. Une fois, il avait aperçu leur voiture loin devant lui. Puis elle avait tourné et disparu parmi les arbres. Il avait accéléré un peu.

Au bout de quelques kilomètres, il s'était aperçu qu'il l'avait perdue de vue. Faisant demi-tour, il était revenu lentement, scrutant les embranchements où se trouvaient des boîtes postales. De longues impasses, apparemment : de la route, on ne voyait aucune maison. Au troisième embranchement sur sa gauche, il avait vu une boîte à lettres toute neuve, de couleur vive, brillante, avec un nom écrit distinctement : C. MACFARLAND.

Il appela la serveuse et commanda une tarte aux pommes. Il sourit en pensant à l'ingéniosité dont il avait fait preuve en traquant sa troisième victime. Et au dénouement glorieux, survenu six mois plus tard.

Avec Cass MacFarland, il avait eu une surprise agréable. A l'université, elle était toujours avec les autres filles, une partie du monstre à quatre têtes appelé les Éléments. Maintenant, quinze ans plus tard, c'était une femme silencieuse, sereine et sérieuse. Elle avait rompu tout lien avec ses parents, lui avait-elle avoué pendant leur brève relation, et elle avait perdu de vue ses anciens amis. Elle avait été mariée six ans à un homme qui avait grandi avec elle, un assistant d'université qui s'était enfui avec une de ses étudiantes. La seule personne avec qui elle était restée tout le temps en contact était son frère, que manifestement elle adorait. Ses cheveux roux cuivre et son sourire facile lui avaient rendu la tâche agréable.

Mais en premier lieu, il avait dû l'aborder. Et il s'y était pris d'une manière fort astucieuse. Mieux que quiconque, il savait que les gens qui s'isolent volontairement sont particulièrement sensibles à la gentillesse.

Il y avait un petit restaurant en ville où elle allait dîner seule le samedi soir. A cette époque, il avait déjà déménagé à New York, mais, les mois suivants, il était revenu de temps à autre dans ce coin reculé du New Jersey pour la surveiller. En observant son existence solitaire dans sa maison isolée, il avait remarqué la tenue et le maquillage soignés qu'elle choisissait pour ses virées du samedi soir.

Il l'avait regardée à travers la fenêtre du restaurant : toujours seule et toujours assise à la même table, elle bavardait avec la serveuse et l'aide-serveur. Une ou deux fois, le propriétaire, un homme d'âge mûr, corpulent, l'avait rejointe pour le dessert et le café. Avant de quitter le restaurant, elle s'installait au bar, près de l'entrée, pour prendre un digestif, et pendant une demi-heure, elle riait et plaisantait avec le barman. Puis, après avoir salué tout le monde, elle retrouvait sa voiture et regagnait lentement sa maison dans la forêt.

Il avait observé ce rituel chaque samedi pendant six semaines. A part cela, elle ne sortait guère que pour faire des courses au supermarché et à la pharmacie, où elle s'attardait toujours pour parler avec les caissières ou avec le pharmacien. Une fois, il l'avait suivie jusqu'au minuscule cinéma en ville. Il l'avait vue acheter son billet, elle allait voir un film que la critique avait encensé, une histoire d'amour romantique. Elle avait bavardé longtemps avec la fille qui vendait des pop-corn.

Cass MacFarland était une personne solitaire.

Faire sa connaissance dans le restaurant avait été chose aisée. Un samedi soir, quatre semaines avant la Saint-Valentin, il s'était assis à la table voisine, dans la salle presque vide, et avait engagé la conversation. Au dessert, elle l'avait invité à venir à sa table.

« Je suis écrivain, je suis en train d'écrire un roman, lui avait-il dit, mais dans la ville où j'habite, il y a trop de bruit. Des amis m'ont conseillé de venir passer le week-end ici.

— Ça alors, s'était-elle écriée, moi aussi je suis écrivain !

— Sans blague ! J'ai loué une chambre dans un petit hôtel en bas de la rue. Voulez-vous qu'on dîne ensemble samedi prochain... ? »

Pour Cass, il avait perfectionné son scénario en y ajoutant des cartes anonymes et des fleurs. Il avait passé les trois semaines avant la Saint-Valentin — quand il n'avait pas rendez-vous avec elle — à l'espionner, caché dans la forêt près de sa maison. (Plus tard, après l'avoir étouffée, il s'était rendu compte qu'il avait pris plus de plaisir à la guetter qu'à la tuer. Il allait s'en souvenir en s'attaquant à Jillian.)

Cass écrivait un roman ; elle avait utilisé l'argent qu'elle avait reçu après son divorce et une partie de ses économies pour acheter cette maison isolée. Le reste, elle l'avait donné à son frère afin de l'aider à s'occuper de son petit ami qui était mourant. Elle s'était volontairement retirée du monde pour se consacrer à l'écriture. Depuis qu'elle avait terminé ses études, elle avait commencé plusieurs romans, mais n'en avait terminé aucun. Pendant six années elle s'était fourvoyée en essayant de sauver sa relation avec son Don Juan de mari. Maintenant, à trente-six ans, elle savait qu'il était temps qu'elle accomplisse ce pour quoi elle s'était toujours sentie prédestinée. Elle avait souri en prononçant ces mots.

Oui, avait-il acquiescé. L'heure est venue.

Lorsqu'elle avait reçu des cartes et des fleurs, elle avait tout de suite compris de quoi il s'agissait. Elle lui avait raconté l'histoire de Victor Dimorta, un étudiant dégoûtant de première année qui les avait harcelées, elle et ses amies. Mais elle n'avait fait aucune allusion à la farce qu'elles avaient préparée. En essayant de contacter ses amies, à leur ancienne adresse, elle avait appris la disparition de Sharon, deux ans auparavant. Elle n'avait pas tenté de retrouver Belinda ni n'avait mentionné Jillian Talbot, ce qui laissait croire, aussi étrange que cela pût paraître, que pour elle Jillian n'avait jamais fait partie du groupe. Cependant, cela l'avait suffisamment inquiétée pour qu'elle s'achète une arme, elle la lui avait montrée.

« Sois tranquille, lui avait-il dit. *Je* serai avec toi pour la Saint-Valentin. »

Et il avait tenu parole.

Le souvenir de sa maison qui brûlait au milieu de la forêt l'excitait encore. De retour à New York, il avait lu la nouvelle dans les journaux. Il avait vu des photos de la maison détruite. Celles de son frère effondré. On recherchait un grand homme brun dont on pensait qu'il était sorti avec elle les trois dernières semaines qui avaient précédé sa mort. Victor s'était présenté à Cass et s'était inscrit à l'hôtel sous le nom qu'il avait donné à Sharon Williams, et c'était ce nom-là que le propriétaire de l'hôtel avait communiqué à la police. Un homme qui ne souriait jamais, avait-il ajouté après réflexion.

Une brillante réussite, pensa-t-il. J'ai enterré Sharon Williams. Belinda Rosenberg est tombée dans un précipice. Cass MacFarland a été immolée.

La Terre.

Le Vent.

Le Feu.

Et maintenant, se dit-il, c'est ton tour, Jillian Talbot. L'Eau, le quatrième élément. Tu as eu beau t'enfuir, tu ne m'échapperas pas. Impossible. On n'échappe pas à Valentin. Je saurai te trouver.

Mais d'abord, le détective. Barney Fleck, le grand gars de la 25e Rue Ouest. Il est allé chez les flics, et ils ont fouillé l'immeuble en face de chez elle. Oui, le privé doit passer en premier...

Il fredonna sa mélodie favorite en se levant et se dirigea vers la caisse. *My funny Valentine.* Il aperçut son reflet dans un des miroirs derrière la caissière. Oui, se dit-il de nouveau, cette analyste devait disparaître. La chirurgie esthétique ne suffisait pas. Jillian était la moins égocentrique des quatre Éléments : elle avait probablement été la seule à avoir vraiment *regardé* Victor Dimorta. Certes, ses souvenirs étaient vacillants, mais elle l'aurait parfaitement reconnu sans les petits changements. Elle se serait rappelé son visage, et il ne fallait pas que cela arrive. Pas encore.

Il sourit à la caissière et lui laissa un généreux pourboire, il se sentait à l'aise. Il pensa de nouveau à elle.

Elle serait son chef-d'œuvre. Ce meurtre-là serait parfait. Il entama un dialogue imaginaire avec elle :

— Alors, Jillian, tu as la frousse ? Tu as peur de Valentin ? As-tu déjà eu aussi peur dans toute ta vie d'idiote, de petite privilégiée pleine de chance ?

Ma chère Jillian, la terreur ne fait que commencer.

L'Eau

Mardi, 10 février

Elle fut réveillée par le chant des oiseaux. Des gazouillis légers et plaisants la tirèrent en douceur de son sommeil et il lui fallut quelques instants pour comprendre où elle se trouvait. Puis elle se leva en bâillant et en s'étirant, et se dirigea vers la porte du petit cabanon en rondins. Dehors, l'air était froid et vif, une brume blanche tourbillonnait, pendait aux conifères, s'étalait au-dessus de l'eau calme et verte du lac.

Longuement, profondément, Jill inspira l'air pur et frais imprégné du sel de la baie de Long Island qui s'étendait sur près de quatre cents mètres devant elle, derrière les longues dunes de sable de l'autre côté de la résidence. Les douze cabanons se trouvaient dans la forêt, disposés autour de la maison principale, la plus grande et la plus proche du lac, où vivaient Gwen et Mike. Son cabanon à elle portait le numéro 12, caché au milieu des arbres, c'était le plus éloigné du lac, le plus isolé, le plus calme.

La pièce principale était tout en longueur, avec une porte de chaque côté. Elle imagina des rangées de lits superposés le long des deux murs, où avaient probablement logé sept petits garçons ou petites filles et un moniteur. A présent, il n'y avait qu'un grand lit confortable à baldaquin, un fauteuil rembourré, une natte, un bureau et une chaise devant la fenêtre qui donnait sur le lac. Sur un des murs, on avait accroché une grande pendule à l'ancienne qui sonnait toutes les heures. Une idée de Gwen, sans doute. Les fenêtres, comme souvent dans ce genre de cabane, avaient un encadrement en bois et s'ouvraient vers l'extérieur, on pouvait les maintenir ouvertes à l'aide de supports en bois. Maintenant, en février, elles étaient verrouillées. La salle de bains était une création récente : dans la colonie de vacances, il n'y avait que des latrines, à présent disparues, des douches, une cantine et des cuisines immenses, que l'on avait également démolies. Elle sourit en essayant d'imaginer Mike et Seth, le vieil homme à tout faire qui semblait être là depuis le commencement des temps, en train d'installer les meubles et de creuser les fosses septiques. Ils avaient dû travailler pendant des mois.

L'eau dans la petite cabine de douche de la minuscule salle de bains était glacée ; elle avait pourtant ouvert le robinet d'eau chaude. Elle se lava rapidement en frissonnant, se demandant comment pouvait bien être l'eau froide. C'est logique, se dit-elle, il faut du temps pour qu'elle arrive de la citerne centrale. Elle utilisa son sèche-cheveux tout neuf, mit son nouveau jean, son nouveau chandail et son nouveau manteau long, puis descendit la colline par un sentier au milieu des arbres.

Elle passa devant plusieurs autres cabanons restaurés en rondins et traversa une grande clairière au centre de la résidence qui abritait toujours un terrain de base-ball. Une hampe de drapeau se dressait, solitaire et nue ; jadis, une centaine de petits patriotes la saluaient au son du clairon, lors d'un rituel qui avait lieu deux fois par jour, matin et soir. Les arbres entouraient la clairière de trois côtés : Jill sourit en imaginant toutes les balles de base-ball qui pourrissaient encore probablement quelque part dans la forêt. Le quatrième côté s'ouvrait sur le lac, là se trouvaient la maison principale et un embarcadère. Le chemin qui conduisait à l'autoroute à quelques kilomètres de là passait par la forêt et débouchait près du lac, où il y avait un parking. En s'approchant de la grande maison, Jill entendit des voix à l'intérieur et elle fut accueillie par une appétissante odeur de bacon frit. C'était sa quatrième journée ici, et elle n'avait pas encore été malade le matin. A croire qu'elle avait laissé tout cela derrière elle, en ville. Cela et bien d'autres choses...

Elle s'arrêta sur la véranda pour regarder le paysage. Le lac était à une trentaine de mètres de là... Il n'était peut-être pas très grand, mais, aux yeux d'une citadine comme elle, il semblait immense. Une forêt verte, épaisse, l'entourait ; ici et là, près de la rive, on voyait d'autres petites clairières avec six ou sept bungalows pour des New-Yorkais fortunés, tous vides en cette saison. Les maisons les plus éloignées, de l'autre côté du lac, étaient à peine visibles. L'embarcadère juste en face, une vieille construction en bois qui avait l'air solide, s'enfonçait une dizaine de mètres sous l'eau, tout au bout, il y avait un plongeoir et une échelle. Plus loin, sur une étroite plage boueuse, on voyait trois canots et deux canoës : un autre héritage de la colonie de vacances. Le soleil du matin fusait à travers la brume, illuminant la campagne. Elle soupira. C'était beau.

Le rez-de-chaussée du bâtiment principal, une maison de deux étages en pierre et en séquoia, était occupé essentiellement par une grande pièce flanquée d'une cuisine spacieuse. C'était un lieu où l'on se réunissait en toute occasion, moitié salon d'hôtel, moitié salle à manger. Des canapés et des fauteuils avaient été disposés autour d'une table basse, il y avait un fauteuil à bascule dans un coin et trois autres sur la véranda, à côté d'un hamac. Dans la salle à manger aménagée au fond de la pièce, près de la cuisine, se dressait la plus grande table en acajou qu'elle eût jamais vue. Gwen lui avait dit qu'on pouvait s'y asseoir à dix-huit, même si d'habitude elle n'acceptait que douze personnes. D'un côté, le mur était en pierre, avec une cheminée impressionnante qui restait continuellement allumée pendant les mois d'hiver. De l'autre côté, un petit escalier en bois menait à l'appartement de Gwen et de Mike, sans doute l'ancien logement des propriétaires de la colonie de vacances.

Il y avait trois personnes dans la pièce : une femme et un couple assis devant la cheminée ; et Jill entendit Gwen s'activer dans la cuisine. La femme, petite et jolie quoique plus toute jeune, était Barbara Benson, auteur de romans sur la chevalerie, une véritable institution nationale depuis trente ans. Elle était habillée de tweed et ses cheveux ondulés étaient légèrement teintés de bleu. Jill remarqua son collier de perles enroulé deux fois autour de son cou et son parfum à la lavande, tous deux de prix. Barbara avait écrit environ soixante livres et elle devait être très riche. Il en allait probablement de même pour le petit homme brun avec une barbiche, assis en face d'elle : Jeffrey Monk était un auteur mondialement connu de romans d'épouvante. Il semblait concentré et silencieux. Sa femme, Ruth, sympathique et séduisante, se trouvait à côté de lui. Elle avait impressionné Jill le soir de son arrivée : après le dîner, elle s'était penchée vers elle pour lui avouer qu'elle ne pouvait pas supporter les livres de son mari. Tous les trois avaient tout fait pour se montrer amicaux envers Jill, si bien qu'elle se demandait si Gwen et Mike ne les avaient pas mis au courant de ses mésaventures. Barbara et Jeffrey, connus comme ils l'étaient, avaient les moyens d'aller n'importe où et, s'ils étaient venus à la résidence dès sa création, c'était surtout pour encourager Gwen et

Mike. Leur soutien contribuerait à l'image de marque, sinon à la publicité du lieu : cela comptait pour une affaire qui venait de démarrer. Jill avait bien compris qu'ils essayaient d'aider leurs jeunes amis écrivains, aussi lui avaient-ils plu immédiatement.

— Bonjour, dit-elle à tous les trois.

— Salut, ma chérie, roucoula Barbara. Qu'est-ce que tu as l'air reposé ! La paix et le calme qui règnent ici sont tout simplement paradisiaques.

— N'est-ce pas ? renchérit Ruth. Je pense que nous avons trouvé l'endroit idéal pour soigner les insomnies de Jeff.

L'auteur de romans d'épouvante acquiesça en souriant.

— Venez et servez-vous !

C'était une petite blonde vêtue d'une robe de mamie à pois noirs et blancs qui venait de prononcer ces mots d'une voie enjouée, en sortant de la cuisine d'un air affairé avec un plateau plein à ras bord. Elle posa un monceau d'œufs brouillés sur une longue desserte près de la table en acajou et courut faire la bise à Jill.

— Salut, toi !

Jill sourit. Gwen Feldman était de loin la personne la plus énergique qu'elle connaissait, à l'exception peut-être de son mari. Pendant que les autres se levaient pour se diriger vers la desserte, Jill demanda :

— Où est Mike ?

— A la gare, répondit son hôtesse d'une voix chantante en passant des assiettes à tout le monde et en s'assurant que chacun avait son couvert.

Il y avait des œufs, du bacon, des saucisses, des gaufres, des toast, des fruits, des céréales chaudes et froides.

— Je suis heureuse de vous annoncer, poursuivit-elle, que nous allons bientôt avoir parmi nous deux nouvelles recrues, qui doivent arriver d'un moment à l'autre. Craig Palmer, un auteur de romans policiers — tu le connais, Jill, n'est-ce pas ? — et Wendy Singer, qui a créé cette série pour la télé avec une femme vétérinaire. Et puis, quelqu'un d'autre a réservé ce matin par téléphone une chambre pour jeudi. Nous sommes en train de nous agrandir ! J'ai eu une idée : au lieu de fêter la Saint-Valentin le 14, on la fêtera la veille, car Mme Barbara Benson et M. et Mme Jeffrey Monk vont nous quitter samedi après-midi. Donc, préparez vos chaussures de danse pour vendredi soir. Mike s'occupera du tourne-disque, il nous fera écouter toute sa collection de vieux enregistrements. Il y aura du champagne, une tombola et on dansera jusqu'à l'aube. Nous avons également invité quelques voisins, ce sera votre unique chance de rencontrer des autochtones. J'espère que vous avez tous l'intention de venir. Et maintenant, à table.

Respectueuse des prescriptions du Dr Chang, Jill se contenta d'un demi-pamplemousse et d'un bol de corn flakes. Mais ce ne fut pas sans efforts : son appétit était revenu en force dès qu'elle avait quitté New York et la nourriture paraissait délicieuse. Elle prit une tasse et une soucoupe, se servit un déca et s'assit à côté de Gwen, qui présidait.

A peine avaient-ils commencé à manger qu'ils entendirent le bruit d'un camion ; quelques instants plus tard, la porte s'ouvrit et trois personnes chargées de valises entrèrent en riant et en bavardant. Le plus grand d'entre eux, c'était Mike qui, avec sa chemise de flanelle, son bleu de travail, son bonnet et sa barbe noire et touffue, ressemblait à s'y méprendre à Paul Bunyan.

— Salut, les copains ! tonna-t-il en posant plusieurs sacs par terre et en demandant à ceux qui l'accompagnaient de suivre son exemple. On rangera ça plus tard. La bouffe d'abord !

Ils se dirigèrent vers la desserte. Jill connaissait le

distingué Craig Palmer, un homme d'une cinquantaine d'années. Ils s'étaient rencontrés plusieurs fois, car non seulement ils publiaient chez le même éditeur, mais ils avaient aussi le même directeur littéraire. Elle connaissait également Wendy Singer, une jeune femme charmante, pour l'avoir rencontrée aux réunions de « Sœurs en crime », auxquelles Jill avait quelquefois assisté.

Craig et Wendy furent présentés aux autres célébrités ; quant à Mike, il se laissa tomber dans un siège de l'autre côté de la table en face de Jill et de sa femme. Au moment où il attaquait son petit déjeuner, Jill lui demanda :

— C'est toujours d'accord pour aujourd'hui ?

— Pardon ? Ah, ouais, bien sûr. Trois heures, ça te va ? J'aurai fini mes corvées à ce moment-là. Le champ de tir est de l'autre côté du terrain de base-ball, dans la forêt.

— Parfait, dit Jill. Trois heures.

Gwen fronça les sourcils en les regardant tous les deux.

— Tu es sûre, Jill ?

— Oh, oui, répondit-elle en souriant pour calmer sa pacifiste d'amie. Ton mari va m'apprendre à me défendre moi-même.

De nouveau sur l'autoroute, Barney roulait en direction du nord-est, s'éloignant de Pittsburgh. Il faisait froid, mais la visibilité était parfaite et la voiture se comportait plutôt mieux que la moyenne des voitures de location. Si cela continue, je finirai par apprécier les changements de vitesse automatiques, pensa-t-il.

Il jeta un coup d'œil à la carte posée sur le siège avant, où son itinéraire était souligné à l'encre. Oui, la sortie de l'autoroute se trouvait bien là, et après, il prendrait Mill Road jusqu'à la ville. Une fois arrivé dans le centre, il demanderait qu'on lui indique Franklin Street.

Il bâilla à se décrocher la mâchoire, content de s'être arrêté pour manger un sandwich et boire un café après avoir quitté la prison. Pour prendre son avion, il avait été obligé de se réveiller à six heures. A présent, il était deux heures et demie de l'après-midi. Cela faisait seulement vingt-cinq minutes qu'il avait déjeuné, mais il lui semblait qu'il conduisait depuis des heures.

L'autoroute était dégagée ; le paysage gris et plat du sud-ouest de la Pennsylvanie en plein hiver n'avait rien d'extraordinaire. Il tendit la main vers le siège du passager et déplaça la carte qu'il avait achetée à la station-service. En dessous, il y avait des photos de Victor Dimorta prises par la police, que la secrétaire du directeur de la prison avait photocopiées pour lui. Il les regarda à nouveau, de face et de profil. Un visage long, maigre, grêlé, à l'expression terne. Des cheveux raides, graisseux. De grands yeux noirs qui n'exprimaient rien, si ce n'était de l'indifférence. Un nez long, busqué, presque comme un bec de faucon, et dessous, la ligne de la bouche, fine et droite. Sa pomme d'Adam proéminente et ses joues creuses montraient que ce jeune homme de dix-huit ans était trop maigre pour son âge.

Un physique absolument insignifiant, pensa Barney. Un gosse qu'on ne remarque jamais. On en voit des centaines comme ça tous les jours dans les rues de New York. Et dire que cet individu banal avait assassiné son père et sa mère dans leur sommeil quelques heures seulement avant que ces photos soient prises.

Il se demanda à quoi il ressemblait maintenant.

C'était le directeur de la prison, M. Sanford, un homme aimable, presque paternel, qui lui avait proposé de parler avec l'indic. Maintenant, Barney lui en était reconnaissant.

Quand le tolard, un homme âgé de petite taille, était entré dans le bureau, il avait dévisagé le directeur de la prison et le géant aux cheveux gris assis de l'autre côté du bureau. Barney avait remarqué qu'il n'avait pas de menottes : cela voulait dire que ce vieillard avait passé la plus grande partie de sa vie d'adulte dans cette prison. Il ne représentait plus aucun risque pour la sécurité, et il avait des privilèges. On l'avait présenté à Barney comme Ed, tout simplement.

Pour un paquet de cigarettes, que le directeur lui avait jeté, Ed avait raconté à Barney tout ce qu'il savait sur Victor Dimorta. Très silencieux, avait-il dit, toujours seul. Mais tout le monde l'aimait et le respectait, surtout les détenus à qui il avait appris à lire et à écrire. Il avait quelques amis, deux gars partis depuis, enfin, l'un des deux avait quitté la prison, l'autre ce monde. Après sa mise en liberté, Victor était revenu une fois rendre visite à ses copains. Ensuite, la rumeur qu'il s'apprêtait à s'offrir un lifting avait fait le tour de la prison. C'était tout ce que savait Ed.

Barney avait remercié le directeur et il avait repris la route pour Mill City.

Un lifting, pensait-il en conduisant. De la chirurgie esthétique. Cet homme était donc comme une page blanche : ni visage ni empreintes digitales.

On n'avait pas trouvé d'empreintes dans la chambre en face de l'appartement de Jill. Barney connaissait Juan Escalera depuis l'époque où il était lui-même dans la police et le sergent ne voyait pas d'inconvénient à ce que le détective se mêle de cette affaire. En fait, il l'avait accueilli comme un vieil ami.

La table, le cendrier, les poignées de porte, tout avait été examiné, mais on n'avait découvert que de vagues taches, rien de précis. La salle de bains du dessous, qu'il partageait avec ses voisins, deux personnes âgées, avait été nettoyée la veille, on avait juste relevé une série d'empreintes sur le lavabo. Elles appartenaient à M. Abrams de la chambre 6A. C'est à peine si le vieil homme avait remarqué son voisin du dessus, un grand brun.

Escalera avait remercié les locataires pour leur coopération. Puis, avec une poignée de main chaleureuse et une promesse de dîner ensemble très bientôt, le sergent s'en était allé pour se pencher sur une affaire plus pressante : une analyste venait d'être assassinée dans la 10e Rue. La presse en avait beaucoup parlé. Barney avait promis à Escalera de l'appeler s'il trouvait quelque chose d'intéressant en Pennsylvanie.

Maintenant qu'il roulait en direction de Mill City, Barney se demandait par quoi il allait commencer. Sans doute fallait-il d'abord trouver la maison. Ensuite, il parlerait aux voisins, aux commerçants du coin, à quelqu'un qui aurait connu la famille. Quelqu'un qui aurait pu connaître — ou connaissait encore — Victor Dimorta.

Il devait voir le nouveau visage de Victor.

— Les débutants ont toujours de la chance ! s'écria Mike, qui avait retrouvé la cible de papier dans le fossé à l'autre bout de la clairière. Regarde-moi ça !

Jill se tenait sur la plate-forme en bois du champ de tir, serrant son petit revolver ; elle regarda le carré de papier que Mike avait rapporté pour le lui montrer. Les quatre balles qu'elle avait tirées s'étaient logées à l'intérieur du deuxième cercle, deux d'entre elles avaient touché le centre.

Mike lui fit un large sourire.

— Tu es sûre que c'est la première fois ?

— Sûre et certaine. J'aimerais réessayer.

Il fit un signe de la tête et alla accrocher une autre cible pendant qu'elle rechargeait son arme. Lorsqu'il fut derrière elle, elle se redressa, jambes écartées. De sa main droite, elle tenait le revolver droit devant elle ; de la gauche, elle serrait son poignet droit, pour le soutenir. Son regard glissa le long de son bras, vers le barillet, puis vers le petit carré blanc qui se trouvait à sept mètres de distance à peu près. Ce n'était pas le papier qu'elle voyait, mais un fantôme grand, maigre, brun, et sans visage. Quand elle se sentit prête, elle appuya sur la détente.

— En plein dans le mille ! cria Mike.

Au numéro 7 de Franklin Street, il y avait une petite maison délabrée de deux étages, vaguement victorienne, à la peinture blanche écaillée. Une pancarte, A VENDRE, aux lettres décolorées émergeait d'un tas d'ordures près des marches de la véranda affaissée. Une maison en bois, tout compte fait pas très différente de celles que l'on voyait du même côté de la petite route qui surplombait la ville située dans une vallée. Derrière un modeste ensemble d'immeubles, juste en dessous de lui, Barney vit les restes de la fabrique de papier, un squelette croulant en ciment avec des rangées de fenêtres brisées et des cheminées pointant vers le ciel gris. Gris, pensa-t-il. Tout est gris ici. La fabrique, la ville, le ciel, et cette rangée de maisons sur cette route grise au-dessus d'une vallée grise.

Il tourna le dos à ce panorama déprimant et traversa la rue, puis il monta les quelques marches qui menaient à la véranda du numéro 7. La porte était verrouillée, les volets fermés. Il descendit et fit le tour de la maison. Les mauvaises herbes avaient envahi la petite arrière-cour clôturée où se dressaient deux arbres, secs et nus. La porte de derrière était aussi fermée à clé.

Avant d'arriver chez les Dimorta, Barney avait remarqué quelques voitures garées dans la rue. Sur une véranda, deux maisons plus loin vers la gauche, une vieille femme était assise dans un rocking-chair. Son tricot sur les genoux, elle le fixait du regard ferme de quelqu'un qui a tout vu et qui a compris que peu de choses sont dignes d'intérêt. Il sourit et lui fit un signe de la main. Elle inclina la tête. Il prit ça pour un encouragement et monta jusqu'à sa véranda.

— Bonjour, dit-il.

Elle inclina de nouveau la tête et ses aiguilles à tricoter cliquetèrent.

— Vous voulez acheter la maison hantée ?

Il sourit.

— Le numéro 7 ? Pourquoi hantée ?

— Tout le monde l'appelle comme ça. Il y avait là un gamin fou, il a tué son père et sa mère. Enfin, eux aussi, *ils* étaient fous, c'est sûr...

— Vous les avez connus ?

Elle le toisa.

— Évidemment. Feu mon mari et Big Joe Dimorta étaient tous les deux contremaîtres à la fabrique de papier.

Barney monta les marches.

— Qu'est-ce qui s'est passé avec ce gamin ?

— Victor ? fit-elle avec un petit rire sec. Il a toujours été étrange, même petit. Il s'amusait à jeter des pierres aux chiens, et après il regardait s'il les avait touchés. Il s'est fait mordre plusieurs fois. Il embêtait les filles à l'école, et les autres garçons le battaient, son père aussi, d'ailleurs. Qu'est-ce qu'il a pu lui taper dessus, et sur Angela aussi. Ah ça, il la rossait, c'était quelque chose ! J'étais à deux maisons de chez eux, et pourtant je devais parfois me boucher les oreilles. Victor s'était enfui de la maison pour aller à l'université, mais on l'a renvoyé. Paraît que là-bas aussi il avait embêté des filles. Pourtant au procès, on n'en a pas parlé.

— Au procès ? répéta Barney, l'air étonné, en parfait naïf.

— Ouais. Après les deux meurtres. Il leur avait tranché la gorge pendant qu'ils dormaient. Il a été en prison, mais maintenant il est sorti. On l'a mis en liberté surveillée et il s'est enfui. C'était il y a quelques années, et il y a eu plein de gendarmes ici, ils m'ont posé des tas de questions. Vous savez, si j'étais vous, j'y regarderais à deux fois avant d'acheter cette maison.

— Pourquoi ?

Elle arrêta de tricoter et, les mains sur les genoux, elle leva les yeux vers Barney, puis se tourna vers la maison de Victor.

— Elle est hantée. Je l'ai jamais vu, mais je pense qu'il revient ici. De temps en temps, pas beaucoup ces derniers temps. Les Olsen, plus bas, au numéro 5, ils pensent la même chose. On a tous entendu des choses, surtout la nuit. Des voix. *De la musique,* parfois. On a vu aussi des *lumières* aux fenêtres. Des choses comme ça.

— L'avez-vous dit à la police ?

Elle se remit à tricoter.

— Oh non. Ça me regarde pas.

Barney l'observa.

— Avez-vous peur de lui ?

— De qui ? De Victor ?

La vieille femme rit de nouveau.

— Pourquoi voudrait-il me tuer, *moi* ? Je suis pas sa mère !

Barney s'efforça de rire de son bon mot. Il consulta sa montre : quatre heures. Il devait attendre la tombée de la nuit pour faire ce qu'il avait à faire.

— Il n'y a pas un endroit où on peut manger dans le coin ?

Elle pointa le doigt en direction de l'autoroute.

— La prochaine sortie vers l'est. Il y a une *vraie* ville là-bas, avec un centre commercial.

— Merci. A qui appartient la maison maintenant ? Je veux dire, qui la vend ?

— La sœur de Big Joe.

Comme il descendait déjà les marches de la véranda, la vieille femme lui demanda :

— Alors, vous allez l'acheter ?

— Non, je ne le pense pas. On risquerait de se sentir à l'étroit tous les deux, lui et moi, ajouta-t-il en souriant.

Le rire sec de la dame l'accompagna jusqu'à la voiture.

Après que Mike eut quitté le terrain de tir, Jill y resta une bonne heure encore. Elle installait elle-même ses cibles, chargeait le revolver et tirait. Elle commençait à s'habituer au poids de l'arme dans sa main et à aimer le sentiment de puissance que cela lui procurait. En une après-midi entière, elle ne manqua la cible que deux fois, et encore, de très peu. Tous ses autres coups avaient touché l'intérieur des cercles, et presque la moitié d'entre eux s'étaient logés dans le mille.

Quand le soleil entama sa descente et que la lumière se mit à décliner dans la petite vallée, Jill rangea l'arme dans son sac et retourna à la maison principale en passant par le terrain de base-ball.

Ruth Monk était assise seule près du feu, avec un livre, et Jill se sentit flattée de voir qu'il s'agissait de son roman récemment sorti en poche, *Tue-moi.* Tous les écrivains étaient probablement chez eux, plongés dans leur travail. Je suis la seule qui n'ait pas de projet, pensa Jill en saluant Ruth d'un signe de la main. Celle-ci lui montra le livre avec une moue admiratrice avant de se replonger dans sa lecture. Jill sourit à ce compliment et se dirigea vers une petite table dans un coin de la pièce où était posé l'unique téléphone de la résidence. Dans les cabanons, il n'y avait ni téléphone, ni télé, ni poste de radio, rien en somme qui incite à la distraction. La lecture du journal était interdite dans la résidence et même les ordinateurs portables étaient mal vus. Seuls Gwen et Mike avaient la télé, dans leur chambre à coucher. Ce lieu était conçu de manière à ce que les écrivains, qui étaient si facilement distraits, puissent travailler sérieusement.

Un panneau au-dessus d'une corbeille en osier, près du téléphone, indiquait :

5 MINUTES SEULEMENT PAR APPEL !
APPELS LOCAUX : 1 $
NEW YORK CITY : 2 $
AILLEURS : VOIR GWEN.

Jill déposa un billet de cinq dollars dans la corbeille et passa deux coups de fil à New York. Ni Tara ni Nate n'étaient chez eux. Elle laissa un bref message sur le répondeur de Tara, lui souhaitant bonne chance pour son rendez-vous du soir. Mais dès qu'elle entendit la voix profonde de Nate, elle raccrocha, se rappelant leur conversation de l'avant-veille.

Elle avait alors enfreint la règle de Gwen : elle lui avait parlé un quart d'heure pour essayer de lui expliquer qu'elle n'avait pas eu l'intention de le blesser. Si elle avait quitté la ville sans rien dire à personne, c'était tout simplement parce qu'elle voulait changer d'air ; elle ne lui avait pas proposé de l'accompagner parce que son vernissage approchait et qu'il devait se concentrer dessus. Nate s'était un peu calmé, mais après, il lui avait demandé d'où elle téléphonait, et elle avait refusé de le lui dire. Là, il s'était mis à hurler, et elle lui avait dit au revoir en lui promettant de le rappeler bientôt.

A présent, elle n'arrivait pas à trouver un message approprié. Elle n'allait pas lui expliquer qu'elle se cachait de quelqu'un qui avait pénétré dans son appartement pour lui faire un nouveau cadeau macabre, qui avait installé des micros dans son téléphone et dans son salon, qui avait tué deux personnes et, probablement, trois autres. Si elle lui avait raconté ne serait-ce qu'une petite partie de tout cela, il aurait insisté davantage pour savoir où elle était et il serait venu la rejoindre au lieu de préparer son vernissage.

Avec une petite grimace, Jill reprit ses cinq dollars dans la corbeille et posa à la place deux billets d'un dollar. Elle appellerait Nate plus tard. Et elle se promit qu'à l'avenir elle ne lui cacherait plus rien, jamais.

Elle alla à la cuisine et proposa à Gwen de l'aider pour le dîner. Celle-ci accepta de bon cœur.

Le téléphone sonna au moment où Tara entrait dans son appartement. Elle laissa tomber les vêtements qu'elle venait de récupérer chez le teinturier — la robe rouge qu'elle allait mettre le soir — et décrocha.

— Allô.

— Salut, Tara, c'est Doug.

— Salut ! Je suis en train de me préparer pour...

— Hmm, écoute, Tara. J'ai peur de ne pas pouvoir me libérer ce soir. J'ai un empêchement de dernière minute. Un boulot. Je suis vraiment désolé, mais je suis sûr que j'aurai l'occasion de me racheter.

— Oh, bien sûr, je comprends.

— Merci d'être si gentille. Je... je te rappellerai dans quelques jours, d'accord ?

— Parfait. Moi aussi, je suis désolée. Ne travaille pas trop. Au revoir.

Elle raccrocha rapidement, espérant n'avoir pas trop montré sa déception. Elle venait de se rendre compte qu'elle avait attendu beaucoup de cette soirée.

Elle regarda sa robe rouge dans son emballage de plastique. Ce n'est pas grave, pensa-t-elle, ce n'est que partie remise. Il m'appellera un de ces jours, et nous essayerons de nous voir. Je l'espère.

Après le dîner, Jill aida Gwen à remplir le lave-vaisselle et à ranger la cuisine. Puis les deux femmes allèrent au salon se servirent une infusion et s'assirent sur un canapé, à l'écart des autres. Barbara Benson et Craig Palmer jouaient aux échecs près du feu, Jeffrey Monk communiquait à Wendy Singer certaines informations mystérieuses dont celle-ci avait besoin pour le roman policier qu'elle était en train d'écrire. Quelque chose à propos de dards empoisonnés, si Jill avait bien compris. Ruth Monk continuait à lire, Mike était parti se coucher.

Elles burent leur tisane en silence, contentes d'être ensemble. Après un rapide coup d'œil aux autres, Gwen se tourna vers Jill et lui demanda tout bas :

— Tu es enceinte ?

Jill tourna brusquement la tête et dévisagea son amie. Elle pensa nier, mais il eût été puéril de mentir. Elle acquiesça.

— Comment le sais-tu ?

Gwen éclata de rire.

— Oh, je t'en prie ! Tu n'as jamais rencontré mes trois sœurs. Elles ont eu sept enfants en cinq ans ! Alors, on ne me la fait pas, à moi. D'habitude, tu bois du vin au dîner, et là, tout d'un coup, tu ne prends plus une goutte d'alcool. Plus de café, plus d'œufs au bacon, plus rien de ce que tu aimes. Et tu poses tout le temps tes mains sur ton ventre. Mais, peu importe comment je l'ai su. Qu'est-ce que tu vas faire ?

— Je ne suis pas sûre de le savoir. Je pense que je veux garder l'enfant, mais je voudrais qu'il ait deux parents.

— Nate est au courant ?

Jill secoua la tête.

Pas encore. C'est une des raisons pour lesquelles je suis ici — enfin, ce n'est pas tout à fait exact. Il n'y a qu'une seule vraie raison pour laquelle je suis ici. Je vous l'ai racontée, à toi et à Mike. Donc, pour l'enfant, eh bien... Je ne sais pas.

— Tu crois que Nate va t'épouser ?

— Oui. Il m'a déjà demandée en mariage.

Gwen tendit la main pour tapoter le bras de son amie.

— Alors, où est le problème ?

Jill sourit.

— Tu ne le connais pas : toi et Mike, vous ne l'avez rencontré qu'une fois, à une fête à New York, il y a quelques mois. Il est... enfin, c'est un artiste. Très passionné, très concentré sur sa carrière. Et maintenant, avec sa nouvelle série de tableaux... Je ne pense pas que ce soit le meilleur moment de le lui annoncer.

Gwen prit la main de Jill dans la sienne, petite, chaude, et lui fit son sourire de déesse de la Fertilité.

— Ma chérie, il te demande de l'épouser. Tu as envie d'accepter, ça se voit. Un enfant, c'est aussi une bonne nouvelle — pour tous les deux. Alors, tous les moments sont bons pour l'annoncer.

— Tu as raison, bien sûr. Toi, tu seras une mère formidable.

Son amie sourit.

— Et très bientôt, j'espère. Oh, Jill, ce sont des nouvelles merveilleuses. Dis-le à Nate. Je suis sûre qu'il sera ravi.

— Oui, je le pense aussi, maintenant que j'ai décidé de décider.

— Pardon ?

Jill sourit.

— Rien. Oui, je pense que Nate sera heureux. Et il sera un père merveilleux.

Gwen inclina la tête.

— Alors, il n'y a pas à chercher midi à quatorze heures. Le reste n'a pas d'importance.

Jill regarda son amie en pensant : Oui, elle a raison. Ah quoi bon se compliquer la vie...

Elle décida alors, à l'instant même, d'avoir une longue et sincère discussion avec Nate dès son retour à New York.

Barney attendait dans sa voiture. Cela faisait une demi-heure qu'il s'était garé sur le bas-côté, en bas d'une longue rangée de maisons. Il regarda sa montre : presque onze heures. Le ciel était dégagé à l'ouest de la Pennsylvanie et les rayons de la lune éclairaient la rue qui montait jusqu'au sommet de la colline, rendant, comme par magie, leur apparence de jadis aux fossiles délabrés qu'étaient à présent ces maisons : elles étaient redevenues des résidences respectables pour les salariés de la fabrique de papier. Quelques lumières clignotaient au fond de la vallée : les foyers des ouvriers qui avaient perdu leur gagne-pain vingt ans auparavant. Il se demanda d'ailleurs de quoi ils vivaient maintenant.

Il avait suivi le conseil de la vieille dame en allant au centre commercial de la ville voisine. Un vrai choc culturel. Là-bas, à moins de trois kilomètres de cette cité-fantôme, se trouvait un bourg animé, entouré de plusieurs autres villes plus importantes, suffisamment peuplées pour qu'un grand centre commercial soit nécessaire.

Il avait appelé Jane d'une cabine téléphonique pour la prévenir qu'il passerait la nuit ici et prendrait l'avion le lendemain, ou au plus tard jeudi. Elle lui avait dit de faire attention au froid, il lui avait répondu qu'il l'aimait. Puis il avait appelé au bureau pour raconter à Verna ce qu'il faisait. Il l'avait chargée d'apprendre à Jill Talbot que Victor Dimorta avait probablement subi une opération de chirurgie esthétique et de la persuader de se cacher au moins jusqu'à la Saint-Valentin incluse. Verna avait promis de transmettre le message et lui avait dit de faire attention au froid. Il lui avait répondu, à elle aussi, qu'il l'aimait.

Il avait dîné tranquillement au restaurant. Il était également passé dans une droguerie où, dans un petit rayon de quincaillerie, il avait acheté deux articles.

Puis il avait vu un très mauvais film d'horreur dans un cinéma situé au bout du centre commercial.

Maintenant, il se faisait tard, et il était de retour à Mill City, prêt à agir. Il jeta un coup d'œil sur la route. Les maisons à côté de celle des Dimorta étaient manifestement abandonnées, mais il y avait encore des fenêtres éclairées chez la vieille femme. Il allait attendre encore un peu.

La lumière s'éteignit dans le salon de la vieille femme, une lampe fut allumée dans sa chambre au premier étage. Barney dut attendre dix minutes pour qu'elle s'éteigne aussi. Toute la rangée de douze maisons était maintenant plongée dans le noir, à l'exception de quelques lumières dans les vérandas.

Barney sortit de sa voiture. Le souffle coupé par une rafale d'air glacé, il ferma son manteau et le boutonna. Puis il avança vers le numéro 7, essayant de faire le moins de bruit possible. Une fois devant, il regarda en haut et en bas de la rue à flanc de colline. Un vent froid, piquant, soufflait, faisant ployer et gémir les arbres nus qui bordaient la chaussée. Il lui sembla apercevoir quelque chose dans les buissons près de la véranda de la maison voisine : un chat maigre et galeux sortit d'un bouquet d'arbustes morts et s'engagea prudemment dans la rue. Il était donc seul ici avec, pour toute compagnie, quelques voisins qui dormaient et un chat famélique.

Il avança à pas de loup dans l'obscurité, vers la cour derrière la maison. Le cadenas sur la porte était visible dans le clair de lune. Il sortit son tournevis nouvellement acquis de son manteau et se mit au travail. Deux minutes plus tard, la porte était ouverte.

Il entra dans la maison, en refermant derrière lui. C'est alors qu'il plongea la main dans sa poche et en sortit son deuxième achat. La lampe de poche s'alluma avec un petit bruit et répandit sa lumière tout autour. Barney se trouvait dans la cuisine, une petite pièce étroite revêtue d'un linoléum imitant le carrelage, blanc à taches dorées, avec des appareils ménagers bon marché : un réfrigérateur, une cuisinière et une énorme machine à laver, un vieux modèle avec l'essoreuse sur le dessus. Dans un coin, il y avait une table en bois, et il tâcha d'imaginer le gamin qu'il avait vu sur les photos de la prison assis là à côté d'un contremaître à tête de brute et d'une femme silencieuse qui ignoraient sa présence.

En passant par la porte ballante de la cuisine, il se retrouva dans un grand salon. Une table se dressait juste devant lui et, plus loin, un canapé et deux fauteuils recouverts de draps. Il dirigea sa torche vers la table. Elle n'était pas couverte : le drap que l'on avait utilisé à cette fin avait été jeté dans un coin de la pièce. Il y avait là deux bougies dans des chandeliers en porcelaine et, chose étonnante, lorsqu'il tendit le doigt pour les toucher, il ne trouva pas de poussière. Son attention fut attirée par une tache marron brillante sur le bois clair ; il se pencha pour la sentir : du ketchup. Oui, la vieille femme avait raison. Quelqu'un avait mangé à cette table tout à fait récemment.

Le salon à proprement parler était étriqué et laid. Il retira le drap du canapé et vit ce à quoi il s'attendait : des garnitures bon marché, bien conservées. Le drap sur l'un des fauteuils ne retombait plus librement, mais comme si quelqu'un s'était assis dessus sans avoir pris la peine de l'enlever. Protégé également, un piano dormait dans un coin. Un tableau était accroché au mur au-dessus d'une petite table qui, probablement, avait jadis servi de support à une télévision, une terrible image du Christ dont le sinistre regard exprimait seulement la douleur, la souffrance, et non la miséricorde. Barney frissonna et alla vers l'escalier.

Lorsqu'il l'éclaira avec sa lampe de poche, il ne fut pas surpris de constater qu'il était couvert de poussière, mais on distinguait sur chaque marche des traces de semelles. Il monta.

Il y avait un petit palier en haut des marches, avec une grande porte à gauche et deux plus petites à droite. Une fenêtre en face de lui donnait sur l'arrière-cour à l'abandon. Au loin, on voyait les lumières de la ville. Il regarda les portes, hésita quelques instants, se dirigea vers la grande sur sa gauche et l'ouvrit.

Il ne s'était pas trompé : c'était la chambre du contremaître. Un grand lit métallique dont les ressorts nus brillèrent dans la lumière de la torche. Un bureau, une table de toilette avec un miroir rond cassé accroché juste au-dessus, deux placards. Une autre image du Christ, cette fois-ci en croix, son visage angoissé tourné vers le ciel. Du papier peint décoloré à rayures jaunes et vertes.

C'est donc ici que cela s'est passé, se dit-il. Ils dormaient dans ce lit quand il s'est faufilé dans la chambre en silence, brandissant le couteau de cuisine. Bien sûr, il n'y avait plus ni matelas ni coussins : ils avaient été détruits. Il traversa la pièce, faisant glisser la lumière le long du mur au-dessus du cadre de lit métallique. A certains endroits, le papier peint était plus clair qu'ailleurs, comme si on l'avait nettoyé. Oui, pensa-t-il, il devait y avoir du sang partout.

Il quitta la chambre, traversa le palier. Une des deux portes à sa gauche s'ouvrit sur une petite salle de bains revêtue de carrelage blanc. La douche en plastique bon marché était envahie de moisissures. Toute la pièce sentait le moisi. Il sortit rapidement et tourna son attention vers la deuxième.

Voilà. Il y était enfin. Il dirigea le faisceau lumineux vers le fond de la pièce, directement dans les yeux d'une jolie jeune femme. Il recula d'un pas, malgré lui.

Un coup de vent fit trembler les vitres sur le palier.

D'ailleurs, toute la maison craquait et tremblait. Il retint son souffle, aux aguets. Quel était ce bruit en bas de l'escalier ? Non, ce n'était que le vent. Le moindre souffle de la nature faisait gémir la vieille bâtisse en bois. Sa lampe braquée devant lui, il entra dans la chambre de Victor Dimorta.

La jolie femme le regardait d'un air aguichant du fond de la petite chambre, et il y en avait plein d'autres autour. Tout le mur était recouvert de photos et posters manifestement découpés dans des magazines de mode. Des blondes, des brunes, des rousses. Des centaines de femmes. Elles s'adossaient à des portes, couraient sur des plages, levaient des verres de vin, essayaient de jolis vêtements. Toutes n'étaient pas des mannequins professionnels : parmi elles, il vit plusieurs photos de jeunes femmes découpées dans l'annuaire de l'université. Sharon Williams, Belinda Rosenberg, Cass MacFarland.

Et Jill. C'était elle la plus présente. Mais, en examinant mieux les photos, il constata qu'il ne s'agissait pas toujours d'elle : certaines représentaient une autre jeune femme, visiblement un mannequin, qui ressemblait étonnamment à sa cliente.

Lorsqu'il s'approcha pour regarder ces photos de plus près, il dut reculer avec dégoût : toutes avaient été maculées de feutre rouge. Chaque fille avait une entaille rouge, bien tracée, autour de la gorge. De grosses gouttes brillantes dessinées au marqueur coulaient de certaines plaies.

Oh, Victor, pensa-t-il en regardant ce mur macabre. C'était donc ça, tes fantasmes ?

Il détourna les yeux de cet horrible tableau et examina le reste de la pièce. Une petite fenêtre condamnée de l'extérieur avec des rideaux de dentelle et des barreaux métalliques. Un bureau en bois et une chaise. Une autre image du Christ, moins angoissante cette fois-ci, en train de regarder avec amour une petite fille assise sur ses genoux, un agneau à ses pieds. Et en face du bureau, un placard.

Il pensa d'abord que le placard était vide. La première chose qu'il vit dans la lumière fut la penderie avec deux cintres en fil de fer. La petite étagère en dessous était vide.

Et il se pencha.

Il regarda, et lentement il s'agenouilla. Il promena la lumière au fond du placard. Il y en a une douzaine, pensa-t-il. Toutes différentes, mais en fait, toujours la même. Et si morbides. Si incroyablement morbides.

Oh, Seigneur, pensa-t-il. Jill !

C'est alors qu'une main le saisit par derrière. Quelqu'un lui tira brutalement les cheveux, et il sentit sa tête partir avec. Une forme noire surgit au-dessus de lui, se jeta sur lui. Une douleur aiguë le traversa en dessous du menton, un liquide chaud se mit à couler à flots, puis la main relâcha ses cheveux. Il s'affala dans le placard en vomissant du sang. Il roula sur le dos et dirigea la lumière vers le visage de l'homme qui se tenait au-dessus de lui. Puis il laissa tomber la lampe et chercha dans la poche de son manteau le revolver dans sa gaine en bandoulière, conscient que sa gorge était pleine de sang. Il commençait à étouffer et tendait de reprendre son souffle, lorsqu'une botte frappa sa main dans l'obscurité, l'empêchant de pénétrer dans sa poche.

Ensuite, tout s'évanouit lentement et il eut l'impression de tomber, de tomber à travers d'infinies espaces. Il pensa : Oh, Jill... Verna... Jane...

La musique continuait ; les trois femmes dansaient dans la cafétéria sombre. Assise à une table ronde près de la fenêtre, elle contemplait le paysage enneigé, incapable de tourner la tête et de regarder derrière elle. C'était comme si elle savait ce qui leur était arrivé.

Soudain la pièce fut plongée dans l'obscurité, et les trois femmes se mirent à crier. Elle porta ses mains à son ventre avec un cri silencieux : Oh, mon bébé ! Mon bébé !

Elle était assise dans un grand lit. Peu à peu son esprit fiévreux revint à la réalité et elle se rappela où elle se trouvait. Dans le cabanon numéro 12, chez Gwen et Mike, dans la maison des écrivains de Peconic, à Long Island. A des kilomètres de son appartement de Greenwich Village. Personne ne savait où elle était.

Valentin ne le savait pas non plus.

Elle se leva et passa dans la petite salle de bains. Elle but au robinet, et l'eau froide rafraîchit sa bouche en feu. Elle s'aspergea le visage, éteignit la lumière de la salle de bains et retourna dans son lit chaud en pensant encore :

Valentin ignore où je me trouve.

Au bout d'un moment, elle se rendormit. Elle dormit jusqu'au matin, aucun rêve ne vint plus la troubler.

Lorsqu'il eut terminé dans le jardin, Victor porta la pelle dans la cuisine et la rangea dans le placard. Ensuite, il monta nettoyer les traces de sang.

Il y avait trois serviettes moisies sur l'étagère de la salle de bains. Il les posa dans le lavabo et fit couler dessus de l'eau froide couleur rouille. Puis il alla dans sa chambre. Il sourit en faisant ce qu'il avait à faire et pensa : A aucun moment, il ne s'est douté que j'étais là. Il ne m'a pas remarqué une seule fois : ni dans l'avion, ni à l'agence de location de voitures, ni près de la prison, ni ici, sur le chemin, ni au restaurant. Il ne lui est même pas venu à l'esprit que j'étais assis au cinéma cinq rangées derrière lui en mangeant des pop-corns et que j'ai vu tous ces adolescents découpés en morceaux par un fou évadé de l'asile. Et il n'a pas repéré ma voiture en bas, dans la vallée, pendant qu'il attendait ici dans la sienne.

Il jeta un coup d'œil au mur de sa chambre en se disant : Il a vu mes photos. Il a regardé dans le placard. Il a violé mon intimité. Il s'est introduit ici sans que je l'invite. Il devait mourir, tout comme la psychanalyste...

Il redescendit au rez-de-chaussée et se mit à siffloter. Il vérifia tout, s'assurant que les choses étaient à leur place, propres, rangées comme il aimait. Il découvrit une petite tache sur la table de la salle à manger et l'essuya avec sa manche. Ensuite, il emprunta la sortie de service, attentif à replacer le cadenas sur la porte de la cuisine. Il fit le tour de la maison et descendit la rue balayée par le vent vers la voiture du privé. Il sortit la clé qu'il avait trouvée dans la poche du pantalon de ce dernier et conduisit la voiture vers un centre commercial où il la gara dans un énorme parking. Il faudrait plusieurs jours, plusieurs semaines probablement, avant que quelqu'un ne la trouve. Il prit un raccourci qu'il connaissait depuis son enfance pour revenir à pied à la voiture qu'il avait lui-même louée, à l'entrée de Mill City.

Et maintenant, se dit-il, je rentre à New York. Vers Jill Talbot. Il reste quatre jours. Dans quatre jours, c'est la Saint-Valentin...

Et il repartit dans l'ombre de la nuit en chantonnant...

11

Jeudi, 12 février

— Allô ?
— Tara, c'est Jill.
— Salut, ma chérie !
— Salut. Je ne m'attendais pas à te trouver à la maison. J'allais te laisser un message. Pourquoi tu n'es pas en train de bosser ?
— J'ai quelques jours de congé. Mon personnage est parti à Lourdes.
— A Lourdes ! Ah, oui ! La fameuse maladie !
— Exact. Comment vas-tu, Jill ?
— Moi, ça va. C'est très calme là où je suis. Et ta soirée mardi soir ?
— Ne m'en parle pas. Doug m'a appelée pour annuler. Il avait du travail, du moins c'est ce qu'il a dit.
— Comment ça ?
— Ben oui. Je me pose des questions, Jill. J'ai le sentiment qu'il ne s'intéresse pas vraiment à moi. Ou qu'il a peur de moi, ou quelque chose dans ce genre. Et puis, il y a autre chose : As-tu remarqué la manière dont il *te* regarde toujours ? C'est peut-être toi qui l'attires.
— Oh, Tara, ne sois pas stupide. Tu as dit toi-même que je ressemblais à sa femme qui est morte. S'il a peur de quelqu'un, c'est bien de moi.

— Hum. Bon, on verra bien s'il me rappelle. Qu'est-ce que tu racontes ?

— J'ai un service à te demander. Je voudrais que tu prennes soin de Nate, je voudrais être sûre qu'il va bien. Il doit être prêt pour la semaine prochaine, et quand il travaille dur, souvent, il oublie de manger et de dormir, il est comme ça.

— Bien sûr, Jill. De toute manière, j'allais l'appeler. Je vais peut-être le traîner dehors pour déjeuner avec lui aujourd'hui.

— Ce serait formidable. Tu sais... J'ai quelque chose à te dire. J'ai pris ma décision. Je vais l'épouser.

— Oh, Jill, c'est génial ! Et puis, jamais deux sans trois, n'est-ce pas ? Je parle du bébé.

— Comment... comment le sais-tu ?

— Jill, je t'en prie ! Ça fait une éternité que nous y pensons, Mary et moi ! Et ces derniers temps, nous avions de forts soupçons ! C'est merveilleux.

— Oui, je commence à le penser aussi. Maintenant, attention : si tu déjeunes avec lui, pas un mot de tout cela. Je veux le lui dire moi-même.

— Bien sûr. Les hommes sont toujours les derniers à être au courant, n'est-ce pas ?

— Oui. Écoute, il faut que je demande à Barney Fleck...

— Oh, il a fait venir des ouvriers lundi, et je les ai reçus à ta place. A présent, tu as un système d'alarme.

— Parfait. Salue Nate de ma part.

— Tu ne lui as pas téléphoné ?

— Pas ces derniers jours. C'est difficile de lui parler sans lui dire tout ce que tu sais.

— Je pense que tu devrais le lui dire, Jill.

— Je le ferai, bientôt. Allez, salut.

— Au revoir.

Le restaurant en bas de Brodway était bondé, et Tara, qui occupait une table dans un coin, lui faisait des signes. Il sourit en voyant les palmiers dans leurs bacs et les peintures exotiques et criardes aux murs, un décor antillais. La musique créole servait de bruit de fond au bourdonnement des voix dans la pièce. Il se fraya un chemin au milieu des tables et se posa sur la chaise en face d'elle devant une table en osier, jaune et brillante.

Tara le regarda et éclata de rire.

— Tu as de la peinture sur la figure.

Il porta sa main à sa pommette.

— Ce n'est pas de la peinture, c'est une tache de vernis. Je m'occupe des cadres de mes toiles. Merci de m'avoir appelé. Je commençais à devenir dingue.

— C'est l'excitation.

— Peut-être. Comment vas-tu, Tara ?

— Bien. On prend des piña-coladas ?

— D'accord.

Il fit signe à une serveuse vêtue d'une robe longue à fleurs, et ils passèrent la commande.

— As-tu vu Doug ces derniers temps ?

— Non, j'allais te poser la même question. Il a annulé notre rendez-vous l'autre soir.

— Hum. C'est vrai qu'il m'a parlé d'un job l'autre jour, il s'agissait d'une maquette de magazine ou quelque chose dans ce genre.

— Oh, ne t'inquiète pas, Nate. Je suis sûre qu'il s'expliquera. Ce n'est pas pour cela que je t'ai fait venir ici.

— Tiens !

On leur apporta les boissons. Il but une gorgée, fit une grimace : le breuvage mousseux à l'ananas et à la noix de coco était drôlement sucré. Tara vida presque complètement son verre.

— Oui, continua-t-elle. J'ai peur de me mêler de ce qui ne me regarde pas, mais je crois que j'ai raison de le faire. Je sais que tu es très occupé, que tu prépares ton exposition, mais... Voilà, c'est à propos de Jill.

Il posa son verre sur la table.

— Alors, dis-moi ? Est-ce qu'elle va bien ? Où diable est-elle ?

Elle leva la main pour arrêter le flot de questions. Et, elle se mit à raconter.

Assis sur sa chaise en rotin dans ce stupide restaurant chic de Brodway, il écouta toute l'histoire. L'effraction. La boîte à bijoux. Le micro dans le téléphone. L'appareil d'écoute sous le canapé. La musique. Et ce qu'elle avait compris de la conversation entre Jill et Barney Fleck, le détective. Victor Dimorta avait tué ses parents, et Jill pensait qu'il avait également assassiné les trois autres filles avec qui elle avait été à la faculté. Elles lui avaient joué une sorte de farce, et il les avait méthodiquement tuées l'une après l'autre. Le jour de la Saint-Valentin.

Pendant quelques instants, il resta paralysé, c'était comme si la salle s'était mise à tourner autour de lui. Puis il se leva en se cramponnant à la table.

— Où est-elle, Tara ?

Elle secoua la tête.

— Je ne sais pas. Mais Mary le sait. L'autre jour, Jill a dit que c'était elle qui lui avait suggéré l'endroit.

— Merci pour le verre, je crois que je ne pourrai pas manger maintenant. Je... je dois téléphoner à Mary.

— J'ai pensé que tu devais savoir ce qui s'était passé, Nate.

— Merci. Tu as bien fait.

Il se dirigeait déjà vers la porte.

Après le déjeuner, Jill téléphona au bureau de Barney Fleck. A la deuxième sonnerie, la secrétaire décrocha.

— Agence Fleck, bonjour.

— Bonjour, madame Poole, ici Jill Talbot. Je voulais savoir si M. Fleck était rentré de Pennsylvanie.

— Non, mademoiselle Talbot, pas encore. Il a dit qu'il ne serait pas de retour avant aujourd'hui. Mais il a téléphoné mardi et il a laissé quelques informations pour vous...

La secrétaire lui transmit le message de Barney. Jill remercia et raccrocha. Elle alla s'asseoir dans le salon de la maison et regarda le feu.

Une opération de chirurgie esthétique. Victor Dimorta avait changé de visage.

Elle sourit en pensant à la seconde partie du message de Barney : il lui disait de ne pas bouger jusqu'à la Saint-Valentin incluse.

Oui, Barney. Je n'y manquerai pas. Faites-moi confiance. Je n'irai *nulle part* !

L'encadreur se trouvait dans l'atelier, en train de poncer et de donner des coups de marteau. Nate se boucha une oreille pour ne plus entendre tout ce bruit.

— Allô, Mary, ici Nate.

— Bonjour, Nate. Ça marche, la peinture ?

— Oh, ça va, ça va. Écoute, Mary, je veux savoir où est Jill.

Il y eut un silence à l'autre bout du fil. Puis l'agent répondit :

— Ce n'est pas possible, Nate, elle va me tuer ! Elle m'a dit que personne ne devait...

— Je sais. Mais je pense que... Bon, je ne voudrais pas semer la panique, mais je pense qu'elle est peut-être en danger.

Un nouveau silence.

— Tu veux dire, à cause de ce type de la Saint-Valentin ?

— Oui. Il a fait un nouveau truc, dont elle ne nous a pas parlé.

Il lui dit quelques mots au sujet de l'effraction et des appareils d'écoute.

— Ah, mon Dieu ! Je ne le savais pas, Nate ! C'est horrible !

Soudain, un bruit de marteau parvint de l'atelier. Agacé, Nate tendit la main et claqua la porte de son appartement.

— Écoute, je veux que tu me dises où elle est. Je me sentirais mieux si j'étais avec elle. Demain, j'accroche mes toiles, mais juste après cela, je peux aller la voir. Elle est loin ?

Mary n'hésita plus cette fois-ci.

— Attends un instant. (Il entendit un bruissement de papiers.) Elle est chez des amis à nous, dans une résidence pour écrivains à Long Island. La résidence Peconic. C'est tout au bout de North Fork. Tu sais où c'est ?

Il poussa un soupir de soulagement.

— Je trouverai. Merci, Mary.

— Nate, est-ce que la police est au courant de tout cela ?

— Tu parles ! Nous y sommes déjà allés. Ils ne peuvent rien faire parce que pour le moment il n'y a pas eu de crime.

— Il a quand même pénétré dans son appartement...

— Oui, je sais. Mais elle, elle s'est enfuie sans rien dire à personne.

— C'est tout à fait Jill, ça. Maintenant, je suis contente qu'elle soit là-bas, Nate : on a l'impression que toute la ville a sombré dans la folie. Je viens de lire dans le journal quelque chose à propos du meurtre de l'autre jour, tu sais, cette psychanalyste qui a été tuée.

— Ça fait à peu près une semaine que je n'ai pas lu les journaux.

— Eh bien, c'était juste à côté, dans le Village. Donc, tu pourras t'échapper demain soir ?

— Oui, dès que j'aurai fini à la galerie.

— C'est bien. Salue-la de ma part.

— Je n'y manquerai pas, Mary. Au revoir.

Il raccrocha, presque soulagé. C'est bon, se dit-il, à présent, calme-toi. Fais ton travail. Demain soir, tu seras avec elle.

Il pensa trouver le numéro de la résidence Peconic et lui téléphoner, mais il y renonça immédiatement. Elle allait essayer de le dissuader. Non, il la mettrait tout simplement devant le fait accompli.

Et qu'est-ce donc que cette histoire de micros et d'appareils d'écoute ? se demanda-t-il. Qu'est-ce que c'est ?

Il secoua la tête, troublé, et retourna dans l'atelier voir l'encadreur.

Le nouvel arrivant les rejoignit juste avant le dîner.

Jill avait passé l'après-midi assise dans un confortable fauteuil, à regarder les flammes. Elle avait fait appel à son moyen de défense le plus efficace : elle inventait une nouvelle histoire.

Le désir d'écrire lui était venu d'un seul coup, aussitôt après qu'elle avait pris sa décision concernant Nate et le bébé. Il était fascinant d'observer le fonctionnement de son propre esprit : il lui avait suffi de résoudre un problème pour qu'un autre soit immédiatement résolu. Même Victor Dimorta lui paraissait loin, si loin de ce lieu paisible, serein. Maintenant qu'elle savait ce que l'avenir lui réservait, tout lui semblait possible. Elle allait accepter la proposition de Nate, elle allait garder le bébé. Et elle allait parler avec Barney Fleck : ensemble, ils trouveraient une solution pour Valentin.

Mais à présent, elle commençait un nouveau roman ; pour le moment, elle sentait juste l'atmosphère de ce livre. L'action se déroulerait dans le monde de Nate, les milieux artistiques de East Village. Récemment, Nate avait fait une blague, une remarque à propos d'artistes plus cotés après leur mort que durant leur vie. Elle avait ri alors, consciente pourtant d'un petit son de cloche annonciateur d'idées. Le fait d'avoir tant pensé à Nate et à son prochain vernissage le lui avait rappelé.

Donc... une jeune femme... une peintre... son maître, un artiste célèbre... un accident mystérieux... une série d'autres « accidents »...

Elle commençait à construire, à tisser, tout un complot international, lorsque la porte derrière elle s'ouvrit brusquement. Une rafale de vent glacial s'engouffra dans la pièce. Recroquevillée, tremblante, elle se retourna pour voir ce qui se passait.

Mike Feldman entra, portant une valise marron de dimensions moyennes. Il se retourna pour appeler quelqu'un.

— Par ici, vous allez être au chaud.

C'est alors qu'entra un des hommes les plus séduisants que Jill eût jamais vu. Brun, avec des yeux noirs, il était grand, très grand et très svelte. Il était vêtu d'un manteau marron foncé en poil de chameau avec une ceinture. Et il avait un chapeau de la même couleur, une de ces belles choses que les hommes portaient dans les années quarante.

Cette pensée fut immédiatement suivie d'un remords. Nate. Oui, Nate était tout aussi bien que cet homme-là. Mais il n'était pas là pour se défendre. Elle se reprocha mentalement cette infidélité.

Mike tapota l'épaule du nouveau venu.

— Jillian Talbot, je vous présente Richard Farnum.

Elle sourit et lui tendit la main.

— Enchantée.

Il la regarda. A présent qu'elle était plus près de lui, elle put voir que, bien que d'une grande beauté, son physique n'était pas parfait. Son visage semblait tendu, épuisé, comme s'il n'avait pas dormi depuis longtemps. Mais ce qui la frappa le plus, ce fut l'expression de ses grands yeux bruns : en y plongeant son regard, elle y surprit une lueur qui la remplit d'une inexplicable tristesse. Cela fit qu'il lui sembla plus attirant encore, mais en même temps sa présence la désorienta.

Puis il sourit, et la fugitive impression de malheur s'évanouit dès qu'elle vit son visage illuminé et ses dents blanches.

— Bonjour, dit-il en prenant ses mains dans les siennes. Je suis très honoré de vous rencontrer, mademoiselle. Je suis un grand admirateur de vos romans.

Elle rougit, submergée par une vague de chaleur qui semblait émaner de cet homme.

— Vraiment ?

— Tout à fait. J'ai lu tous vos livres.

— Oh !

Elle continuait à sourire dans le vide, elle ne savait jamais quoi répondre à ce genre de compliments quand ils venaient de gens qu'elle ne connaissait pas.

— Cela me fait plaisir, dit-elle à la fin, écœurée par sa propre bêtise.

Il sourit de nouveau, et l'embarras de Jill disparut.

A ce moment-là, Mike lui prit le bras.

— Venez, les enfants. C'est l'heure de l'apéritif.

Le nouvel arrivant retira son manteau, son chapeau, ses gants, et Mike lui servit une bière. L'homme resta debout devant le petit bar dans un coin près de la cuisine, regardant autour de lui. Il devait faire un gros effort pour ne pas dévisager la femme qui se tenait près de lui.

Lorsque les trois verres furent remplis, il prit le jus d'orange et le tendit à Jill. Leurs yeux se rencontrèrent. Il leva l'une des deux chopes de bière, et tous trois trinquèrent par-dessus le bar.

— A la vôtre ! s'écria Mike Feldman.

— Santé, murmura Jill.

— Bonheur, dit l'homme dans un souffle.

Pendant qu'ils buvaient, il sentit sur lui le regard de Jill, curieux, interrogateur.

— Eh bien, dit-elle, qu'écrivez-vous donc, monsieur Farnum ?

— Richard, rectifia-t-il. Je suis un auteur de romans policiers, du moins, j'espère le devenir. Je viens de commencer mon premier roman, et je veux voir si je suis capable de le terminer.

Elle hocha la tête, complaisante.

— Je connais ce sentiment. Est-ce une histoire policière, ou bien...

— Oui. Mon détective est un joueur de foot. Un stratège-arrière... Bon, je suppose que vous ne voulez pas que je vous raconte toute l'histoire...

— Vous jouez au football ? demanda Mike, et il les entraîna devant le feu.

— J'ai joué autrefois. Au lycée.

Il resta debout, Jill regagna son fauteuil et Mike s'assit sur une chaise à côté d'elle. Il examina la grande pièce où ils se trouvaient. C'est beau ici, pensa-t-il. Confortable. Puis il regarda la jolie femme qui se trouvait en face de lui.

— Travaillez-vous à un nouveau livre, mademoiselle Talbot ?

— Il faut m'appeler Jill, Richard. Pour répondre à votre question, j'étais juste en train de penser à une histoire quand vous êtes arrivés tous les deux.

De nouveau, il regarda la pièce.

— Oui, je suppose que dans un lieu aussi paisible, cela vient tout naturellement. On se sent loin du monde ici. C'est incroyable : deux heures de train, et on a l'impression que New York est sur une autre planète. En ville, j'ai du mal à écrire.

Elle hocha la tête et sourit. Elle a un beau sourire, se dit-il.

— Je connais cela aussi, Richard, dit-elle. Trop de choses vous distraient là-bas.

Mike Feldman rit.

— C'est justement tout l'intérêt de cet endroit. On trouve ici toute la paix et tout le calme dont un écrivain a besoin. Demain soir sera bien sûr une exception. Nous ferons une fête, mais ce ne sera qu'une petite entorse au règlement. J'ai toute une collection de vieux disques. J'espère que vous aimez danser, tous les deux.

— Moi, c'est certain, dit-il, et il se tourna vers Jill. Puis-je vous demander dès maintenant de m'accorder une danse ?

— Bien sûr, dit-elle. Avec plaisir.

Elle sourit de nouveau en prononçant ces mots. Oui, pensa-t-il. Elle a un sourire adorable.

Une danse, pensa Jill. Ces derniers temps, j'ai été si angoissée, si préoccupée. Cette fête, c'est tout à fait ce qu'il me faut. On se détend, Jill Talbot. Tu as la vie sauve. Tu es entourée d'amis. Personne ne sait où tu es.

Lui, il ne sait pas où tu es.

L'air décidé, elle adressa un regard amical au nouvel arrivant et chassa ces pensées de son esprit.

Tara, vêtue de son kimono rouge préféré, s'était roulée en boule sur le canapé ; elle parlait au téléphone avec le costumier des *Enfants de demain* de nouvelles idées de mode, quand soudain la sonnerie de l'interphone vint l'interrompre.

— Un instant, Enid. Quelqu'un a sonné.

Elle posa le combiné et s'approcha de l'interphone.

— Qui est-ce ? demanda-t-elle.

Tout d'abord, elle perçut seulement une lointaine rumeur provenant de la rue et un bruit de respiration. Puis, juste au moment où elle commençait à penser que quelqu'un avait sonné chez elle par erreur, elle entendit distinctement une voix d'homme.

Elle plissa les yeux, frémit de joie.

— Oui, dit-elle. Oui, bien sûr.

Elle appuya sur le bouton qui ouvrait la porte d'entrée.

Elle reprit le téléphone, promit à Enid de le rappeler dès qu'elle le pourrait, raccrocha et se précipita dans la salle de bains. Le kimono rouge vola à terre. Quand la sonnerie retentit à la porte, elle portait son plus beau jean, un chemisier couleur maïs et des sandales. Elle avait fait retomber ses beaux cheveux sur une épaule, à la manière de Meryl Streep. Elle respira profondément, fit venir un sourire radieux sur ses lèvres et ouvrit.

Doug Baron se tenait devant elle, vêtu d'une veste de cuir avec une cravate-lacet et d'un jean, tenant à la main douze Beautés américaines rouges à tige longue. Dès qu'il la vit, son expression d'attente nerveuse céda la place à un sourire d'admiration.

— J'ai menti au téléphone, l'autre soir, commença-t-il. Je n'étais pas vraiment occupé. J'étais seulement... seulement...

Il fit un si grand effort de concentration que ses sourcils se rejoignirent, tandis qu'il cherchait ses mots.

Tara Summers, qui n'était pas actrice pour rien, maintint la porte grande ouverte tout en le regardant avec un large sourire.

— Veux-tu entrer ? murmura-t-elle.

Pendant que Jill faisait un brin de causette avec Richard Farnum, elle se surprit en train de penser à Tara et à Doug, sans savoir pourquoi. J'ai été si absorbée par mes propres problèmes, se dit-elle, que j'ai tout simplement été indisponible pour qui que ce soit d'autre. Vraiment, c'est impardonnable d'en arriver là. Le monde existe, après tout.

Elle eut un rire poli en réponse à une plaisanterie de Richard, mais elle pensait : Je vais appeler Nate. Il pourra peut-être arranger les choses avec Doug. Tous les deux, nous pourrons peut-être jouer les...

Richard Farnum la regardait fixement. Elle piqua un fard et porta son verre de jus d'orange à ses lèvres.

Il vit de nouvelles personnes arriver pour le dîner et une petite femme blonde, vraisemblablement Gwen, l'hôtesse, avec qui il avait parlé lorsqu'il avait téléphoné pour réserver une chambre, sortit de la cuisine, Jill s'excusa, se leva de son fauteuil et l'aida à mettre le couvert. Le maître de maison se leva également pour servir un verre à l'homme et à la femme qui venaient d'arriver. En quittant son verre, Mike tapota de nouveau l'épaule de Richard.

— J'espère que tu pourras mener à bien ton travail ici.

Richard continua à sourire, d'abord à Mike Feldman, puis à la jolie femme assise à côté de son épouse. Il pensait :

Eh bien, Jill Talbot. Je suis heureux de vous revoir. A portée de main, cette fois-ci.

Et non plus à travers des jumelles.

12

Vendredi, 13 février

Il commença à neiger à deux heures de l'après-midi et, au bout d'une heure et demie, tout était blanc. Comme le radiateur du cabanon n° 12 ne réchauffait pas la pièce assez vite à son goût, Jill enfila son manteau, son écharpe et ses nouvelles bottes ; elle prit le carnet jaune sur lequel elle griffonnait depuis trois heures et partit à travers la forêt enneigée en direction de la maison principale.

Le chauffage, récemment installé par le vieil ouvrier de Mike et deux assistants, était visiblement un problème universel. Tous les autres locataires étaient déjà là. Barbara Benson et Wendy Singer s'étaient installés à la table de jeu tout près du feu et travaillaient l'un en face de l'autre dans une amicale intimité. Craig Palmer était assis sur le canapé en face de Ruth Monk, un jeu d'échecs posé sur une table basse entre eux. Seul l'auteur de romans d'horreur était absent : apparemment, le chauffage dans le cabanon de Monk fonctionnait convenablement.

Richard Farnum, assis tout seul à la table de la salle à manger, écrivait sur un bloc de papier. Il portait un pull à col roulé couleur chocolat — assorti à ses yeux —, un jean et des bottes, et il fumait une cigarette. Le cendrier en face de lui était déjà rempli : sans doute était-il là depuis un moment. Il fut le seul à lever la tête lorsqu'elle entra dans la pièce. Elle alla s'asseoir en face de lui.

— Salut, murmura-t-il.

— Bonjour, répondit-elle tout bas aussi.

— On dirait une bibliothèque publique. On m'a chassé de l'autre partie de la pièce à cause de ça : il montra son paquet de Marlboro et le briquet posés près de son coude. J'espère que vous, cela ne vous dérange pas.

Elle fit non de la tête.

— Que devient votre joueur de foot ?

— Pardon ? Ah, oui. Le joueur de foot. Il va bien. Enfin, si on peut aller bien quand on est poursuivi par deux gaillards armés de flingues.

Elle montra le bloc sur lequel il écrivait.

— C'est votre conscience qui a parlé. Retournez à votre travail.

— Oui, madame.

Il lui fit un clin d'œil et baissa les yeux vers son texte.

Au début, Jill eut du mal à se concentrer, parce qu'elle était assise en face d'un bel homme qui, de temps à autre, levait les yeux de son carnet pour la regarder écrire. Il l'avait déjà fait la veille au soir, se rappela-t-elle. Et pendant le dîner. Mais soudain, comme toujours quand elle se lançait dans une nouvelle histoire, elle se plongea complètement dans son propre monde.

Son héroïne allait s'appeler Tara. Elle espérait que son amie en serait flattée. Tara Winters, par opposition à Tara Summers. Tara Winters serait une jeune peintre de talent, elle habiterait dans l'appartement de Nate et aurait son atelier... Son maître serait un vieil homme excentrique, un peu dans la lignée de De Kooning, mais pas aussi célèbre. De Kooning, lui, n'habiterait pas ce quartier, pensa-t-elle, je le vois plutôt à Hamptons ; non, je vais installer mon homme dans une maison du Vermont, comme celles qu'on voyait près de Hartley College... Tara Winters vient en visite chez lui juste au moment de son accident... un accident... Quel genre de mystérieux accident peut-on avoir dans le Vermont ? Bon, un accident de ski, par exemple...

Un accident de ski.

Jill laissa tomber son stylo. Un accident de ski. Belinda Rosenberg était une skieuse. Et lui, il était là-bas, lui aussi. Il avait dû inventer quelque ruse pour la retrouver, pour la jeter dans le précipice. Il doit être terriblement intelligent...

Non ! s'ordonna-t-elle. Je ne vais pas penser à cela. Pas maintenant. Je vais me concentrer sur mon histoire.

Richard Farnum la regardait. Elle lui jeta un coup d'œil, se demandant si elle avait dit quelque chose à voix haute ou fait un geste brusque. Non, elle était certaine de n'avoir rien fait qui pût attirer son attention. Alors pourquoi...

Elle lui adressa un faible sourire, puis regarda un instant son carnet avec une grimace de désespoir et se leva pour téléphoner. Elle jeta deux pièces dans un panier d'osier et composa le numéro.

— Agence Fleck, bonjour.

— Allô, madame Poole, c'est encore Jill Talbot. Barney est-il rentré ?

— Non, mademoiselle Talbot, et je dois vous avouer que je suis un peu inquiète. Jane, enfin, Mme Fleck, l'est aussi. Elle a déjà appelé ici plusieurs fois. Il nous avait dit à toutes les deux qu'il serait de retour hier au plus tard, et cela fait maintenant trois jours que nous sommes sans nouvelles de lui.

— Avez-vous un numéro où le joindre, une adresse ?

— Non. Mardi, il m'a dit qu'il resterait une nuit

tout au plus et qu'il avait trouvé un motel dans le coin. Mais depuis, il n'a pas donné signe de vie. La dernière chose qu'il ait dite avant de partir c'est qu'il se rendait dans la maison de Victor Dimorta à Mill City. J'ai donc appelé, il y a à peu près une heure, la police de Mill City et je leur ai demandé de faire un tour du côté de cette maison, dans Franklin Street, pour voir ce qui se passe là-bas. S'il y a une quelconque trace de la présence de Barney. J'attends qu'ils me rappellent.

Jill s'assit sur la chaise à côté de la table du téléphone, et sentit un frisson parcourir lentement son dos.

— Je vois, réussit-elle à articuler. (Puis, faisant un effort pour rendre sa voix plus ferme, elle ajouta :) Je suis sûre qu'il va bien, madame Poole. Je vous rappellerai plus tard.

Elle raccrocha lentement, incapable de chasser l'angoisse qui l'étreignait. Elle regarda autour d'elle. Tous étaient occupés à écrire ou à jouer aux échecs. Seul Richard Farnum, assis à la table de la salle à manger, était en train de la fixer avec une expression curieuse. Elle détourna aussitôt son regard et le posa de nouveau sur le téléphone en se demandant :

Où êtes-vous, Barney Fleck ?

Mill City ne comptait que deux policiers, le shérif et son adjoint. Le shérif à qui Verna avait parlé était manifestement un vieux de la vieille, sans doute était-il déjà en fonction du temps de la fabrique de papier. Il l'assura que son assistant était un très brillant jeune homme et envoya Fergus faire un tour à la maison des Dimorta sur la colline.

Une heure plus tard, le shérif la rappela. Il avait deux choses à lui dire. Le cadenas de la porte de derrière avait été récemment forcé, et la vieille Mme Wells, qui habitait deux maisons plus loin, se souvenait d'avoir parlé, le mardi après-midi, avec un homme dont le physique correspondait à la description du détective. Le shérif et son assistant avaient passé en revue tous les motels de la région. A la demande inquiète de Verna, il promit de faire des vérifications également auprès des hôpitaux. Puis il lui demanda quel genre de voiture conduisait Barney Fleck. Un véhicule de location, répondit-elle.

Ce souvenir mit Verna sur une piste. A peine le shérif eut-il raccroché qu'elle téléphona à l'agence de location Hertz de l'aéroport de Pittsburgh. Elle expliqua à la femme qui lui répondit qu'elle était Mme Barney Fleck et qu'elle cherchait son mari, disparu depuis trois jours. Ce fut sans doute l'angoisse sincère dans sa voix qui poussa cette personne à lui dire la vérité, au mépris du règlement.

La voiture avait été retrouvée la veille au matin dans un parking de la zone commerciale Sunny Acres à Oakdale. Mais il n'y avait aucun signe de Barney Fleck.

Verna demanda aussitôt si Oakdale se trouvait près de Mill City. Après avoir consulté une carte de l'État, la femme reprit le téléphone pour dire que oui, en fait, c'était à quelques kilomètres.

Verna rappela le shérif. Celui-ci écouta en silence l'information concernant la voiture abandonnée. Elle lui annonça ce qu'elle allait faire, et il l'approuva.

Verna téléphona ensuite à Jane Fleck. Oui, Jane allait venir avec elle. Aux frais de la société.

Verna passa une heure à téléphoner aux compagnies d'aviation. Tout était complet pour le week-end de la Saint-Valentin, mais elle finit par trouver une petite compagnie du Nord-Est qui pouvait leur proposer deux places le soir même, pour le dernier vol. A neuf heures. Elle les réserva, rappela Jane pour la prévenir et retourna chez elle faire ses bagages.

A six heures et demie, Jill avait terminé l'ébauche de son plan. La fête commençait à huit heures, elle prit donc son courage à deux mains et retourna à travers l'espace enneigé vers le cabanon n° 12 se préparer. Elle avait acheté une robe au centre commercial de Port Jefferson, après avoir quitté sa mère à la maison de repos, mais elle renonça à la mettre à cause du mauvais temps. Ils seraient bien obligés de l'accepter en chemise de flanelle, jean et bottes. A en juger par les paquets de neige qui continuaient à tomber, il n'était pas impossible que tout le monde arrive vêtu de cette manière.

Mike et Seth avaient manifestement fait du bon travail : le chauffage fonctionnait à présent. Il y avait même de l'eau chaude dans la salle de bains. Elle mit de l'eau à bouillir pour le café sur la petite plaque, retira ses vêtements mouillés et se glissa sous la douche.

En se lavant les cheveux, elle pensa à sa mère. Sa visite à la maison de repos qui surplombait la baie de Long Island avait été une tragique déception. Jill était venue avec l'espoir de voir sa mère assez en forme pour déjeuner avec elle et ses deux amies. Or, en arrivant, elle avait appris par l'infirmière en chef que l'une des deux amies était décédée et que l'autre était rentrée chez elle passer le reste de ses jours aux côtés de sa famille. Elle avait trouvé sa mère dans l'orangeraie, assise dans un fauteuil, en train de regarder dehors. Ses cheveux étaient à présent presque complètement blancs, et elle semblait si petite et fragile, emmitouflée dans des couvertures et vêtue d'un manteau de laine que Jill lui avait offert à Noël, il y avait plusieurs années de cela. Entourée de plantes et d'appareils de chauffage, dont un se trouvait tout au plus à un mètre du fauteuil, elle tremblait pourtant de froid. Jill, quant à elle, avait été obligée d'enlever son manteau dans cette pièce chaude et humide.

Elle s'était assise sur une chaise en rotin en face de sa mère, qui la regardait et lui souriait, mais ne disait rien. Ensuite, Jill s'était lancée dans un monologue : elle avait parlé de Nate, de sa grossesse, de sa carrière et, pour finir, de Victor Dimorta. Elle avait tout déballé devant cette femme à qui jadis elle avait l'habitude de confier ses problèmes, tout en sachant que pas un seul mot de ce qu'elle racontait ne serait enregistré. Sa mère continuait à fixer l'eau de l'autre côté de la baie vitrée. A la fin, comme elle ne trouvait plus rien à dire, elle s'était levée et avait posé la boîte de bonbons préférés de sa mère, qu'elle avait achetée pour elle, sur ses genoux. C'est là seulement, alors qu'elle s'apprêtait à partir, que Mme Talbot l'avait enfin regardée en ayant l'air de la reconnaître.

— Oh, Jill, tu es là, avait-elle dit en souriant, et elle avait tendu la main pour caresser celle de sa fille. Ton père va rentrer. Veux-tu m'aider à préparer le dîner ?

Elle avait regardé sa mère, les yeux remplis de larmes. Puis, se forçant à sourire, elle avait répondu :

— Bien sûr, maman. Je vais t'aider pour le dîner.

— Merci, ma chérie. Je vais faire du bœuf Wellington, c'est son plat préféré. Tu ne crois pas que cela lui fera plaisir ?

Après avoir affirmé à sa mère que papa serait très, très content, elle l'avait embrassée sur le front et s'était enfuie. Elle avait couru jusqu'à sa voiture dans le parking extérieur et là, elle avait posé la tête sur le volant et avait éclaté en larmes.

Il était impossible de s'y retrouver, dans ce centre commercial, mais elle était entrée chez Macy's et avait choisi les vêtements et les affaires de toilette dont elle pensait avoir besoin, en payant avec une carte de crédit. Ensuite, le long voyage avait commencé. Elle s'était arrêtée une fois pour prendre de l'essence et était arrivée à la résidence Peconic juste au moment où Gwen, Mike et les autres allaient passer à table.

C'était samedi dernier, pensa-t-elle en sortant de sous la douche. Cela ne faisait que six jours. Mais en six jours, ce lieu reposant, paisible, lui avait fait un bien fou. Elle savait qu'elle ne pouvait rien pour sa mère, mais d'autres possibilités s'offraient à elle. Des possibilités infinies. Il y avait Nate, ce cher Nate. Et le bébé. Et ses amis. Et son nouveau projet de roman, qui semblait tenir debout. Barney Fleck restait injoignable pour le moment, mais elle était certaine qu'il allait bientôt réapparaître avec de nouvelles informations concernant Valentin, alias Victor Dimorta. Barney et la police allaient le retrouver. Elle en était certaine.

Tandis qu'elle préparait son café, l'horloge sonna sept heures. Son numéro de chance. Alors, pour la première fois depuis plusieurs semaines, elle pensa que tout allait peut-être s'arranger.

Le camion que Henry Jason avait loué arriva à sept heures, juste quelques minutes après que Nate et l'encadreur eurent fini d'emballer la dernière toile. Ils chargèrent les tableaux à l'arrière du véhicule aussi vite que possible. Puis Nate enfourcha sa moto et suivit le camion jusqu'à la galerie de Spring Street.

Je vais juste accrocher ces maudites toiles, pensa-t-il en roulant. Après, la terre peut s'écrouler. Peconic...

— Oh, Nate, je suis si heureux que tu sois là ! cria Henry en le voyant entrer dans la galerie. C'est vraiment la pagaille !

Il disait vrai. L'artiste qui avait exposé avant Nate, une jeune femme du nom de Dina Lustig, courait de long en large de la galerie en donnant des ordres à John, le dernier amant en date de Henry, et à deux assistants. Les nus de Mlle Lustig étaient toujours en place, on commençait tout juste à les décrocher.

— Qu'est-ce qui se passe, nom de Dieu ! cria Nate.

— C'est de ma faute, dit Henry. Dina jure que je lui ai dit *vendredi* soir. Et moi, je mettrais ma main au feu que j'ai dit jeudi ! Hier soir, comme elle n'avait pas donné signe de vie...

— Laisse tomber, marmonna Nate en s'approchant pour donner un coup de main. Il faut juste décrocher ses trucs à elle et accrocher les miens.

— Tu as raison, dit le patron de la galerie. Je ne sais pas si tu es au courant, mais nous sommes déjà le 13.

Il se mit au travail en jurant dans sa barbe.

En une heure seulement — le temps dont elle disposait pour préparer le salon —, Gwen s'était surpassée. Avec l'aide efficace de Mike et du vieil ouvrier, elle avait décoré la pièce de guirlandes rouges et blanches. Des petits cœurs ornaient les nappes et les napperons blancs, tandis que sur les verres en plastique transparent on lisait des poèmes sur la Saint-Valentin. On avait posé les hors-d'œuvre et les amuse-gueule sur la grande table. Des ballons rouges en forme de cœur flottaient sous le plafond autour d'un ballon argenté. Une centaine de bougies rouges dont la lumière était rendue plus intense encore par le feu crépitant dans la cheminée et les reflets dans le globe argenté assuraient l'éclairage de la pièce.

Jill réprima un mouvement de recul en voyant cette pièce décorée pour la Saint-Valentin, non pas parce que c'était vulgaire, mais parce que les cartes qu'elle avait reçues lui étaient revenues en mémoire. Elle se ressaisit : elle avait soigneusement évité d'évoquer les détails de ses récentes épreuves avec ses hôtes. Gwen n'aurait jamais fait cela si elle avait été au courant.

— Comme c'est charmant ! dit Jill en rejoignant son amie dans la pièce déjà remplie de monde.

Un sourire cordial illumina le visage de Gwen.

— Oh, dis-moi la vérité, Jill. C'est le décor le plus moche que tu aies jamais vu ! On dirait une boum de lycée. Nous n'avions pas les moyens de sortir l'argenterie, les verres de cristal, ni de nous adresser à un traiteur, alors, j'ai opté pour l'extrême opposé. Tout ce que tu vois ici a coûté cinquante dollars tout au plus, c'était parfait vu mon budget. Mais ça ne nous empêchera pas de passer une bonne soirée, ça va nous rappeler notre jeunesse, le bon vieux temps !

Son enthousiasme amical fit oublier à Jill ses deux dernières semaines à New York. Elle se sentit détendue.

— Et comment ! dit-elle en serrant la main de Gwen.

Les autres écrivains étaient là, tous sauf le nouveau, remarqua-t-elle. Plusieurs couples qu'elle n'avait jamais vus leur tournaient autour, venaient se présenter. Il y avait presque foule autour de Barbara Benson et de Jeffrey Monk, les plus célèbres des pensionnaires. Deux adolescents du cru, embauchés pour la soirée, proposaient des boissons sur des plateaux, un troisième s'occupait du bar. On entendait une douce musique de fond : Mike avait tenu sa promesse.

— On laisse les manteaux dans la chambre en haut de l'escalier ! cria Gwen. Ensuite, venez tous ici, je vais vous présenter.

Jill hocha la tête et se dirigea vers l'escalier.

Nu devant le grand miroir de la salle de bains du cabanon n° 5, il écoutait. Il entendit le brouhaha des voix et de la musique, du Benny Goodman, qui parvenait de la maison principale derrière les arbres et la clairière. La fête avait commencé.

Tout en se frottant avec la serviette, il se regarda attentivement dans la glace. J'ai l'air fatigué, je suis pâle et vraiment trop maigre, pensa-t-il. Bon, ce n'est pas le moment de m'inquiéter pour ça. J'ai d'autres chats à fouetter.

Jillian Talbot.

Elle ne m'a pas reconnu, pensa-t-il. Elle m'avait vu pourtant dans la rue l'autre jour et derrière la cabine téléphonique, quand j'écoutais sa conversation avec

Gwen Feldman. Mais elle n'avait pas pu me voir dans le restaurant au rez-de-chaussée de son immeuble : j'étais bien déguisé, histoire d'être prudent.

Je suis donc là. Avec Jillian Talbot...

En pensant à elle et à ce qui allait se passer ce soir-là, il commença à s'habiller lentement. Il enfila ses sous-vêtements, ses chaussettes, une chemise blanche, un pantalon gris, et il s'attacha au cou une cravate-lacet. Enfin, il mit ses chaussures, son blazer croisé et son gros manteau d'hiver. Et il glissa un revolver dans la poche de son manteau.

Puis il quitta le cabanon n° 5 et marcha vers les lumières de la grande maison à travers les congères.

Jill posa sa bière sans alcool et consulta sa montre : neuf heures. Verna Poole ne devait plus être au bureau à cette heure-là. Avec un soupir, elle pêcha son portefeuille dans son sac. Elle sortit la carte de Barney et deux dollars, se dirigea vers le téléphone et composa le numéro de son domicile, à Brooklyn. Personne ne répondit.

Elle raccrocha en se demandant si elle allait appeler Nate, lorsque quelqu'un lui effleura le coude et lui demanda si elle voulait danser. Elle se retourna, s'apprêtant à refuser poliment.

C'était Richard Farnum, encore plus beau que d'habitude dans son blazer croisé et son pantalon gris.

Elle lui fit un sourire éblouissant et accepta.

Nate aida les assistants à accrocher la dernière toile, la plus grande, la *Vie*, qu'ils installèrent avec soin, seule sur un mur, tout au bout de la galerie. Lorsque tout fut terminé, il était neuf heures et demie. Il prit son manteau et se dirigea vers la porte.

— C'est mercredi prochain, le vernissage, à sept heures. Sept heures ! N'oublie pas ! lui cria Henry Jason.

Il acquiesça de la tête et courut vers sa moto. Cinq minutes plus tard, il se trouvait dans son immeuble et montait en courant au premier étage, chez lui. Il prit les affaires dont il avait besoin et les jeta dans la sacoche qu'il allait attacher à sa moto. Il redescendit tout aussi vite.

Avec cette neige, je serai obligé de rouler au ralenti, pensa-t-il en attachant son casque. J'aurais dû prendre la voiture. Williamsburg Bridge, la voie express Brooklyn-Queens, puis celle qui mène de Long Island à Riverhead, l'autoroute 25 jusqu'à Cutchogue, et enfin Peconic...

Il démarra et descendit la 7e Rue vers la Deuxième Avenue, puis vers le sud, en direction de Delancey Street.

Elle se demanda où il avait appris à danser le Lindy. Ils commencèrent tous les deux et, rapidement, tous les autres les rejoignirent et se mirent à sauter et à se déhancher comme s'ils n'avaient fait que ça toute leur vie. Même Barbara Benson qui, à en juger par son âge, l'avait probablement déjà dansé se lança dans une ronde endiablée, changeant sans cesse de partenaire. Jill sourit en pensant à la réflexion de Gwen à propos de la boum de lycée. Ce soir-là, on allait s'amuser bien plus que cela. Tous dansèrent au son du vieux 78 tours de Mike — c'était Harry James et son orchestre —, tandis que la neige continuait à tomber dehors.

A dix heures et demie, Gwen tapa des mains et rappela toute l'assistance à l'ordre, annonçant qu'on allait décerner des prix aux amoureux. Toutes les femmes présentes furent invitées à écrire leur nom sur un petit bout de papier et à le mettre dans une coupe. Les hommes devaient ensuite en tirer un au sort, embrasser la femme ainsi désignée et danser avec elle.

Les noms furent tirés. Craig Palmer vint vers elle, l'embrassa sur la joue et la souleva du sol. Elle vit

Richard Farnum agir de la même façon envers une jeune et jolie femme du pays. En passant devant elle à toute vitesse, sa partenaire dans ses bras, il lui fit un clin d'œil.

Elle dut s'arrêter pour reprendre son souffle. Elle s'affala sur le canapé près du téléphone, regarda sa montre. Onze heures moins le quart. Elle payerait le coup de fil plus tard. Elle tendit la main pour prendre le combiné, et composa le numéro.

Elle laissa sonner dix fois. Le répondeur n'est pas branché, se dit-elle. Oh, ce n'est pas grave, Nate a dû juste sortir un moment. Je le rappellerai demain...

Il la vit raccrocher. Il prit alors, sur un plateau qu'on lui présentait à ce moment-là, deux coupes de champagne en plastique décorées de cœurs, et il se fraya un chemin vers le canapé. Il s'assit près d'elle et lui offrit une coupe.

— Non, merci, répondit-elle. Je ne bois pas d'alcool ces jours-ci.

— Oh, juste un verre, insista-t-il. Pour la Saint-Valentin.

Elle sourit et prit la coupe. Ils trinquèrent, et elle but une petite gorgée.

— Cela me suffit, déclara-t-elle. En revanche, j'ai une de ces faims !

— Moi aussi, dit-il.

Il lui tendit le bras. Après un instant d'hésitation, elle mit sa main dans la sienne, et il la conduisit à travers le salon, vers la salle à manger.

Ils mangèrent de la dinde froide et des asperges à la vinaigrette avec de la salade. Il but encore du champagne, et elle, de la bière sans alcool. Ils rirent tout leur soûl, après quoi ils dansèrent de nouveau.

Elle tournait doucement et, pendant qu'il la serrait dans ses bras, elle pensait à Nate. Ils avaient eu des soirées comme celle-ci, ils s'étaient rencontrés de cette manière, dans une boîte du Village. Et ils allaient en vivre bien d'autres ensemble. Rien que d'y penser, elle était heureuse. Cet homme semble merveilleux, pensa-t-elle, mais Nate et moi, nous sommes faits l'un pour l'autre.

Je garderai l'enfant. Notre enfant. C'est drôle. Ce qui me paraissait un problème insurmontable il y a si peu de temps me semble à présent une bénédiction. Et c'en est une.

Elle sourit à Richard Farnum en pensant : Je t'aime, Nate.

Il dut s'arrêter à Ronkonkoma pour prendre de l'essence, et il eut l'impression que l'adolescent endormi avait mis une éternité pour sortir de la station-service bien chauffée et remplir le réservoir. Il jeta vingt dollars au gamin et reprit la route, cherchant l'accès pour revenir sur l'autoroute. Il finit par le trouver, et sa moto vrombit de nouveau. Il venait de passer Holbrook, à présent il roulait vers Manorville.

Il regarda sa montre : il était onze heures dix...

Quelques nouveaux invités arrivèrent ; la fête battait son plein. Gwen annonça que le concours de danse commencerait à minuit, en même temps que la Saint-Valentin à proprement parler. Le premier prix était une bouteille de Dom Pérignon. Le deuxième, une boîte de chocolats Godiva. Gwen, Mike et Barbara Benson allaient arbitrer la compétition. Tout le monde applaudit.

Puis Gwen vint voir Jill. Au moment où elle s'approcha, Jill étouffa un bâillement.

— Je viens d'apporter des boissons chaudes, dit Gwen en montrant la cafetière et la théière sur le bar. Si tu es encore capable de tenir une tasse, je pourrais t'en servir une.

Les deux femmes allèrent vers le bar en riant et Gwen leur servit du décaféiné à toutes les deux.

— Je suis désolée, Gwen. Ta fête est merveilleuse, mais je me sens vannée tout d'un coup.

— Tu ne crois pas que tu pourrais faire un petit effort pour attendre le concours ?

— Je n'en ai plus la force. Je vais bien dormir cette nuit, et demain matin, la première chose que je ferai, ce sera de m'attaquer à mon nouveau roman.

Gwen acquiesça.

— Fais comme tu le sens. Mais je connais quelqu'un qui va être très déçu.

Du pouce, elle indiqua Richard Farnum, de l'autre côté de la pièce.

— Ouais, dit Jill en riant. Il est adorable, mais il n'est pas pour moi, merci. J'ai déjà un partenaire.

Son amie sourit.

— C'est vrai.

Il scruta la pièce, se demandant où elle pouvait bien être. Puis il l'aperçut au bar avec Gwen Feldman. Les deux femmes papotaient en buvant leur café. Il s'excusa auprès de M. et Mme Monk et alla les rejoindre.

— Pourrais-je avoir une tasse de café ?

— Bien sûr, dit Gwen, et elle lui en servit une.

— Eh bien, demanda-t-il à Jill Talbot, voulez-vous être ma partenaire pour le concours de danse ?

Elle sourit et secoua la tête.

— Désolée. La vérité, c'est que mon carrosse s'est transformé en citrouille depuis cinq bonnes minutes déjà. Je ne tiens plus sur mes jambes.

— J'espère vous faire changer d'avis.

— Non, vraiment. Merci, en tout cas. Je vais retourner dans mon cabanon d'ici quelques minutes.

— Je vous raccompagne. Dans le noir, et avec la neige qui continue à tomber...

— Oh, ce n'est pas la peine, répondit-elle aussitôt. Gwen a donné des lampes de poche à tous ceux dont le cabanon est excentré, et la mienne est dans la poche de mon manteau. Ça ira.

— Je vous en prie, j'insiste.

Il lui adressa son plus beau sourire.

Ce fut une bonne ruse. Il la vit hésiter un moment, puis elle capitula.

— Bon, si vous y tenez...

— Oui, j'y tiens vraiment. Non, d'abord une dernière danse, pour la route.

Jill regarda Gwen Feldman, qui lui souriait.

— Bon, d'accord. Une dernière, pour la route. Merci.

— Tout le plaisir est pour moi, murmura-t-il en la conduisant sur la piste.

Il regarda sa montre : il était onze heures trente-cinq.

Encore vingt-cinq minutes, pensa-t-il.

Dans vingt-cinq minutes, ce sera la Saint-Valentin...

Pendant que les sœurs Andrews chantaient le *Boogie Woogie Bugle Boy,* il la fit tourbillonner, la soulevant et la faisant redescendre, comme il se devait. La pièce se mit à tourner autour d'elle, et elle se rendit compte que tout le monde avait cessé de danser pour les regarder. Elle s'abandonna, se laissa entraîner. Lorsque la chanson fut terminée, il l'embrassa sur la joue, et la foule se mit à applaudir, enthousiaste.

Elle sourit à la cantonade, prête à quitter la piste, mais elle ne put le faire. A cet instant, Mike mit un autre disque, et la salle fut soudain envahie par une douce mélodie, un autre succès du temps passé, *Dancing in the Dark.* Richard la prit dans ses bras, et tous dansèrent au son d'une profonde et rauque voix féminine.

Richard Farnum la serrait contre lui, elle pouvait sentir la chaleur de son corps. Elle se détendit dans ses bras, résignée à aller jusqu'au bout de cette danse. Ce n'était pas désagréable : cette chanson lui rappelait ses parents. A l'époque où elle était petite, son père branchait souvent le magnétophone du salon de l'appartement de Central Park West pour écouter cette chanson. Une fois, comme ils la croyaient endormie, elle avait quitté sa chambre sur la pointe des pieds et s'était faufilée jusqu'à la porte du salon pour voir ses parents danser lentement en tournant à travers la pièce sur cette même mélodie.

Le globe argenté tournait sur lui-même, projetant des milliers d'étincelles autour d'eux. Elle ferma les yeux et s'abandonna à ses souvenirs d'enfance, lorsqu'elle était petite, protégée, et qu'aucun danger ne pesait sur elle. Elle s'appuya contre le grand et bel homme brun en pensant à Nate. Nate...

Il avait dépassé Jamesport et Mattituck, des taches de lumière à côté de l'autoroute. A Cutchogue, il s'était trompé, il avait tourné à droite au lieu de prendre à gauche et avait roulé plusieurs minutes avant d'apercevoir une pancarte où était écrit PECONIC, avec une flèche indiquant la direction opposée. Il avait failli déraper sur la route de campagne enneigée en freinant pour faire demi-tour.

A présent, les champs de Suffolk avaient disparu, et on voyait une épaisse forêt noire des deux côtés de la route. Il ralentit pour chercher un panneau. Il était certain que, sur la carte, le chemin qui menait au lac de Peconic était sur sa gauche, à peu près là où il se trouvait, avant la ville elle-même. Il regardait devant lui à travers les flocons de neige.

C'était là. Deux gros poteaux avec une barre transversale. Un bout de bois peint, tout ce qu'il y a de plus rustique, où on pouvait lire : « La maison des écrivains de Peconic. »

Le sentier, qui traversait une forêt épaisse, était recouvert de neige. Impossible d'y passer avec une moto. Il arrêta le moteur et sauta à bas de son véhicule, qu'il poussa hors du chemin, entre les arbres.

Lorsqu'il se fut éloigné de quelques mètres, il baissa la béquille, retira son casque, passa l'antivol sur la roue avant, mit sa sacoche sur son épaule et prit la route balayée par le vent, se frayant un chemin entre les congères hautes de trente centimètres, en direction du lac. En marchant, il plaçait précautionneusement un pied devant l'autre dans l'obscurité ; ses bottes s'enfonçaient dans la neige. Il regarda sa montre.

Minuit moins le quart.

Lorsque *Dancing in the Dark* fut terminé, elle sourit et se dégagea doucement.

— Merci, lui dit-il.

— De rien, répondit-elle.

La voix tonitruante de Mike remplit la pièce :

— Et maintenant, mes petits, la Saint-Valentin va commencer !

La musique recommença. Jill resta immobile un instant, comme si elle avait pris racine dans le sol ; elle n'en croyait pas ses oreilles. Puis elle se rappela qu'elle ne leur avait rien raconté. Mike et Gwen étaient en train de reproduire une version simplifiée, caricaturale, de l'épreuve qu'elle venait d'endurer. Elle n'avait pas parlé de la Saint-Valentin, ni de la chanson, ni de la signification de tout cela. Ce n'était pas Sarah Vaughan, mais une femme qui l'imitait. La chanson était la même.

My funny Valentine.

Passé le premier choc, elle se rendit compte que Richard Farnum la dévisageait.

— Que se passe-t-il ? demanda-t-il. Qu'est-ce qu'il y a ?

Elle se ressaisit suffisamment pour pouvoir répondre :

— Rien. Ce n'est rien, je vous assure. Je... je suis très fatiguée. Je pense que je vais rentrer maintenant...

— Je vous raccompagne. Attendez juste une minute. Vous aviez un manteau blanc en laine, n'est-ce pas ?

Elle acquiesça d'un signe de tête. Elle le vit passer rapidement à travers la foule et monter l'escalier menant à la chambre de Gwen et de Mike.

— Ma chérie, tu vas bien ? On dirait que tu as vu un fantôme !

Elle se tourna vers la voix qui avait prononcé ces mots. Gwen se tenait près d'elle, l'air soucieux, elle lui effleura le bras.

— Ça va, la rassura-t-elle en s'efforçant de sourire. Je suis fatiguée, c'est tout. Richard est parti chercher nos manteaux. Je suis navrée de te laisser, mais...

— Oh, ne t'inquiète pas. Je comprends. Tu vas rentrer dans ton cabanon et t'offrir une bonne nuit réparatrice. Ici, je crois que c'est parti pour un moment : on n'a pas encore entendu la moitié des enregistrements de Mike, et il ne s'arrêtera pas tant que nous n'aurons pas écouté le dernier.

Elle riait avec Gwen lorsque Richard arriva avec son manteau. Il l'aida à le mettre pendant qu'elle regardait l'assemblée d'un air plutôt hébété, puis il prit la lampe de poche qu'elle tenait à la main.

— C'est moi qui la porterai, dit-il.

Gwen embrassa Jill sur la joue.

— Bonne nuit, ma chérie. Dors bien.

Il la prit par le bras et la conduisit à travers la salle, se frayant un chemin dans la foule ; ils sortirent dans la nuit froide et neigeuse. La main de Richard tenait fermement son coude, la lampe projetait devant eux un puissant rayon de lumière qui éclairait leur lente, mais régulière avancée à travers les congères vers un sentier à l'orée du bois. Jill semblait plus calme maintenant qu'ils étaient dehors, et elle rit même une ou deux fois pendant qu'ils peinaient en traversant la clairière.

— J'espère que Gwen a plein de sacs de couchage sous la main, dit-elle en montrant quelque chose au loin.

Il regarda dans cette direction, et ils rirent tous les deux. Le parking près du lac était recouvert de neige, le camion et les voitures des invités du coin étaient devenus invisibles.

— Oh, je suis sûr que tout le monde sera casé, dit-il.

Ils arrivèrent à la lisière de la forêt et plongèrent dans le noir, avançant doucement, prudemment, sur le sentier vers le cabanon n° 12.

La mélodie les suivait.

— Je suis désolée d'être si rabat-joie, dit-elle en scrutant le sentier éclairé par la torche. J'espère que vous trouverez une bonne partenaire pour le concours.

La voix de Richard retentit dans l'obscurité près d'elle :

— Oh, j'ai assez dansé pour aujourd'hui. Je suis fatigué, moi aussi. Je vous raccompagne jusqu'à votre porte, et après, je crois que je vais aller dormir.

— Oui, c'est peut-être mieux.

— Encore quelques pas, et nous sommes arrivés, dit-il.

Il pouvait entendre la musique, maintenant, et il aperçut une lumière entre les arbres. Une fête, se dit-il. Ils font une sorte de fête. Il avança vers le parking qui se trouvait au bout d'un très long chemin. Il avait atteint la lisière de la forêt à présent, et il distinguait une grande maison, un terrain de base-ball enneigé et un lac silencieux, noir.

C'est alors qu'il le vit à sa gauche : un rayon de lumière dansait sur le sentier au milieu des arbres. Et il entendit distinctement des voix tout près de lui, une voix d'homme et une voix de femme.

Jill.

Il s'arrêta, serrant son casque dans sa main gauche, sa sacoche pendant à son épaule droite. Il regarda de nouveau la maison près du lac, tout illuminée, brillante au milieu de la neige. Tout le monde doit être encore là, pensa-t-il. Mais pas Jill : elle s'en allait à travers les arbres quelque part vers la gauche. Avec un homme...

Il quitta le chemin pour plonger dans le bois, suivant la lumière de la torche et les voix.

— Bon, nous voilà arrivés, dit-elle, lorsqu'ils s'arrêtèrent devant la porte du cabanon n° 12.

Ils se tenaient dans la lumière de l'ampoule électrique au-dessus de la porte.

— Merci de m'avoir raccompagnée.

— C'était la moindre des choses. Vous n'auriez pas quelque chose de chaud à boire chez vous, par hasard ?

— Non. Je suis désolée. Je voudrais vraiment me coucher à présent. Merci encore.

Elle ouvrit la porte du cabanon, elle sentait qu'il tardait à partir. Elle eut la nette impression qu'il guettait ses gestes. Oh, mon Dieu, pensa-t-elle soudain. J'espère qu'il ne va pas s'incruster...

Elle entra. Se retournant sur le seuil, elle vit que Richard la regardait toujours.

— Eh bien, bonne nuit, lui dit-elle en souriant.

Leurs regards se croisèrent. Il se mit à rire.

— Bonne nuit, dit-il, lui faisant un petit salut de la main.

Il lui tendit l'autre main, qui tenait la lampe.

— Vous en aurez besoin pour retourner dans votre cabanon. Vous me la rendrez demain.

— D'accord. Au revoir.

Il s'engagea sur le sentier.

Elle ferma la porte avec un léger soupir de soulagement.

Il s'éloigna sur le sentier enneigé, qu'il éclairait avec la torche. Lorsqu'il eut pénétré dans la forêt, il regarda de nouveau sa montre.

Deux minutes, se dit-il. Il ne reste plus que deux minutes jusqu'à la Saint-Valentin.

Dès qu'il fut certain qu'on ne pouvait pas le voir du cabanon, il éteignit la lumière et quitta le sentier pour s'engager au milieu des arbres.

Elle retira lentement son manteau et le laissa tomber aux pieds de son lit. Elle bâilla et s'étira en pensant qu'elle n'avait pas dansé comme ça depuis des années. « Tara s'est inscrite à ce club de gym au coin de notre rue, et elle insiste toujours pour que je vienne avec elle. Je devrais peut-être m'y mettre moi aussi. Surtout maintenant que je suis enceinte... »

Elle tendit la main pour tirer la couverture de son lit.

Il observa l'homme étrange qui s'en allait sur le sentier. Lorsqu'il eut disparu parmi les arbres, il avança vers la lumière du cabanon. Il se demandait qui cela pouvait bien être.

Puis il chassa ces pensées. Voyons, se dit-il, tout ce qui est arrivé me rend complètement paranoïaque. Ce doit être un autre écrivain qui réside ici, il l'a simplement raccompagnée chez elle. Pas d'affolement...

Il arriva près du perron éclairé par l'ampoule électrique, souriant à l'idée de la surprise qu'il allait lui faire et du plaisir qu'il allait lire sur son visage lorsqu'elle ouvrirait la porte. Il tendit la main et frappa.

Elle frissonna en serrant dans sa main la couverture. Oh, Seigneur ! Qui ça peut être...

Elle savait qui frappait à sa porte. Il ne s'était même pas éloigné de quelques mètres que déjà il revenait pour éprouver une nouvelle fois son pouvoir de séduction. Elle fit une grimace.

— Qui est-ce ? demanda-t-elle, feignant d'être surprise.

— Jill, ouvre. C'est moi, Nate.

— Quoi ?

— C'est Nate, Jill. Tu te souviens de moi ? Je voulais te faire une surprise.

Elle éprouva un immense soulagement, auquel succéda une vague de pure joie.

— Nate !

Elle se précipita pour ouvrir : c'était bien lui. Avec son sourire de travers, sa sacoche accrochée à l'épaule, son casque à la main, trempé jusqu'à la moelle.

— Nate ! cria-t-elle de nouveau.

Il avança et la prit dans ses bras.

Il se tenait serré contre le tronc d'un gros arbre, à une trentaine de mètres du cabanon, caché par l'obscurité de la forêt. Il regarda, incrédule, le petit ami de Jill, Nate, surgir au milieu des arbres, puis se montrer dans la lumière devant la porte du cabanon.

Que diable vient-il faire ici ? se demanda-t-il.

Il vit Nate frapper à la porte, qui s'ouvrit au bout d'un moment. Il entendit Jill crier le nom de son amant, puis tomber dans ses bras.

Je n'arrive pas à y croire ! se dit-il. Il est venu tout gâcher !

Mais aussitôt, il se ravisa.

Non. Peut-être pas. Peut-être qu'il ne gâchera rien, après tout.

— Ah, Nate ! Je suis si heureuse de te voir !

— Elle continuait à l'embrasser sur le seuil, des flocons de neige tourbillonnaient dans le vent froid.

— Comment m'as-tu trouvée ?

Il rit et fit un mouvement pour entrer dans la pièce.

— Attends un instant. Je suis transi.

Elle desserra son étreinte et le laissa pénétrer dans le cabanon. Il claqua la porte derrière lui et la verrouilla. Puis il la prit de nouveau dans ses bras et l'embrassa.

Lorsqu'ils s'arrêtèrent pour reprendre leur souffle, Jill recula d'un pas pour le regarder. Ses cheveux mouillés lui tombaient dans les yeux. Elle rit, en partie à cause du spectacle qu'il offrait, en partie à cause de la sensation chaleureuse, physique de sa présence, et elle alla dans la salle de bains prendre une serviette. De retour dans la chambre, elle le vit poser sur le bureau sa sacoche dégoulinante, ainsi que son casque. Elle lui donna la serviette qu'il se passa sur la nuque.

— Eh bien ! fit-il avec un soupir. C'est sûr que madame n'a pas été facile à trouver !

— J'espère que cela en valait la peine. Mais tout de même, comment as-tu fait pour me trouver ?

Il rit tout en s'essuyant les cheveux.

— Par Mary, bien sûr. Enfin, c'est Tara qui a commencé. Elle était inquiète pour toi, et c'était normal. Elle m'a tout raconté à propos de l'autre nuit, juste avant que tu ne te sauves sans dire à personne où tu allais. Jill, tu aurais dû m'en parler.

Embarrassée, elle sentit le sang lui affluer au visage.

— Je sais, mon chéri, mais tu étais si occupé avec ton vernissage, et j'ai pensé...

— As-tu pensé que quelque chose d'autre pouvait compter pour moi autant que toi ?

— Bon... Je suppose que je n'avais pas les idées claires...

Il rit.

— Ça, tu peux le dire. Mais, étant donné les circonstances, je te comprends.

Elle s'approcha pour l'embrasser de nouveau.

— Oh, Nate, ç'a été terrible ! Mais à présent, tu es ici, et nous sommes loin de là-bas, loin de lui.

Elle cacha son visage sur sa poitrine.

— Oui, Jill, je suis ici, et tout ira bien maintenant.

Il la repoussa doucement.

— En attendant, j'ai une surprise pour toi.

— Une surprise ? Tu es ici, cela me suffit.

Il lui tourna le dos pour ouvrir sa sacoche.

— Je sais, mais j'ai fait toute la route jusqu'ici, alors...

Il posa quelque chose sur le bureau, mais elle ne pouvait pas voir de quoi il s'agissait, car le dos de Nate lui cachait le bureau. De nouveau, il fouilla dans la sacoche.

A cet instant, l'horloge au-dessus du bureau commença à sonner : c'était minuit.

Tous les deux regardèrent leur montre.

C'est alors qu'elle l'entendit. Cela venait du bureau derrière lui.

Sarah Vaughan.

My funny Valentine.

— Qu'est-ce que c'est ? marmonna-t-elle. Nate...

Il se tourna vers elle, les bras tendus. Il tenait entre les mains une boîte de bonbons rose, brillante.

Jill regarda son amant droit dans les yeux. Il ne souriait plus.

— Joyeuse Saint-Valentin, dit-il.

13

Samedi, 14 février

La Saint-Valentin

David MacFarland se tenait derrière un arbre à une trentaine de mètres du cabanon, fixant la porte et la lumière diffusée par l'ampoule au-dessus. Ils étaient à l'intérieur, Jill Talbot et son petit ami.

Son petit ami.

Il avait exclu cette possibilité-là, de même qu'il ne soupçonnait pas l'ami de Nate, le photographe Doug Baron. Il les avait même suivis un jour dans Spring Street, mais il n'avait rien découvert de suspect en ce qui les concernait.

Son petit ami. Ils étaient ensemble depuis des mois, une année presque.

Il pensa à sa propre sœur, Cass. Elle avait eu un petit copain, elle aussi, les semaines qui avaient précédé... Un homme qui s'appelait Neil quelque chose...

Neil Avnet.

Il n'avait jamais réussi à trouver la moindre trace de Sharon Williams après sa disparition, mais son amie Belinda, celle qui était morte sur une piste de ski... là aussi, il y avait un homme étrange. On avait mentionné son nom dans les journaux. Leonard quelque chose. Un nom italien. Morelli... Vanelli... Vaneti.

Leonard Vaneti. Len, pour les intimes.

Oh, mon Dieu !

Len Vaneti.

Neil Avnet.

Valentin !

Il s'éloigna de l'arbre en titubant, marcha tout droit devant lui à travers la forêt, à l'aveugle, faisant du bruit, trébuchant ; il avançait vers la lumière, vers le cabanon, et le nom résonnait dans son esprit, encore, encore et encore...

Nate Levin !

— Quoi ? demanda-t-elle de nouveau, hébétée, paralysée, car son esprit refusait soudain de fonctionner. Quoi ?

— Joyeuse Saint-Valentin ! répéta-t-il.

Elle fit instinctivement un pas en arrière, pour s'éloigner de lui, de la musique et de la boîte de bonbons en forme de cœur.

— Nate !

Au bout d'un long et horrible moment, le sourire revint sur le visage de Nate. Mais ce n'était pas le sourire qu'elle lui avait toujours connu pendant les mois où ils avaient été ensemble. Ce n'était pas le sourire de Nate, il ne ressemblait à rien qu'elle eût connu. Il n'avait plus rien d'humain.

— Je ne suis pas Nate, dit-il d'une voix sourde. Il n'y a pas de Nate. Nate Levin est un anagramme, espèce de sale putain stupide. Je m'appelle Victor Dimorta.

Lentement, il souleva de nouveau la boîte de bonbons et la lui tendit.

Joyeuse Saint-Valentin.

Le choc fut terrible. Elle resta immobile, fascinée, tandis que la chanson continuait et que sa mort avançait vers elle en souriant, une boîte de bonbons à la main ; elle ne pouvait ni penser, ni respirer, ni bouger, elle ne pouvait... tout simplement... pas... bouger...

Bing !

Un coup lourd et fort retentit contre la porte de l'autre côté, juste derrière eux, comme si quelqu'un essayait de la défoncer. Il ouvrit la bouche, surpris, et se tourna vers ce bruit. Au même instant, l'envoûtement cessa et une voix s'éveilla en elle et se mit à résonner dans son cerveau :

Remue-toi.

Elle tendit les bras et le repoussa de toutes ses forces, avec l'énergie du désespoir, de l'adrénaline pure, le précipitant contre la porte. Il perdit l'équilibre, tomba à genoux, et la boîte de bonbons lui échappa des mains.

L'arme.

Le revolver était dans son sac. Son sac, son sac, où diable était-il, ce sac ?

Sur la table dans le coin. Elle devait passer devant lui pour l'attraper. Elle avait déjà fait un pas dans cette direction quand il lui saisit brutalement le poignet.

Il était à présent debout en face d'elle. Son autre main se serra en un poing prêt à frapper.

Arrête-le.

Elle libéra son poignet et bondit en arrière. Elle lança sa jambe droite en se tournant sur elle-même, exactement comme l'instructeur le lui avait appris. Elle le frappa de toutes ses forces, juste à l'entrejambe.

Son visage se tordit dans une terrible grimace de douleur et il s'affala lourdement en arrière, sur...

Son sac. Elle pouvait dire adieu au revolver.

Remue-toi.

Elle courut, courut pour lui échapper, jusqu'à la porte verrouillée.

Ouvre la porte.

Et elle tendit les mains, tira, poussa. La porte s'ouvrit et elle tomba le nez dans la neige, elle tâta le sol avec ses mains, se mit à genoux et se leva, et elle courut, courut, courut dans les ténèbres, à travers l'épaisse forêt derrière le cabanon. Il n'y avait pas de sentier, pas de lumière, il n'y avait rien, seulement l'obscurité, et encore l'obscurité, et un bruit de pas lourds derrière elle, et la voix intérieure qui disait : Cours, cours, cours, oh, Seigneur, *cours !*

Lorsque David MacFarland reprit connaissance, il était allongé dans la neige profonde sous la lumière de la porte du cabanon. Du sang, qui apparemment avait coulé de son nez, avait déjà gelé sur ses joues et sur son cou. Ses mains sans gants étaient engourdies par le froid, sa poitrine et ses bras lui faisaient horriblement mal. Il entendait une faible musique, une musique d'orchestre, qui résonnait au loin.

Il fallut un moment pour que la mémoire lui revienne : il s'était projeté contre la porte et il l'avait heurtée si violemment qu'il avait perdu connaissance.

L'instant d'après, il se souvenait de tout.

Valentin !

Il bondit sur ses pieds, oubliant la douleur et le sang et le froid, et il tambourina de ses poings sur la porte. Puis il cessa pour écouter.

Une autre musique provenait de l'intérieur. Une voix de femme qui chantait doucement *My funny Valentine.* A part cela, rien. Pas un souffle, rien.

Sans réfléchir, poussé uniquement par l'instinct, il longea le cabanon, s'arrêta devant la fenêtre à l'encadrement en bois, juste le temps de s'assurer qu'elle était bien fermée, courut derrière et vit la porte ouverte ainsi que les traces qui menaient vers les arbres. Un bref coup d'œil à l'intérieur lui apprit que le cabanon était vide.

Il sortit le revolver de la poche de son manteau et s'engagea dans la forêt.

Elle courait droit devant elle au milieu des troncs dont on ne voyait pas la fin, prise d'une peur panique. Son corps était devenu une machine, un mécanisme mû par l'instinct de survie. Continue, répétait la voix intérieure. Surtout, ne t'arrête pas.

Elle continuait donc à courir à travers la forêt, levant les bras pour se protéger des formes noires et vagues qui surgissaient sans cesse devant elle. Elle tombait dans la neige et se relevait, reprenait sa course. Elle entendait des bruits derrière elle, crissements, craquements, halètements. Elle savait qu'il était à quelques mètres derrière elle, moins peut-être, qu'il était sur le point de la rattraper. Cours, répétait la voix. Cours.

Il n'y avait personne en face de lui : il en était certain. David s'arrêta pour reprendre son souffle. Il allait les rattraper, malgré tout. Aucun doute là-dessus. C'était son seul but à présent sur cette terre.

Il allait trouver Valentin et le tuer.

Devant la dépouille de sa sœur, il avait fait cette promesse, qu'il n'avait révélée à personne. Cass, sa chère Cass, qui ne l'avait jamais lâché quand tout le monde lui avait tourné le dos. Leurs parents l'avaient jeté dehors lorsque, à dix-huit ans, il leur avait dit qu'il était homosexuel. Ses copains au lycée se méfiaient de lui, même l'équipe de football dans laquelle il jouait. Il avait été leur meilleur stratège-arrière pendant deux ans, apportant à son école un nombre impressionnant de victoires. Mais le problème était ailleurs ; c'était un homo, un vicieux, une pédale, il n'y avait rien à y faire. Seule Cass ne l'avait pas rejetée, elle l'aimait toujours.

A présent, il allait la venger.

Il se dirigea vers les faibles bruits qu'il pouvait entendre à travers les arbres. Victor Dimorta était quelque part par ici, et il devait l'atteindre. S'il pouvait en même temps sauver Jill Talbot, il en serait heureux, mais cette considération-là venait après. Il savait seulement qu'il allait tuer.

Même en courant dans la forêt obscure, il souriait à l'idée que son petit ami eût été content d'avoir, à son insu, joué un rôle dans cette histoire : le nom de Richard Farnum lui était aussi familier que le sien, aussi l'avait-il utilisé pour sa mise en scène. Mais à présent, Richard Farnum — Rick — n'était plus là.

Il se rappela sa dernière conversation au téléphone avec Cass. Elle venait juste de recevoir des fleurs, après les trois cartes pour la Saint-Valentin, et elle avait fini par comprendre. C'était Victor Dimorta l'auteur de tout cela. Elle lui avait raconté la farce qu'elle et ses amies lui avaient jouée. Il lui avait proposé de venir, de rester avec elle dans sa maison du New Jersey, pour la protéger. Ne t'inquiète pas, avait-elle répondu. J'ai un pistolet et je sais m'en servir. En plus, Neil Avnet, mon nouveau petit copain, sera là dans quelques instants. Cela s'était passé un 14 février.

La nuit de la Saint-Valentin.

Les semaines qui avaient suivi sa mort, il s'était renseigné sur Sharon Williams et Belinda Rosenberg. Laissant Rick entre de bonnes mains — celles de sa mère —, il s'était rendu à Hartley College où il avait pu consulter le rapport officiel concernant l'incident à la suite duquel Victor Dimorta avait été renvoyé. Après, il était allé à Mill City, en Pennsylvanie, où il avait appris le reste. Les jours suivants, il avait déployé une activité débordante : il avait téléphoné à la mère de Sharon en Californie et il avait réussi à trouver la famille de Belinda à sa nouvelle adresse à Buffalo. Mme Williams lui avait appris que sa fille avait disparu deux ans auparavant, à la mi-février. Oui, elle était sûre de la date. Le 14 février.

Le jour de la Saint-Valentin.

Mme Rosenberg lui avait raconté l'accident de ski

qui avait eu lieu l'année précédente et lui avait précisé la date.

Le jour de la Saint-Valentin.

Selon les archives de Hartley College, quatre jeunes filles avaient été impliquées dans cet incident. Le secrétaire lui avait annoncé fièrement que la quatrième jeune fille, Jillian Talbot, était devenue un auteur célèbre de romans policiers et qu'elle habitait New York. Il avait alors pensé l'appeler pour la mettre en garde, mais il avait changé d'idée.

Jillian Talbot était sa clé, son unique voie d'accès à Valentin. Cass et Belinda étaient mortes, Sharon Williams probablement aussi. Jillian était la seule des quatre à être encore en vie. A présent, c'était son tour, il le savait. Elle allait connaître le même sort que Cass et les autres femmes.

Le jour de la Saint-Valentin.

C'est pourquoi, quatre semaines auparavant, il était arrivé à Greenwich Village. Pour attendre. Pour guetter l'arrivée de Victor Dimorta. Il avait suivi Jillian Talbot, installé des micros dans son appartement. Il lui avait caché sa présence, de peur que Victor Dimorta n'ait vent de la chose et ne disparaisse sans avoir révélé son identité. Il l'avait épiée chez elle, l'avait vue souffrir à cause d'horribles plaisanteries : les cartes et les fleurs. Il l'avait suivie au commissariat de police et chez le privé, il s'était obligé à garder le silence. Il sentait parfois qu'il aurait fait n'importe quoi pour venger sa sœur.

Il serra le Beretta dans sa main. Il entendait sa proie quelque part au milieu des arbres, juste devant lui. Il reprit son souffle et se mit à courir de nouveau.

Devant elle, il y avait des arbres, encore des arbres, toujours des arbres. Puis, soudain, ils disparurent. Elle était sortie de la forêt, débouchant sur un chemin. Le chemin qui menait à la maison, se rendit-elle compte malgré sa terreur. Tu es sur le chemin qui va à la résidence.

Mais quelle direction prendre ?

Elle s'arrêta pour écouter, perdant une seconde précieuse. Oui, à sa gauche, elle entendait une faible musique. C'était la maison principale. Va là-bas, lui ordonna la voix intérieure. Dirige-toi vers eux. Approche-toi et hurle. Hurle à tue-tête. Ils ne t'entendront pas d'ici, à cause de la musique. Maintenant, fonce !

Elle reprit sa course en direction de la fête.

Elle n'eut pas le temps de faire trois pas. Une main saisit ses cheveux et la fit tourner sur elle-même. Nate — Victor Dimorta — surgit devant elle avec un rire horrible, un rictus de mort et de destruction sur son visage devenu soudain laid. Il leva le poing et la frappa à la mâchoire.

Elle entendit un craquement et vit une lumière blanche, puis elle tomba en arrière sur la neige. L'obscurité se referma sur elle, et elle perdit connaissance.

Victor Dimorta se baissa pour prendre dans ses bras la femme évanouie. Il marcha doucement, précautionneusement, dans la neige profonde, se dirigeant vers l'ombre à l'orée de la forêt : il portait Jillian Talbot vers le lac.

L'eau. Le quatrième élément.

Il sourit aux flocons de neige qui tombaient sur lui, se posaient sur son visage et fondaient aussitôt. Il entendait des bruits derrière lui : quelqu'un essayait de le suivre, mais s'était trompé de chemin. Manifestement, ses poursuivants s'étaient égarés dans le bois. Il pressa le pas.

Soudain, il se rappela ce que Tara lui avait raconté au sujet d'appareils d'écoute et de micros dans le téléphone. Ce devait être le défunt détective, Fleck. Sans doute avait-il installé tout cela sans la permission de Jill, dans une tentative infructueuse pour l'attraper.

Il rit. Comme si cet idiot, ou qui que ce soit d'autre, pouvait attraper Valentin ! Il était trop intelligent : n'avait-il pas réussi à tromper toutes ces femmes ? N'avait-il pas dupé Jill Talbot pendant dix mois ! N'avait-il pas été assez intelligent pour payer ce sans-abri, ce drogué, afin qu'il se rende chez la fleuriste pour passer la commande ? Il n'était pas né, celui qui l'arrêterait. Il était invulnérable. Invincible. Invisible.

Fleck, lui, avait été transformé en engrais. Enterré dans le jardin de sa mère.

Tara n'avait pas soupçonné un instant qu'elle avait affaire à un acteur bien plus doué qu'elle. Mary Daley lui avait manifesté sa sympathie et sa confiance au point de lui révéler l'endroit où se cachait Jill. Le Dr Philbin s'était laissé piéger par le numéro qu'il lui avait joué au téléphone et l'avait fait entrer dans son cabinet. Et Doug Baron, le veuf de Stacy Green, ne s'était douté à aucun moment que l'homme qui l'avait aidé, après leur rencontre par hasard dans la galerie de Henry Jason, l'avait fait uniquement à cause de Stacy. Il avait voulu côtoyer de près quelqu'un qui avait couché avec ce top model qui ressemblait à Jillian et dont il avait bien des fois souillé les photos sur son lit de prison. Il avait voulu savourer son pouvoir. Le pouvoir que Valentin avait sur eux tous.

Sa mère.

Son père.

Sharon Williams.

Belinda Rosenberg.

Cass MacFarland.

Et maintenant, Jillian Talbot.

Les ennemis de Valentin.

Il n'avait pas mis sur sa liste Dorothy Philbin et Barney Fleck. Ils ne représentaient rien pour lui, ils n'avaient été que des obstacles à supprimer. Des pierres sur son passage.

Il regarda le beau visage de la femme évanouie. Il l'avait aimée longtemps, jusqu'à ce que son amour se transforme en haine. Elle était la dernière, à présent elle allait rejoindre les autres. Sa vengeance serait ainsi accomplie.

Il cessa de rire. La musique devenait de plus en plus forte. Comme il arrivait au bord du lac, la maison principale surgit de l'obscurité à sa gauche. Maintenant, il devait rester très calme. Exactement comme lorsqu'il s'était dirigé vers la chambre de ses parents, cette nuit-là. Calme. Oh, si calme...

Il marcha vers l'embarcadère, retenant son souffle, veillant à ne pas faire de bruit.

Elle flottait dans l'air, portée par des bras puissants. Les bras de Nate. Nate était venu pour la sauver. Il était là pour la protéger de...

Non ! se reprit-elle. Nate n'est pas Nate. Nate n'existe pas, c'est lui qui l'a dit.

Nate, c'est Valentin.

Nate, c'est Victor Dimorta.

Le choc de ce souvenir lui fit reprendre connaissance. Mais la petite voix intérieure, qui ne s'était pas complètement tue, lui conseilla de rester immobile, de garder les yeux fermés. La musique était toute proche à présent : ils devaient être près de la maison principale. S'il me pose par terre, pensa-t-elle, je pourrai courir.

Soudain, elle entendit le vide résonner sous les pieds de l'homme, le bruit de ses bottes sur du bois.

Oh, Seigneur ! L'embarcadère !

Il va me jeter dans le lac !

Il sortit de la forêt et déboucha sur une clairière venteuse. Il s'arrêta soudain, plié en deux, à bout de souffle. Malgré le grand froid, il transpirait à grosses gouttes. Quand il eut retrouvé sa respiration, il prêta l'oreille, à l'affût d'un bruit qui aurait pu lui indiquer où ils étaient. Mais, au loin, il ne perçut que des rires et la musique du gramophone.

Il regarda autour de lui. Un champ enneigé, une hampe de drapeau, un grillage. Le terrain de baseball. A côté se trouvait la maison principale et plus loin...

Le lac.

Une haute silhouette noire surgit de l'ombre près du lac et s'engagea sur l'embarcadère. Même à cette distance, malgré la neige qui tombait, il vit que l'homme portait quelque chose dans les bras. Ou plutôt quelqu'un : Jill Talbot.

Il se remit à courir.

Une peur panique s'empara d'elle, la forçant à ouvrir les yeux, à se débattre. Elle n'avait jamais appris à nager. L'eau la terrifiait. Elle allait se noyer.

Non ! hurla-t-elle intérieurement, et elle lui planta ses ongles dans la figure. Son index s'enfonça dans l'œil gauche de Dimorta, tandis que l'autre le griffait profondément à la joue.

Effrayé, il poussa un cri rauque et, l'instant d'après, Jill vola à travers l'espace et atterrit sur les planches avec un bruit sourd. Elle réussit à se mettre à genoux et promena un regard sauvage autour d'elle. Ils se trouvaient tout au bout de l'embarcadère : la jetée s'arrêtait à quelques centimètres de là. Et Nate-Victor se tenait au-dessus d'elle, lui barrant le chemin vers la terre ferme.

Elle l'avait blessé, ce qui l'avait rendu plus agressif encore. Elle s'était redressée lorsque le coup tomba, lui causant la douleur la plus vive qu'elle eût jamais connue ; rassemblant toutes ses forces, qui étaient considérables, il lui avait planté son poing dans le ventre. Elle tomba, face contre terre, paralysée. Au bout de quelques instants, elle recouvra la vue : elle fixait l'extrémité des planches, à quelques centimètres de ses yeux. Quand elle put bouger de nouveau, elle roula sur le côté, car ses jambes ne lui obéissaient plus, et elle porta ses mains à son ventre. Oh, mon bébé, pensa-t-elle, mon bébé...

— Tu vas mourir maintenant, Jillian Talbot. Joyeuse Saint-Valentin.

Au début, elle crut avoir rêvé ces mots, mais aussitôt, elle prit conscience qu'ils avaient été proférés par une voix au-dessus d'elle. Ces mots furent suivis par un son horrible : le rire aigu, strident de Victor Dimorta. C'est alors que la petite voix intérieure fusa malgré sa douleur et sa peur, malgré le terrible rire, pour aboyer ses derniers ordres.

Lève-toi.

Elle remplit d'air sa poitrine. Oubliant sa mâchoire cassée, et l'autre douleur, plus forte encore, elle se mit à genoux en face de lui. Ses pieds pendaient au-dessus de l'eau.

Parle.

Elle regarda ses yeux, les yeux de l'homme qu'elle avait aimé. Mais cet homme n'existait plus à présent, à la place il y avait une horrible créature à l'apparence humaine. Son regard pénétra en elle : elle sentit une vague de haine émaner de lui. De ce qu'il était devenu. C'est à ce moment-là que, derrière lui, derrière la créature, elle vit soudain une sombre, une brumeuse silhouette se détacher silencieusement de l'ombre et avancer vers l'embarcadère.

Parle !

A genoux, elle tendit les bras vers lui, dans une étrange parodie de supplication.

— Vic... Victor, bégaya-t-elle en essayant désespérément d'articuler correctement malgré sa mâchoire fracturée. Victor, j'avais raconté au doyen ce qu'elles t'avaient fait. J'ai essayé de t'aider. Je t'en prie, je t'en prie... ne me fais... pas... de mal.

Il continuait à la regarder. De nouveau, elle entendit ce son, un ricanement strident d'hyène, un rire aigu de petit enfant. Derrière lui, à l'autre bout de l'embarcadère, la silhouette sombre leva le bras.

— Oh oui, c'est sûr, tu as essayé de m'aider ! Quand est-ce que l'une d'entre vous a essayé de m'aider ? Tu vas mourir, espèce de putain !

Il tendit ses bras pour la pousser dans le lac. Son geste fut sans doute rapide, violent même, mais dans l'esprit fiévreux de Jill, il dura une éternité, comme dans une séquence tournée au ralenti. Elle eut même le temps de penser : C'est donc cela, la mort. Elle ferma les yeux et se raidit, prête à résister. Elle allait lutter encore. Elle ne voulait pas, elle ne pouvait pas mourir. Pas comme ça. Pas maintenant. L'horrible regard de l'homme la fixait toujours, ses grandes mains s'approchaient de plus en plus. Elle aspira l'air dans sa poitrine endolorie, serrant les poings.

Le coup de feu déchira l'obscurité et résonna à la surface du lac. Il emporta presque entièrement la tête de Victor Dimorta.

Elle ne comprit pas tout de suite : son esprit n'avait pas saisi ce qui était arrivé. Puis elle ouvrit les yeux et regarda. Elle le vit, ou plutôt, elle vit ce qui restait de lui ; elle fut éclaboussée de sang, reçut des éclats d'os et des morceaux de cervelle. Elle leva les mains pour se protéger de ce corps qui était sur le point de s'écraser sur sa poitrine, puis elle tomba longtemps, longtemps, elle entendit le bruit d'une chute dans l'eau, le froid la saisit et...

L'eau. Elle était dans l'eau, *sous* l'eau, et le corps décapité de Victor se trouvait au-dessus d'elle, l'entraînant vers le bas, la poussant vers le fond du lac. Elle se débattit quelques instants, essayant de se dégager, mais sa bouche était pleine d'eau, elle l'avalait, et il n'y avait pas d'air, seulement de l'eau, et encore de l'eau, et rien d'autre que de l'eau, elle était une petite fille qui se tenait sur le seuil du salon pour regarder ses parents danser et elle riait et tout était illuminé et puis ce fut le noir et le froid s'en alla oui il s'en alla complètement et elle flottait... elle flottait... elle flottait...

Il baissa le bras et le Beretta tomba lourdement sur le sol en bois. Il ferma les yeux et retint son souffle, conscient d'un soudain et étrange silence. L'embarcadère, le lac, la neige qui tombait. Et rien d'autre, pas un bruit alentour, comme si le monde s'était arrêté de tourner.

Cass, pensa-t-il. C'est pour toi. Un instant de silence.

Puis la musique lui parvint. Elle avait continué, pensa-t-il, tout simplement il ne s'en était pas rendu compte. Un drôle d'accompagnement pour une scène pareille. Il faillit en rire : le diable était mort, sa sœur avait été vengée, le monde s'était remis en place, et tout cela au son de *Chattanooga Choo-Choo.*

Le reste revint en même temps que la musique. D'horribles cris dans la maison derrière lui. Le claquement du portail, des pas qui s'approchaient précipitamment. En un éclair, il retrouva sa capacité de raisonner. Une voix monta des profondeurs de son âme et s'échappa de ses lèvres.

— *Non !*

Il courut. Il se précipita au bout de l'embarcadère en criant de nouveau : Non ! Cass s'en était allée, et rien ne pouvait la ramener à la vie, pas même son amour. Non ! Sharon Williams et Belinda Rosenberg Kessler, il ne les avait jamais connues, jamais rencontrées, mais d'autres les avaient aimées comme il avait aimé Cass. Non ! A présent, cette femme, Jillian Talbot, était tombée dans le lac, une femme enceinte qui avait une mère et des amis, et sa vie, une vie pleine d'énergie et de sens.

— Non !

En poussant ce dernier cri, il courut, sauta et plongea dans l'eau noire, glacée.

Aussitôt, le froid l'envahit et l'engourdissement gagna tout son corps, mais il le remarqua à peine. Il bougeait les bras et les jambes de toutes ses forces, s'obligeant à descendre toujours plus bas dans le noir. Une énergie, un pouvoir qui le dépassait dirigeait son corps. Il nagea encore en pensant : Non ! Cette femme ne mourra pas !

Son bras rencontra quelque chose de mou et de charnu : le cerveau ouvert de Victor Dimorta. Il le retira dans un spasme de dégoût et chercha plus bas, au niveau des épaules. Il écarta violemment le cadavre ensanglanté qui s'éloigna, flottant mollement dans le noir. David tendit sa main droite, qui s'enfonça dans la boue. Il tâtonna au fond du lac et enfin, il la découvrit. Il la tira vers le haut par les cheveux, passant son bras sous son menton, et repoussa le fond du lac avec ses jambes. Rapidement, ils remontèrent à la surface.

Il remplit ses poumons d'air avec avidité, jeta autour de lui un regard dément, essayant de se repérer, mais il ne voyait rien dans l'obscurité neigeuse. Jill ne bougeait pas, ne respirait pas : elle était un poids mort contre lui. Juste au moment où l'affolement commençait à le gagner, il perçut le bruit le plus merveilleux qu'il lui eût jamais été donné d'entendre : celui, assourdissant, d'un gros corps plongeant dans l'eau juste à côté de lui. De grands bras puissants se tendirent vers lui. Mike Feldman et lui traînèrent Jill sur les quelques mètres qui les séparaient de l'embarcadère. David s'agrippa à un pilier et y resta accroché, tandis que l'homme levait le corps de Jill au-dessus de l'eau et que d'autres bras se baissaient pour le recevoir.

Ensuite, Mike saisit David et le poussa vers l'échelle.

David bredouilla quelque chose au sujet du corps resté dans le lac, montrant l'endroit où il avait surgi avec Jill. Puis il monta les marches et tomba en avant, le visage contre les planches. Il entendit des coups autour de lui, des pas précipités et des clapotis en dessous. Il ne savait pas depuis combien de temps il était allongé là : il semblait avoir perdu toute notion du temps. De doux flocons de neige continuaient à tomber sur lui, lorsque des mains attentives le recouvrirent d'une couverture. Peu à peu, il prit conscience d'autres sons : une centaine de sirènes remplissaient la nuit.

Le hurlement strident des sirènes se fit plus faible, puis s'arrêta, suivi aussitôt par de nouveaux bruits de pas qui parcouraient rapidement l'embarcadère. Il prit appui sur ses mains pour se mettre à genoux, juste à temps pour voir plusieurs silhouettes en tenue orange fluo se précipiter vers l'embarcadère et s'attrouper autour du corps immobile de Jill Talbot.

Des voix fortes aboyaient des ordres, mais il ne voyait plus les gilets orange. Des mains enroulaient la couverture autour de lui, et il vit le beau visage gentil et anxieux de Gwen Feldman.

— Mon Dieu ! murmura-t-elle. Qu'est-il donc arrivé, Richard ?

Il la regarda en se demandant : Richard ? Qui est Richard ? C'était le seul nom sous lequel ces gens le connaissaient. Richard, son amant, était mort à présent.

Ses dents claquaient au point que pendant un moment il ne put parler. Son regard se dirigea de l'autre côté de l'embarcadère, où deux personnes en blouse blanche s'approchaient avec un brancard. Derrière eux, sur la véranda de la maison et sur la colline au-dessus du lac, se tenaient les participants de la fête : un immense paysage d'hiver accompagné par une musique incongrue qui continuait à résonner dans la salle vide.

— Qu'est-il arrivé, Richard ? répéta Gwen.

Il regarda par-dessus sa tête et haussa les épaules.

— Valentin, marmonna-t-il.

Elle écarquilla les yeux.

— Valentin ? Que veux-tu dire ?

Il secoua la tête, incapable de rassembler ses forces pour expliquer. Il regarda la foule qui s'attroupait un peu plus loin. Jillian Talbot était à présent allongée sur le brancard, entourée de ses invités. L'un d'entre eux tenait au-dessus de son nez et de sa bouche un masque en plastique transparent. Juste au moment où ils allaient l'emmener, il vit ce qu'il avait tant attendu, espéré, ce pour quoi il avait prié.

Les yeux de Jill étaient ouverts, elle respirait.

Gwen et son mari aidèrent David à se relever. A cet instant, un groupe d'hommes en uniforme bleu arrivèrent vers lui avec un brancard. Il supposa qu'ils venaient l'arrêter. Ils stoppèrent devant lui et l'un d'entre eux, manifestement le supérieur, fit un pas en avant. C'était un homme gros et musclé d'une cinquantaine d'années, à la chevelure et aux moustaches grisonnantes. Ses yeux se posèrent sur David enveloppé dans sa couverture, tout tremblant, puis sur le couple à ses côtés. Mike lui dit quelque chose en montrant l'eau derrière eux. Le gradé hocha la tête d'un air sévère et se tourna vers ses subordonnés.

— Wilson et Lopez, conduisez ces gens dans la maison. Les autres, venez avec moi.

Il jeta un coup d'œil par-dessus son épaule et appela un homme vêtu de bleu qui se tenait au bord du lac :

— Amenez ce canot par ici, le plus grand.

— S'il ne flotte pas, nous aurons besoin de plongeurs, dit l'un des hommes en prenant son talkie-walkie.

David pensa qu'il parlait du canot. Il se demanda ce

que cela pouvait bien vouloir dire. Comment un canot pouvait-il ne pas flotter ?

Puis il comprit. Le corps. Victor Dimorta. Ils allaient le repêcher, enfin, ce qui restait de lui. Il l'avait complètement oublié...

Il resserra la couverture autour de son corps tremblant et, accompagné de deux policiers, suivit Gwen et Mike vers la maison. Le petit groupe passa devant une femme policier agenouillée près du Beretta, qu'elle devait garder. Il regarda en direction du parking, les infirmiers chargeaient le brancard dans l'ambulance. Lorsque celle-ci partit, avec sirène et gyrophare, ses lèvres remuèrent, prononçant une prière silencieuse pour Jillian Talbot. Il continua à prier pour elle pendant qu'ils entraient dans la maison, se frayant un chemin à travers la foule des invités.

A présent, il n'y avait plus de musique. Pour la première fois cette nuit-là, le vieux gramophone s'était tu. Mike ralluma aussitôt le feu, Gwen servit un verre de brandy à David. Ce dernier s'assit sur le canapé entre deux policiers, tout près des flammes, et s'apprêta à raconter l'histoire.

Épilogue

Juin

Debout sur l'étroite bande de sable près de l'embarcadère, elle regardait le lac, elle attendait. Le fin corsage qu'elle avait mis par-dessus son maillot de bain suffisait à la protéger de la fraîcheur du petit matin qui montait des bois environnants. Pourtant, dès qu'elle commença à se souvenir, elle serra ses bras autour de son corps.

Gwen et Mike, qui à ce moment-là étaient en train de préparer le petit déjeuner pour leurs hôtes, lui avaient dit qu'elle pouvait rester chez eux aussi longtemps qu'elle le souhaitait ; aussi profitait-elle de l'isolement dont elle jouissait dans la résidence. L'enquête policière était terminée depuis longtemps, mais la presse était impitoyable. Les événements en eux-mêmes avaient été extrêmement pénibles, et le *New York*, qui avait raconté toute l'histoire, n'avait pas arrangé les choses. Gwen avait fini par changer de numéro de téléphone, elle ne comprenait toujours pas comment tant de journalistes venant de tous les coins du pays avaient réussi à se procurer ce numéro qui ne figurait même pas dans l'annuaire. A présent, ils en avaient un nouveau, on allait bien voir combien de temps celui-ci allait rester secret. Jill sourit en pensant à Gwen : elle avait de bons amis.

Tara et Doug. Ils avaient finalement réussi à rattraper le rendez-vous manqué, peu avant la Saint-Valentin, imaginez-vous. Il y avait de cela à peu près quatre mois. C'est à cause de Jill que Doug avait annulé la soirée prévue, à cause des souvenirs douloureux que son visage avait éveillés en lui. Il avait la frousse. Les événements qui avaient suivi lui avaient prouvé, ainsi qu'à eux tous, combien la vie est fragile et précieuse. Ainsi donc, Doug avait revu Tara. Il n'avait pas eu besoin de lui expliquer qu'il n'allait plus garder longtemps le deuil de sa femme.

Et puis, il y avait eu d'autres morts à pleurer.

Barney Fleck. Dès qu'elle pensait à lui, Jill éclatait en sanglots. Mme Fleck et Verna Poole s'étaient rendues à Mill City, en Pennsylvanie, décidées et graves. Et ce voyage avait été bel et bien sinistre. En compagnie du shérif et de son assistant, elles étaient entrées dans la maison de Victor Dimorta. Il y avait des traces de sang dans le placard d'en haut, là où ils avaient découvert les peintures.

Les journaux avaient reproduit plusieurs d'entre elles : d'horribles toiles de malade représentant des femmes mutilées de diverses façons.

Enfin, pas des femmes mais une femme. Jill. Il les avait signées « Nate Levin ». C'était probablement la dernière chose que Barney avait vue avant de mourir.

Le jeune assistant perspicace avait remarqué que la terre du jardin venait d'être retournée, c'est ainsi qu'ils l'avaient trouvé. Barney avait été enterré à Brooklyn, avec tous les honneurs dus à un policier. Jill avait assisté aux funérailles et, tremblante à cause de sa propre douleur toute récente, elle avait regardé Jane Fleck, Verna Poole, la famille de Fleck et leurs amis. Lorsque le commissaire avait présenté Jane avec le drapeau américain et qu'un coup de canon avait retenti dans le cimetière, Jill avait prié pour Barney. Et pour le Dr Philbin. Et pour les autres, y compris son enfant mort-né.

C'était un garçon, on le lui avait dit, car elle avait demandé à le savoir. Sa fausse couche était due au coup qu'elle avait reçu dans le ventre et au fait qu'elle avait manqué d'oxygène dans le lac glacé, elle-même avait failli mourir. Nate — Victor Dimorta — avait réussi un meurtre de plus. Celui de son propre fils.

Nate — non ! Elle ne pouvait plus, ne devait plus l'appeler ainsi. Son vrai nom était Victor Dimorta. Valentin. Il avait tué sept personnes. Huit avec le bébé. Les victimes avaient laissé derrière elles une famille et des amis : d'autres victimes. La seule personne que Victor eût rendue heureuse était l'homme d'affaires japonais qui avait acquis toutes ses toiles à la galerie Henry Jason ; on ne savait pas pour quelle somme. *Vie*, se rappela Jill. Sa dernière toile. Elle hocha la tête en pensant à l'ironie horrible de tout cela.

Tout en attendant, Jill repensait à cette histoire vraiment étrange. Une plaisanterie stupide organisée par trois filles imprudentes, bon, disons par quatre filles imprudentes, avait, aussi bizarre que cela puisse paraître, déclenché tout cela. Mais non, en vérité, tout avait commencé dix-huit ans auparavant, le jour où Victor Dimorta était né.

Mary Daley était venue lui rendre visite le week-end dernier, avec Tara et Doug. Elle lui avait annoncé qu'elle allait finalement se mettre à écrire un livre et lui avait demandé son autorisation : il s'agissait d'une biographie de Victor Dimorta.

« D'accord, avait dit Jill, écris-la. Peut-être que ce sera utile de révéler cette histoire en entier. Il y a d'autres Victor Dimorta dans le monde, et d'autres Jill Talbot. Oui, écris cette histoire. »

Elle frissonna en pensant à cela : l'écriture. Elle vivait ici, dans cette résidence d'écrivains, depuis près de quatre mois, pour reprendre des forces et se cacher du monde. Mais elle allait bientôt partir. Elle retournerait à New York, dans un nouvel appartement. Elle était en train de vendre celui de Barrow Street comme elle avait vendu auparavant celui de Central Park West, et pour la même raison. Il était temps de tout recommencer. Et de se remettre à écrire. Elle avait renoncé à exploiter l'idée d'un roman policier qui se passerait dans le milieu des artistes et qui emprunterait des faits à la vie de Nate.

Victor Dimorta, se dit-elle de nouveau. Il s'appelait Victor Dimorta.

Cela lui prendrait beaucoup de temps, mais elle y arriverait. Elle allait survivre à ces événements et elle en sortirait plus forte. Et cela commencerait tout de suite, ce matin même. C'est pourquoi elle était ici à présent, à attendre.

David MacFarland apparut sur la plage. Il portait un T-shirt et un maillot de bain, il semblait étrangement en forme pour quelqu'un que l'on venait de mettre en liberté provisoire sous caution. C'est elle qui avait payé la caution, et elle avait également payé les avocats de la défense. Le jugement serait prononcé la semaine suivante, mais les avocats les assuraient qu'étant donné les circonstances, il avait de bonnes chances d'être acquitté. David, lui, s'en fichait : il était prêt à aller en prison. Il aurait même accepté ça pour Cass, disait-il.

Il s'approcha d'elle tranquillement, se pencha pour l'embrasser sur la joue.

— Bonjour, dit-il en retirant son T-shirt. Vous êtes prête pour votre première leçon ?

Elle sourit et jeta son corsage sur la rive à côté du T-shirt.

— Oui, David, je suis prête.

— Vous n'avez pas peur ?

— Non, je n'ai pas peur.

Elle regarda la surface grise du lac. Et, comme

c'était ce qu'elle ressentait, ce qu'elle pensait à cet instant-là, elle ajouta :

— Je n'ai peur de rien.

Elle sourit encore, prit la main de David et entra dans l'eau.

REMERCIEMENTS

Tout New-Yorkais vous dira que, même si l'immeuble de Jill Talbot existe réellement, il n'a que six étages, comme l'exige la réglementation de Greenwich Village, cet emblème de New York. L'immeuble d'en face, du côté nord de Barrow Street, n'en a que quatre, et même si Jill n'avait pas habité sous les toits, il eût été bien difficile de l'épier de là. Pure invention que Mill City en Pennsylvanie, Hartley College, la résidence Peconic pour écrivains et même la station de ski à Boulder, dans le Colorado, telle que je l'ai décrite.

Je voudrais remercier certaines personnes pour l'aide qu'elles m'ont apportée lors de l'écriture de ce roman :

Mes collègues de Murder Ink, mes amis et ma famille, pour leur soutien encourageant.

Judith Albert, Renée Cyr, Terry Hall, Jennifer Jaffe, Steve Miller, le Dr Arlene Pack, Larry Pontillo, Sharon Ragan, Ann Romeo et Elizabeth Ubell, qui ont bien voulu répondre à mes questions et m'ont procuré des informations dans les domaines judiciaire et médical. Si certaines erreurs ont pu se glisser dans ce texte, j'en assume l'entière responsabilité.

Ma reconnaissance va à mon agent, Stuart Krichevski, qui a fait connaître mon travail et qui a été mon lecteur le plus enthousiaste.

A mes amis de chez Little, Brown & Co, et en particulier à mon éditeur, Fredrica Friedman, pour leurs conseils éclairants.

Et, avant tout, aux gens — amis, connaissances et autres — dont les histoires personnelles ont trouvé un écho dans ce roman. Un récent documentaire télévisé de Katie Couric, ainsi que les témoignages de ceux qui se sont ouverts à elle m'ont été très utiles. J'ai le plus grand respect et beaucoup d'admiration pour l'actrice Theresa Saldana et pour son association Entraide des victimes qu'elle a fondée après être passée par de dures épreuves et avoir frôlé la mort violente.

Tous les personnages et tous les événements mis en scène dans ce roman sont fictifs, mais la terrible aventure de Jillian Talbot est, malheureusement, tout à fait plausible. Les statistiques sont inacceptables : le harcèlement semble le crime le plus répandu dans le monde d'aujourd'hui. On pourrait remédier à cela. Des lois nouvelles, plus strictes, nous permettraient d'en venir à bout.

« SPÉCIAL SUSPENSE »

MATT ALEXANDER
Requiem pour les artistes

RICHARD BACHMAN
La peau sur les os
Chantier
Rage

CLIVE BARKER
Le Jeu de la Damnation

GILES BLUNT
Le Témoin privilégié

GERALD A. BROWNE
19 Purchase Street
Stone 588
Adieu Sibérie

ROBERT BUCHARD
Parole d'homme
Meurtres à Missoula

JOHN CAMP
Trajectoire de fou

JEAN-FRANÇOIS COATMEUR
Yesterday
Narcose
La Danse des masques
Des feux sous la cendre

CAROLINE B. COONEY
Une femme traquée

HUBERT CORBIN
Week-end sauvage
Nécropsie

PHILIPPE COUSIN
Le Pacte Prétorius

JAMES CRUMLEY
La Danse de l'ours

JACK CURTIS
Le Parlement des corbeaux

ROBERT DALEY
La nuit tombe sur Manhattan

GARY DEVON
Désirs inavouables
Nuit de noces

WILLIAM DICKINSON
Des diamants pour Mrs Clarke
Mrs Clarke et les enfants du diable
De l'autre côté de la nuit

MARJORIE DORNER
Plan fixe

FRÉDÉRIC H. FAJARDIE
Le Loup d'écume

CHRISTIAN GERNIGON
La Queue du Scorpion
(Grand Prix de
littérature policière 1985)
Le Sommeil de l'ours

JOHN GILSTRAP
Nathan

JAMES W. HALL
En plein jour
Bleu Floride
Marée rouge

JEAN-CLAUDE HÉBERLÉ
La Deuxième Vie de Ray Sullivan

CARL HIAASEN
Cousu main
Miami Park

JACK HIGGINS
Confessionnal

MARY HIGGINS CLARK
La Nuit du renard
(Grand Prix de
littérature policière 1980)
La Clinique du Docteur H
Un cri dans la nuit
La Maison du guet
Le Démon du passé
Ne pleure pas, ma belle
Dors ma jolie
Le Fantôme de Lady Margaret
Recherche jeune femme
aimant danser
Nous n'irons plus au bois
Un jour du verras...
Souviens-toi
Ce que vivent les roses
Douce Nuit
La maison au clair de lune
Joyeux Noël, Merry christmas

GWEN HUNTER
La Malédiction des bayous

CHUCK HOGAN
Face à face

TOM KAKONIS
Chicane au Michigan

LAURIE KING
Un talent mortel

STEPHEN KING
Cujo
Charlie

DEAN R. KOONTZ
Chasse à mort
Les Étrangers
La Cache du diable

FROMENTAL/LANDON
Le Système de l'homme-mort

PATRICIA J. MACDONALD
Un étranger dans la maison
Petite sœur
Sans retour
La Double Mort de Linda
Expiation

PHILLIP M. MARGOLIN
La Rose noire
Les heures noires

DAVID MARTIN
Un si beau mensonge

LAURENCE ORIOL (NOËLLE LORIOT)
Le tueur est parmi nous
Le Domaine du Prince
L'Inculpé
Prière d'insérer

ALAIN PARIS
Impact
Opération Gomorrhe

RICHARD NORTH PATTERSON
Projection privée

THOMAS PERRY
Une fille de rêve

STEPHEN PETERS
Central Park

NICHOLAS PROFFITT
L'Exécuteur du Mékong

PETER ROBINSON
Qui sème la violence...

FRANCIS RYCK
Le Nuage et la Foudre
Le Piège

JOYCE ANNE SCHNEIDER
Baignade interdite

BROOKS STANWOOD
Jogging

WHITLEY STRIEBER
Billy
Feu d'enfer

La composition de cet ouvrage
*a été effectuée par l'***Imprimerie BUSSIÈRE,**
l'impression et le brochage ont été effectués
sur presse Cameron dans les ateliers
de ***Bussière Camedan Imprimeries***
à Saint-Amand-Montrond (Cher),
pour le compte des Éditions Albin Michel.

Achevé d'imprimer en janvier 1997.
N° d'édition : 16103. N° d'impression : 2435-4/1184.
Dépôt légal : janvier 1997.